IGOR GIELOW

1ª edição

EDITORA RECORD
RIO DE JANEIRO • SÃO PAULO
2015

CIP-BRASIL. CATALOGAÇÃO NA PUBLICAÇÃO
SINDICATO NACIONAL DOS EDITORES DE LIVROS, RJ

Gielow, Igor, 1973-
G386a   Ariana / Igor Gielow. – 1ª ed. – Rio de Janeiro: Record, 2015.

ISBN 978-85-01-10431-1

1. Romance brasileiro. I. Título.

15-20997

CDD: 869.93
CDU: 821.134.3(81)-3

Copyright © Igor Gielow 2015

Capa: Diana Cordeiro

Foto de capa: Igor Gielow

Todos os direitos reservados. Proibida a reprodução, armazenamento ou transmissão de partes deste livro, através de quaisquer meios, sem prévia autorização por escrito.

Texto revisado segundo o novo Acordo Ortográfico da Língua Portuguesa.

Direitos exclusivos desta edição reservados pela
EDITORA RECORD LTDA.
Rua Argentina, 171 – 20921-380 – Rio de Janeiro, RJ – Tel.: 2585-2000

Impresso no Brasil

ISBN 978-85-01-10431-1

Seja um leitor preferencial Record.
Cadastre-se e receba informações sobre
nossos lançamentos e nossas promoções.

EDITORA AFILIADA

Atendimento e venda direta ao leitor:
mdireto@record.com.br ou (21) 2585-2002.

Para Erica, Ralf, Ingrid e Waqar.

1. Uma manhã

A coreografia do café da manhã roubava sua atenção, e a evolução dos garçons usando coletes coloridos entre as mesas trazia à mente divagações teoricamente inimagináveis para um jornalista trabalhando num dos lugares mais insalubres do mundo. Como na versão paquistanesa de um teste de Rorschach, um corpo de baile de Javeds e Muhammads envergando tons de púrpura, vermelho e verde parecia desenhar formas ao se desembaraçar dos pratos de omelete. Ora era o rosto de uma ex-namorada sob o rubor lânguido de uma tarde calorenta regada a bom vinho e sexo perfumado, ora o olhar enfurecido do comandante talibã que não gostou de uma pergunta daquele infiel petulante. Era como se todos os jovens serviçais com bigodes ralos, cabelos engomados e cheiro azedo do banho matinal que nunca houve perguntassem a Mark: "O que você está vendo nesta imagem?"

A questão estava errada. "O que você está fazendo aqui?", essa sim seria mais precisa. Tentou mudar para o registro auditivo, mais rico afinal, com o clamor de colheres raspando pratos, xícaras precariamente equilibradas sobre porcelana barata, um burburinho difuso de confidências sobre a noite maldormida e talvez acerca de esperanças que duram apenas até o meio-dia. Antes de divagar, olhou para o casal da mesa ao lado, composto por um sujeito aparentemente bem de vida, talvez um daqueles executivos do setor têxtil que iam e voltavam de Dubai toda semana, e uma mulher que provavelmente era sua respeitável senhora. Havia um olhar de sensualidade selvagem nela, mas não um ardor que fosse traduzível em juras de amor ou momentos inesquecíveis à cama. Era uma volúpia antiga, por ouro, perfumes e óleos essenciais, um prazer que o companheiro com seu nó de gravata desproporcional certamente podia fornecer. O pecado da abundância, que ela demonstrava com joias vistosas e exageradas que contrastavam com os sapatos mal polidos dos garçons que os serviam. Ela falava alto, ainda que o impenetrável dialeto punjabi não permitisse a Mark discernir o que estava em questão — não que fosse possível ao jornalista entender algo em urdu ou pachto, outras línguas faladas naquele salão. Como todo curioso, ele gostava de intuir o tema de conversas em línguas desconhecidas, mas naquela manhã estava particularmente preguiçoso para esse tipo de malabarismo mental.

 Mark desviou o olhar. Voltou a Elena, a mais recente namorada, no momento em que ele levara o desjejum à cama. Em como ela, diferentemente daquele espantalho colorido ao seu lado, esbanjava charme ao rir de forma profusa quando ele se enrolava ao subir a escada do apartamento em Londres com a bandeja do café da manhã, derrubando o chá que, como toda russa, ela apreciava tanto. Como não havia encenação nas suas manhãs: ótimas, péssimas ou inócuas, havia espaço para todos os sentimentos. Sorriu, animado pela lembrança seletiva, que varria para debaixo do cobertor da memória os motivos que haviam transformado Elena em mais uma de suas ex. Insistindo em uma tergiversação à la Proust, que nunca lera, Mark usou os sons ao redor para migrar mentalmente até a mesa do café da tarde de sua avó Flora, quando a velha senhora anunciava o "Kaffee trinken" no seu alemão natal. Por alguns segundos, era criança novamente.

O jornalista abriu os olhos e mirou a xícara cheia de chá com leite ensebado. As imagens das pranchas de Rorschach ganhavam um novo microcosmo do qual emergir, remexendo-se na forma de gordura láctea boiando em pequenas placas sobre a superfície do líquido quente. O movimento se intensificou, e Mark percebeu que não era só o leite, mas a xícara e enfim a mesa que tremiam. "Mais um maldito terremoto", pensou. Envelhecendo uns bons trinta anos, saiu das divagações da infância e voltou ao seu lugar no tempo e espaço: Margalla Hotel, Islamabad, 8h40, fins de 2007.

Duas noites atrás, tivera a mesma sensação imediata e desconfortável com um tremor na cidade de Peshawar, centro nervoso do encontro do Ocidente com esse fenômeno incompreensível que mistura nacionalismo, tribalismo, fundamentalismo religioso e interesses estrangeiros que em 2001 ganhara a alcunha simplista de guerra ao terror. Mark falava com dois líderes tribais. Quando o chão começou a tremer, as figuras de turbante já tinham corrido para fora da sala antes mesmo de conseguir dizer Alá. Seus seguranças largaram os Kalashnikovs no chão. Mark tentara esboçar uma reação quando o tremor parou, deixando quadros com imagens de grandes homens santos do muçulmanismo balançando no eixo de seus pregos na parede. Foram apenas 5,5 graus na escala Richter, viria a descobrir na BBC mais tarde. Nada de mais, como a lembrança da cobertura do grande terremoto paquistanês de 2005 lhe conferia uma suposta autoridade para pontificar. Como jornalista, era desejável que Mark tivesse algum talento para elaborar sobre temas aos quais era completamente alheio.

O cérebro faz o segundo passar em décadas; o átimo, em anos. No mundo real daquela manhã, havia transcorrido na verdade pouco tempo no bufê do café da manhã. Mark virou-se para esboçar um sorriso ao assustadiço Waqar, seu fiel escudeiro em cinco temporadas como escriba a relatar toda sorte de infortúnio no Paquistão. Até então, o jovem assistente só resmungara sobre o contato que não havia chegado com informações importantes às oito horas, conforme o combinado. Mark iria pedir paciência a ele, uma vez que extremistas que se consideram assim não são exatamente pessoas simples de localizar e vivem sob o peso da espada — seja ela de um governo, o local ou algum estrangeiro, ou ainda de um concorrente no negócio de sangue em que prosperam. Conhecera muitos desses contatos e sabia que naquele momento eles não estavam exatamente disponíveis. O governo paquistanês tinha de mostrar serviço ao Ocidente, e personagens antes comuns em saguões de hotel agora eram produto em falta no mercado de notícias. Teriam de esperar, e pronto.

Mas não teve tempo de falar nada: o seu terremoto, como viria a saber mais tarde, não passava de um prelúdio ocorrido na guarita do lado de fora do hotel na forma de duas ou três granadas de alta potência. Como numa grande peça sinfônica, o segundo tremor assomou o salão do restaurante do hotel em que estavam com uma força brutal, uma abertura com metais e percussão em fúria, deixando a plateia sem memória imediata das notas introdutórias de poucos segundos antes. Tudo escureceu, e um barulho ensurdecedor encheu o ambiente ao mesmo tempo em que a nuvem de vidro, poeira, detritos e estilhaços variados os jogou, Mark e Waqar, no chão. E a todos que tomavam seu café naquela manhã de terça-feira, talvez umas trinta pessoas, fora o corpo de funcionários. Só que a bola de calor e fogo, que em Hollywood sempre está cinco segundos atrás da onda de choque, dando tempo ao nosso herói de escapar por um triz e deixar o espectador com a respiração presa, na vida real vem imediatamente. A temperatura é indescritível, e o corpo do sujeito atingido frontalmente lembra o daqueles bonecos que eram vistos em documentários sobre os efeitos da bomba atômica divulgados durante a Guerra Fria. Arremessados violentamente, com as camadas externas esfoliadas a quente. Não,

Mark não fez essa digressão. Sentiu as costas queimarem, assim como a jaqueta de fotógrafo que usava sobre uma malha leve. Era começo de inverno em Islamabad, e a proteção extra era necessária. Felizmente para o jornalista, o abrigo não era de tecido sintético: se fosse, todo o seu torso estaria envolto numa mortalha fumegante que só sairia levando consigo um bom quinhão de pele humana.

Parte do teto do salão do hotel desabou: o trecho mais próximo das janelas. O estrondo da abertura foi breve, assim como o refluxo do ar dentro do cômodo, tentando reocupar os espaços deslocados pela violência da onda de choque. Os gritos terríveis davam lugar a um estranho silêncio, em que o único barulho era do sem-número de alarmes de carros acionados pela explosão no estacionamento, além das primeiras sirenes de polícia. Tudo abafado nos ouvidos de Mark, tudo difuso. Abrir os olhos foi a solução mais rápida para se lembrar de que estava na capital do Paquistão. À sua volta, pilhas enegrecidas daquilo que havia sido um bufê, com mesas jogadas contra a parede e grandes travessas com pães gordurosos retorcidas pelo chão. Não discernia mais as cores nos coletes dos garçons; todos pareciam vestidos igualmente, paramentados de vermelho-sangue. O casal que ocupara uma década de energia de seu córtex, equivalente a segundos em nosso mundo de sentidos embotados, estava mais ao lado. A mesa que ocupavam se partiu, e o senhor empresário jazia com o rosto praticamente fundido ao piso do salão, com os restos das joias da venerável senhora sua esposa espalhados à sua volta. Ela em si era apenas um tronco sem cabeça sentado de forma bizarra ao lado do marido, pendendo à esquerda. Seja qual fosse a discussão que estavam tendo, teria de ficar para outra hora.

Procurou por Waqar. "Cara, cadê você? Waqqi?", disse, recorrendo ao apelido familiar que raramente aplicava ao colega.

Nenhum sinal, apenas o agora crescente barulho de sirenes e um ou outro murmúrio de dor. Tentou se levantar, só para descobrir que sua perna estava virada em um ângulo de quase trinta graus pouco abaixo do joelho, provavelmente com uma fratura exposta que ele não conseguia distinguir, já que estava tudo enegrecido, torrado. Estava em choque, isso era claro, mas aos poucos os sentidos voltaram em formas variadas de dor e olfato. Sentia-se no meio de uma massa orgânica, gente, madeira, algodão, flores decorativas e comida reduzidas a formas indistintas de carbono. As xícaras pareciam ter retornado ao seu estado arenoso mais básico, vítreo. O cheiro da jaqueta chamuscada, presente dado por um amigo fotógrafo anos antes, era a única característica dissonante: um odor artificial, que mais lembrava os fumos de uma fábrica insondável do que os miasmas do açougue em que se encontrava prostrado. Mark virou-se então, e conseguiu distinguir o corpo gorducho de Waqar a uns cinco metros do ponto em que estava. Arrastando-se entre os cacos do ambiente, a perna concorrendo pela dor mais lancinante com o braço direito queimado, chegou ao companheiro de atentado — isto é, se aquilo realmente fosse o ataque terrorista que acreditava ser. Não conceberia nada diferente, provavelmente porque no fundo não enxergaria glória em morrer ou ser mutilado porque algum funcionário de hotel de terceira categoria se esqueceu de fechar o registro do gás na troca de turno.

"Fala comigo."

Waqar não se mexeu, e Mark o virou. Seu rosto estava intacto, só um pouco mais escuro do que a tez original. Não tinha a paz dos mortos, nem a angústia dos moribundos. Parecia o mesmo Waqar de sempre, fechando os olhos antes de expressar algum tipo de vaticínio sobre os males da vida de solteiro que o colega ocidental cultivava como um cacto: um adorno inútil, áspero e espinhoso, mas que pode ter lá seus encantos estéticos e que, certamente, evoca certo ar blasé de modernidade. Ao se aproximar do amigo, Mark percebeu a falta de um braço e a extensa ferida no lado esquerdo do corpo, que sangrava lenta, mas continuamente. Pelo volume da hemorragia, parecia que uma artéria estava aberta, mas a velocidade do fluxo poderia indicar que outro vaso havia sido atingido. Tentou, novamente à moda do que se vê no cinema, checar o pulso de Waqar em seu pescoço. Não achou nada. Partiu para o braço restante e esboçou um sorriso ao sentir um batimento acelerado na altura do pulso. Afinal de contas o sujeito deveria viver, apesar da mutilação medonha. Foi quando aquele corpulento jovem de vinte e nove anos, com aparência duas décadas mais velha, abriu os olhos lentamente e o fitou. Não abriu o sorriso que quase sempre acompanhava suas falas.

"Mark. Você precisa encontrar Ariana", murmurou.

"Quem é Ariana? Por que está falando isso? Você não vai morrer", tentou berrar, sem fôlego nos pulmões. A fumaça cinzenta que enevoava o salão se alojava em seu peito a cada tomada de ar para tentar reanimar o companheiro. Engasgou e tossiu. Tentou novamente. "Waqqi, o que é isso? Você..." Foi inútil. A frase foi interrompida pelo jovem paquistanês em agonia, soltando um longo suspiro que lhe arqueou as costas. Parecia querer falar algo mais, porém o trauma acústico da explosão dificultava as coisas para Mark. Tudo soava abafado pelas batidas de seu próprio coração, que explodiam em seus tímpanos, tornando cada barulho à sua volta uma espécie de ressonância distante. Waqar, deitado, virou uma última vez o rosto em direção ao jornalista e fechou os olhos. Parou de respirar. "Não acredito", disse Mark para si mesmo, enquanto desabava de bruços, sem forças.

Perdia progressivamente a noção de tempo. Enfim, em meio ao oceano de vibrações em que se encontrava, conseguia distinguir os passos de bombeiros, ou policiais, quebrando os cacos que cobriam o assoalho. Respirava de forma arrítmica, inebriado pelo fumo, e sentia que seu coração acompanhava o tom. Passou um período de tempo que lhe pareceu interminável em que só ouvia a desconexão de seu pulso, agora fazendo o peito competir com o ouvido interno. Não conseguia se mexer, como se estivesse naquele estágio crepuscular no qual a pessoa nem está acordada, nem está em sono profundo, mas numa espécie de vigília em que há consciência, mas seus membros não respondem aos comandos. Mark não sabia se havia desmaiado ou se, afinal de contas, estava morrendo e seria apresentado ao grande mistério. Apagou.

Voltou a si já amarrado a uma maca. "Americano?", perguntou um sujeito com cara de militar, embora sem farda, que acompanhava o trajeto até a ambulância. Lembrava muito um coronel do ISI, o temido e famoso serviço secreto do Paquistão, que o havia interrogado anos antes, em sua primeira visita ao país. Mark deixara o Paquistão em direção ao Afeganistão quando a milícia talibã começou a cair, em meados de novembro de 2001. Saíra irregularmente, empoleirado numa picape 4x4 japonesa fornecida como cortesia estratégica pelo príncipe saudita Turki al-Faisal aos tarados fundamentalistas que em 1996 tomaram Cabul e instituíram um emirado de inspiração wahhabita — a seita purista sustentada pela Casa de Saud, tão responsável por aquele regime aberrante quanto o mesmo ISI do coronel que interrogara Mark. Só que aquela Hilux havia sido tomada, como outros veículos, por um dos vários grupos rivais do Talibã que se refugiavam nas áreas tribais paquistanesas à espera de uma chance de voltar ao seu país e fazer o de sempre: rever a família, se vingar dos inimigos e disputar o poder com outras facções. Mark só tinha visto de entrada no Paquistão com validade para quinze dias. Um mês depois, quando desembarcou de um bimotor da ONU em Islamabad, foi brindado com a detenção e com um interrogatório. Acabou solto e deportado na manhã seguinte, e não se queixou disso. Comemorou o cartão de embarque já carimbado com um jantar entre amigos no Marriott, o único hotel de luxo digno do nome em Islamabad, e que também seria obliterado em uma explosão no ano seguinte ao atentado que mudou a vida do jornalista.

O coronel tinha o mesmo rosto anguloso do homem em trajes civis que lhe perguntava agora se era americano. E fizera a mesma cara de espanto descrente daquele militar quando o agora ferido lhe respondeu: "Meu nome é Mark Zanders e sou um jornalista brasileiro. Trabalho para a revista inglesa *Final Word*. Por favor, avise ao embaixador do Brasil. Se eu precisar, meu sangue é tipo O negativo."

Brasileiros não são exatamente uma ocorrência comum naquele canto do mundo. Naquele começo de inverno, eram menos de cinquenta em todo o Paquistão, e nenhum no Afeganistão. Brasileiros chamados Mark Zanders são uma improbabilidade ainda maior e, trabalhando para uma revista virtual britânica, uma espécie de charada. O nome é a parte fácil: quando seu avô paterno chegou da Alemanha, em 1925, o oficial da cidade portuária de Santos perguntou-lhe o nome. O Siegfried virou Francisco, sabe-se lá o motivo, e o Sanders virou Zanders, uma adaptação fonética lógica do alemão para o português. Chico, como logo ficou conhecido, sobreviveu e prosperou. Casou com Flora, bávara cuja paixão pelo "Kaffee trinken", a hora do café da tarde, fora adquirida durante sua estada obrigatória de imigrante em Santos. A família aumentou na cidade sulista de Curitiba, onde Chico trabalhava como comerciante. Seu primogênito, Marcos, cresceu para virar o pai de Mark. Era, por alguma perversão inespecífica, um anglófilo que cultuava tudo o que lembrasse o império perdido da boa rainha Vitória. Seu primeiro filho, morto ao nascer, deveria se chamar William. O segundo vingou, herdando o prenome do irmão falecido, num ato que a família considerou não só de mau gosto, mas também supersticiosamente perigoso. Por um motivo ou outro, as tias agourentas estavam certas: o rapaz herdara o gosto do avô pelo álcool e, um dia, bêbado, meteu-se numa briga de bar e foi morto a facada. Uma morte estúpida, fora de seu tempo e condição social. Deixou o peso de levar o sobrenome em frente para o agora solitário caçula Mark — que, de quebra, carregava o prenome anglicizado do pai, uma espécie de dupla maldição. Como sempre lembrava Laura, sua mãe, que conhecera a família de Chico na infância e condicionara-se desde cedo a ser a "futura esposa do Marcos", Mark era "tudo o que ficaria do nosso nome no futuro".

"Mark Zanders, brasileiro (inglês?), idade estimada trinta e cinco anos. Sangue O negativo. Fratura exposta na tíbia direita, cirurgia imediata. Queimaduras de terceiro grau no braço, chamar plástica."

Era tudo o que estava na ficha —, surpreendentemente em inglês, e não no cipoal para ocidentais que é o urdu —, que Mark conseguira ler antes de o anestésico colocado junto ao soro na ambulância fazer efeito. Devia ser morfina, pois a leveza do entorpecimento lembrava a do ópio que provara no vizinho Afeganistão poucos anos antes. Adormeceu sem demora, esquecendo o último pedido do colega morto.

2. Waqar

Morto, Waqar Abdul Khel parecia apenas outra vítima de uma guerra que cada vez mais trazia a vulgaridade e o escárnio da violência desmedida em seu centro. Seria mais uma das baixas citadas em um noticiário da CNN ou da BBC, seu nome certamente sairia em um dos vários jornais paquistaneses, e estaria esquecido do público em poucas horas. Contudo, sua história tinha pouco de banal, era na realidade quase um caso de sucesso.

Ele havia nascido em Yarik, um vilarejo perto de Dera Ismail Khan, a capital da área tribal homônima, filho de um comerciante chamado Abdullah. Sua família pertencia à tribo afridi, uma das mais influentes da principal etnia naquele canto do planeta: os pachtos. Notórios pela capacidade de vender qualquer coisa, os afridis têm sua fama cantada do Afeganistão à Caxemira. Yarik fica perto do Waziristão do Sul, a região que encabeçava a lista de ninhos de extremistas no ano do atentado que matou Waqar. Só que em 1978, quando ele nasceu de uma mãe que morreu no parto por causa das miseráveis condições de saúde do local, Yarik era só um ponto perdido no mapa, ainda longe do turbilhão que viria a consumir toda aquela faixa sem lei formal com a invasão da União Soviética ao Afeganistão no ano seguinte.

Assim, contra as probabilidades e a vontade familiar de que seguisse o ofício paterno, Waqar completou os estudos em D.I. Khan, como a capital regional é conhecida. Era sustentado pelas economias do pai, que lucrara relativamente bem explorando os refugiados pachtos afegãos que Moscou lhe oferecera de brinde ao longo dos anos. Pessoas expulsas de suas casas, como é previsível, costumam precisar de tudo novo em sua nova vida, mesmo que em precários campos coalhados de tendas. O velho Abdullah vendia utensílios culinários de alumínio da região mais ao norte de Taxila, que vinham até ele por meio de mulas de carga, passando pelo terreno acidentado e seguindo o vale do rio Indo.

Com dezessete anos, Waqar foi estudar jornalismo em Karachi. Segundo seus professores, tinha talento. Sonhava em ser repórter do *Dawn*, o melhor jornal de língua inglesa do Paquistão, e virar correspondente em Londres. Como todo garoto naquela idade, cortejava meninas, mas sabia que qualquer tipo de conversa teria de passar pelos rígidos rituais familiares paquistaneses. Como não tinha dinheiro para pagar dote, uma das premissas para uma boa moça namorar e casar, torcia apenas para ter a sorte de encontrar alguma das meninas ocidentalizadas que gostavam de desafiar as leis vigentes e o convidar para passear em alguma praia próxima. Não aconteceu; sorte naquele tempo já não era exatamente o seu forte.

Quando abordou Mark pela primeira vez no saguão do mesmo hotel em que morreria sete anos depois, Waqar acabara de conseguir um estágio em outro jornal anglófono, o *Post*. Trabalhava como uma espécie de produtor de matérias. Entrava cedo, algo como 7 horas, e colhia várias informações básicas para repassar aos repórteres mais experientes, que chegavam por volta das 11 horas. Informava a que hora tal autoridade daria uma entrevista, levantava os dados de ocorrências policiais da noite, esse tipo de coisa. Assim, tinha o restante do dia livre, e o 11 de Setembro de 2001 lhe deu uma oportunidade interessante: a de virar um *fixer*.

O *fixer* é o faz-tudo do jornalismo internacional, um misto de intérprete, secretário, motorista e repórter. Waqar não sabia como oferecer seus serviços, e lembrou-se de ter lido um artigo sobre como era o mercado de prostituição em hotéis de Berlim. Procurou a revista, indiana, e a achou no meio de papéis antigos na gaveta de sua mesa na redação. Releu com atenção. Com o edificante exemplo em mãos, passou a rondar saguões de hotel à cata de quem se parecesse com um jornalista. E isso era fácil naqueles dias em que a imprensa do mundo todo baixou na usualmente sonolenta Islamabad, esperando os desdobramentos no vizinho Afeganistão, que logo seria o primeiro alvo da vingança norte-americana por ter abrigado os mentores dos atentados de setembro. Os alvos prediletos eram as equipes de televisão ocidentais, com suas vans abarrotadas de equipamentos, pratos de satélite, ilhas de edição e produtores com cara de perdidos, que, quando não tinham contatos prévios, topavam qualquer preço para se sentirem seguros na hora de falar com as sedes. Depois, e só depois, vinha a mídia tradicional, do tempo em que prestígio e papel-jornal eram sinônimos.

Repórteres da imprensa escrita e seus duplos, os fotógrafos, carregam uma tendência atávica para a arrogância em coberturas de conflito. Desprezam seus colegas de televisão como bobos inocentes alimentados por produtores mais ou menos espertos. Jornalistas de rádio e, naquele começo dos anos 2000, de veículos virtuais da internet eram ainda mais rebaixados nessa cadeia alimentar concebida de forma egoísta. A aura do "já vi tudo" impregna suas conversas, tornando-os ao mesmo tempo fascinantes e repulsivos. E isso costuma se aplicar a todos, do herdeiro de Robert Capa até o mais rasteiro fotógrafo de agência internacional de segunda; vale para o correspondente mais experiente do *Guardian* e para um solitário jornalista de publicação do Terceiro Mundo. Como era Mark naquele momento em 2001.

Ainda assim, o brasileiro contava vantagens e ao mesmo tempo fazia piadinhas depreciativas sobre si mesmo como forma de valorizar seus esforços. Costumava dizer aos amigos: "Sou uma nota de cem dólares nesses lugares. Grande, verde e luminosa." De fato, foi o que Waqar viu quando o abordou ao sair do táxi. Inicialmente, Mark pensou se tratar de um carregador de malas, e foi brusco ao tentar se desvencilhar dele. Não gostava de ter sua mala carregada, seu carro dirigido ou sua vida comandada. Era uma espécie de resquício inconsciente de sua formação protestante clássica, embora, adulto, ele fosse pouco mais do que um agnóstico antirreligioso. A ideia de não ter as rédeas de sua vida lhe desagradava profundamente. Tinha horror a voar, entre outros motivos, por não estar na cabine de comando. E isso valia para quem tentasse carregar suas bagagens.

Waqar, que aprendera com o pai Abdullah que nenhum ocidental era confiável, não se fez de rogado e seguiu aquele "americano" até o balcão. Lá, tratou de se apresentar com seu inglês gramaticalmente perfeito, mas de sotaque carregadíssimo. Mark desconfiou, mas como acabara de enfrentar vinte e sete horas de avião e aeroporto, resolveu dar um dia para o rapaz mostrar suas habilidades como *fixer*.

Aos trinta anos, Mark tinha uma considerável experiência com jornalismo de conflito, e sabia a importância de um bom *fixer* quando é a primeira vez que você chega a um local. Trabalhava para um jornal brasileiro, a *Nova Gazeta*, que tinha circulação nacional e primava por uma linha editorial bastante independente sobre política externa, com correspondentes e enviados especiais espalhados pelo globo. Era um luxo, uma raridade naquele momento de crise do mercado jornalístico do Brasil, quando todos os grandes diários executavam cortes fortes em seus orçamentos. Nas editorias de internacional, a clássica fórmula de utilizar agências de notícia para reduzir custos na produção era usada indiscriminadamente.

Mark estava na *Gazeta*, como o jornal era conhecido, desde os vinte anos. Tinha começado a trabalhar aos dezoito, em um jornal menor da cidade onde morava, São Paulo. Estudara história, não jornalismo, violando assim desde cedo as leis vigentes à época para o exercício da profissão. "É uma espécie de embriaguez", contava, com a empáfia típica de um garoto de vinte e tantos anos vivendo aventuras de alguém bem mais velho, "poder escrever sobre aquilo que está na chamada principal da CNN. É História com H maiúsculo, e você está no meio dela." De fato, ele o fizera algumas vezes, e era difícil a Mark negar-se o prazer do discurso, logo ele que vira tantos amigos se transformarem em esforçados professores de segundo grau. O mesmo se aplicava aos colegas jornalistas brasileiros, para quem a carreira internacional é uma espécie de sonho glamoroso inalcançável ou então algo intermitente, que acontece apenas em parcas ocasiões especiais, como um jantar num restaurante refinado.

Primeiro, falaram de dinheiro. Mark explicou de onde vinha, gerando grande incredulidade a Waqar, para quem brasileiros eram todos negros jogadores de futebol com mulheres e carros maravilhosos. "Nunca vi um desses, e aparece o americano aqui para me dizer que ele é de lá?", foi seu primeiro pensamento. Mas o ponto do jornalista era outro. Como brasileiro, era do Terceiro Mundo. Corolário: não podia pagar os duzentos dólares que os dois repórteres do *New York Times* pagavam, cada um, a seus auxiliares. Conversa vai, conversa vem, e fecharam pela metade do preço. "É. Sou uma nota de cem dólares", confidenciou a si mesmo Mark, disfarçando o sorriso de quem achava ter feito um bom negócio.

Com a bagagem de coberturas na África e no Oriente Médio nas costas, Mark sabia também que um bom *fixer* tem que ser testado o tempo todo, e deve ter a sensação presente de que seu trabalho está sempre sendo avaliado. Fez isso no primeiro dia com Waqar, uma seca e quente tarde em Islamabad, quando pediu que ele o ajudasse a encontrar representantes de partidos radicais islâmicos, naquele momento ainda livres da repressão que sofreriam nos anos mais duros do governo militar de Pervez Musharraf. De quebra, queria providenciar todos os credenciamentos necessários, e não são poucos em Estados policialescos. Waqar trouxe a lista de requerimentos, os horários em que deveriam estar com as autoridades e providenciou um telefone celular. Mais: arrumou um encontro com um famoso clérigo fundamentalista que costumava dar explosivos sermões na famosa Mesquita Vermelha — anos mais tarde, Waqar e Mark estariam ao seu lado quando o Exército o baleou e matou, durante o infame cerco ao centro de religiosos extremistas ocorrido em meados de 2007.

Tanta eficiência impressionou Mark. Além de quase gringo, ele tinha no sangue séculos de Reforma. Sua família era luterana havia seis gerações, mas poucos membros dela eram seguidores tão weberianos, por assim dizer, da doutrina do "trabalho salva" quanto o jornalista. Havia fugido da igreja após a formalidade da Confirmação, o rito de passagem que une a Primeira Comunhão e a Crisma católicas num só ato. Mas era viva nele a ideia de que honra e trabalho estão unidos como modo de salvação. Às vezes, os amigos o consideravam intransigente demais na execução de sua convicção. Como dizia sua ex-namorada Elena, na porta do seu pequeno apartamento em Londres só faltava a placa *Arbeit Macht Frei*. Waqar passou àquele herdeiro de Lutero a impressão de que, aos vinte e três anos, tinha a eficácia e a disciplina desejadas em homens mais velhos. Tal sensação causava alguma desconfiança no jornalista brasileiro. Mark estava intrigado com seu novo *fixer*, e resolveu observá-lo mais antes de formar uma opinião.

Interrogou-o ao fim do segundo dia de trabalho, quando pararam para tomar a primeira de uma interminável série de xícaras de chá com leite engordurado. O chá que estaria com eles durante todos os anos, até o momento final. Waqar contou-lhe candidamente a origem de tantos recursos. "Sou uma espécie de quase repórter no *Post*. Então, sei de tudo o que acontece na política, nas nossas diversas agências de informação, sei todas as entrevistas coletivas e, melhor ainda, tenho a agenda telefônica mais completa de Islamabad", disse, com um sorriso maroto e triunfal, antes de esticar o caderno preto ao brasileiro. De fato, só faltavam os celulares de Osama bin Laden e do mulá Mohammed Omar naquelas páginas. Mark convenceu-se de que havia conhecido o *fixer* mais útil de sua carreira.

Depois que Mark voltou ao Brasil de sua primeira temporada paquistanesa, Waqar especializou-se em ocidentais. Virou correspondente não oficial de vários jornais britânicos, inclusive tendo protagonizado um incidente diplomático quando foi detido pelas forças de segurança de Musharraf ao preparar uma reportagem sobre a nova onda de extremismo que circundava sua cidade natal. Foi levado para uma prisão militar perto de Peshawar e sua família e colegas de trabalho ficaram sem notícias suas por três dias. O jornalista inglês para o qual trabalhava percebeu que havia algo de errado e pediu que a embaixada do Reino Unido interviesse junto ao Ministério do Interior. Depois de muita conversa e a ameaça de publicar na sempre estridente imprensa britânica que Musharraf andava a dar sumiço a jornalistas, Waqar reapareceu jogado numa estrada próxima a Islamabad. Muito machucado, com queimaduras de cigarros nos braços, mas vivo. Mandou a família para a cidade de origem e passou a alimentar uma certa paranoia de perseguição. Não infundada: um dia sua casa estava revirada, e ele passou dois dias dormindo na casa do colega britânico até conseguir uma conversa com o diretor do ISI responsável pelos assuntos de mídia. Foi com o amigo inglês e um diplomata recém-chegado de Londres e cheio de boas intenções. Conseguiu uma promessa de que seria deixado em paz — o que, é claro, não durou muito.

Quando visitava Yarik, a cidade entrava em festa, já que Waqar era uma espécie de celebridade. Isso lhe garantia acesso aos anciãos das vilas, a verdadeira fonte de poder e informações nas áreas tribais, e aos poucos Waqar fez seu nome na imprensa britânica, embora continuasse com subempregos no Paquistão. Ainda assim, era com alegria que recebia Mark, seu primeiro cliente, aquele que lhe ensinou os caminhos da prostituição de resultados na chamada grande mídia. Talvez até sentisse o análogo jornalístico ao orgasmo a que algumas meretrizes se permitem com determinados parceiros. E Mark voltaria ainda mais uma vez pela *Gazeta*, e de novo outras três vezes — já morando no Reino Unido e trabalhando para publicações de internet.

No entanto, numa delas, em outubro de 2005, Waqar não estava presente quando Mark desembarcou no aeroporto de Islamabad. O gigantesco sismo que atingiu a região de Muzaffarabad, na Caxemira paquistanesa, drenou todos os esforços do país. Do Exército às enfermeiras dos campos de refugiados do Baluquistão, todos foram para lá. O trabalho de reconstrução foi brutal: o general Nadim, comandante das operações, contava algo como seiscentas mil casas destruídas. Era preciso mobilizar todos os recursos possíveis. E a mídia, naturalmente, foi junto. Em 11 de outubro, três dias depois do terremoto de magnitude 7,6 na escala Richter, Waqar e dois fotógrafos conseguiram entrar em Muzaffarabad, uma cidade de mais de setecentos mil habitantes.

As cenas eram de horror, lembrando algum pesadelo pintado por Bruegel. Incêndios espalhados pela cidade, corpos jogados na rua, ruínas por todos os lados. Colunas de fumo no horizonte pareciam saídas das fornalhas de alguma descrição medieval do inferno. Os três vagaram por cerca de três horas até encontrarem os primeiros sinais de vida. Ou quase: um grupo de dez ou quinze sobreviventes veio em direção a eles, tal e qual mortos-vivos do cinema, gritando por ajuda e água. Waqar, Abdul e Aziz não sabiam o que fazer. Aziz trocou a lente e o filtro de sua máquina, já que o tempo meio chuvoso e a fumaça dos incêndios obscureciam o sol da manhã, e começou a disparar. Waqar e Abdul, num gesto do qual se arrependeriam em cada conversa sobre o assunto depois, saíram correndo, como se aqueles farrapos rastejantes realmente fossem comer seus cérebros, como num filme de George Romero.

Às vezes, a imagem perseguia Waqar em sonhos. Ele tinha um universo onírico riquíssimo. Seu pai nunca fora um muçulmano muito rígido, embora as orações diárias estivessem garantidas em seu cardápio de concessões à clientela mais religiosa que atravessava a fronteira atrás de seus badulaques de cozinha. O islamismo nas áreas tribais tem vários toques supersticiosos, ainda que isso tenha diminuído bastante no século XXI com a ascensão dos puristas wahhabistas — aquela gente que acredita na implantação à força de um regime islâmico global. Antes, o sufismo, ramo místico e misterioso do Islã, é que dava as cartas entre boa parte dos pachtos. Apesar de a maior parte dos mausoléus dos grandes santos sufistas se concentrar ao sul, no Sindh, mesmo recentemente muitos políticos usam alguma ascendência sufista como um ponto de venda nas áreas mais pobres. Em Yarik, a destruição dos seculares Budas de Bamiyan pelo Talibã afegão, em março de 2001, foi vista com extremo mal-estar. Não tanto pela destruição de um patrimônio cultural único, mas porque os pachtos locais, além de ter o gosto sincrético do sufismo, eram filiados historicamente ao ramo Hanafi, a mais tolerante das quatro principais escolas do islamismo sunita. Eles não só têm regras menos rígidas que os fundamentalistas, mas respeitam de fato outras religiões e não as rejeitam liminarmente. Assim, a destruição de um símbolo sagrado era algo inconcebível; não foram poucos os que associaram a queda do Talibã mais com a derrubada dos Budas do que com a das Torres Gêmeas. Alguns antigos anciãos aos quais Waqar ouvia no madraçal, a escola religiosa em que foi educado na primeira infância, falavam até com orgulho sobre uma suposta ascendência israelita da tribo de sua família, os afridi. Uma vez ele contou essa história para Mark, que debochou, dizendo que então ele poderia pedir asilo em Israel caso as coisas piorassem em casa. Waqar não achou graça.

Portanto, diferentemente de seus primos ainda em idade escolar, Waqar havia crescido num mundo sem tantos zelotes oportunistas, e eram as lendas sufistas com toques hinduístas — as histórias de mortos que voltavam à vida, vampiros que eram acordados pelo rufar de uma tíbia sobre um crânio — que alimentavam suas fantasias infantis. Lembrava-se das vezes em que seu pai o levava para Peshawar, a grande capital das áreas tribais, para ouvir relatos aterrorizantes sobre demônios e faquires no Mercado dos Contadores de Histórias. Depois, ambos riam das histórias e se lembravam da esperteza dos afridi. Ela podia ser resumida num conto do início do século XX, quando a tribo, cansada de ter de enviar peregrinos para tumbas de homens santos no Sindh, encontrou um jeito engenhoso de resolver o problema: convidou um famoso místico às suas terras e o degolou. "Pronto, agora já temos nosso santo morto e um santuário foi erguido sobre seu corpo!", relatou Abdullah ao menino Waqar, que ria pensando ouvir um gracejo. Não era: o fato ocorreu por volta de 1911, segundo os registros coloniais britânicos.

Assim, Waqar sonhava, já adulto e temperado pelos encontros verdadeiros com a morte, com aqueles sedentos sobreviventes do terremoto buscando vingança, queimados, desfigurados. Nas duas ou três vezes em que dividiu um quarto com Mark, seu desespero ao acordar no meio da noite evidenciava a potência dessa angústia, que invariavelmente lhe roubava as palavras sobre os detalhes da experiência onírica. O que tal inquietude traía, isso era mistério. É de se questionar se Lacan teria algo a dizer para Waqar.

Quando a noite estava para cair em Muzaffarabad, Waqar avistou uma casa semidestruída. Chegou perto e, para seu horror, havia lá o corpo de um jovem, talvez nos seus dezesseis anos, bastante inchado pela decomposição. Ia chamar os amigos fotógrafos quando viu, ao lado do corpo, um caderno rosado, com letras negras na capa. Afastou com o pé algumas pedras da parede do que deveria ser uma sala, cobrindo o rosto para escapar do cheiro nauseabundo que exalava do cadáver. A capa era plastificada, garantindo alguma proteção ao conteúdo contra a mixórdia de água, sangue e fluidos corporais em que estava. As letras formavam um nome: ARIANA.

3. Getsêmani

"Quantas horas dormi?", foram as primeiras palavras de Mark ao acordar, três dias depois de ser retirado dos escombros do Margalla Hotel. O prédio havia mesmo sido alvo de um caminhão-bomba, ao estilo do atentado que destruiria boa parte do muito mais luxuoso Marriott no ano seguinte. Abdulaziz, o médico que operara sua perna, foi chamado pelas enfermeiras e deu um prognóstico otimista.

"Se considerar que a primeira reação que tive foi pedir uma serra cirúrgica para decepar sua perna abaixo do joelho, a dor da recuperação vai ser algo aceitável. Alá sorriu para você, meu amigo", afirmou, cofiando a longa barba negra que fazia Mark se lembrar do contato extremista que deveria ter se encontrado com ele e Waqar naquela manhã fatídica.

"Quantos", perguntou, pedindo com um gesto um pouco de água para a enfermeira, "quantos morreram?"

"Vinte e cinco, incluindo seu amigo. Nenhum ocidental", respondeu o médico, que mandou chamar alguém em urdu. O jornalista chegou a pensar no casal empetecado da mesa ao lado, mas percebeu que aprofundar as perguntas seria inútil — até porque mal sustentava as palavras. Tipicamente, as principais vítimas na frente islâmica da tal guerra ao terror eram justamente aqueles que os assassinos deveriam chamar de irmãos. Mark vira isso tantas vezes; desta vez era com ele. "O senhor está recebendo tratamento VIP, aproveite. Não é todo mundo que ganha uma cirurgia reparadora imediatamente. As cicatrizes das queimaduras vão ficar, mas você provavelmente não vai dar muita importância a elas. Sempre poderá dizer na Inglaterra que é uma vítima da guerra ao terror", disse, não escondendo a ironia da frase final. Mark não tinha energia para retrucar, e quando esboçou alguma reação o médico saiu do quarto, só para que outro, este ocidental, se apresentasse.

"Oi, sou Hans. Trabalho como voluntário aqui, por meio de um convênio da Médicos Sem Fronteiras. Acho que você gostaria de saber que um irmão seu tratou de suas feridas, afinal de contas, aqui é o Paquistão, não é?", disse o médico, na casa dos quarenta anos.

Entregue ao torpor, Mark não respondeu. Mas não deixou de se sentir constrangido pelo comentário etnocêntrico do sujeito, um alemão barrigudo que com certeza não conseguiria emprego decente na sua cidadezinha na Saxônia. A ideia de ter sido tratado por um voluntário tampouco o confortava, mas não ficou muito tempo acordado para se deixar dominar por ela. Os remédios deram conta do recado. "Irmão é o cacete", praguejou mentalmente.

A perna doía intensamente quando tentava mexê-la, assim como o braço, e foram necessárias mais duas semanas com potentes analgésicos, que deixavam Mark num estado de letargia constante. Recebia visitas diversas. Ora o embaixador brasileiro, ora seu colega britânico, e alguns repórteres e fotógrafos amigos. Concedeu duas entrevistas, teve o rosto publicado na maioria dos grandes jornais britânicos e brasileiros. Trabalhava para aquela mídia, e há poucas categorias mais corporativistas na hora da desgraça do que a dos jornalistas:

é bom noticiar tudo, porque um dia pode ser conosco, parecia ser o sentimento geral. Família, só um primo por telefone, já que os pais tinham morrido havia muito tempo.

E Elena, a jovem produtora de TV russa com quem namorara durante cerca de seis meses em Londres. Ela, para seu espanto, não só ligou para saber como ele estava, mas pegou um avião para Islamabad, instalou-se num hotel de terceira categoria e tratou de toda a burocracia médica de Mark. O jornalista não teve como recusar. Pela primeira vez na vida, tinha que deixar as malas serem carregadas por alguém e, apesar do natural estranhamento, não estava achando completamente desagradável ser objeto de cuidado.

O curioso, para Mark, era o fato de que Elena havia saído de sua vida num rompante quase violento, um mês antes da viagem ao Paquistão. Ela era a russa proverbial das emoções fortes, das reações intempestivas. Filha de um funcionário do Partido Comunista da antiga Leningrado, mudara-se para Moscou para estudar depois do fim da União Soviética, em 1991, quando tinha meros catorze anos. O desastre liberal dos anos de Boris Iéltsin à frente do Kremlin a fizeram deixar o país na primeira oportunidade. Frequentou a prestigiosa Universidade de Linguística Estatal de Moscou. O ambiente efervescente da academia, após décadas de engessamento soviético, favorecia não só o profundo conhecimento sobre escritores deprimidos e suicidas e suas obras geniais, mas também uma verdadeira formação humanística para os alunos. Podia discorrer sobre os decembristas com a mesma facilidade com que criticava a transição brutal do comunismo para o capitalismo em seu país. Como tantos outros jovens talentosos de sua geração, desiludidos com o rumo caótico da Rússia, ela viu em Londres um porto seguro para estrangeiros em momentos de crise e se mudou para a cidade, em 1999, falando um inglês apenas aceitável.

Foi execrada em casa. À exceção do irmão, Ivan, todos na família a condenaram pela impetuosidade e suposta falta de patriotismo. Muitos russos passam a vida a espezinhar o país e suas condições de vida, numa autoironia iluminadora, mas volta e meia trazem um profundo nacionalismo. Os anos de Vladimir Putin e seus aliados no poder são provas vivas disso. A mãe de Elena, Masha, foi a primeira a questionar se a filha pretendia ganhar a vida se prostituindo em Londres.

"Como você pode falar isso de mim?", foi a pergunta atônita da jovem, que segurou orgulhosamente as lágrimas para um momento solitário.

"É isso que todas as moças que traem o seu país acabam fazendo. Primeiro entregam a honra; o corpo é questão de tempo", sentenciou Masha.

A reação familiar só fez acelerar a decisão de Elena, que procurou apoio no British Council para obter um visto temporário e arranjar um curso de aperfeiçoamento em inglês. Mas Elena era de qualidade superior, e não durou muito na vida de estudante. Conseguiu rapidamente um trabalho como produtora para uma empresa que fazia programas para os canais privados britânicos, onde aprendeu depressa os meandros técnicos para dar suporte ao seu conhecimento enciclopédico. Suspeitava que John, o proprietário, estava mais interessado em suas longas pernas e no sorriso cativante, mas o vaticínio de Masha a acompanhava, e a fazia forte contra quaisquer desvios de rota. Com o dinheiro, montou um universo próprio em um pequeno apartamento bem localizado em Baron's Court, que enfeitava com reproduções de obras de arte moderna e pôsteres de realismo socialista. Era saudosa, esteticamente, do regime comunista, ainda que os cartazes tivessem sido comprados em lojinhas baratas de Camden Town.

Fez alguns amigos no curso de inglês, que era subsidiado pelo governo britânico, a maioria imigrante como ela. A partir deles, conheceu membros mais bem-sucedidos da comunidade expatriada ex-soviética. Muitas vezes tinha a impressão de que estava entrando para alguma máfia, e de fato vários de seus conhecidos tinham ligação com algum tipo de esquema ilegal. Mas esse submundo a apresentou a britânicos de verdade, e fazia vista grossa às suas suspeitas por conta disso. Fez amizades, ampliou o círculo de contatos profissionais. Era relativamente bem paga para seus vinte e poucos anos. Não foi, porém, uma experiência muito construtiva do ponto de vista emocional. Teve dois relacionamentos desastrosos com ingleses que pareciam esperar dela o comportamento previsto por Masha, o de uma prostituta de luxo, e, com efeito, sexo tornou-se quase um tabu em sua vida. Progressivamente, orgasmo e rendição à maldição familiar fundiram-se em sua cabeça. Uma boa noite de sexo, especialmente para o parceiro, trazia o fantasma vivo de sua mãe a chamando de puta. Mais de uma vez flertou com um daqueles jovens executivos da City que tomam duas cervejas antes de rumar para casa, mas invariavelmente a empolgação deles com o monumento à beleza eslava caía como um raio esterilizante na libido de Elena. Com Howard, o segundo namorado oficial, a situação piorara: o sujeito confundia sexo intenso com violência, e em duas ocasiões bateu em Elena quando se aproximou de gozar. As desculpas posteriores, aliadas à ignorância sobre o que se passava com o corpo que possuía mecanicamente, de nada adiantavam. Elena fazia associações que lhe tiravam não só o desejo, mas também despertavam reações de repulsa. Logo perdeu o interesse pela coisa.

Assim, numa noite de sábado, quando já não esperava mais esse tipo de emoção, um sujeito que vinha de um país exótico a impressionou. Outro expatriado. E que carregava uma confiança tão grande e uma aparente bagagem de experiências que ela se viu atingindo um orgasmo fantasioso horas antes de eles irem para a cama de fato. Não pensava ser capaz de algo assim. Estava extasiada, pois Mark a tratava com igual admiração e desejo. Deve haver tratados científicos sérios, poesia de qualidade e muita música pop lacrimosa escrita sobre esse momento, em que algo acontece a duas pessoas completamente distintas que as aproxima irresistivelmente. De repente, tudo o que pareceria arrogância naquele homem tão alienígena soava como música para ela. E para ele, toda a desconfiança que transformava mulheres em entidades ora poderosas e ameaçadoras, ora em incômodas fracotes, estava transmutada em uma genuína vontade de estar junto. Mark nunca usaria a expressão "amor à primeira vista", até porque não tinha certeza se sabia o que era amor, mas certamente aquele encantamento era o mais próximo que vivera do clichê. E estava adorando.

Em pouco mais de vinte minutos de conversa, ambos se viam dividindo a vida por muito tempo, ou pelo menos fazendo sexo por igual período. Elena pareceu ao brasileiro uma mistura raríssima de beleza clássica e genuína solidez intelectual. Debateram com termos francos para dois desconhecidos a validade das intervenções militares do Ocidente no Oriente Médio. A guerra no Iraque drenava sangue e recursos dos Estados Unidos, e não tinha a justificativa moral que o conflito afegão possuía em sua origem — uma reação militar ao 11 de Setembro. Russa, Elena tendia a se opor liminarmente a esse poder ocidental, não menos por temer que a uma certa hora tudo isso se voltaria contra seu próprio país. "Lembre-se de que tudo começou em Kosovo. Se forem bombardear para apoiar todo mundo que se diz ameaçado, onde o mundo vai parar?", disparou a produtora. Mark concordou parcialmente, fez considerações sobre a diferença no caso, mas percebeu a alteração no tom da voz quando Elena falou da ação militar da Otan contra os sérvios em 1999, que levou à independência kosovar. Ela era uma eslava, afinal, e o sangue fala alto. Mas uma eslava dada a cosmopolitismo, que adorava vinho como ele e que abria hipertextos na conversa para discutir rock e o tamanho real do Brasil dentro do grupo dos BRICS num momento em que a nação sul-americana era a queridinha da imprensa europeia como promessa econômica e social do mundo emergente. O conjunto da obra excitava Mark em diversos níveis e despertou algo semelhante na até então adormecida Elena. Assim, a primeira noite juntos acabou numa maratona sexual, intercalada apenas por uma chuveirada e uma ou outra ida ao banheiro ou à cozinha. Quando atingiu o orgasmo pela primeira vez, Elena chorou. Mark não chegou a tanto, mas o fato de que ainda estavam com parte das roupas e em cima de um aparador com papéis espalhados lhe deu um aperitivo do que estava por vir.

    E assim foi durante os primeiros meses, até que Elena começou a perder a paciência com a incapacidade do brasileiro de transmitir algum tipo de esperança mais concreta de comprometimento. A vontade natural de estreitar o convívio causava uma angústia especial à independente Elena. Pois se sua vida havia até aqui sido pautada pela capacidade de se desvincular de amarras sociais, no fundo de seu espírito eslavo estava o desejo por segurança. Não vocalizaria nunca, nem para si mesmo, a necessidade de formar família, dividir aluguel e ter filhos. De certa forma, aquilo soaria como uma negação de toda a sua trajetória. Mas Mark, ao acessar prazerosamente seu centro de desejos, liberou uma energia com a qual a russa não sabia lidar. E o brasileiro não percebia a extensão disso, considerando as crescentes demandas por programas conjuntos como um prenúncio do fim de sua liberdade. Assim, para cada gesto que acalentava a fantasia de Elena, como a compra de uma escova de dentes para ela não ter de usar a dele quando dormia em sua casa, ele providenciava icebergs emocionais em forma de telefonemas não respondidos e ausências inexplicáveis.

    Aos poucos, a fúria uterina que Mark havia despertado tornou-se, como um gênio da garrafa preso há muito tempo e chateado com seu mestre, uma força de ressentimento e cobranças. Também numa noite de sábado, Elena deixou o apartamento de Mark gritando e chorando, e tudo parecia terminado para sempre. Como de costume, Mark começou a se afundar em recriminações e a alimentar uma intensa desconfiança de que estava destinado a ser solitário, embora pela primeira vez achasse ter encontrado alguém a quem olhava nos olhos, e não a quem fitava com superioridade ou medo. Suspeitava seriamente se Elena não seria "a" mulher, aquela para quem não deveria abaixar ou levantar a cabeça na hora de conversar, e pensava se deveria tentar voltar a procurá-la. Mas a viagem ao Paquistão interrompeu sua divagação. A ação sempre ocupa o espaço da depressão. É inevitável. São os ossos do ofício, gostava de repetir a si mesmo. Fugia assim do questionamento óbvio: as desconfianças dela iriam se repetir, o que faria a respeito?

Mark ficou um mês no hospital. Os custos não eram exorbitantes, e, por sorte, a *Final Word* tinha uma política de recursos humanos rara no mundo da internet: pagou todas as contas, tinha um acerto com uma seguradora de porte. Quando estava pronto para sair, foi avisado de que deveria tirar os arames da perna, que lhe cortavam a carne para estabilizar a tíbia, em até quinze dias. Era uma recuperação excepcional, e, com fisioterapia, podia esperar andar sem muletas entre quatro e seis meses. O Dr. Abdulaziz podia não gostar de gringos, mas não transparecia isso na forma como os tratava. Diferentemente, o Dr. Hans fez prognósticos desagradáveis sobre a cicatriz em seu braço. "Recomendo ir a um especialista na Europa. Você vai voltar para lá, não?", disse, só para receber uma coleção de impropérios que Mark havia guardado desde seu primeiro encontro. Já se sentia mais forte, e desancou o teutônico com suas melhores tiradas contra funcionários de ONGs, uma raça que não lhe apetecia especialmente. Nunca mais viu o voluntário da cirurgia plástica.

Mark disse a Elena que poderia ficar num quarto ao lado do seu no hotel, mas ela insistiu em que ficassem juntos. "Tem certeza? Afinal não estamos mais juntos. Estou muito feliz com sua atitude de vir aqui, mas não quero prendê-la a mim", disse Mark, escancarando toda a sua incapacidade de se deixar amar em estado bruto, sem se abrir para o encantamento que já os unira uma vez.

Elena resmungou algo e o ajudou com as muletas. Foram para o mesmo quarto, em um pequeno hotel da Islamabad Club Road, uma das ligações entre a cidade e o aeroporto.

"Infelizmente, minha *krasivaya*, não posso te carregar para dentro do nosso ninho de amor", gracejou Mark, exagerando o timbre grave de sua voz e usando a palavra russa para "bela" que havia aprendido logo no começo do relacionamento. Novamente, estava com o radar emocional avariado: ele carregara Elena para dentro do apartamento dela na noite em que se conheceram. E a carregou, após o primeiro orgasmo sobre o aparador, para a cama. E o faria várias vezes, sempre para espanto da namorada, que se considerava acima do peso como muitas mulheres. Mas Mark estava à altura do desafio e tinha braços e ombros particularmente fortes.

O fato, no entanto, é que ele não tinha o centro das emoções finas muito bem desenvolvido, e ao brincar com uma de suas mais íntimas lembranças da história em comum com Elena, conseguiu fazer a jovem russa esboçar uma lágrima.

"Imbecil", recriminou-se na mesma hora, pois, se agia e falava de forma impulsiva, era igualmente rápido para perceber um dano cometido. "Venha cá. Deixe eu te falar uma coisa séria. Sei que acabamos de forma ruim, que não nos falamos direito quando viajei. Mas a verdade é que estou muito feliz que você tenha vindo até aqui, foi algo que realmente me deixou admirado. Mas não se preocupe, não quero que você se sinta pressionada a cuidar de mim. Não estamos mais juntos, sei disso e sei por que isso é assim. Mas, de novo, quero te agradecer, e muito, pelo carinho. Sei que a gente vai acabar tomando caminhos diferentes, mas não podia deixar de te dizer."

Mark não conseguiu acabar de falar. Elena desabou na cama, em prantos. Antes que ele pudesse perceber em que parte do discurso havia errado (e certamente isso não era mercadoria em falta), foi invadido por uma certeza do que estava acontecendo. Abraçou-a, tendo em si aquela convicção do Cristo no Getsêmani, a sensação silenciosa e profunda de que vai ter de passar por uma provação a que o Pai lhe designou, e a ninguém mais. A confiança de que todo o plano do Criador passa por si e, ao mesmo tempo, o punirá de forma que o martírio se encaixe como uma peça de quebra-cabeças lógica. Uma mistura de narcisismo e pavor do abandono. Assim, apenas esperou Elena parar de chorar para ouvir o que de forma insondável já sabia, com uma opressão que deixava sua cabeça leve, e o peito, apertado. Sentia-se por um momento suspenso no ar por cordas invisíveis, que estavam afixadas à sua pele por ganchos, puxando cada nervo sensível. Assim, não reagiu quando Elena disse, quase murmurando: "Mark, estou grávida."

4. Um mundo perfeito

Não era a primeira vez que Mark ouvia isso de uma mulher. Na verdade, era a terceira. Só que, desta vez, sob a perspectiva do ocorrido, sentia que era diferente. Elena não iria abortar por vontade própria, pois, se ainda tinha algo da criação comunista, também era profundamente russa ortodoxa, nem iria aceitar suas ponderações racionais sobre o quão difícil seria criar uma criança dentro de um relacionamento instável numa cidade estrangeira para os dois. Ainda que Londres acolhesse a ambos, era também um grande albergue no qual apenas habitavam de forma algo superficial.

Mark sentira isso na primeira vez em que pisou na cidade, no começo da década de 1990, quando os Conservadores ainda não haviam sido escorraçados do poder pela farsa do Novo Trabalhismo, mas já agonizavam em praça pública. A vibração de mudança iminente parecia atrair gente como Mark, mas a verdade é que a capital britânica mantinha tal qualidade magnética desde os tempos em que capitaneava um conglomerado de várias nacionalidades, com um grau de tolerância e aceitação de diferenças notadamente superior a outros lugares semelhantes, como Viena, outrora também centro de um império multiétnico.

Apesar de reconhecer essa afabilidade urbana, essa receptividade que fazia o inglês ser menos ouvido que o urdu ou o chinês em alguns bairros, Mark sabia que Londres era uma etapa, não um destino. Constituir família? Era tudo que ele evitara nos últimos anos, quando investiu pesadamente na carreira, correndo riscos diversos para se fixar como jornalista numa língua que não era a sua, num país que não era o seu. As duas mulheres anteriores a Elena no papel de bruxa má de seu enredo infantil, peterpaniano, pontificaram papéis bem diferentes. A primeira, Maria, era um morena de beleza apenas mediana, mas com um corpo fenomenal, com quem Mark saía com alguma frequência em meados dos anos 1990. Usavam preservativos, mas um dia um deles estourou. Mark suspeitou que não houvesse sido um simples acaso, mas a reação de Maria foi objetiva. De forma quase indolor, um dia ela anunciou que estivera numa clínica clandestina de aborto e que ele poderia depositar metade do valor do procedimento em sua conta. Assim, quase como uma engenheira anunciando a execução de uma obra e discorrendo sobre o orçamento.

Já a segunda, Tânia, foi um caso diverso. Ela era o que mais próximo de uma namorada séria Mark tivera na conturbada década final do século XX, com direito a almoços familiares e até a alguns planos para o futuro. Mark já estava sob a influência de Lacan naqueles dias, e quando ela trouxe a notícia de que a tabelinha havia falhado, regurgitou sobre a coitada todo o discurso psicanalítico de que uma coisa dessas não acontece por acaso. Era, no mínimo e sendo gentil, um ato falho. Tânia ficou naturalmente horrorizada com a falta de sensibilidade do namorado e desapareceu por duas semanas. Não atendia ao telefone, pediu licença no trabalho de analista de sistemas de uma empresa de logística de São Paulo, onde moravam. Como sempre, Mark caiu em si, só para afundar-se em culpas e remoer mágoas. Não era do tipo que se sensibilizava facilmente, mas tinha uma aguda percepção das próprias falhas, um senso que atingia alturas exageradas de autopunição por situações claramente de responsabilidade dividida. Até que Tânia apareceu em sua casa, um dia à noite, dizendo que tinha tomado comprimidos para úlcera que têm efeito abortivo e que já não carregava consigo o resultado da imprudência do método contraceptivo que haviam escolhido. Transaram no mesmo momento, um sexo quase rude, primário. Sem camisinha.

A experiência em ambos os casos ensinou-lhe uma lição básica. As chances de um relacionamento vingar após um evento tão traumático quanto o aborto são reduzidas. Com algumas diferenças de tempo e várias no temperamento, Maria e Tânia desapareceram de sua vida depois do incidente. Todo o discurso de que estava tudo bem, ou que filhos seriam um assunto a se discutir com planejamento prévio, tudo isso era uma balela na prática: elas não perdoaram a rejeição que viam no comportamento de Mark. Ele tentava argumentar a si mesmo que num mundo perfeito poderia tolerar a futilidade de Maria ou a carência vampiresca de Tânia, tudo isso em nome da construção de um bem maior, uma família, um futuro. Seus defeitos, a intolerância com Maria e falta de sensibilidade com Tânia, eles, naturalmente, não faziam parte de seu universo ideal.

Chegava a desenvolver teses elaboradas sobre a possibilidade de felicidade nesse universo, no qual os astros gravitam de forma ordenada, em que ondas fractais confusas se desdobravam em expressões de perfeição. Nele, poderia ser um bom pai, um marido amoroso. Talvez compensasse a pressão do compromisso com uma ou duas aventuras superficiais às escondidas, mas, no fim do dia, estaria brincando com os filhos. Ignoraria os defeitos da mãe, que, por sua vez, toleraria os seus, e encontraria maneiras de extrair o máximo de prazer e conforto, potencializando-se com o agradecimento que aquele lar lhe faria por tanta dedicação. Poderia até conseguir permanecer imerso nesse mundo em que responsabilidades não são pesos, mas sim trampolins para uma liberdade maior. Seria feliz. Mas, como sempre suspeitou, não há mundo perfeito.

Elena não nutria tais pensamentos. Sua vida amorosa até então se resumira a abusadores sexuais travestidos de namorados, que viam na bela russa um corpo a ser explorado até as últimas consequências. Adolescente, teve que sacar uma faca obtida com seu instrutor militar na escola pública para ameaçar dois colegas de classe que insinuaram currá-la. Estava sozinha em casa com eles, e os gritos de sua voz naturalmente baixa não foram ouvidos. Poucos meses depois, foi o próprio instrutor quem a molestou depois de uma aula prática de tiro — como na maior parte das escolas soviéticas, preparação militar básica estava no currículo. Irônico, o instrutor ainda fingiu comemorar que Elena tinha dado uma utilidade à faca que ele dera. Em Londres, meramente supervisionou o enterro de suas emoções após dois namoros, até conhecer Mark. Sua carreira de insucessos não incluía, contudo, um aborto. Socialmente condenado na União Soviética, ainda que amplamente praticado e amparado por lei desde 1968, no caso de Elena havia ainda o componente religioso, que, na prática, a impedia de pensar na hipótese de interromper uma gestação, mesmo que o embrião se tratasse daquilo que Aldous Huxley chamou de "ampola gelatinosa" para ela. Elena descobrira a gravidez em Londres, e, se Lacan estiver errado, a causa foi um equívoco nas datas de uso do anticoncepcional.

Não teve coragem de contar a Mark, naquele momento absorto como nunca no trabalho, e acabou recorrendo a um vigoroso impulso de fuga para lidar com o assunto. Falou sobre suas opções com a amiga Oksana, uma ucraniana bem-sucedida que trabalhava num banco de investimentos. Com o aborto descartado, e ele é um procedimento corriqueiro no sistema de saúde inglês, passou a considerar algo extremo: voltar para a casa da mãe em São Petersburgo, de onde tinha saído havia anos sob a acusação de flertar com a prostituição, ter o filho e entregá-lo possivelmente para a adoção. Alternava racionalizações sobre a situação com o desespero de ver tudo aquilo a que havia se proposto ao deixar a Rússia ruir — e com um toque de sadismo, já que tinha que se submeter à previsível censura familiar. Mas o filho comovia mais, de um jeito que nunca pensara ser possível. E sim, filho, no masculino, porque em seu íntimo ela sentia carregar um menino, que não lhe fazia uma barriga muito perceptível apesar dos mais de três meses de gestação. Mark, dopado com analgésicos, antibióticos e anti-inflamatórios, tampouco percebera a diferença quando a viu no hospital pela primeira vez. Mas o soube naquela tarde em Islamabad.

"Olha, Mark, quero que você entenda que não vim aqui me casar com você. Nem vou te forçar a isso, nunca. Mas, quando soube do atentado, e hoje em dia a gente sabe quando morre qualquer um no Uzbequistão, fiquei louca. Não podia admitir que essa criança não soubesse que tem um pai", disse Elena, já contendo o choro.

Mark estava estático, pressentindo o rumo da conversa, mas assentiu. "Sim, diga."

"Então vim aqui para cuidar de você e mostrar que você pode ter uma família, se quiser. Mas, se você quiser que eu vá embora, me diga agora. Por favor."

Já com uma dose baixa de remédios, os neurotransmissores de Mark agora começavam a entrar em ebulição. Aquela não era a Elena por quem se apaixonara, mesmo sem usar essa terminologia. A autocomiseração, a síndrome de vira-lata, a manipulação emocional baixa e o pior: a certeza de que ele não tinha condições de prescindir dela naquele momento. O que Mark não sabia é que a russa também se violava ao construir a súplica dessa forma; nos momentos solitários dali em diante, ela se recriminaria duramente por ter abdicado do comando de sua vida em uma só sentença. Mark não podia acreditar que aquela cena estava ocorrendo na sua frente, em um quarto de hotel em Islamabad, e que ele não podia sair para refletir porque estava com a perna em ruínas devido a um atentado. Parecia, mesmo para o fantasioso Mark das aventuras mundo afora, um pouco demais.

E era. Começou a sentir-se mal, tonto, e deitou-se. Disse pausadamente. "Não tenho condições de discutir isso agora. É muita informação, espero que você me entenda. Mas...", e gaguejou, sem ter certeza do que estava fazendo, "quero que você fique." Estendeu a mão para a garrafa de água ao lado da cama e a tomou em um só gole.

Ainda tinha sede quando adormeceu, mas não quis pedir mais nada à futura mãe de seu filho naquele momento. Já teria muito a aceitar. O mundo não é perfeito. Ao menos naquilo que o sujeito considera perfeição.

5. Segredos

Três anos antes, quando Waqar descobriu o caderno rosado nos escombros de Muzaffarabad, dois sentimentos afloraram no jovem paquistanês. Primeiro, sabia de forma instintiva que lá haveria alguma história a ser contada, pois diários adolescentes, e era isso que aquele objeto parecia ser, são depositários de segredos. E contar algo assim no meio de uma tragédia internacional poderia garantir alguns trocados a mais das sedentas publicações europeias, sempre dispostas a aliviar sua culpa colonialista com alguma "história humana", como gostam de chamar. É uma ironia histórica que os principais fornecedores dessas pequenas pílulas contra o mal-estar das antigas metrópoles sejam normalmente jornalistas e *fixers* nativos. Ao menos agora eles são pagos, embora não se deva ignorar o fato de que alimentam o processo com mesquinharia e ganância dignas de qualquer rei Leopoldo. Afinal de contas, o que lhes interessa no fim do dia são as notas de cem dólares, pouco importando se isso vai colocar óleo numa engrenagem perversa. A roda move boa parte da imprensa liberal europeia, a britânica em particular. Uma infinidade de apelos contra a fome na África, convênios com organizações não governamentais que fazem proselitismo em locais como o Paquistão, toda sorte de enganação para o leitor.

Quando encontrou Mark na cobertura do terremoto, alguns dias depois, tiveram essa conversa. Ao brasileiro desterrado impressionava tanto a disposição dos nativos de ganhar dinheiro com a própria tragédia quanto toda essa manipulação por parte dos meios de comunicação ocidentais. Certa vez tivera longa discussão com um correspondente britânico, que defendia ardorosamente a tese de que seus conterrâneos tinham um grau de consciência social superior. Por isso, sustentava, era tão comum o apoio a essas campanhas — não havia jornal inglês que não trouxesse de vez em quando uma propaganda de alguma "instituição de caridade" com a foto de algum africano esquálido e platitudes do tipo "Você pode salvá-lo da fome com apenas um clique". Para Mark, o comentário era de uma ingenuidade quase criminosa, e, quando introduziu o tema na conversa com Waqar, assombrou-se com a reação do amigo paquistanês. "Lógico que os ingleses são superiores. Se fôssemos nós os melhores, todas as mulheres em Londres usariam véu e eles falariam urdu", disse, sem se dar conta da piada involuntária por cortesia da nova demografia britânica — não viveria, afinal, para vê-la ao vivo. E, de todo modo, comprovava a tese crescente entre historiadores liberais — no sentido britânico, conservadores do outro lado do Atlântico — de que o Império não fora tão ruim. Como conta qualquer taxista em Peshawar, as únicas edificações em estado decente da cidade são as legadas pelos antigos chefes coloniais.

Naquele começo de noite em Muzaffarabad, Waqar, contudo, foi invadido por um segundo sentimento, decorrente do primeiro. "Se é segredo, por que vou expor isso? Deve ser algum tipo de pecado, é errado. E se quem escreveu aqui for esse garoto morto?", pensou. A crise de consciência durou uns cinco minutos, e ele achou por bem tomar a decisão mais tarde, quando estivesse descansado e tivesse conseguido tomar um banho. Como isso só veio a ocorrer dois dias depois, já de volta à capital por ordens de seu jornal, Waqar não teve a oportunidade de procurar por Ariana num primeiro momento.

Sim, Ariana era a autora das linhas escritas no caderno. Muito estranhamente, em inglês. Imbuído da misoginia que permeia as relações sociais no Paquistão, Waqar se sentiu menos constrangido de ler o diário. Fora o autor do texto aquele rapaz morto na ruína, além do eventual desconforto por ter literalmente visto o corpo sobre o qual faria sua rapinagem, o jornalista quase certamente sentiria estar participando de uma traição de classe. Mulheres são seres de segunda categoria na maior parte das regiões tribais paquistanesas, e são sujeitas a tribunais exclusivos para crimes contra a honra de seus maridos. De tempos em tempos, ONGs feministas ganham destaque na imprensa clamando contra os horrores daquelas práticas, mas, na maioria dos casos, desaparecerem da região assim que o fluxo de doações de governos e incautos aumenta. Há obviamente uma grande incompreensão, no Ocidente, dos meandros dessas relações. Entre a grande nação de clãs tribais dos pachtos, por exemplo, são as mulheres que fazem uma série de escolhas na organização da família; a mais surpreendente delas, talvez, seja a escolha do marido para a filha, poder que só é retirado da matriarca no caso de o casamento envolver alguma negociação política muito importante — os noivos, exceto quando a mulher é viúva ou o homem é o patriarca da casa, têm baixo poder de decisão.

Mas o avanço dos zelotes fundamentalistas na vida tribal tem distorcido esses filigranas em favor da visão mais conhecida, de uma brutalidade absurda contra a mulher — que, no fim, é a que prevalece de qualquer forma. Nas grandes cidades, o processo é menos explícito, mas nem por isso imperceptível, e iniciativas genuínas de melhorar a inclusão das paquistanesas acabam ficando sob a poeira que cobre tudo no país.

As letras no papel eram firmes, escritas com caneta azul, exceto por um trecho ou outro registrado a lápis, o que indicava uma sobriedade típica das famílias do interior do Paquistão. Muzaffarabad era uma cidade relativamente desenvolvida, centro regional, mas ainda assim muito mais próxima dos tribalismos que a moderna Islamabad, a mais cosmopolita Lahore e a caótica Karachi.

"*I'm Ariana*", começava o texto em inglês. Waqar se questionava o motivo e o que aquilo significava. Mesmo que viesse de uma família tradicional, era evidente que a menina tivera acesso ao inglês da escola pública, o que indica um nível superior no estrato social. Nas áreas tribais puras, a educação feminina é praticamente nula. Ela poderia também estar evitando olhos mais curiosos de empregados e parentes que não dominassem a língua estrangeira, essa era uma boa hipótese. E Ariana devia ser um pseudônimo. Não há meninas com esse nome no país, mas a referência aos grandes povos da Ásia Central que fundaram impérios e civilizações poderia indicar a etnia pachto da autora. Entre os pachtos do Afeganistão e do Paquistão há um certo culto a essa memória — pululam empreendimentos com o nome, de redes de lojas à empresa aérea nacional afegã e a um cinema central de Cabul. Mas a história que começava a se descortinar era bem menos épica.

Ariana contava, em inglês simples, mas correto, ter quinze anos e estar com o casamento arranjado para o fim do ano. Ela não conhecia o noivo. Só sabia que se tratava de um *mujahid*, um guerreiro santo que havia lutado no Afeganistão contra os americanos e que, sendo originário da Caxemira, queria voltar para sua terra até que sentisse um novo chamado divino para o combate. Talvez estivesse fugindo de algo ou de alguém. Só que o *mujahid* tinha dinheiro para pagar o dote de Ariana, um valor que ela nunca cita em seu texto, e isso parece ter encantado o Pai, descrito assim, com maiúscula. Sobre a Mãe não há uma palavra, indicando uma possível orfandade ou uma tentativa de proteção instintiva. Provavelmente a primeira, visto que, em tese, seria a mãe a pessoa a negociar com o *mujahid* o preço do casamento. Mas há, e não poucas, referências a Iqbal, relatado no caderno como um garoto bonito e forte. Filho de um vizinho de sua família, ele é seu amor secreto. A menina conta que Iqbal trabalha com o pai, como tantos jovens daquela região, numa pequena loja de tecidos. O texto sugere que eles têm idades compatíveis, já que ela diz conhecê-lo desde pequeno.

A pieguice do relato que corria à frente de seus olhos comoveu Waqar, ao menos o suficiente para demovê-lo de fazer qualquer uso jornalístico daquele material. Mas havia algo mais. O que havia escrito lá se transformou num segredo mortal para ele. Jamais contara a ninguém o que lera no diário, guardado de forma cuidadosa. Às vezes se pegava fantasiando alguma das partes mais sensuais, ou aventurosas, mas decidira que Ariana era um mistério que levaria para o túmulo. Havia lá mais do que apenas o devaneio de uma menina sob a opressão da família e da sociedade.

Waqar chegou a comentar superficialmente a história com uma amiga britânica de uma agência de notícias, mas cortou a conversa quando o faro da repórter se tornou mais aguçado, e ela percebeu que havia mais do que um relato infantil em questão. Tentando roubar a história para si, a moça sugeriu que eles tomassem mais uma cerveja nos fundos do The Club, um misto de casa de prostituição e bar que servia de quartel-general informal para correspondentes baseados em Islamabad. Ali era possível tomar álcool sem as hipocrisias oficiais, após passar por um portão de ferro alto no qual apenas o passaporte estrangeiro ou a amizade com o porteiro serviam de senha de entrada. Ironicamente, o bar fica perto de uma mesquita e ao lado da Pak-Saudi Tower, uma construção medonha financiada pelos próceres do purismo islâmico de Riad. Waqar não costumava beber, como fazem quase todos os paquistaneses de classe mais alta no recesso do lar, mas não negava um copo de cerveja para socializar com os amigos e potenciais clientes ocidentais. Sabia que havia entre a habitualmente boêmia classe dos jornalistas uma certa intolerância aos abstêmios, e que muitos de seus colegas *fixers* muçulmanos perdiam negócios por não aceitar nem conversar em bares de hotel. Assim, mentes mais flexíveis como Waqar tinham consciência que uma ou duas cervejas abririam um canal de confiança com seus interlocutores. Por vezes, o papel de amaciar seus *fixers* era reservado às repórteres, invariavelmente europeias, já que as norte-americanas no fundo podiam ser mais puritanas do que as paquistanesas. Assim, não era estranho ver jovens francesas e britânicas em lugares como o The Club quase aos beijos com imberbes como Waqar, só para tê-los como confiáveis. Claro que era uma intimidade falsa, mas qual relação de uma noite é verdadeira o suficiente?

Não era um acaso que tudo isso acontecesse num puteiro.

6. Os dois Marks

Depois de tirar os arames que lhe davam a impressão de um mutilado de guerra, Mark decidiu que voltaria para recuperar-se em Londres. Já se sentia revigorado o suficiente e precisava respirar outros ares. Elena concordou na hora, cansada da miséria empoeirada da cidade e do medo de que aquele hotelzinho também fosse vítima de um atentado. A situação de segurança estava deteriorada graças à renúncia de Musharraf como chefe das Forças Armadas e a uma crise política de grandes proporções que sucedera ao assassinato da ex-premier Benazir Bhutto no fim do ano por extremistas islâmicos. A insurreição em algumas agências tribais ganhava força, provocando medo nos centros urbanos. Havia cheiro de guerra civil no ar, com uma greve de advogados paralisando o Judiciário e protestos diários nas ruas. Já era janeiro de 2008 e, de quebra, a temperatura baixa estava insuportável. "Dói mais no frio", eram as palavras animadoras do doutor Abdulaziz, antes de tecer algum comentário elogioso à resiliência do povo daquele lado do mundo.

Surpreendentemente, Mark e Elena viviam sob uma espécie de trégua naquele período, no qual foi suspensa a discussão sobre o estado dela. Era como se não estivesse grávida, embora a barriga já estivesse pronunciada e ela tivesse se consultado para o pré-natal no hospital em que Mark ia trocar o curativo das feridas uma vez por semana. Ela havia congelado seus trabalhos em Londres, estava no Paquistão por conta e risco. Na semana seguinte à revelação, eles chegaram a ensaiar a conversa. Elena deixou claro que teria o filho independentemente da vontade de Mark, mas havia um questionamento objetivo sobre a falta da fugura paterna no processo. Seria justo para aquela criança nascer sem um pai presente, ele se perguntou, assumindo para si próprio que dificilmente iria morar com Elena. Mas no fim a vontade final seria a dela. E Mark sabia disso.

No entanto, o desconforto do debate os afetou. De forma intuitiva, como que para poder sobreviver àquela intempérie em uma terra hostil, eles deixaram a discussão de lado. Por mais artificial que isso fosse, conseguiram relaxar e até fizeram sexo em duas ocasiões, só interrompidos pelas dores muito fortes que Mark sentia. Davam risadas com suas dificuldades com as muletas e uma cumplicidade diferente daquela desenvolvida entre os lençóis apareceu. Mark sentia a proximidade que se encontra nos casais que enfrentam obstáculos juntos ou nos idosos, já muito velhos para brigar por causa de detalhes e cansados demais para buscar algum caminho sozinho. Triste, mas reconfortante. À noite, sonhava com arquétipos de impotência, como a corrida perdida para pegar um avião ou o atraso na entrega de uma reportagem. Assim, de forma lenta e certamente por via torta, uma mudança foi colocada em curso na mente do jornalista. E Elena, como mulher, percebeu isso no ar. Começaram a contemplar uma vida em família, embora não falassem isso, e, quando o bebê começou a se mexer com certa frequência dentro do útero, Mark passou a se imaginar como pai.

Não que isso fosse fácil, como não é nem para aqueles que exprimem esse desejo. Mark nunca quisera ter filhos. Eram apenas uma espécie de hipótese de trabalho dentro do seu idílio de um mundo perfeito. Mas era uma visão milenarista, um porvir que nunca chegaria e tinha nessa característica seu real apelo. Nadara a vida toda num mar de relacionamentos superficiais, com poucas e notáveis exceções de mergulho nas perigosas e recompensadoras fossas abissais do amor profundo. Toda ilusão concernente ao amor tinha tintas de profecia autorrealizável, de uma mentira recontada *ad nauseum*. Seria diferente com Elena? Seria ela "a" mulher?

Mark levava a vida dessa forma, com uma esperança de que, na verdade, nunca iria ter de se preocupar em alcançá-la como razão de ser. Como quase todo ser vivo sobre a Terra, não tinha ideia do porquê de estar aqui, mas criava uma pantomima de sentido que o mantinha no curso. No entanto, a barriga e o estado de espírito matinal intolerável de Elena mudaram-lhe a percepção. Agora suas ações haviam gerado algo. Anos de reportagens que considerava dignas, embora não acreditasse na falácia de que pudessem mudar o mundo, tinham lhe dado a ideia de que estava constituindo algo palpável, um legado. Era apenas um holograma. A primeira coisa real que criara estava ali, ao seu lado, dentro de um ventre. E isso o apavorava. Tanto que se pegava por vezes fantasiando algum tipo de solução mórbida, um aborto espontâneo, uma desistência por parte de Elena. Recriminava-se imediatamente, mas os pensamentos o assaltavam de novo no momento seguinte.

Na última semana de janeiro, Mark já conseguia se locomover de forma razoável com suas muletas. Saiu um dia sem Elena, indisposta, e pegou um táxi até um mirante da margem sul do lago Rawal, em Islamabad. Estava um sol forte, o ar estava mais limpo do que de costume, e a luminosidade doeu em seus olhos. O frio era seco e cortante. As queimaduras, que cicatrizaram muito bem, não se ressentiam do toque do seu casaco. Viu um casal jovem caminhando. Eram abastados para o padrão local: deixaram seu Corolla novo ao lado de um quiosque de refrigerantes, pegaram duas Coca-Colas e seguiram de mãos dadas pela beira do lago. Lembrou-se de Waqar. Uma vez fora até ali com o tradutor, e no caminho viram casais jovens análogos àquele. Perguntou-lhe se eram namorados, noivos ou casados. "Casados, sempre. Sem dote, não se casa. Sem casamento, não se anda na rua", disse, sério.

"Mas e como vocês fazem para namorar, conhecer as meninas?", insistiu Mark. Ouviu uma história pouco convincente sobre alguns namoricos em universidades e sobre um rígido código no quesito sexo e casamento, sempre perpassado pelos desejos da família. Waqar concedeu que alguns daqueles casais poderiam ser na verdade de namorados, e que não era impossível para uma jovem paquistanesa casar-se sem ser virgem. Mas era algo pouco desejável, ressaltou. O *fixer* então começou a falar de suas dificuldades, e insinuou que ainda não havia feito sexo com mulheres. Mark achou por bem deixar o assunto morrer, até porque acabaria por associar a falta de contato com o feminino àquilo que considerava um excesso de intimidade, "viadagem" como diria numa mesa de bar, entre os rapazes do local — como em diversos países islâmicos, homens de mãos dadas são uma constante nas ruas paquistanesas. Anos mais tarde, ao contemplar o casal passeando no lago e questionando-se sobre quão felizes eles poderiam ser, Mark sentou-se no banco do mirante. Respirou fundo. Mesmo sem uma resposta clara, sabia que dificilmente teria algo parecido com Elena.

Voltou para o hotel tentando andar parte do caminho, sem muito sucesso. Desviou de dois carros de som de candidatos à eleição parlamentar que iria ocorrer no mês seguinte; o pleito que estava marcado para janeiro havia sido cancelado por agitações posteriores ao assassinato de Benazir. A ex-premier virara uma espécie de santa: candidatos de sua agremiação, o Partido do Povo Paquistanês, usavam sua imagem em todo o material de campanha. Ao lado do parque em que fora atacada em dezembro, foi montado um santuário com todo o tipo de lembranças da figura polêmica. Seu marido, conhecido candidamente como Mr. 10% por conta das comissões que supostamente cobrava de empreiteiros no governo anterior da esposa, de repente era uma figura popular. Tanto que viraria presidente do Paquistão antes do fim daquele 2008, após a queda do regime de Musharraf. Mark estava enojado, mas sobrava pouco tempo para pensar em política.

Foram para Londres no fim do mês. A viagem transcorreu sem grandes incidentes, e a *Final Word* fora sensível o suficiente para lhe reservar um lugar na classe executiva da British Airways. Não para Elena, contudo, e Mark pagou do bolso o upgrade para a gestante. Era o mínimo que podia fazer após a dedicação de Elena, que pedira uma licença do emprego na produtora para cuidar do jornalista — e comunicar-lhe da gravidez, mas Mark preferia não pensar nisso como uma armadilha. Mal se falaram nas mais de oito horas de voo, cada um concentrado em dedilhar as contas do próprio rosário de pensamentos. Faltando duas horas para chegar a Londres, Mark perguntou a Elena se ela se importaria se ele fosse para casa sozinho. Para sua surpresa, ela concordou. "Ainda não sabemos como vai ser, acho melhor assim", disse Elena. Nem sequer dividiram os táxis. Elena ao menos tinha a amiga Oksana à sua espera no Terminal 4 de Heathrow. Mark, ninguém.

As primeiras semanas passaram rápido. Elena retomou seu trabalho na produtora, e se viam pelo menos uma vez durante a semana, além dos fins de semana. Mark, por sua vez, vivia uma espécie de momento de consagração profissional. A *Final Word* lhe pedira alguns textos sobre a conjuntura paquistanesa e um relato em primeira pessoa do atentado. As reportagens fizeram sucesso imediato nos círculos em que se lê esse tipo de coisa. Ironicamente, o texto foi traduzido e republicado em dois grandes jornais do Brasil, dando a Mark um pequeno momento de orgulho mesquinho — não conseguira emprego nos diários, mesmo depois de suas coberturas bem-sucedidas pela

Nova Gazeta. Fora chamado para conceder entrevistas à Sky News e à BBC. Evitava longas considerações sobre os rumos da chamada guerra ao terror, mas não escondia seu desagrado. "Não creio que nós, os governos do Ocidente eu quero dizer, saibamos exatamente o que estamos fazendo naqueles países. Não compreendemos as verdadeiras razões, nem sabemos exatamente o que estamos defendendo. Alimentamos Zia-ul-Haq porque ele nos deu a *jihad* contra os soviéticos no Afeganistão durante todo o seu governo. Depois, o desprezamos como déspota, e poucos acharam estranho quando seu avião caiu em 1988. Ora, todos reclamam agora de Musharraf, o mesmo Musharraf que apoiaram antes. Vão negociar com quem quando ele se for? Podem apostar que vai ser com algum general, com o comandante do Exército", disse ao *Daily Telegraph*. Sabia que o ditador Zia e Musharraf eram meio incomparáveis, mas era também capaz de confeccionar uma frase de efeito para um público suscetível. Era jornalista, afinal.

Apesar de impactante, o questionamento desagradou tanto o público mais à esquerda, a quem a *realpolitik* soa pouco civilizada, quanto o mais à direita, que rapidamente se perguntou por que mesmo "um brasileiro estaria questionando os governos do Ocidente?", como um comentarista do próprio *Telegraph* escreveu. Em uma festa na casa de colegas de trabalho do banco de Oksana, à qual foi após Elena praticamente ameaçar dar à luz, foi questionado de forma indisfarçavelmente etnocêntrica. Era um brasileiro, apesar do nome, da experiência e do fato de que seu país estava na moda naquela segunda metade dos anos 2000 como possível potência emergente. Era um dano colateral da globalização. Mark começou a questionar se Londres era mesmo tão melhor com seus estrangeiros quanto Viena. Ao debater com Smith, um garotão engomadinho que parecia ter saído de alguma daquelas faculdades centenárias britânicas anteontem, percebeu que a batalha estava perdida. O rapaz, com um terno Ferragamo de corte impecável e gel no cabelo, o questionava duramente. "O que te faz pensar que pode julgar um país com as responsabilidades do nosso? Você podia ter morrido daquele jeito em um hotel do Rio", decretou.

Mark não teve energia para colocar o moleque em seu lugar, além de ensinar-lhe um pouco sobre a realidade brasileira, e contentou-se em rir e embebedar-se com o uísque de excelente qualidade servido. "Dano colateral da globalização. Gostei. Quando escrever um livro, vou dar esse título", pensou.

Não conseguia agradar a ninguém durante seu período de celebridade relâmpago. Fora procurado pela *The Leftist*, uma publicação on-line mais à esquerda do que títulos já no fim daquele canto do espectro político, como a tradicional *New Statesman*. Interessados em espezinhar o *Telegraph* e buscando de certa forma banquetear-se no drama de um terceiro-mundista que quase morreu fazendo serviço para uma publicação de uma metrópole, dois editores da revista virtual marcaram com Mark em um pub vitoriano cheio de espelhos perto de Covent Garden. O ambiente acolhedor lembrava um certo conforto materno, por assim dizer. "Digam-me, vocês que são ingleses de verdade, não parece um fato que os pubs rebuscados e cheios de veludos vermelhos da era vitoriana eram uma espécie de extensão do útero da boa e velha monarca? Não, ninguém me contou isso. Deduzi de tanto beber neles e me sentir acolhido. Imagino um pobre coitado daquela era miserável entrando aqui no frio e encontrando calor, acolhimento, fumaça, cerveja e vadias. Vovó Victoria está aqui, entrem, penetrem-na. O que vocês acham?"

Os dois jornalistas, Alan e Paul, deram risadas amarelas. Não caíram na provocação de cara, mas naturalmente a empatia estava estabelecida da pior forma possível. Arrancaram uma ou duas declarações de Mark sobre a impotência ocidental e as hipocrisias reinantes no apoio dado pelos Estados Unidos a Musharraf, mas nada muito diferente do que havia dito a outros meios. A conversa transcorreu meio que num tom de entrevista biográfica, com os dois buscando algum tipo de resquício formativo que facilitasse a colocação de Mark em algum escaninho ideológico. Difícil. Mark participara de um grupo trotskista quando jovem no Brasil, mas o contexto era basicamente o mesmo de uma certa esquerda à francesa: reclamar dos Estados Unidos, fazer elegias de um passado supostamente combativo e heroico de militantes contrários ao regime militar brasileiro e, principalmente, correr atrás das moças bonitas que sempre aportavam nesse ambiente. Nada que um ano no mercado de trabalho não regenere, embora Mark dificilmente pudesse ser tampouco tachado de conservador no sentido norte-americano da palavra: tinha visões de liberdade individual liberais, para não dizer libertárias, ainda que inevitavelmente tivesse sua prática tolhida pela tal ética protestante de seu luteranismo atávico. Do ponto de vista econômico, era um liberal clássico, no sentido inglês, que crescera num país subdesenvolvido, então sua visão sobre as transnacionais e o poder dos mercados não era exatamente das melhores — mas nem por isso acreditava que houvesse alternativas viáveis. Era um híbrido esquisito.

A conversa aproximava-se daquele impasse em que entrevistado e entrevistadores não têm mais o que dizer. Foi quando Paul, o mais novo, soltou: "Você não acha que os terroristas têm um ponto ao tentar desestabilizar esse governo? Nesse sentido, não é normal que ataquem ocidentais tentando ganhar dinheiro na terra deles?"

A pergunta era retórica, mas Mark, com duas *pints* de Guinness em circulação no sangue e tomando a terceira, resolveu comprar a briga. "Pergunte isso aos paquistaneses inocentes que morreram naquele saguão de hotel, inclusive meu amigo e tradutor Waqar. Estou cansado dessa imprensa viúva do velho trabalhismo, amiga dos sindicatos, que vê no Ocidente que lhes deu tudo o Grande Satã. Que faz passeata por qualquer coisa. Terroristas têm algum tipo de justificativa? Esse relativismo tem limite. É coisa de gente que está aqui, na LSE — London

School of Economics — em Oxford, confortavelmente tecendo teses que soam tão bem a vocês, admiradores de Lenin, Gramsci, Trotski, aquela miríade de franceses escrevendo em uma língua morta. Esse pessoal que pega um Deleuze, um Lacan, mistura com marxismo requentado e apresenta uma desculpa esfarrapada para o 11 de Setembro. Ah, porque fica chique comparar Cabul com Nova York, né? Azar se morre gente. Essas pessoas que adoram citar milhares de tratados e livros que não passam de entulho de um tempo antigo, porque parece intelectual o bastante saber citações complexas e inócuas. No caso de vocês, ingleses, ainda há toda essa maldita culpa colonial. Pega bem dizer que eles, os paquistaneses, são oprimidos. Eles o são, mas e daí? Isso dá o direito de matar gente inocente? Que ataquem o Exército, se acham que devem. Mas explodir um hotel? E mais do que isso. Por maiores que sejam as barbaridades que você ouve nesses lugares, ou na Cisjordânia, ou em Argel, aposto minha perna que escapou do atentado como o grosso da população de lá não quer o extremismo. Querem, como o povo daqui, que o governo atrapalhe o menos possível. Não querem servir a uma teocracia. Por Deus, vão uma vez na vida ao Paquistão e deem uma olhada no que é uma república islâmica paupérrima, que no fundo é só uma ditadura militar com instrumentalização de mulás. Perguntem-se se o povo, essa palavra odiosa por imprecisa, quer uma versão piorada disso. Se querem fazer parte da Ummah mundial, de um califado regido por sabe-se lá que tipo de fanático. Garanto a vocês, não querem. O queridinho do Tariq Ali mora onde mesmo? O picareta do Edward Said, esse ainda criou uma *photo-op* e jogou umas pedras naquele muro ridículo israelense. Morreu santificado, bom para ele. E vocês ficam aqui, querendo que eu faça discurso de pobretão brasileiro que preferia ter morrido, porque estava sugando o sangue de outros pobretões numa luta injusta. Eu estava trabalhando. Façam-me um favor, tomem sua Guinness e vão para casa. Não vão ganhar nada comigo."

A entrevista foi uma sensação nos meios esquerdistas, e confundiu seriamente o jornalista do *Telegraph* que havia desancado a crítica à direita de Mark. Foi discutida em um seminário na LSE. Nem Mark, que sabia estar algo bêbado e muito hiperbólico em suas afirmações, esperava tanto. Acabou recebendo os cumprimentos da *Final Word*, que, se não competia diretamente na faixa de público virtual da *The Leftist*, ganhou atenção em um debate acalorado e, vamos colocar assim, intelectual. O único dano perceptível foi a perda dos poucos conhecidos que lhe restavam à esquerda, mas, no esquema geral das coisas, era um detalhe. Escreveu mais um artigo em réplica à virulenta matéria de Paul e Alan contra ele na *The Leftist*, encerrando provocativamente o texto: "Bem, já que não consigo mais sugar dinheiro dos meus irmãozinhos oprimidos, vou receber minha cota por aqui mesmo, com os direitos autorais que a *The Leftist* está pagando. Afinal de contas, a Guinness acabou em casa."

Enquanto isso, no mundo real, o Paquistão promovia sua eleição parlamentar burlesca para Musharraf tentar manter-se no cargo e ao mesmo tempo permitir a formação de um governo civil com dois de seus maiores adversários, o ex-premier Nawaz Sharif e o viúvo de Benazir, Asif Ali Zardari, o famoso Mr. 10%. O general, sem o apoio integral do Exército, via seu destino ser selado; renunciaria no agosto seguinte. Àquela altura, Mark não estava triste por não poder acompanhar.

Elena vivia sua própria ilusão. Acreditava que, ao dar espaço a Mark em plena *egotrip* bancada pela polêmica pós-atentado, garantiria a si um salvo-conduto para dentro da vida daquele homem que seria o pai de seu filho. Não sabia dizer, contudo, se o amava no sentido clássico. Gostava dele, certamente. Mas o frenesi de sensações e estímulos que os primeiros meses do namoro haviam proporcionado estava enfraquecido, para não dizer sobrevivendo por aparelhos. Enterrado sob as ruínas do Margalla, ou sob algum copo de Guinness em um pub da esquina, isso ela não sabia. Temia que ele na verdade nunca mais voltasse a respirar. Tinha a certeza de que Mark ainda a excitava no campo intelectual, dado que nunca pararam de trocar ideias animadamente sobre quase tudo. Todo o desenrolar do embate com os jornalistas britânicos foi alvo de longas conversas em casa, nem todas consensuais. Nesse sentido, era um relacionamento ainda estimulante. Mas o desejo, emocional e sexual, se fora. "É a gravidez. Quando tive a Lyuba, foi a mesma coisa. O tesão volta, não se preocupe", lhe garantiu Oksana na primeira conversa que tiveram.

"É, pode ser. Mas não é isso que me incomoda. É achar que ele pode não dar conta."

A recorrência desse sentimento era opressiva para Elena. O medo do abandono é uma condição exaustivamente destrinchada por psicologias diversas, mas ela não se encaixava nos moldes tradicionais de diagnóstico. Seus pais ficaram casados por anos, separando-se apenas na morte em idade avançada do velho Ivan. Masha, se não era exatamente um exemplo de amor e dedicação, nunca lhe faltou com o afeto na hora da dificuldade — pelo menos até cogitar que Elena iria se prostituir se quisesse ganhar a vida fora da Rússia. Seu irmão, o Ivan moço, era o que se costuma chamar de "um fofo", sempre pronto para recebê-la. Restava uma complexa hipótese: Elena havia sido abandonada por seu país. A história tomou o papel do Grande Outro e roubou-lhe uma quimera infantil com grande intensidade. Oksana uma vez levantou essa hipótese numa conversa a três com Elena e Mark, meses antes. Mark achou tolice, até porque sua entrega à psicanálise sempre fora parcial, cheia de anteparos, e tinha pavor de leigos dando palpite sobre o abismo que há dentro do cérebro de cada um. Elena silenciou. Dona de um passaporte em que o país e a cidade de nascimento não mais existiam, porque assim é com todos os documentos de russos nascidos sob o regime soviético, talvez sua insegurança decorresse da difícil superação material da perda da pátria. Não havia, fora do papel, União das Repúblicas Socialistas Soviéticas ou Leningrado.

De um jeito ou de outro, todas as manhãs de sábado e do dia da semana em que se encontravam, era corroída pela sensação de que Mark não apareceria no começo da tarde. Ou o faria bêbado, claramente indicando seu descompromisso com ela e com o bebê que estava por vir, Ivan, como o avô e o tio. Sim, Elena já dera nome ao garoto — que, viria a saber depois, era mesmo do sexo masculino.

A recuperação de Mark deu-se de forma rápida. Sua perna estava quase boa, apesar de ainda mancar um pouco e doer com alguma frequência. As queimaduras já eram apenas memórias que se faziam lembrar às vezes e, como gostava de dizer em conversas de pub regadas a cerveja, que correspondente de guerra não quer ter um ferimento para mostrar? Aquele era o Mark mais primordial falando, e ele não dialogava, contudo, com o papai Mark que estava cada vez mais presente. Elena não gostava do antigo Mark, e repudiava veementemente suas idas a bares e a festas. Discutiram por isso. Ele apontava para o fato de que Elena só o queria por perto para atender-lhe os desejos. Para ele, Elena pretendia aprisioná-lo no relacionamento; como Circe, a rainha das feiticeiras, queria que Mark se transformasse em um porco grande, gordo e charmoso, que lhe fizesse uma espécie de corte eterna na sua versão londrina da ilha de Eana. Exagero natural de quem havia lido a *Odisseia* e entendido apenas parcialmente a história. Mas se Elena não era Circe, Mark estava decidido a ser Ulisses e reagir ao que parecia ser um orquestrado cerco à sua liberdade. Talvez não estivesse pronto, contudo, a aceitar o encantamento dos deuses para, convertendo a feiticeira a seu amor, permitir que ela lhe guiasse os passos. Esse é o problema de ler os clássicos muito cedo e não ter tempo de voltar a eles quando os neurônios já fazem algumas sinapses a mais.

O sexo piorava gradualmente. Até pelas peculiaridades da gestação, estava mais mecânico, mas o problema era outro. Os dois Marks não cabiam em um só invólucro, e a disputa de ambos começou a se tornar intolerável para a jovem russa, cada vez mais insegura. Parou de contar a Oksana o que acontecia entre quatro paredes. Supunha que a exposição dos problemas não faria nada de bom por eles e, pior, talvez trouxesse recriminações e conselhos gratuitos como efeito colateral. Estava certa; no fundo, vivia mesmo profundamente sozinha.

Numa tarde de sábado, quando foi encontrá-la após ver um jogo do Chelsea em um pub perto da casa da futura mãe de seu filho, o jornalista ouviu a notícia. Elena iria embora para a Rússia. Ela havia passado o dia com Oksana. Tinham ido almoçar em um *gastropub* próximo de Sloane Square. A amiga pediu duas taças de Chardonnay francês e Elena tentou recusar, dado que temia danos ao bebê. "Ah, faça-me o favor. Sua mãe deve ter entornado hectolitros de vodca e fumado durante sua gestação toda e você só é meio boba, meu amor", brincou Oksana. Elena riu.

Falaram generalidades até a chegada dos pratos: um talharim com camarões e aspargos para a russa e um risoto com *monkfish*, o peixe-sapo desprezado na costa brasileira e que brilha à mesa portuguesa com o nome de tamboril, para Oksana. A pausa foi a senha para a mudança no tom da conversa. "Preciso te contar, amiga. Eu desisti do Mark."

"Como assim? E o Ivan?"

"Pois é, pensei com muito cuidado. A vida em Londres está pesada demais para mim. Sempre sonhei em ser livre, mas Mark na verdade é uma âncora que está me segurando. Antes eu sonhava em vir para cá e ser uma profissional bem-sucedida. Acho que consegui um pouco. Mas agora o que quero mesmo é viabilizar uma vida em família, nem que a família seja só eu e o garoto. Trabalho tem em qualquer lugar, e a Rússia hoje é um lugar bem melhor. Não, não é fácil. Estou pensando nisso há meses. Mas só vou ter liberdade se fizer o que eu quiser, e o Mark não está pronto para isso. Ah, não acho que vá ser um problema a coisa do dinheiro. Como? Não, o Mark é um cara muito sério, muito alemão. Não vai deixar de me ajudar se eu precisar. Mas agora, só quero sumir da frente dele. Está me fazendo muito mal. Ele me lembrou de que eu posso ser uma pessoa muito melhor do que vinha sendo, e me deu um filho. Mas parou por aí. Ele não está presente, sabe? Me deixa insegura o tempo todo, e eu não sou assim. Não aguento mais isso."

Quando acabaram o almoço, antes de Elena encontrar-se com Mark, Oksana abraçou a amiga longamente. "Você é a mulher mais corajosa que eu já conheci", disse, beijando-a nos lábios antes de sair, com os olhos marejados.

"OK, eu te entendo. Não tenho muito a oferecer, não é?", disse Mark a Elena aproximadamente 45 minutos depois do adeus entre as amigas, permitindo que a embriaguez lhe diminuísse o tom de voz e lhe desse a expressão corporal de um cachorro com fome. O velho Mark vencera, e nem precisou fazer qualquer maldade em especial. O exercício de autocomiseração para disfarçar cinicamente sua satisfação de se livrar de uma situação com a qual não sabia lidar era uma de suas marcas registradas. O novo Mark, aquele que seria um pai de família, que assumiria responsabilidades até então inaceitáveis, este estava derrotado no canto do ringue.

Elena, que em um movimento hormonal inverso àquele geralmente associado às grávidas, passou a ter dificuldades de chorar e de se emocionar durante a progressão da gestação, não esboçou reação. Disse que ligaria depois e que não deveria se preocupar no momento com dinheiro, que isso seria tema de outra conversa em outro momento. "Quando você estiver sóbrio", completou, emanando um indisfarçável sarcasmo.

Mark não herdara o alcoolismo maligno familiar, mas gostava de beber. E nos momentos em que a autocrítica criava problemas demais para seu juízo de avaliação, nada como um bom porre para aliviar as tensões. "O ansiolítico perfeito", repetia com suposta autoridade científica. Voltando para casa naquela noite, após ser comunicado pela mãe de seu filho que talvez não voltasse a vê-la, Mark sentiu vontade de beber mais. Desceu do táxi e mancou escada acima até seu apartamento, que ficava no terceiro andar, abriu a porta, deixou que ela se fechasse sozinha e serenamente entregou-se aos vapores de duas garrafas de vinho espanhol. Não ficou exatamente bêbado. Apenas deixou-se dissolver, livre da pressão daquela nova vida que se insinuou a ele. Anestesiado, a perna não incomodava mais, Elena era uma ideia turva, o filho deixava de existir e as culpas, todas as recriminações que viriam à tona no dia seguinte, todas elas não faziam sentido ou peso. Não morava longe de Elena, perto do cemitério de West Brompton, num canto particularmente silencioso da região. Mas, naquele momento, ela estava a milhares de quilômetros dele, e nem o levantar dos mortos da necrópole atendendo a alguma trombeta divina seria capaz de acordá-lo de seu transe.

Passou a semana seguinte aferrado ao sentimento de que, tal e qual Ulisses no poema, havia evitado sua transformação em um porco. Ao final, o bom senso prevaleceria, ele se tornaria um bom pagador de algum tipo de compensação financeira, algum dinheiro de sangue civilizado. Talvez conseguisse até ser um bom pai distante. Os dias se passaram, e, ao fim da segunda semana, a ausência de Elena lhe causou alarme. A consciência de que Ulisses acabaria precisando de Circe de forma voluntária lhe pesou. A autocrítica suspensa pelos Rioja da primeira noite, e mantida à custa de visitas diárias ao pub da vizinhança, voltou com força. Resolveu procurar informações. No trabalho, ela havia avisado que iria viajar por tempo indeterminado. Achou o número do celular de Ivan, o irmão de Elena que morava em Moscou. Trocaram números numa vez em que ele visitara Londres, ainda no começo do namoro. Duas ligações sem sucesso, e deixou um recado com seu russo precário. Resolveu procurar Oksana em seu trabalho na City. Ligou para o banco sem saber o ramal que buscava. Chegou ao departamento da amiga ucraniana, mas foi informado de que ela estava fora do país, a trabalho. Pediu seu celular, alegando emergência familiar.

"Oi, Oksana, é o Mark, desculpe te ligar. É sobre a Elena."

"Você nunca mais vai ver a Elena, seu monstro. Você não merece uma mulher como ela."

"OK, como quiser. Mas onde ela está? Preciso..."

"Vai se foder", disse, desligando o telefone. Pela primeira vez na vida, teve a impressão de que aquilo que desejara tinha ocorrido de forma integral. Não teve prazer nenhum ao perceber isso.

7. Uma ligação distante

As duas semanas seguintes correram de forma quase onírica. Praticamente recuperado e livre de remédios, Mark entregou-se a um festival de autoindulgência etílica que lhe tirou os pés do chão. Não recebera, conforme prometido por Elena e confirmado por Oksana, quaisquer notícias acerca do paradeiro da ex-namorada grávida. Ela podia estar em Londres, na Rússia, no Turcomenistão. Ele não sabia. Por suas contas imprecisas, o nascimento deveria ser nas próximas uma ou duas semanas, e isso provocou um surto de ilusões de perseguição. Creditando os males do mundo àquilo que se transformara agora em seu "abandono por Elena", não deixava os balcões de bares ou mesas de restaurantes sem uma quantidade razoável de álcool no corpo. Geralmente bebia sozinho, mas por vezes cruzava copos com alguns de seus conhecidos da *Final Word* ou de outras publicações.

Numa noite estava com John, um jovem escocês que trabalhava no escritório da revista virtual em Londres. Escolheram um bar da moda em Chelsea, e lá quase acabaram com uma garrafa de Glenlivet. Entre vivas às benesses do puro malte, os dois se embebedaram até que, por volta das 22 horas, o celular de Mark tocou. Atendeu e não conseguiu discernir o que se dizia do outro lado. Era um número paquistanês, checou no identificador de chamadas, mas nenhum que reconhecesse. Desligou e ligou de volta. Nada, apenas mensagens em urdu provavelmente sobre o fracasso de sua tentativa. Aquilo teve um efeito curioso, dando a Mark uma sobriedade que há muito não sentia, apesar da meia garrafa de destilado passando pelo seu sistema naquele momento. "Cara, não sei o que era, mas acho que tenho de voltar para o Paquistão", disse a John, que estava tão bêbado que apenas conseguiu levantar o copo e gritar "saúde" e perguntar:

"Por que mesmo?"

Não tinha resposta, mas algum tipo de mau hábito relacionava momentos de miséria emocional com a necessidade de se ocupar. E nada o ocupou mais na vida do que o Paquistão.

Muita coisa mudara no Paquistão desde sua saída. Um governo de coalizão oposicionista tomara o poder, coabitando de forma tensa com o general Musharraf. O verdadeiro fiador da estabilidade seria o chefe das Forças Armadas, Pervaiz Kayani, como é costumeiro na história paquistanesa. Mas a situação de segurança, lia Mark na imprensa britânica, estava em franca deterioração. Atentados, atividade insurgente e dúvidas a respeito do futuro da guerra do condomínio EUA-Otan no Afeganistão contaminavam a moral vigente no país. Certamente seria um momento difícil para voltar, ainda mais sem poder contar com o apoio de Waqar.

Dois dias depois, a pergunta de John era a única coisa da conversa entre ambos que sobrevivia na mente de Mark. O resto, por inútil, desfez-se com os neurônios incinerados. Fizera boa parte de sua carreira profissional trabalhando no Paquistão, pelo menos a parte mais bem-sucedida e que lhe abriu portas. Mas não gostava do lugar. Achava um fim de mundo perigoso e miserável, além de um erro histórico. Seu dogma após várias visitas ao Oriente Médio e à Ásia era que partilhas com deslocamentos brutais de população eram geralmente equívocos de longa duração. Para desespero de amigos mais à esquerda, ocasionalmente fazia um discurso elogioso ao Império Otomano ao comentar as mazelas de Israel, Palestina, Líbano e Síria. "Sob o sultão, nada disso acontecia", dizia, deixando o interlocutor em dúvida se estava mesmo só brincando. Não chegava a defender o imperialismo como solução para o mundo, mas não via muita esperança no modelo vigente em boa parte das ex-colônias. Via Israel e Paquistão como uma espécie de gêmeos siameses, em origem e destino. E na tragédia.

Um dos maiores desastres humanitários do século XX, por si só o *playground* do demônio, foi a partilha da Índia britânica. Quase não há família tradicional paquistanesa que não tenha um conto de horror para relatar a marcha de milhões de pessoas de seus lares ancestrais para o novo país, a Terra dos Puros defendida em seu próprio título. A brutalidade do processo, com os pogroms entre hindus, muçulmanos, siques e outras minorias dando o ritmo, nunca foi totalmente explicitada para o mundo.

As fraturas do processo estão em todos os cantos, como em Muzaffarabad, na Caxemira dividida. Foi de um posto telefônico sem operador anglófono de lá que partiu a chamada registrada no celular de Mark naquela noite, ele veio a descobrir. Ele não estivera na cidade, tendo focado sua cobertura do terremoto de 2005 nas áreas em torno da capital regional, nas quais a destruição era ainda maior por causa das chuvas torrenciais que se seguiram ao sismo. Quem conhecia Muzaffarabad bem era Waqar, embora o amigo morto nunca lhe tivesse falado sobre o caderno rosado ou Ariana, as verdadeiras razões pelas quais voltara tantas vezes à cidade depois do terremoto.

"Quero voltar", disse Mark ao seu editor na *Final Word*, outro escocês, chamado Neal. O chefe não escondia a surpresa.

"Mark, na boa, veja o seu estado. Você quase morreu lá. Fez toda fama do mundo como correspondente. Quer mesmo se arriscar tanto assim? A coisa piorou muito. Imagino que você ainda leia os jornais", ponderou.

"É, mas acho que posso fazer algo diferente, contar coisas sob a ótica das pessoas que morreram naquela manhã em que eu não morri."

"Vou ser sincero. Não dá para você fazer terapia com o nosso dinheiro, que, como você bem sabe, não é muito. Mas nós lhe devemos, então eu topo pagar passagem e duas semanas de hospedagem. O resto é por sua conta. OK?", disse, a contragosto, Neal.

"Fechado. Vou acertar tudo e parto assim que possível. Prometo entregar algum peixe, meu amigo, não se preocupe."

Alguns dias depois, estava juntando seus papéis e contatos para ir ao aeroporto. Estava silenciosamente preocupado com sua perna, que voltara a doer mais intensamente logo ao acordar, mas podia dispensar a bengala que Neal havia sugerido a ele. Era um jeito de focar os temores, que na verdade eram variados. Não teria o abraço do amigo Waqar quando chegasse à rodoviária disfarçada de aeroporto em Islamabad. Nem tudo era apenas saudosismo: seria muito mais difícil se virar no Paquistão sem um *fixer* de confiança, e talvez não tivesse nenhum. Ligou para a embaixada britânica para falar com o adido de imprensa, que o conhecera no ano anterior. Pediu ajuda para arrumar um tradutor e um carro, mas sabia que eles não viriam com a cumplicidade e o conhecimento de Waqar — muito menos com sua agenda telefônica.

Ao juntar papéis com anotações, deixou cair um fôlder que trouxera de lembrança de sua primeira ida ao Afeganistão. Era uma espécie de guia com as atrações turísticas do país, um verdadeiro paraíso para adeptos do *trekking*, maconheiros e hippies afins no começo dos anos 1970. Antes de afundar em golpes, invasões e guerras civis, o Afeganistão era conhecido por seu ambiente relaxado, a cultura riquíssima em camadas que sobrepunham uma herança budista preciosa, pérolas do sufismo e uma consistente tradição islâmica. Bruce Chatwin chegou a praguejar contra a chamada "trilha hippie", dizendo que ela levou o marxismo aos afegãos educados e, consequentemente, a toda a desgraça que se seguiu. A paisagem no folheto desbotado é deslumbrante: montanhas infinitas, os lagos azul-turquesa encravados no Hindu Kush, as planícies verdejantes e coalhadas de papoulas vermelhas de Jalalabad. Lá estavam o minarete de Jam e os desaparecidos Budas gigantes de Bamiyan, ainda em seu esplendor. Atrás do panfleto, a propaganda da antiga companhia aérea local, Ariana.

Ariana.

A palavra simplesmente havia desaparecido da mente de Mark, submersa em seu inconsciente no momento em que desmaiou sob o efeito da morfina aplicada ao ser atendido nos escombros do salão do café da manhã. Em um segundo, os lábios de Waqar pedindo para ele encontrar Ariana apareceram movendo-se vivos à sua frente. Ariana. Como não pensou nisso antes? Como o baque da explosão tirou isso de sua cabeça? Foi a gravidez de Elena? Talvez os meses de medicação forte e emoções diversas tenham lhe turvado a percepção. Mas agora, não.

"Ariana. Puta que pariu", murmurou, sem saber o que isso significava.

Enfim tomou um táxi para Heathrow, sabendo que reportagem deveria fazer. Iria descobrir quem, ou o quê, era Ariana. O Boeing-777/200 da Pakistan International que o levou de volta ao Paquistão atrasou cerca de meia hora, por causa do tráfego aéreo do Reino Unido. Enquanto esperava a decolagem, Mark colocou o iPod no último volume e deixou a seleção aleatória de músicas. Depois de algum pop de má qualidade da década de 1980, a música que acompanhou a rolagem na pista foi "I Wanna Be Adored", do grupo britânico Stone Roses. A música, num crescendo de ritmo, tem uma letra simplória e uma melodia hipnótica, que parecia dar um ar de surrealismo às imagens do subúrbio inglês se descortinando da janela do avião. Ouvira-a pela primeira vez ao assistir ao filme *Welcome to Sarajevo*, uma coleção edulcorada de clichês sobre correspondentes de guerra, e foi atrás de tudo o que pôde encontrar dos Stone Roses. Era uma de suas bandas prediletas, e teria sido o maior grupo do mundo não fosse a anarquia reinante entre seus membros. "Eu não preciso vender minha alma, ele já está em mim", murmurava o iPod no seu ouvido. Fazia sentido.

Com poucas turbulências que lhe despertassem o horror de estar preso sem controle nenhum da situação num charuto metálico gigante carregado com toneladas de combustível, Mark chegou pela manhã a Islamabad. Privado da presença de Waqar na saída dos voos internacionais, pegou um táxi, meio atordoado. Era maio, o clima na cidade parecia efervescente, causticante. Rumou para o hotel de segunda categoria em que passara o mês com Elena. Tudo parecia mais inseguro: o taxista falava sobre sequestros de estrangeiros, havia mais polícia e barricadas na rua, o Suzuki 1990 em que estavam foi parado duas vezes por soldados. Isso na meia hora em que circulou pela cidade, um hábito que havia desenvolvido quando foi pela primeira vez para Israel, havia mais de dez anos, como forma de se familiarizar com o "momento" da cidade. Na entrada do hotel, duas barricadas com seguranças armados com Kalashnikovs. A situação realmente piorara.

Ligou para a embaixada britânica. Masoud, seu intérprete, estaria no lobby do hotel por volta do meio-dia. Isso lhe dava a manhã para descansar, tomar um banho e fazer alguns telefonemas. Depois de falar com dois jornalistas conhecidos e com o embaixador do Brasil, ligou para o *Post*. Queria algum contato da família de Waqar. "Ah, o brasileiro. Agora que nosso melhor informante morreu, achamos que você nunca mais iria nos procurar. Porque você sabe, ele contava tudo o que acontecia aqui para você antes de a gente fechar as matérias", disse, num misto de ironia e gracejo, Walid, o chefe de reportagem grandalhão do jornal em que Waqar trabalhava. Mark o conhecera na segunda passagem por Islamabad, numa conferência de imprensa do Exército. Lembrava-se da figura: alto, gordo, com um grosso bigode escuro e olhos pequenos. Walid conversava com os militares presentes usando aquela informalidade quase promíscua que tantos jornalistas exercem após muito tempo de contato com suas fontes. Todos pareciam colegas de um clube exclusivo. E Mark não era bem-vindo. "Olhe, se você quer ajudar a família do Waqar, fique à vontade. Mas eles são afridi, muito orgulhosos. Não vão aceitar", disse Walid antes de passar o número de telefone de Ayesha, a irmã do antigo tradutor.

Mark não se deu ao trabalho de explicar que não queria ajudar ninguém. Estava tentando ajudar a si mesmo, só não sabia exatamente como.

Ao meio-dia em ponto, o telefone tocou. Masoud tinha por volta de quarenta anos, era muito magro e fumava compulsivamente. Mark não gostou dele de cara. Talvez fosse apenas uma reação natural ao estranhamento de não estar com Waqar, cujos defeitos e idiossincrasias já lhe eram velhos conhecidos. É sempre difícil se adaptar ao novo. Mas aquele olhar dissimulado, as mãos ansiosas que seguravam em seu ombro e braços enquanto conversava, o cheiro acre de cigarro barato, tudo lhe dava uma sensação geral de asco e desconfiança. Masoud tinha, para ele, feições de um roedor avantajado, com incisivos proeminentes e orelhas grandes, um Nosferatu do Sindh. Mesmo que fosse ótima pessoa, Mark avaliou após meia hora de conversa, não iria durar muito como seu novo *fixer*. Ouvira muitas histórias de tradutores que se revelaram membro de alguma agência secreta paquistanesa, e por isso era econômico em suas palavras. Waqar uma vez lhe contara sobre um famoso colunista de jornal que foi denunciado como integrante da folha de pagamento do ISI, o maior de todos os serviços de informação, e aquela história o impressionara. A fusão de Estado e sociedade é sempre assustadora, e o Paquistão era um local que lhe dava medo.

Combinaram de ir à tarde ao Ministério do Interior para os procedimentos de credenciamento formais, e assim foi. Dois telefonemas para membros dos partidos que agora governavam o país, um pedido de entrevista a um ministro e o dia estava ganho para Masoud. Pelo dobro do preço costumeiro de Waqar. À estranha maneira de portar-se, o tradutor somou também a impressão de que estava querendo saber mais do que lhe era pedido. "Por que um homem como você, de sua importância, quer falar com um terrorista como o xeque Rafuz?", por exemplo. Odiava quando um *fixer* o questionava utilizando presunções sobre o tipo de trabalho que deveria fazer. Mark sentiu-se aliviado quando ele foi embora. Acostumado a trabalhar para diplomatas, Masoud não parecia à vontade com as demandas mais urgentes do jornalista. Talvez sentisse a má vontade de Mark. Talvez não desse nenhuma importância. A sucessão de hipóteses era grande, mas o brasileiro não iria permitir que tomassem seu tempo. Simplesmente ligou para a embaixada e pediu que avisassem a Masoud que ele telefonaria quando precisasse de algo mais.

Decidiu que ele seria seu *fixer* nessa reportagem. Não por acaso, não sabia qual texto realmente sairia de tal apuração.

Começou ligando pela manhã para Ayesha, a irmã de Waqar. Ela morava em Taxila, cidade próxima a Islamabad, sítio arqueológico importante, centro regional de artesanato e sede da indústria pesada militar paquistanesa — tanques de guerra são montados por lá. Fixou-se na cidade quando casou com o filho de um dos fornecedores de panelas de seu pai, conhecido na região como um homem rico, mas sovina. A casa que dera ao casal, como dote pela mão de Ayesha, refletia isso. Era grande, mas espartana. Os dourados e espelhos que compõem o visual das residências dos endinheirados neste canto do mundo não tinham espaço lá. Alguns poucos quadros com motivos islâmicos e só. Waqar falara muito pouco da irmã para Mark, e o jornalista chegou a fantasiar que ele temia algum tipo de investida por parte daquele representante da devassidão ocidental. Após apresentações formais, nas quais sentiu uma voz macia, porém resoluta, do outro lado da linha, Mark foi direto ao ponto: queria conversar pessoalmente. Ayesha aceitou recebê-lo naquela tarde, convidando-o para tomar um chá. Teria de vir antes das 17 horas, pois seu marido iria sair da cidade para uma viagem de trabalho e seria impensável receber um homem, ainda por cima um estrangeiro, em sua casa sem a presença de Ali. O discurso fazia sentido, pensou.

Ayesha tinha dois anos a mais que Waqar e não se parecia muito com ele. Tinha a tez mais clara, os lábios mais finos e grandes olhos amendoados. Era bonita, mas estava claramente acima do peso, talvez fruto das duas gestações seguidas em dois anos. Não usava véu, apenas um pano de seda azul cobrindo a cabeça que se transformou numa echarpe no momento em que a porta de sua casa se fechou. Ali parecia orgulhoso da mulher, formada engenheira mas sem emprego além da gestão da casa, e fez um gesto reverencial quando a deixou a sós com o jornalista em uma sala ampla com móveis baixos e muitos tapetes e almofadas sobrepostas.

Falaram por cerca de meia hora sobre Waqar. Ayesha contou em bom inglês que o tradutor sempre falou muito bem de seu primeiro cliente, e se orgulhava de ter mantido a amizade com Mark por tanto tempo. Mostrava, contou a irmã, como troféus, as camisas de times de futebol do Brasil e da Inglaterra que lhe eram presenteadas. Mark teceu uma longa lista de elogios a Waqar e ambos ensaiaram um toque de mãos no momento mais emocionado. O roçar atiçou no jornalista uma espécie de desejo desproposital, um tesão fora de hora. Talvez fossem os meses de libido reprimida, talvez fosse a excitação de estar a sós com uma estranha que rescendia a jasmim e era essencialmente um fruto proibido. Mark não sabia dizer, mas como não era inocente, percebeu que Ayesha ficou tão afetada quanto ele pelo toque. Sua pele parecia enrubescer nas laterais do pescoço e embaixo das orelhas. Qual contato seria possível entre seres de planetas tão distintos? No rápido desvio de rota, sempre uma semana dentro dos caminhos do inconsciente, conseguiu imaginar como seria a maciez daquelas ancas generosas, se ela transaria como uma ocidental ou teria truques desconhecidos guardados para impressionar os peregrinos. Até Elena entrou no devaneio, como figura de autoridade a criticá-lo; é, pensou, a russa ainda estava em sua vida, resolutamente. Respirou fundo, e, desfazendo-se dos pensamentos que lhe pareciam indevidos, disse afinal a que veio.

"Ayesha, a palavra Ariana lhe diz alguma coisa? Foi o último nome que Waqar disse antes de morrer, apoiado nos meus braços, e até hoje não consegui descobrir quem é Ariana, ou o que isso significa", disse.

"Sabe, Mark, não tenho muita certeza de que Waqar andasse com muitas mulheres. Ele sempre tinha amigas estrangeiras, e acho que talvez conseguisse se divertir com algumas delas, mas não tenho lembrança de falar em qualquer paquistanesa ou afegã", disse Ayesha, antes de pedir mais chá à empregada que rondava a sala, parecendo assustada com aquela cena incomum. "Talvez meu pai, como homem, saiba alguma coisa. Ele é muito fechado, mas o tem em grande estima pela amizade com Waqar. Vá até Yarik e o procure. Não adianta telefonar, ele não vai conversar sem ser ao vivo. Não confia em telefones", disse, antes de perguntar se queria mais leite gorduroso.

Ali não apareceu mais, e o relógio passava das 18 horas. Teria ele deixado a mulher com um estranho? A ideia sobrevoou os pensamentos de Mark enquanto a conversa tergiversava sobre o Paquistão, sobre a formação intelectual de Ayesha e seus filhos. De repente, olhares trocados pareciam mais do que simples acidentes de cortesia com desconhecidos. Ele se sentia observado, e sentia que aquela estranha de certa forma desejava sua presença ali. Em dois momentos, na hora de aceitar mais chá e biscoitos que chegaram na segunda etapa da conversa, as mãos dos dois se tocaram, agora mais efetivamente. Estavam quentes. Ayesha perguntava também sobre sua vida, sobre o motivo de não ser casado ou ter filhos. Mas sem o sarcasmo habitual dos homens paquistaneses, e sim como se ele fosse um espécime raro, que o zoológico local deixara ali para uma breve conferência. A irmã do tradutor queria saber mais sobre ele, estava visivelmente interessada em detalhes bobos como o número de dias em que sua faxineira aparecia em casa; e Mark mentiu, já que não se lembrava da última vez em que alguém fora arrumar o apartamento londrino. A ausência de Ali e a presença intermitente da empregada agravaram o quadro, e Mark percebeu que em breve teria de disfarçar uma ereção. Com muito mais chá gorduroso no corpo do que poderia aguentar, achou por bem despedir-se. Pensou em beijá-la no rosto, talvez até roubar o contato do canto do lábio, mas a irrequieta criada os observava. Apertou as mãos de Ayesha, e sentiu um frêmito adolescente pelo contato com a pele macia. Sorriu e disse que ligaria assim que possível.

"Yarik. Como vou chegar lá?", resmungou Mark no táxi, sentindo na barriga os efeitos daquela última xícara de chá ensebado. Voltou para o hotel, e passou o restante da noite visitando o banheiro, amaldiçoando o fato de estar no Paquistão mais uma vez.

8. Yarik

Dois dias depois, Mark se sentia firme em suas próprias pernas. O suficiente para voltar a sentir dores matinais naquela que fora afetada pelo atentado. Não seria daquela vez que a vida de consumo de água e alimento suspeito o mataria. Sobrevivera a uma infecção devastadora contraída no Saara Ocidental, em um campo de refugiados daquela gente expulsa pelo regime marroquino logo depois que a Espanha saiu correndo da então colônia. Em 1997, quando esteve na região, eram duzentos mil saaraouis morando em quatro campos de refugiados no meio do nada, perto da cidade militar de Tindouf, no sul da Argélia. O cólera começava a grassar, mas o distúrbio gastrointestinal que Mark contraíra não era conhecido da medicina ocidental ou dos curandeiros locais. Em delírio, foi colocado em um avião da Air Algerie rumo a Argel e, de lá, a Paris. Ficou uma semana internado e foi liberado sem que os médicos soubessem do que havia padecido. Ungido com tal experiência, considerava-se intocável. Poderia passar mal, sofrer, mas nunca morreria daquilo que nos tempos dos vitorianos era chamado de "doença de homem branco". O diagnóstico psicanalítico de perverso agradeceu.

Tomou uma decisão difícil enquanto convalescia no quarto do hotel em Islamabad. Iria sozinho para Yarik, e não poderia retomar o contato com Masoud, até por não confiar nele. Dito isso a si mesmo, pensou no pesadelo de segurança que iria enfrentar: o país estava basicamente mergulhado num estado de pré-guerra civil. Havia áreas tribais a leste e a sul de Peshawar totalmente inacessíveis mesmo a paquistaneses. Ao norte, nas agências tribais de Mohmand e Buner, os primeiros sinais do que viria a ser uma grande infecção extremista já eram claros. Não falava nenhum dialeto pachto; na verdade, mal sabia passar da apresentação formal e um ou dois xingamentos em urdu. Não conhecia direito nenhuma estrada além da excelente rodovia entre Islamabad e a Província da Fronteira Noroeste, que viria a ser renomeada como Khyber Pukhtunkhwa em homenagem aos pachtos majoritários na região. Além disso, Mark nunca se locomovera sozinho por aquelas terras. Olhando no mapa, o caminho que passava mais ao largo das regiões conflagradas era de uma complexidade assustadora, mesmo para um repórter com boa experiência de navegação. Um GPS não estava em cogitação, era item desconhecido. Essa rota, descendo o Planalto de Potwar de forma paralela ao rio Indo, lhe parecia estúpida também pelo desvio que teria de fazer. A lógica mandava ir até Peshawar e de lá pegar a autoestrada do Indo, uma construção sobre a qual não fazia ideia. Entrou na internet, que estava funcionando apenas no business centro do hotel, e conferiu o mapa com as cartas de satélite disponíveis.

"O mundo é um lugar mais triste com o Google Earth", disse para si próprio, enquanto aumentava o zoom do programa de busca de referências. De fato, não parece haver grandes segredos num planeta em que cidades podem ser percorridas e caminhos obscuros são esquadrinhados em uma tela de cristal líquido. Mas o jornalista sabia que uma coisa era ver a imagem e outra, bem diferente, estar lá. Mark guardava em si talvez a única coisa genuinamente britânica além de seu nome, que era um saudosismo descabido e pueril de uma era de aventuras e descobertas. Desde muito jovem idolatrava Richard Francis Burton, o mais notável e maldito explorador da era vitoriana. Tânia brincava com Mark, dizendo que ele tinha de esperar a construção de uma máquina do tempo para poder voltar a 1850 e ser feliz. Maria, que poderia ser definida como uma eclética religiosa, acreditava que ele era a reencarnação de algum Dr. Livingstone da vida. Mark parou o fluxo de lembranças quando um menino de não mais de doze anos perguntou se ele iria demorar muito na frente do computador, em inglês perfeito. Verificou pelo medidor de distâncias que o caminho melhor era o mais curto. Começou a especular quanto tempo levaria e qual o grau de perigo que iria correr. Resolveu ligar para um especialista.

"Você vai morrer se for por ali", foi o conselho simples de Bashir Malik, um coronel reformado do ISI a quem Mark recorria quando precisava de uma avaliação da situação de segurança em determinada região. Ele estava em seu celular, dirigindo pelas ruas de Lahore, e a ligação não durou muito, com a queda do sinal deixando uma sensação de mau agouro em Mark. Nessas horas, todas as tias velhas de sua família afloravam em cada canto do seu cérebro, murmurando maldições antigas e infortúnios a serem descobertos. Matutou e esbarrou numa tentativa de solução. Ligou para Muhammad Bilal, um líder tribal menor da região de Peshawar, que conhecia desde sua primeira passagem pelo país. Fora Bilal quem o apresentara aos dois rebeldes fundamentalistas que fugiram da sala quando tudo começou a tremer no terremoto poucos dias antes do atentado. Sempre lhe enviava e-mails oferecendo os bons préstimos do povo pachto, o que era quase uma garantia de que teria um *fixer* decente na hora da dificuldade.

"Venha para Peshawar que eu lhe pego na autoestrada, logo antes do pedágio. Só que a partir dali, não vai mais poder andar sozinho. Vou deixar meu filho com você, ele vai te levar até Yarik. Ele conhece os mercadores de armas da região, fala bem o dialeto do caminho, pode te levar até lá. Só que isso vai custar dinheiro. Infelizmente, as coisas estão piores por aqui, amigo."

O resumo franco e animador de Muhammad veio com um preço, mil dólares, que Mark achou aceitável dentro das condições. Por meio do gerente do hotel, alugou um carro sem ter que assinar nada além de uma folha de papel mimeografada, que lhe deixou com a mão manchada de roxo e cheirando às provas do colégio na infância. Encheu-se de coragem e tomou a autoestrada até Peshawar. Na saída de Islamabad, passou incólume por dois bloqueios policiais e ficou em dúvida se tal leniência com um estrangeiro era boa ou má dados os relatos de sequestros e violências afins contra os infiéis. A viagem foi tranquila, sem nenhuma intercorrência. A via não passava mais, como sua antecessora mais à esquerda, pelo famoso portão que marca a entrada na Província da Fronteira Noroeste, mas em compensação oferece vistas magníficas ao atravessar os rios Indo e Cabul. Aqui e ali, havia palmeiras plantadas de forma pouco natural tentando dar um ar de Dubai ao motorista. Ao aproximar-se da capital da área tribal, viu a picape Hilux, modelo mais recente do que a que usou para entrar no Afeganistão anos antes, parada perto da praça de pedágio. Estacionou o Honda que alugara e acenou. Era Muhammad, o filho, homônimo do pai e quase uma cópia vinte anos mais nova do velho líder tribal. E acrescido da vantagem de falar um inglês quase límpido.

"Espero que não tenha corrido muito. Não quero a polícia atrás desse carro na minha garagem", brincou Muhammad.

Mark balançou a cabeça. "E alguém dá bola para excesso de velocidade aqui?", perguntou.

"Meu senhor, somos muito obedientes à lei." Mark não entendeu se ele estava sendo irônico.

A bordo da Hilux de Muhammad, o acessório padrão em Peshawar: um AK-47 carregado. Mark não gostava de armas. Só atirara uma vez na vida, justamente com um Kalashnikov num campo de treinamento dos rebeldes do Saara Ocidental — o mesmo local onde contraíra a doença que quase o matou. Fora praticamente forçado pelos seus guias e pelo repórter de TV turco que estava com ele, mas não escondeu a satisfação infantil de brincar com algo tão perigoso. Meninos e armas, chavão perfeito. De todo modo, com o correr do tempo e com o contato com a morte, passou a evitar revólveres, fuzis e afins quando esbarrava neles em suas viagens. Mas no Paquistão e no Afeganistão, o AK-47 está no cotidiano. E, nas regiões tribais, é praticamente uma necessidade. Quando acabou a conversa e voltou a seu Honda para seguir Muhammad, o jornalista ficou incomodado com a perspectiva de que talvez tivesse de usar aquele fuzil em sua jornada.

Chegaram à casa de Muhammad, o pai, no começo da tarde. Ele morava na saída sul de Peshawar, perto de Dera Adam Khel, cidadezinha famosa por seu bazar de armas, que fazia a festa de fotógrafos neófitos durante a grande concentração da mídia em 2001, quando contingentes de jornalistas vagavam pelo Paquistão à espera da queda do Talibã no país vizinho. Com a insurreição islâmica correndo solta, contudo, o mercado estava fechado.

"Dias calmos por aqui, meu amigo", disse Muhammad enquanto abraçava Mark com afeto quase paternal. "Que Alá proteja sua chegada e sua partida. Mas me conte, o que você quer fazer lá em Yarik?"

Mark não foi pego de surpresa pela pergunta, mas assustou-se um pouco ao perceber que não havia refletido sobre o que responder antes. Foi direto: "Quero encontrar o pai do meu amigo Waqar, que foi morto no atentado do Margalla. Aliás, não sei se o senhor soube, eu também estava lá", disse, levantando a barra da calça e mostrando a perna com cicatrizes. Depois, mostrou as áreas que sofreram queimaduras. Muhammad olhou, chamou o filho e lhe disse algo em pachto. Ambos riram de forma contida, sem olhar em seus olhos.

"Venha, Mark, venha tomar chá. Quanto leite você quer?"

Mark não queria tomar chá com leite e sentiu-se humilhado pelo pouco caso dado a seu ferimento de guerra, mas não estava em condições de rejeitar nada. Lembrou-se por um instante de Elena. Onde estaria ela enquanto ele negociava uma viagem para um lugar desconhecido para uma missão aparentemente sem sentido? Pegou-se pensando que seu filho agora estaria sendo cuidado por alguma *babushka* russa com um pano na cabeça, ao mesmo tempo que Elena tentava ganhar a vida novamente. Na certa ela já teria encontrado um homem à sua altura, ou que ao menos ela classificasse assim. Ficou mais enjoado com a ideia do que com o leite, posto em quantidade no chá preto. Já estava acostumado a ele.

"Assim que o sol raiar amanhã você vai com Muhammad para Yarik. Hoje já estamos no começo da tarde, é muito quente para dirigir, e tenho que dar alguns telefonemas para garantir sua passagem em alguns pontos. Como você sabe, Mehsud está cobrando caro o pedágio em toda a região", disse o pai. Mark não sabia se ele referia à tribo homônima, dominante mais ao sul, ou ao chamado Talibã paquistanês, liderado naquele momento por um membro dela, Baitullah Mehsud. Um pouco menos constrangido, lembrou que era um repórter e perguntou. "Sim, é o Talibã, ou seja lá quem diga que é do Talibã. Eles estão em toda a parte, cobrando dos agricultores, dos viajantes, de todo mundo. Precisam de dinheiro para combater esse governo corrupto", disse Muhammad.

"Não entendi. O senhor apoia a luta deles?"

"Lógico que sim. A luta é legítima. Todo pachto é a favor do Talibã. Claro que não concordo com os exageros, aquela coisa de proibir meninas de ir à escola. Mas a luta contra o agressor estrangeiro é a nossa luta. Ande quinhentos quilômetros para qualquer lado e vai achar gente disposta a lutar."

Mark começou a temer por sua ida a Yarik. É muito simples e conveniente para a mídia ocidental simplificar o apoio que os radicais ganham como fruto de ignorância religiosa e fracasso econômico do Estado. É mais do que isso. Há um genuíno senso de resistência entre os pachtos. Seja contra o governo central, que pouco lhes dá, seja contra o inimigo externo. Ele está lá: a Otan, a Índia e, antes, a União Soviética, os britânicos. A lista é grande. O orgulho tribal acabou sequestrado por uma ideologia perniciosa, e homens respeitáveis como Muhammad de repente se viam confortáveis no papel de defender retoricamente um criminoso como Mehsud, responsável por uma onda de ataques terroristas nos dois últimos anos no país, inclusive o atentado que matou Benazir Bhutto.

O sol se pôs e Mark foi servido de uma grande refeição com seus anfitriões e alguns parentes deles. Se havia algo que apreciava profundamente no Paquistão era o senso de hospitalidade e, principalmente, da noção tão comum no mundo islâmico de que é preciso haver fartura de comida na mesa. Havia espetos de carneiro, carneiro ao molho verde, frango com curry e pimentas, coalhada e pães de toda espécie para servirem ao mesmo tempo de talher e pratos. De legumes, apenas umas poucas cebolas roxas, mas Mark nunca fora fã de comida saudável demais. O odor forte dos temperos impregnava o ar da sala, vindo da cozinha ao fundo. Não era como um mercado de especiarias, em que a cacofonia de cheiros gera ao final uma peça mais ou menos harmônica; parecia mais um ataque violento aos sentidos, uma explosão de gostos contraditórios no olfato. As mulheres ficavam lá, sem se misturar aos comensais homens. Mark não sabia dizer se era assim sempre, mas nunca tinha visto nada diferente. Os fumos da cozinha permaneciam no ar por um bom tempo, e havia uma oleosidade dominante, como se o azeite espremido das sementes e cascas das pimentas untasse as paredes e as roupas. Era uma experiência inebriante complementada por uma cortesia de Muhammad, o filho: haxixe de Mazar-e-Sharif, uma cidade afegã famosa pela qualidade do produto.

Entorpecentes são proibidos no Islã, e a dureza contra o álcool é uma realidade nas áreas tribais. Mas a leniência com o fumo permitia um desvio ao haxixe e à maconha, amplamente consumidos. Os afridis são apreciadores contumazes, além de, com isso, alimentar a fama de tolerantes religiosos que vem de seu passado ligado ao sufismo. Mark lera algo sobre a tribo anos antes, e, para sua surpresa, as histórias infantis de Waqar sobre a origem judaica do grupo não eram desprovidas de algum cabimento. Um grupo de pesquisadores anglo-indianos tracejou o DNA de alguns afridis de volta a Israel, mais precisamente os ligando a uma das dez tribos perdidas do povo judeu, Efraim. Trabalhos assim, misto de teoria conspiratória e historiografia popularesca, aparecem sempre; recentemente, um povo africano chamado lemba havia sido identificado em testes semelhantes como descendentes semitas de guardiões do Templo de Jerusalém, o que bastou para que procurassem a Arca da Aliança entre eles. Mark costumava considerar isso baboseira, mas perguntou a seus anfitriões se sabiam algo a respeito. O silêncio depois da referência a Israel foi o bastante. O History Channel não é popular na área de Peshawar.

Na segunda rodada do haxixe, Mark sentiu um leve torpor, e a imagem de uma dezena de mulheres que ele havia magoado veio à sua cabeça. Como a tripulação de um navio fantasma, um *Holandês Voador* perdido nos abismos do seu mundo sentimental, elas apareciam, uma a uma, carregando consigo mágoas e lembranças suntuosas. Por fim, Circe, ela mesma, deu as caras. A rainha das feiticeiras. Mark sentiu a presença de Elena, com seu furor eslavo na cama, a boca carnuda, o corpo alvo e macio. Não sentira tanto tesão por Elena nos últimos seis meses quanto naqueles poucos minutos de ilusão entorpecida. O desejo o fez fechar os olhos e caminhar para a fantasia emocional. Pela primeira vez, admitiu-se claramente com saudades da mãe de seu filho. E, já que não pretendia dividir seu desejo físico com os presentes, sublimou-o falando de Elena e do garoto Ivan, se é que havia sido registrado com esse nome mesmo, para seus colegas de repasto. Em seu relato, era como se eles estivessem lá em Londres, esperando alegremente o retorno triunfal do pai.

"Um filho, meu amigo, muda tudo", sentenciou com uma voz grave Muhammad, sem se dar conta do clichê que falava.

Mark fantasiou o acompanhamento do parto, a emoção do primeiro choro, as dificuldades nas primeiras noites. Chegou a dizer que trocara as fraldas do bebê e que não tinha achado ruim. Foi cortado por impropérios a respeito da necessidade de deixar as tarefas mais imediatas no trato com a criança para as mulheres. Antes que um choque de civilizações ocorresse, contanto, Mark fez todos rirem ao dizer que eles estavam certos e ele deveria trazer Elena e o filho para morar em Peshawar.

"Pode deixar que eu lhe dou um Kalashnikov novo de presente!", brincou o Muhammad jovem. O clima desanuviou. Foram todos dormir nesse estado quase eufórico, e Mark não lembraria na manhã seguinte sobre o que sonhara naquela noite.

Com a cabeça pesada, Mark e Muhammad tomaram chá com leite pela manhã, comeram um pedaço de pão cada um e saíram. Sua perna doía um pouco mais que o normal, e mancou até a picape. Evitou tomar uma dose de dipirona sódica, que agora carregava sempre consigo; logo ele, o indestrutível Mark, que se orgulhava de não precisar nem de aspirina. A Hilux estava com o tanque cheio. O ar-condicionado foi ligado no máximo, e a circulação interna vedada, já que a poeira estaria em todo o caminho. Pegaram a saída para a autoestrada do Indo, rodovia número 55. O caminho entre algumas serras e muitos campos arados e verdejantes foi tranquilo, com alguns buracos na rua e muito trânsito de animais e pessoas a pé, até passarem pela junção de Khot, uma cidade de porte médio. Cerca de 10 quilômetros adiante, foram parados por dois soldados paquistaneses na estrada.

"Mas o problema aqui não era o Mehsud?", perguntou Mark.

"Quieto. Vou ver o que eles querem", respondeu rispidamente o motorista. Voltou. "Vamos lá, cem dólares para passarmos", disse.

"Mas eles não são o Exército regular?", ainda tentou perguntar o jornalista. Muhammad riu e amassou a nota entre os dedos.

Mais 50 quilômetros adiante, perto de Mansurgarh, Muhammad perdeu a pose de sabe-tudo. "Destrave a arma", ordenou, nervoso. Com a idade aproximada de Mark, de repente se comportou como um adolescente indeciso. À frente, na estrada, um sedã com jeitão de asiático, mas de marca indefinível, cortava a pista. Dois homens estavam no banco da frente, e outros dois, do lado de fora do carro. "Mehsud, esses são do Mehsud", murmurou Muhammad antes de parar, baixar o vidro da picape e se apresentar.

Os homens o mandaram sair, e o jovem mostrou uma folha de papel. Um dos militantes a olhou com desdém, balançando a cabeça encimada por um turbante preto. No ombro, o Kalashnikov e, na cintura, uma pistola. O papel era o salvo-conduto arranjado por seu pai após consultas com os líderes das células locais da insurgência. Nele havia um código e a palavra empenhada de que aquele líder tribal se responsabilizava por seu filho e pelo estrangeiro, que era do Brasil, um país que nada tinha a ver com a "nossa guerra". Eles falaram entre si e ligaram, com o modelo jurássico de celular Nokia onipresente naquele tempo no Paquistão, para algum superior. Houve certa discussão, insondável para o jornalista, e o jovem de turbante preto gesticulava no ar furiosamente, como se quisesse agarrar e esmagar uma mosca imaginária. Disse algo ao motorista de seu carro e esse se dirigiu a Muhammad. Antes de entrar no carro, ele apoiou-se na janela e pediu mais cem dólares a Mark, que entregou sem perguntar. A propina foi paga e ambos foram liberados a seguir viagem.

"Mas eles não são do incorruptível Exército de Maomé?", não se aguentou Mark, usando o nome comum dado ao Talibã naquela região. Muhammad silenciou.

O restante da viagem transcorreu sem necessidade do uso do salvo-conduto. Ainda assustado, Muhammad foi econômico nos elogios que costumava fazer ao grupo de Mehsud. Baitullah era um homem considerado cruel, e normalmente era descrito como irmão de outro *freedom fighter* famoso na área. Nascido na principal tribo do clã dos Waziri, ele e seu suposto irmão Abdullah eram considerados os verdadeiros administradores do Waziristão do Sul durante os primeiros anos da chamada guerra ao terror. Circulava um boato de que a CIA havia lhes comprado fidelidade e a promessa de não atacar tropas ocidentais por vinte milhões de dólares, relato naturalmente negado tanto em Washington quanto em Peshawar. Era, contudo, um boato — nem mesmo o parentesco com Abdullah era confirmado, e de todo modo o suposto parente se explodiu com granadas quando foi cercado por forças de segurança em 2007, no Baluquistão.

Com trinta e poucos anos, Baitullah foi eleito por outros waziris como uma espécie de emir informal da região, que pelas características montanhosas e a inacessibilidade chamaram atenção tanto de células da Al Qaeda quanto do Talibã. Com saúde frágil, foi morto por um avião não tripulado quando recebia massagem nas pernas para aliviar as dores causadas por diabetes, em agosto de 2009. De todo modo, nos seus dois anos finais de vida, Baitullah viu a sua leitura do Talibã, o Tehrik-e-Taliban, criar uma fama ainda mais cruel do que a do primo do país vizinho, que não o apoiava abertamente. Para gente como Muhammad, havia um certo fascínio no espírito transgressor dos mehsud, que envergavam cabelos longos à Che Guevara.

Ao fim de cinco horas, transcorreram os cerca de 280 quilômetros entre Peshawar e Yarik, por uma paisagem crescentemente árida. O verde dos campos irrigados mais próximos ao Indo dava lugar a um empoeiramento geral da paisagem. Mark havia ligado para o velho Abdullah, pai de Waqar, na tarde anterior. Ele não quis conversa, conforme a filha havia alertado, mas concordou em receber o jornalista — ao menos, foi o que Mark compreendeu do diálogo truncado. Ayesha havia lhe dado o telefone fixo em um papel de cartas perfumado, e algum tipo de pensamento inusitadamente erótico o percorreu. Lembrou-se dos toques de suas mãos, mas rapidamente deu-se conta de que havia um bom tempo que não fazia sexo. Estaria Ayesha disponível, afinal de contas? Seria possível arriscar-se dessa maneira? "Pelo amor de Deus", foi tudo o que conseguiu dizer a si mesmo ao recompor-se para a realidade complexa na qual estava inserido.

Percebeu que sem a ajuda de um tradutor pachto, não chegaria a lugar algum: Abdullah falava rudimentos de inglês e pouco urdu, uma língua elevada ao status de nacional como forma de marcar uma posição pelo governo independente paquistanês. Ao chegar a Yarik, a rodovia 55 corta o núcleo urbano sem interagir com ele. Alguns carros atravessavam a pista e quase batiam nos caminhões que passavam, mantendo a velocidade de cruzeiro de suas viagens. A casa de Abdullah, ele havia explicado a Muhammad no dia anterior, ficava no extremo oeste da vila, perto de alguns campos arados. Tomando um caminho intrincado no labirinto de casas de alvenaria barata e de barro, Mark e Muhammad chegaram no meio da tarde àquela que havia sido a casa de Waqar até seus dezessete anos.

O portão foi aberto e dois adolescentes correram para saudar os visitantes. Entraram, tentando bater a poeira de suas roupas. Saindo da casa, na verdade um prédio quadrangular de paredes altas, com aspecto de fortaleza, um velho com barbas brancas, um barrete muçulmano branco e túnica marrom acenava. Era Abdullah. Quando Mark chegou mais perto, baixou a cabeça. O velho o abraçou denunciando toda a sua fragilidade, dizendo em inglês precário: "Meu filho, meu filho."

9. Uma jirga peculiar

O ritual de chegada à casa da família de Waqar passou por todos os protocolos a que estava acostumado. Depois de deixar o sapato à porta e calçar chinelos, Mark foi levado a uma sala por Abdullah. No corredor, pôde observar o quão Waqar era diferente do pai. Este tinha aquela altivez dos sábios de contos orientais, talvez acentuada pela barba branca e o olhar penetrante, e era magro. Sua pele era vincada, como uma máscara de couro curtido contra ossos pronunciados. O que restava de cabelo era escondido pelo barrete. Apenas na estatura, não mais que 1,60 metro, lembrava o filho. Por um instante, Mark se perguntou se aquele realmente era o pai do corpulento e desajeitado amigo que morrera em seus braços.

Ao entrar na sala, cumprimentou outros dois senhores, apresentados por Muhammad como sendo irmãos de Abdullah. Nenhuma presença feminina, como é comum nessas ocasiões. Nas casas pachtos, metade do espaço é dedicado aos homens, para o patriarca receber visitas sociais. As mulheres são confinadas a um prédio separado, no qual ficam a conchavar com as senhoras dos visitantes e parentes. As refeições são feitas em separado, mas há toda uma área comum para o convívio da família toda, numa terceira edificação geralmente os fundos do terreno da casa.

Eles ofereceram água e chá com leite aos visitantes. Muhammad não hesitou em pedir chá, que tentou Mark por se tratar de água fervida, mas a lembrança dos dois dias de disenteria recente o fez optar pela água. Sua origem era incerta, mas pelo menos guardava em si o frescor do cântaro de barro em que estava abrigada. Mark tentou apresentar seus cumprimentos em urdu, mas desistiu sob o olhar repressor de Muhammad. Ele ficou com o inglês, os outros, com a variante afridi do pachto. Depois das amabilidades gerais, Mark prestou suas condolências com gravidade ao pai, e cantou as glórias da carreira de Waqar a seu lado. Sabia que tal pompa soaria ridícula se fosse filmada e colocada na internet, mas efetivamente emocionou os presentes — e emocionaria a qualquer pai que perdera o filho, em qualquer circunstância. Mentiu um pouco, é verdade, ao dizer que Waqar havia demonstrado coragem ímpar em vários momentos de suas perigosas aventuras compartilhadas. Criou uma cena durante o cerco à Mesquita Vermelha de Islamabad na qual o tradutor salvou uma estudante do madraçal feminino que acabara de fugir do prédio ocupado por extremistas. O Exército atirava em todos os alvos que saíssem daquilo que consideravam um antro de desestabilização e fanatismo. Waqar, com seu colete à prova de balas enfeitado com um grande logotipo que dizia "Press", teria abraçado a menina e a levado para fora do perímetro em que apenas combatentes e a imprensa podiam ficar.

Na verdade, Waqar não fizera nada daquilo. Ele de fato viu a menina sair da escola correndo naquela tarde de 2007. Ela realmente veio em sua direção. Mas tudo o que fez foi sacar a câmera digital de baixa resolução, tirar duas fotos, e se jogar novamente atrás de alguns sacos de areia que serviam de barricada. A menina foi agarrada sim, mas por um soldado todo encapuzado de uma tropa de elite. Seu destino, como o de outras tantas, é ignorado. Famílias de sobreviventes contam mortes na casa do milhar, com corpos indesejados sendo derretidos em fósforo branco e jogados no rio Indo para manter a estimativa oficial de cento e poucas vítimas. Mas seria o caso de condenar Waqar? Ou ele teria que carregar o fardo do fotógrafo sul-africano Kevin Carter, que ganhou um Pulitzer ao fotografar um urubu ameaçadoramente postado atrás de crianças emaciadas num campo de refugiados no Sudão? Mark não sabia o que era pior — e, de todo modo, pouco importava, já que Waqar estava igualmente morto.

Depois de enxugar as lágrimas, a família de Abdullah indicou a Mark e a Muhammad um quarto com banheiro, luxo raríssimo nessas regiões e sinal de uma riqueza considerável. Ambos descarregaram suas mochilas da Hilux e se acomodaram. O jantar seria às sete. "E a *jirga* vai ser na sequência", anunciou secamente Abdullah, voltando a falar inglês como que em deferência a Mark, para admoestá-lo sobre a importância do que viria a seguir.

Muhammad o puxou pelo braço e disse: "Por favor, nada de Mehsud à mesa." Mark assentiu.

Jirga é a designação pachto para assembleia. É considerada a panaceia universal, em uma terra sem leis ou aplicação da letra constitucional, como os territórios tribais paquistaneses. Às vezes, ganha status de grande convenção com os anciãos e líderes políticos de mais de uma tribo. Nesse caso, é uma *loya jirga*, como o simulacro realizado em Bonn quando começou a ser discutido o futuro do Afeganistão após a queda do Talibã. Contudo ela não previra, como Mark gostava de lembrar, que em 2008 o Talibã estaria em plena operação. Novamente, era uma espécie de elixir universal para políticos e formadores de opinião ocidentais: deixe os nativos se entenderem do jeito deles. Poucos realmente compreenderam o que uma *jirga* significava e ficaram aliviados quando o processo culminou com uma eleição de mentirinha, na qual um pachto de influência restrita, Hamid Karzai, foi escolhido como presidente. O resultado viria a ser conhecido: mais instabilidade, violência e politicagem tribal.

A citação deixou o jornalista apreensivo. "Por que eles vão fazer uma *jirga*? Quando acontecem dentro de uma tribo, as *jirgas* não são só para resolver problemas, disputas, como um tribunal?", perguntou a Muhammad. O jovem apenas aquiesceu, sem deixar claro se estava concordando com a frase ou dividindo a dúvida. "Não, Muhammad, estou perguntando se esses caras querem julgar a gente por alguma coisa", retorquiu, quase agressivo.

"Não sei, mas acho que não fizemos nada de errado. Exceto que eles estejam com Mehsud, e Mehsud não tenha gostado do nosso showzinho lá atrás na estrada", disse calmamente Muhammad, enquanto Mark sentia a adrenalina correr. "Mas", continuou o paquistanês, "também é possível que eles queiram decidir alguma coisa importante que tenha a ver com você."

As duas horas até o jantar passaram muito mais longamente do que Mark gostaria, e às 18h55 um menino bateu à porta para chamá-los. O jornalista quase teve uma síncope.

Abdullah e seus irmãos os esperavam. "Venha, meu filho, vamos andar nas ruas que viram Waqar crescer. Vamos à casa do mais venerável dos anciãos daqui", disse em pachto o velho vendedor de panelas. Andando pelas ruas empoeiradas e mal-iluminadas, Mark se sentiu vulnerável. E lembrou que também estava assim na única vez que presenciara uma *jirga*, em 2001. O Talibã acabara de ser expulso da cidade afegã de Jalalabad quando uma pequena tropa de jornalistas chegou ao local. Mark estava entre eles, dividindo a preocupação entre as consequências da louca escapada de Peshawar sem documentos e o fato de que estavam no Afeganistão em plena guerra. Instalados no palácio do governo regional de Jalalabad, que ainda ostentava a bandeira branca cheia de inscrições do Alcorão do Talibã, os jornalistas puderam acompanhar a *jirga* dos pachtos do leste afegão para definir o que seria da área sem os fundamentalistas. Todos sabiam que até a antevéspera metade dos presentes apoiava o Talibã. Todos estavam armados até os dentes. Todos ouviam os bombardeios de B-52s americanos a poucos quilômetros dali e faziam piadas macabras sobre a propalada inteligência das bombas dos ianques. E todos brigavam por uma infinidade de motivos, como na reunião de líderes tribais na Damasco reconquistada dos turcos retratada em *Lawrence da Arábia*. Do fornecimento de água ao controle dos restos do aeroporto, tudo era motivo de discussão acalorada.

Isso tudo rodava a cabeça de Mark quando chegou à casa de Pir Ghazi, o chefão local. Mark não se dera conta até então de que Abdullah e sua família eram os únicos afridis na região. Seus domínios naturais são as regiões do entorno de Peshawar até o lendário passo Khyber, a conexão entre o Paquistão e o Afeganistão. A fama de bons guerreiros, que se somava à de excelentes negociantes, veio da guarnição que os britânicos instalaram lá, os Khyber Rifles, que era majoritariamente composta de afridis. Os Rifles foram os primeiros integrantes do que hoje é conhecido como Frontier Corps, o conjunto de batalhões tribais que patrulham toda a fronteira com o Afeganistão. Logo, a ida à casa de um líder da região demonstrava respeito, mas também que algo muito além de uma discussão familiar iria acontecer. Ghazi os recebeu na porta, calorosamente. Seu título, Pir, indicava que ele era um "homem santo" na tradição do sufismo que um dia dominou a região. Mestres sufistas com poder político ainda existiam, embora estivessem encapsulados por uma onda de purismo fanático do século XXI. Tinha uma voz grave e firme, contrastando com a doçura quase senil de Abdullah. Ambos os homens, contudo, se cumprimentaram como iguais, um beijo em cada face, mãos entrelaçadas. Muhammad, ao lado de Mark, parecia mais assustado que o ocidental. Tentava descrever tudo o que acontecia como um tradutor simultâneo, mas gaguejava e cometia diversas imprecisões aparentes que só não irritaram Mark porque ele estava imerso no espetáculo que se desenrolava.

A sala central da casa era grande, com tapetes orientais magnificamente decorados em todos os cantos possíveis do chão. As luzes eram indiretas, como se um designer japonês tivesse passado por lá para dar um toque minimalista ao ambiente, mas tratava-se na verdade da ausência de conduítes para as lâmpadas na construção antiga. A porta na face norte do cômodo era flanqueada por dois jovens com Kalashnikovs, e a do canto sul permaneceu fechada o tempo todo. "Venham, vamos comer em honra ao nosso hóspede", disse Ghazi, claramente ignorando seu compatriota que acompanhava Mark. Sentaram-se, com o anfitrião encimando um retângulo imaginário no mar de tapetes, Abdullah à sua direita, e Mark e Muhammad à esquerda. Com um bater de palmas, pela porta lateral entraram dez idosos em estágio de deterioração vertebral variados. Uns com bengalas, outros simplesmente se arrastando. Mas todos com o mesmo ar de dignidade intocada dos outros velhotes. Ocuparam os lugares até completar o retângulo, deixando apenas uma entrada, por assim dizer, no canto oposto à posição de Ghazi. Este, por sua vez, apresentou um a um os convidados.

"São os líderes da região", disse Muhammad impostando a voz, como se Mark não soubesse. Não se tratava do conselho tribal oficial, que responde administrativamente pela região, reportando-se a Islamabad. Era algo mais importante. A comida começou a ser servida por meninos; novamente, mulheres eram fantasmas atrás das paredes. Uma travessa com *dal*, o preparado de lentilha fumegante e apimentado da região; cordeiro em espetos; frango cozido com *saag*, um prato de folhas verdes-escuras; e pasta de milho. Acompanhando tudo, pão sírio cortado em fatias grossas, assado na pedra. Talvez pelo ambiente maior, talvez porque a cozinha era mais distante, desta vez os pratos vieram cada um com seu cheiro — e não como na noite anterior, quando uma torrente tangível de untuosidades apimentadas e perfumadas havia tomado conta da sala de Muhammad pai. Para beber, chá verde e água fresca, a opção de Mark para combater o ardor dos pratos. Após quase uma hora de amenidades, conversas surpreendentemente cordatas sobre os caminhos da chamada guerra ao terror e o unânime sentido entre os idosos de que os Estados Unidos eram a fonte de todo o mal, a sobremesa de *kheer*, arroz doce com cardamomo, chegou com mais uma rodada de chá. Comeram e beberam todos, e Mark já se sentia pronto para dormir como uma cobra que acabara de engolir um boi.

Mas era apenas o começo.

Os meninos foram rápidos no recolhimento de toda a comida e na distribuição de pacotes de cigarros e bules de chá em frente aos participantes. Pir Ghazi levantou-se e comandou uma oração, mãos com as palmas para cima. Nem Muhammad conseguiu acompanhar, tal a entonação de sua voz. Depois, abriu os trabalhos da *jirga*.

"Vamos começar pelo comportamento da filha de Malik. Em outros tempos, ela mereceria apedrejamento, mas como vocês sabem agora devemos nos restringir. Ela tem que ser mandada para outra cidade. Aqui não pode ficar", defendeu, enfático, Ghazi. Abdullah foi o primeiro a concordar, seguido por outros dois. Até que Abdul, pai de Malik e avô da garota que fez algo de errado aos olhos dos anciãos, falou.

"Eu não concordo, e não porque ela é meu sangue. Acho que suas faltas não são tão graves assim", disse.

Mark foi se desesperando com a tradução de Muhammad, porque o jovem não conseguia descobrir, afinal, o que de tão terrível aquela filha de Malik havia feito. E ficou sem saber, já que o tópico seguinte, algo sobre o direito de alguma das famílias de comprar mais terras, foi colocado em discussão. E foi assim a noite toda. Mark estava perdido. "Nem no Afeganistão fiquei assim tão sem saber o que estava acontecendo. Por que estou aqui?", murmurou para Muhammad. Ele o mandou fazer silêncio. Abdullah percebeu a cena e mandou Muhammad sair, para desamparo final do jornalista. "Mas quero que ele fique", insistiu.

"Meu filho, aqui você não quer nada", disse Abdullah, com um sorriso no rosto, mas sem simpatia real.

Perto da meia-noite, tendo acompanhado conversas que ora pareciam duras, ora sinalizavam camaradagem, Mark começou a achar que estavam falando dele. Uns apontavam, outros comentavam e viravam o rosto para aquele intruso. Sem recursos extras, ele levantou a mão e perguntou: "Alguém aqui me entende, fala inglês? O que está acontecendo?" Não devia. Foi duramente repreendido num arremedo de inglês por Abdullah e alvo de mais dedos apontados e olhares inquisidores. Encolheu-se num canto e observou o pai de Waqar levantar-se diversas vezes, apontar em sua direção e suplicar algo numa língua que não entendia. "Fodeu. Vão me matar", foi a única coisa que lhe veio à cabeça, ainda que racionalmente aquilo não fizesse sentido algum.

Mais quinze minutos e Pir Ghazi levantou-se novamente. Agradeceu um a um os presentes, que deixaram o recinto sem se despedir de Mark. Ele se levantou e procurou Abdullah com os olhos. Achou-o conversando ao pé de ouvido com dois dos idosos, que assentiram e o abraçaram antes de partir. Foi quando o dono da casa e o pai de Waqar se dirigiram ao ocidental.

"Você é igualzinho a Waqar. Impaciente. Não sabe esperar. Deixa a ansiedade tomar conta de seu corpo. Assim, viverá pouco. Ou morrerá porque seu coração não caberá no peito, ou encontrará a morte na mão de alguém que não tolera impaciência", disse Pir Ghazi, solene e em um até aqui desconhecido inglês perfeito com entonação indiana. "Mas eu o congratulo, meu filho, por ser o mais novo membro da família do honorável Abdullah. Que Alá guie seus passos."

E virou-se, sem ouvir nada do jornalista. Abdullah então chamou Muhammad, que estava numa sala adjacente. E explicou. "Mark, desde que Waqar foi levado por Alá, eu me pergunto por que tal tragédia tinha de acontecer. Waqar era minha esperança de ver meu nome ganhar um mundo maior que o meu, e mesmo aqui ele era muito querido e popular. Quando vinha, a cidade parava para vir cumprimentá-lo em casa. Eu me perguntava: por que ele, não o ocidental!? O sentimento se tornou ódio, porque você sabe, não gostamos muito dos ocidentais aqui. Cheguei a pensar em procurá-lo, até em mandar matá-lo. Mas Alá me iluminou. Sabia que tal ódio iria me consumir. Então, em vez de senti-lo, resolvi que, se você um dia viesse falar comigo, eu o tomaria no lugar de Waqar como filho. Para continuar minha família em um mundo ainda maior que o Paquistão", disse, com lágrimas nos olhos, palavras traduzidas por Muhammad.

Mark estava estático e, embora não pudesse dizer, sentia o mesmo sentimento em Muhammad. Não conseguia falar.

O velho continuou, depois de se abaixar com dificuldade para pegar um último gole de chá. "Assim, pedi autorização para a *jirga* desta noite incluir você, sua entrada na minha casa. Não poderia tomar tal decisão sem falar com eles. Não vou lhe pedir para morar em Yarik, porque não pude fazer isso nem com meu Waqar. Mas saiba que você tem aqui um lar, uma família e um lugar para enterrar seus restos quando for chegar a sua vez", disse, dissipando um temor momentâneo do jornalista de que poderia virar prisioneiro ou algo pior.

Mark sentia-se perdido. Por que estaria Abdullah tomando tal atitude? Seria mesmo um ato de compaixão religiosa?

"Meu pai. Espero retribuir tal honra", limitou-se a dizer, sem ter certeza de suas palavras. Amparou o idoso até a porta de saída, e andaram de volta para aquela que agora seria também sua casa. Ao entrar, foi apontado a ele o quarto que pertencera a Waqar e que estava fechado desde a morte do filho.

Deitou-se na cama com a cabeça rodando. A relação de Mark com seus pais havia sido turbulenta, alternando momentos de grande distância com demonstrações enormes de afeto. Filho único e há um bom tempo órfão, carregava a responsabilidade de levar o nome Zanders adiante. E falhara até aquele momento, já que Elena dificilmente voltaria a figurar em seu radar novamente. Muito menos o menino. Antes da morte dos pais, Mark achava que tinha encontrado um ponto de equilíbrio na relação com eles.

Certa vez, numa comemoração de Natal, ouviu do pai a acusação de que não dava atenção suficiente à família. Discutiram, houve choro e contra-acusações, mas a mãe interveio e todos conseguiram se recompor a tempo do jantar. Laura, a mãe dominadora, e Marcos, o pai ausente boa parte do tempo, mantinham esse tipo de tensão no relacionamento com o filho. Tendo saído de casa cedo, aos quinze anos, Mark havia buscado na metrópole de São Paulo a independência que a vida provinciana de Curitiba não permitia. Mas sempre que voltava ao lar, para eventos que famílias alemãs prezam, como o Natal ou a Páscoa, havia essa necessidade quase natural por conflito seguido de acomodação. Quando os pais se aposentaram, ele do escritório de advocacia trabalhista do qual era sócio minoritário, e ela da gestão do pequeno império de lojinhas de conveniências do avô Chico, chegaram a cogitar morar mais perto do filho — a essa altura, um jornalista em plena ascensão profissional. Claro que Mark os demoveu da ideia. De toda forma, nos encontros inevitáveis, essa dinâmica de crise-solução parecia ter estabelecido um armistício, uma noção de paz possível que fez a morte dos pais em um espaço de poucos meses por doenças diversas um ritual menos sofrido. Era autoengano, naturalmente, já que Mark seria assolado por um sentimento de perda constante, que perduraria sob sua superfície. Esperando o momento certo de surgir, como na noite anterior, quando criou uma família imaginária para um bando de paquistaneses drogados. Quando sentiu Elena e Ivan lá, presentes, como se fossem verdadeiros. Como se a promessa que as gargalhadas matinais daquela bela russa, ao vê-lo derrubar o chá do bule, fosse materializada. Mesmo quando sentiu a estranha intimidade criada de forma completamente artificial com Ayesha. Ou ainda no momento em que se deu conta de que Abdullah estava colocado em um espelho à sua frente, refletindo sua perda na dele.

Tentou não elaborar. Seu inconsciente, contudo, tomou o trabalho para si. Adormeceu e sonhou naquela noite com o "Kaffee trinken" gritado por sua avó em Curitiba, quase trinta anos antes. Crianças em torno de uma mesa farta, um cômodo quente, e o vento frio e cortante da rejeição, inexistente.

10. A caixa

A luz do sol insinuou-se pela fresta da janela cedo, acordando Mark de forma instantânea. Por alguns segundos, esqueceu que estava no meio do nada, vivendo uma situação insólita. Como que dando uma continuidade real aos sonhos, pensou na avó, Flora Zanders, e no jeito maroto com o qual ela abria as cortinas de seu quarto de férias, para que o mesmo sol o acordasse. Na verdade, era outro sol. O sol de sua infância tinha um brilho intenso, claro. Em Yarik, era um sol forte, mas filtrado por camadas infindáveis de poeira e fumaça das queimadas em campos próximos. Matizado por uma eterna nuvem daquilo que seu herói Richard Burton chamava genericamente de "cheiro de morte" naquela região do mundo.

Depois de ir ao banheiro no corredor, já que Muhammad ficara com a suíte, Mark voltou ao quarto e tentou visualizar o que tinha sido a vida de Waqar até poucos anos antes de encontrá-lo. Havia uma estante com diversos livros em inglês e outros em urdu, mas não saberia dizer se já estavam lá quando seu tradutor era jovem e morava em Yarik. Nas paredes, um calendário tipicamente islâmico, com a imagem dourada do Domo da Rocha, em Jerusalém, e um pôster de um filme chamado *Amores difíceis*. Produção de Bollywood, o cartaz trazia o indefectível galã hindu com o peito hirsuto à mostra, e a mocinha com expressão de sofrimento incomensurável aos seus pés. A produção de cinema de Bombaim, como o vitoriano tardio Mark chamava a cidade indiana de Mumbai, domina todo o subcontinente e atravessa as montanhas até o Afeganistão.

Mark tentou arrumar os lençóis quando percebeu que havia uma caixa mal colocada embaixo da cama. Sentou-se no chão e a puxou. Era feita de um papelão grosso verde-escuro, e tinha aproximadamente o dobro do tamanho de uma caixa de tênis comum da Nike. Mark foi detido por uma culpa, mas rapidamente achou um subterfúgio intelectual para driblá-la. "Se estou no lugar de Waqar, acho que ele não iria se incomodar se eu desse uma olhada", afirmou, rindo; sabia que era um curioso incorrigível. A única providência foi passar um pequeno trinco na porta, garantindo um mínimo de segurança caso alguém resolvesse aparecer.

Abriu a caixa. Nela, havia dezenas de papéis, carteiras de credenciamento, formulários preenchidos, recortes de jornal, uma agenda telefônica gasta e várias fotos. Uma das primeiras que reconheceu foi justamente a que enviara como lembrança a Waqar alguns anos antes. Os dois estavam sobre os escombros de uma escola perto de Muzaffarabad, quando se encontraram após o terremoto de 2005. Ambos sorriam, embora pelo menos trinta crianças tivessem morrido naquele local. Jornalistas são assim mesmo, tentava se consolar; afinal de contas, onde mais eu iria fazer um amigo como Waqar senão sob o signo de alguma tragédia? O autor da foto era um dos colegas de Waqar — não sabia dizer qual. Identificou também dois cartões de embarque da PIA, a Pakistan International Airlines, que é conhecida maldosamente pelos jornalistas como Please Inform Allah — de que você está chegando ao Paraíso ao arriscar voar em seus aviões. Eram registros de uma viagem que ambos haviam feito a Karachi, saindo de

Islamabad, na primeira passagem de Mark pelo Paquistão. Antes de se lembrar das aventuras daquela viagem em particular, o jornalista ouviu passos no corredor.

Ia fechar a caixa, mas percebeu algo estranho em seu fundo. Os papéis estavam desordenados. Não parecia haver nela nada de muito importante para a historiografia de Waqar. Mas lá estava o caderno. No fundo da caixa, soterrado entre tantas outras memórias, estava o objeto rosado todo desbotado, manchado de algo que parecia ser sangue e tinta borrada. No entanto, as letras escuras estavam nítidas: ARIANA. Sobre a capa, um post-it amarelo pálido se sustentava precariamente, trazendo a letra de Waqar numa anotação em inglês: MUZAFFARABAD, TERREMOTO DE 2005.

Os passos lentos se tornaram estampidos, e a tensão que tomava conta do ambiente parecia atrair observadores. De repente, Mark ouviu duas batidas na porta. Era Muhammad. "Vamos, brasileiro. O velho Abdullah quer tomar café da manhã com você", resmungou o guia.

Mark olhou para os lados, como se houvesse sido pilhado durante um crime sem perdão. Pensou em jogar tudo para debaixo da cama, mas a presença de Ariana, fosse o que fosse, não lhe permitiria tal descaso. Determinado a saber do que se tratava o misterioso caderno, na verdade, o intrigante nome, Mark agiu por impulso. Enrolou o livro em uma camiseta e colocou dentro de sua mochila. Ariana seria sua, independentemente do que significasse. "Era isso que você queria que eu encontrasse, Waqqi?", questionou-se silenciosamente enquanto um crescente fluxo de adrenalina o lembrava de que avançara uma etapa, que podia estar no caminho certo para aquela reportagem.

Abriu a porta e esbarrou num Muhammad aparentando impaciência. Encontraram Abdullah sozinho na mesa, com pão, iogurte azedo e chá com leite à sua volta. Serviram-se e trocaram amabilidades sobre a qualidade do sono na noite anterior. Foi quando o jornalista reclinou-se em direção ao ancião. "Meu senhor", começou Mark, "já que estou aqui em sua casa, usufruindo de sua grande hospitalidade, gostaria muito de lhe fazer uma pergunta como se a estivesse fazendo ao nosso querido Waqar." Media as palavras, cioso do valor que a obsequiosidade tem neste canto do planeta.

"Claro, meu filho. Diga", prosseguiu o velho em inglês.

"As últimas palavras que Waqar me disse foram no sentido de encontrar Ariana. Não tenho ideia de quem é essa mulher, se é que é uma mulher, ou algum lugar. O senhor sabe?"

Abdullah cofiou a barba branca e, esfregando as mãos como alguém que precisa tirar uma mancha invisível delas, disse secamente a Mark: "Está na hora de você voltar para Islamabad. Aqui já não é seguro para você."

"Como assim, seguro? O que eu fiz?", questionou, sentindo a crispação dos músculos da face e do ombro.

"Meu filho, que Alá o proteja. A partir de hoje esta casa é sua casa. Mas é preciso que você vá. Agora."

Mark e Muhammad entreolharam-se, claramente perdidos. Voltaram aos quartos e recolheram suas coisas. Mark pressionou a mochila contra sua barriga, certificando-se o tempo todo de que o volume cor-de-rosa estava ali. Desta vez, não houve comitê de despedidas. Abdullah abriu uma porta lateral e, abraçando ambos os jovens, despediu-se sem sair para o lado de fora. Quando a Hilux partiu, apenas algumas galinhas soltas no terreno da casa pareciam dar-lhe atenção.

Abdullah voltou à mesa do café e serviu-se de mais chá. Chamou um dos sobrinhos e pediu que lhe trouxessem um telefone celular. Ligou para Ayesha em Taxila, e foi duro nas palavras. "O que você contou para ele?"

"Pai, só achei que ele devia falar com você, já que o senhor queria transformá-lo em um irmão. Você sabe, colocar um ocidental no lugar de Waqar", disse, com a voz trêmula, a mulher do outro lado da linha.

"Então tudo se resume a ciúme e a inveja. Você pode ter matado inocentes, para começar. Não fale nada para o seu marido, por favor. Ele já sabe demais", disse o velho, apertando o *end* do celular.

"Não conheço nenhum inocente da cor dele", murmurou mentalmente a filha, ainda assustada com a dureza de Abdullah. Pensou nas palavras do pai. "Não fale nada para o seu marido." E ligou, ato contínuo, para Ali, que estava em seu trabalho na unidade do ISI, em Rawalpindi, a antiga capital paquistanesa que é contígua a Islamabad. Ele era agente secreto e, como tantos outros, tinha uma vida dupla como uma espécie de representante de vendas da rede de lojas do pai. Talvez Ayesha quisesse compensar os pensamentos que não a abandonavam após a visita daquele estrangeiro traindo o próprio pai.

A prática da espionagem é comum no Paquistão. Há, a rigor, dois tipos de espiões internos. Um tem seu trabalho mais direcionado a estabelecer contatos com as diversas facções, tribos e grupos fundamentalistas que compõem o cenário político paquistanês. Monitorar quem sai da linha e descobrir novas alianças é uma tarefa central. Esses geralmente são como Ali, ocupando profissões que requerem viagens constantes e intensa relação com comunidades — como um bom representante de vendas deve fazer, ou talvez o editor de um jornal local numa região mais afastada. O segundo grupo, contudo, tem por missão vigiar a movimentação dos estrangeiros no país, identificar seus objetivos e colher informações que possam ser de alguma utilidade. Estes trabalham em órgãos públicos que fazem tal interface e, muito comumente, são jornalistas de veículos paquistaneses com boa fluência em inglês.

Em 2001, em sua primeira passagem pelo Paquistão, Mark foi alvo de vigilância constante por causa das reportagens que escrevia para a *Nova Gazeta*. Sim, mesmo no Brasil havia um embaixador paquistanês ávido em enviar *clippings* de matérias para seu país. A simples menção ao governo de Musharraf como uma ditadura militar valeu a atenção do diplomata-olheiro. Reportagens subsequentes sobre a ação dos serviços secretos do Paquistão, seus contatos na então existente Embaixada do Talibã em Islamabad e afins foram suficientes para garantir um arquivo sob o nome "Mark Zanders, jornalista, Brasil" no ISI.

Um desses conjuntos de reportagens estava na mão do coronel do ISI que o interrogou quando voltou do Afeganistão, dando prova inequívoca de que, como Estado policial, o Paquistão fazia valer a reputação de eficiência. Em outra ocasião, um jantar seu com um oficial aposentado do Exército britânico que estava em Islamabad para uma palestra lhe foi relatado por Waqar — sem que o tradutor soubesse de seu paradeiro. "Muita gente nos jornais é da inteligência, Mark. Não se engane. Quem me contou sobre seu encontro foi aquele jovenzinho do jornal de Karachi que eu lhe apresentei outro dia. Ele nem é do ISI. É do Birô de Inteligência", disse Waqar, referindo-se a uma das mais de quinze agências menores de espionagem do país. "Acho que você não é tão importante assim, senão teriam mandado algo melhor", brincou o tradutor.

Historicamente, a preocupação paquistanesa é a Índia. Há a certeza na sociedade do país de que o gigante a sudeste tem pretensões territoriais contra Islamabad. A paranoia tem lá sua justificativa, como as três guerras e a corrida nuclear empreendida por ambos demonstram. Talvez, como acreditava Mark, houvesse também por assim dizer algum fator psicanalítico, coisa de irmão mais novo, em tal competição. Mas, além da Índia, o ISI e seus filhotes desenvolveram uma larga experiência em lidar com serviços secretos estrangeiros: o soviético e depois russo, o inglês e, principalmente, o norte-americano. A CIA é vista como uma espécie de mãe intelectual do ISI, mas isso é um claro exagero. Talvez seja mais correto dizer que setores do serviço secreto paquistanês usaram a CIA como quiseram ao longo dos anos, primeiro no contexto da invasão soviética do Afeganistão. Depois, nas inacreditáveis trapalhadas do pós-11 de Setembro.

Dito isso, entre os correspondentes internacionais sempre houve também espiões, ou ao menos informantes. Mark, que já fora acusado de ser ele mesmo um espião, conhecera pelo menos dois agentes da CIA que iam diariamente ao *briefing* à imprensa do então embaixador do Talibã em Islamabad. A encenação era tão malfeita que nem sequer empunhar a câmera o suposto cinegrafista conseguia. Eles filmavam jornalistas, políticos locais, guerrilheiros em romaria, tudo com o profissionalismo de um pai filmando a festinha de três anos do filho. Mark os abordou, sentindo cheiro de matéria, só para acabar sendo ele mesmo fotografado por agentes paquistaneses disfarçados de repórteres de uma grande agência francesa. A foto daquele encontro estava lá, no dossiê Zanders.

Ayesha desligou o celular. "Entendi. Não fale nada com seu pai. Vou ver o que é preciso fazer, e nunca mais fale com esse gringo", respondeu Ali após ouvir o relato do que acontecera. A filha de Abdullah chamou a empregada e pediu chá, mas sem leite. Quando levantou a xícara, lembrou-se do toque da mão de Mark nas suas.

Corou, fugindo da ideia que lhe veio à cabeça.

11. O fio da lâmina

Na estrada, Muhammad estava inquieto. Falou duas vezes pelo celular, supostamente com seu pai, para saber se estava tudo bem para que sua volta pelos territórios patrulhados pelo pessoal de Mehsud fosse feita em segurança. Certamente havia falado também sobre a sucessão de episódios insólitos que havia presenciado. Primeiro, um estrangeiro que diz vir de um país distante é recebido como filho na casa de um líder tribal. Depois, esse novo pai praticamente o enxota após ouvir uma simples pergunta. Fumando um cigarro atrás do outro, com a janela da Hilux aberta, Muhammad finalmente resolveu dirigir a palavra a Mark.

"O que foi que aconteceu? Quem é essa Ariana?", perguntou.

"Se eu soubesse, não tinha perguntado para o velho. Veja, tudo isso me é muito estranho. Não sei por que ele quis me aceitar no lugar do Waqar, mas sei muito menos o motivo por ter nos expulsado desse jeito. Ariana é o último nome que ouvi da boca do filho dele. Mas se foi o último, foi por uma única vez", disse, contendo-se para não pedir um cigarro a Muhammad.

Mark fumara durante dez anos, e considerava uma espécie de marco em sua vida o fato de ter parado. Não por ser especialmente forte, já que dificilmente seria considerado um viciado em nicotina; geralmente fumava um, dois, talvez uns cinco cigarros numa noite em que estivesse bebendo. Nunca fumava trabalhando ou longe de um copo. Era como se o cigarro fosse uma extensão natural do álcool, uma espécie de ser simbiótico que dependesse do vício maior para poder se dar ao trabalho de existir. Elena, que como toda russa de sua geração fumava copiosamente, era uma das que troçavam quando Mark falava que "tinha parado". "O dia em que você fumar como um russo e conseguir parar, aí a gente começa a conversar", brincou ela já na primeira noite, quando ele tragou um Marlboro vermelho como parte do ritual de sedução que transcorria na noite londrina. Não voltaria a fumar com ela depois daquela concessão inicial, contudo, e por vezes ficava francamente incomodado com o cheiro do cigarro matinal que Elena teimava em acender após uma boa noite de sexo e sono. Naquela manhã, no meio do Paquistão, no entanto, Mark lembrou-se do odor com uma ponta de prazer e saudosismo. Pediu um cigarro a Muhammad, afinal. A tragada queimou-lhe o céu da boca, garganta e os brônquios. Sentiu que fazia mal a si mesmo. Como ocorre com os viciados em automutilação, tomou aquilo como um sinal de que estava vivo. Claro, não apagaria o cigarro no braço. Mas puxou mais fortemente o segundo trago.

A viagem transcorreu com relativa segurança. Foram parados apenas duas vezes, antes de chegar a Khot. Em ambas as oportunidades, o nervosismo de Muhammad quase pôs tudo a perder; era como se ele também não confiasse mais naquele estrangeiro com histórias contadas pela metade. Na segunda parada, no meio de uma pequena serra, a estrada havia sido bloqueada por outra Hilux, muito semelhante às que eram utilizadas pelo Talibã no Afeganistão. No bagageiro aberto, dois rapazes portando RPGs, os lançadores de granadas movidas a foguete que só perdem para o Kalashnikov em popularidade por ali. Dois outros jovens estavam do lado de fora, ambos com seus AKs.

Depois dos cumprimentos de praxe, começaram a pedir dinheiro a Muhammad, cuja apresentação do salvo-conduto não parecia surtir muito efeito. Ele apontava para o carro, eles discutiam algo num dialeto que Mark não discerniu. Mas o tom de ambos subiu, e o jornalista resolveu intervir. Saiu do carro, só para ser colocado de joelhos por um dos milicianos. Com o cano estranhamente gelado tocando seu pescoço, tirou do bolso o passaporte verde, modelo antigo no Brasil.

"*Brazil*! Ronaldinho!", foi a resposta meio óbvia do jovem, que afastou a arma de Mark. Não era a primeira vez que uma prova de sua nacionalidade o tirava de uma enrascada. Isso já lhe ocorrera no Líbano, na Argélia e no próprio Paquistão. Os futebolistas da hora mudavam de nome, naturalmente — no Afeganistão de 2001, fora o atacante Rivaldo quem ajudou a quebrar o gelo entre Mark e um soldado que viria a ser jogador no estádio de Cabul que o Talibã convertera em arena de execuções e punições públicas daqueles que rompiam a ordem do emirado islâmico. Em sua estreia no uso do artifício, na Beirute de 1994, fora o campeão mundial Romário o santo da vez que o impediu de ser apedrejado como um adúltero bíblico por quinze adolescentes furiosos. O problema ocasional é que, com seu fenótipo e nome ocidentais, por vezes a simpatia do "país do futebol" era substituída pelo temor de estarem diante de algum tipo de espião, ou de alguém que no mínimo quer disfarçar sua real identidade. No próprio Paquistão, um soldado o acusou na cara de ser um agente israelense. Chegou a insinuar que deveria baixar as calças para provar que não era judeu — felizmente para ele isso não foi necessário, já que seria dificílimo explicar a um integrante dos Rangers paquistaneses que a circuncisão é feita por motivos estritamente médicos em outros países ou que ele era um ocidental convertido ao Islã, já que muçulmanos costumam ser circuncidados. Mas naquele dia, perto de Khot, o jogo estava ganho. E Mark nem sabia como jogar futebol direito, sempre ficava em último lugar na lista dos escolhidos para o time de educação física na escola.

A dupla inusitada chegou a Peshawar no fim da tarde, e Mark não sabia se estava aliviado ou ainda mais ansioso pelo fato de que dentro de sua mochila estava talvez a resposta para toda aquela confusão. E ele não podia falar nada a seus anfitriões. O sol insinuava-se pela cortina de fumos e poeira, dando um dramático tom vermelho à casa de Muhammad, o pai. Seu pequeno Honda alugado estava na garagem, e logo que o portão foi fechado por um dos empregados da família, o venerável dono da casa apareceu à porta para receber o visitante.

"Espero que você tenha encontrado o que queria encontrar", disse, cortês. "Mas agora precisa entrar e descansar, a viagem foi longa. Tem uma bacia com água para se limpar no quarto; para outras necessidades, o banheiro é aquele do fundo do corredor que você usou em sua vinda. Vamos jantar depois das sete", disse, tomando o filho pelo braço e iniciando um grande interrogatório em pachto.

Entrou no quarto e percebeu que a porta não tinha chave. Tudo o que queria era abrir imediatamente o livro rosado e começar a entender o mistério em que se colocara, mas sabia que estava causando suspeitas demasiadas, por isso achou prudente segurar a curiosidade por mais algumas horas. Usou a bacia para tentar ficar menos sujo, escovou os dentes e aplicou desodorante aerossol barato, que comprara num bazar. Não se preocupou com a barba; cultivava aquela sensação ingênua de que as barbas transformam os ocidentais em seres mais palatáveis para os paquistaneses e afegãos. Parecia, o que era um contrassenso, dada sua experiência local, ignorar que os pelos claros de sua face o confundiam com um nuristani étnico ou pior — com um russo, por exemplo. De todo modo, poderia estar vestido de paquistanês, com a calça larga conhecida como *shalwar* e o camisão que vai por cima dela, o *kamiz*, que seria reconhecido como ocidental a quilômetros de distância.

O jantar foi servido, da maneira farta de dois dias atrás, com mínimas variações no cardápio. A galinha tomara o lugar do cordeiro como prato mais forte, e havia mais pão à mesa. Novamente, a sala estava tomada de aromas. No meio daquela *blitzkrieg* de pimenta e gorduras, começou a ser questionado por Muhammad, o pai, a essa altura já totalmente informado dos acontecimentos pelo diligente filho.

"Meu amigo Muhammad Bilal, não sei lhe dizer o que aconteceu. A verdade é que nem eu sei quem é a tal Ariana. Ou o que é isso. O que sei é que essas foram as últimas palavras do meu amigo Waqar, e queria compreender do que se trata. Mas a reação de Abdullah foi para mim algo chocante. Sinto seriamente que talvez haja algo terrível atrás desse nome. Por que outro motivo me expulsariam na manhã seguinte em que fui declarado membro da família diante do conselho de anciãos da cidade?"

A argumentação era razoável. Muhammad ponderou que talvez Ariana fosse o nome de alguma operação militar de Mehsud, mas isso não parecia fazer muito sentido. Muhammad, o filho, disse que nunca viu tamanha mudança de comportamento num afridi, cuja secular temperança é cantada em versos no Mercado dos Contadores de História de Peshawar. "O que eu lhe sugiro, meu amigo, é que abandone essa busca. Os labirintos que existem embaixo das relações tribais aqui são insondáveis para você. E podem ser muito perigosos, dependendo do tipo de segredo que escondem. Se Abdullah quis seu bem, fique com seu conselho e volte para Islamabad. Melhor: volte para sua família em Londres, para a jovem esposa e seu filho, que o estão esperando", completou o pai.

Por um segundo, ocorreu a Mark questionar sobre que mulher e filho ele falava, mas o delírio de 48 horas antes lhe voltou à cabeça mais rapidamente que isso. O fio da faca sobre a qual vinha correndo parecia tornar-se mais afiado a cada uma dessas pequenas mentiras que contava para proteger o objeto de sua busca. Talvez toda a verdade sobre a qual deixara o velho falar por horas estivesse lá, revelada, como em um livro sagrado de alguma das grandes religiões, naquele caderno cor-de-rosa. Talvez cada história sobre sua família amada que não existia envenenava uma relação cordial que tinha por premissa a verdade e a honradez. Apesar de usar o fato de que estava pagando para aqueles homens o ajudarem como ansiolítico, Mark estava cada vez mais nervoso. Temia ser pego em alguma das mentiras, e, de forma sincera, tinha vergonha de enganar seus anfitriões com meias-verdades que fossem. Não tinha dúvida de que estava infringindo a única coisa que a gente daquele lugar realmente fingia levar a sério: a honra. Era um conceito frágil e corroído por hipocrisia, mas era o que estava em jogo.

Sem haxixe ou conversas estendidas, a noite acabou por volta das 21h30, para seu alívio. Meia hora depois, a casa entrou em vigília, e suas luzes silenciaram.

12. Decolagem

O Boeing-777/200 taxiou com um barulho na turbina direita que Mark considerou estranho. Ao longo dos anos, o pavor que a falta de controle ao voar lhe causava acabou sendo compensado por uma espécie de conhecimento mórbido sobre o inimigo. Para um leigo, sabia bastante sobre mecânica de aviões e participara da cobertura do bizarro acidente entre um Boeing e um jato executivo sobre a Amazônia, em 2006. Seu conhecimento técnico e o trabalho numa publicação britânica lhe deram um acesso quase irrestrito a meandros da investigação — o fato de um primo distante ser coronel da Aeronáutica também veio a calhar. O preço veio em forma de pesadelos e memórias dos sons gravados no cockpit de um avião em desintegração.

Toda essa familiaridade tinha outro efeito colateral indesejável. Desenvolvera uma crença de que podia identificar eventuais falhas mecânicas ou de procedimento pelo barulho, pela aparência. E foi assim, naquela manhã, quando ficou inquieto pensando no que poderia haver de errado com a turbina Rolls Royce enorme, em que cabia um automóvel, do 777 da PIA. O avião tremia bastante ao passar de uma faixa de asfalto para outra, mas isso já era esperado, dada a qualidade da pista em Islamabad. Quando o capitão anunciou que deveriam esperar "alguns solavancos" na subida, devido a uma faixa de instabilidade, Mark resolveu colocar o iPod em volume máximo — a despeito da regulação que proíbe o uso de fones de ouvido em decolagens e aterrissagens, que de toda maneira não era exatamente cobrada na PIA. Ouvia Radiohead, tocando "There There", do *Hail to the Thief*. Quando Thom Yorke lhe sussurrou que "Há sempre uma sereia atraindo ao naufrágio", o 777 acelerou.

É um momento magnífico, a decolagem de um avião. Mark acreditava nisso, apesar de todo o seu medo que, lá no fundo, tinha algo de reverencial. Deslocar toneladas e toneladas de metal, combustível e carga para o céu, aquilo sempre o fascinara. Quando o colchão de ar se fazia sob as asas, e Mark tinha o hábito de se sentar perto delas para observar seu comportamento, o empenamento decorrente da pressão todas as vezes o fazia pensar sobre quanto tempo aquelas juntas metálicas resistiriam. Invariavelmente, as turbulências iniciais e a chegada da estabilidade após a camada de nuvens dissipavam esses pensamentos supersticiosos incessantes da cabeça do jornalista.

Mas não naquela manhã.

O barulho da turbina direita lhe parecia ensurdecedor, e olhou para os lados para tentar captar quaisquer movimentos dos comissários de bordo. Apenas viu alguns paquistaneses com cara de assustados. O avião todo tremia com a aceleração, e os compartimentos de bagagem chacoalhavam de forma incontrolável. Dois deles, umas quatro fileiras à sua frente, abriram e deixaram cair as muitas bagagens que os passageiros da rota Islamabad-Londres costumam carregar na mão. Havia algo de errado.

Mark suava frio, e suas mãos tinham as linhas encharcadas. Nunca soube diferenciar, à cigana, os sinais nas suas palmas. Ainda assim, ao enxugá-las, examinou uma que se interrompia abruptamente. Seria essa a da vida? Sua respiração parecia suspensa, e sentia que o coração poderia sofrer algum tipo de arritmia, de tão forte que batia, subindo por sua garganta. O 777, contudo, levantou voo. Mas, estranhamente, a vibração na cabine não diminuiu. "É a turbulência que o capitão anunciou", disse para si mesmo, puxando o iPod e colocando-o no banco desocupado ao lado. O suor sob seus cabelos curtos escorrera até as orelhas, gerando uma desconfortável sensação ao lidar com os fones. Desligou-se para entrar em contato com o horror real.

 O avião balançava muito e parecia não ganhar altura. Num segundo, reviveu na sua mente o caso de um avião da British Airways que havia sido marcado para ser derrubado ao decolar daquele mesmo aeroporto, utilizando um míssil Stinger igual àqueles que ameaçaram sua volta de Cabul anos atrás. A polícia do Paquistão descobriu a trama hora antes da decolagem, salvando os duzentos e cinquenta passageiros do voo. Mark pensou nisso para descartar que houvesse sido alvejado. Estaria morto, tudo teria explodido com a quantidade brutal de combustível que um jato como o 777 carrega. Mas algo não estava certo, o avião continuava muito baixo. O burburinho começou entre os passageiros, até o primeiro solavanco mais forte, que fez o nariz da aeronave baixar violentamente, perdendo altitude. O pânico surgisse em forma de berros, orações e muitos "Alá". Mark queria sair de sua cadeira, mas o sacolejo do avião, com movimentos agora intensos das asas, não lhe permitia. Olhou pela janela e viu a imensidão de casas de material barato já sobre Rawalpindi, e começou a pensar se estaria entre elas em breve. O capitão falou algo no microfone, talvez sobre estar voltando ao aeroporto, mas Mark não entendeu. Tinha quase duas décadas de viagens de avião nas costas, enfrentara turbulências violentas, uma decolagem abortada e dois pousos não planejados por problemas técnicos. Mas o que estava acontecendo, sabia, era diferente. Os gritos ao seu lado se tornavam ensurdecedores, juntamente com o som agora inconstante das turbinas, que ora urravam, como um jumento pedindo água a seu dono, ora pareciam perder força, como a respiração de um tísico à beira do último suspiro.

O chacoalhar desenfreado abriu o resto dos compartimentos de bagagem e fez cair parte, apenas parte, das máscaras de oxigênio. A de Mark não caiu, e ele, por algum motivo, considerou isso bom. Por poucos segundos, já que no momento seguinte o avião fez uma acentuada curva. O chão fechou o campo de visão da janela de Mark, que cerrou os olhos e gritou com todos os pulmões um "Meu Deus" como nunca havia pronunciado. Todo o resto é passado em um segundo: um som ensurdecedor, um calor muito superior ao que havia sentido poucos meses antes no Margalla Hotel e um grande escuro, sem dor, como uma queda livre que esfria as entranhas de quem a experimenta.

"Meu Deus", berrou menos intensamente agora Mark, acordando encharcado de suor em Peshawar. Não era a primeira vez que sonhava com decolagens frustradas; a diferença é que desta vez chegara até o final presumido do desastre anunciado. Sabia que sua impotência em compreender a situação era garantia da volta desse pesadelo recorrente, que unia um horror cotidiano, o de voar, com um ainda mais real: o de falta de controle, de rejeição, de perda. Esticou a mão no escuro e encontrou a garrafa de água ao lado da cama. Tremia, com o pulso acelerado, e tomado de uma sensação de que sim, aquilo tudo tinha uma explicação racional; mas também podia ser um mau presságio.

Novamente, os sortilégios que vieram do escuro de alguma floresta no coração da Alemanha se faziam presentes. Anos de trabalho racional, acompanhado pela exposição ao mais ortodoxo método de discutir suas emoções, sucumbiam ao peso de séculos de superstições que chegaram a ele por meio do DNA da família da mãe. Atravessaram o Atlântico em um barco cheio de imigrantes, sobreviveram ao surto de tifo no vapor que trouxe seus avós ao Brasil e replicaram-se em suas tias e, em menor escala, em Laura. Desde cedo fora acostumado a respeitar pequenas regras mágicas. Não dormiria com a cabeça voltada ao norte ou deixaria os sapatos sobre a cama, sob risco de atrair a Ceifadora. As mulheres da família nunca poderiam dormir sob a luz da lua, ou poderiam morrer antes do matrimônio — o que talvez fosse até uma bênção, dados os exemplos no clã. Os medos eram tão ritualizados quanto a hora do "Kaffee trinken". Na verdade, talvez não fosse tão diferente de Waqar, que pensava nos vampiros e fantasmas das lendas sufistas que contavam em sua Yarik natal. Talvez haja comportamentos realmente comuns às mais diversas culturas, independentemente de seu desenvolvimento. O verdadeiro choque de civilizações, conceito frágil forjado para os órfãos da Guerra Fria em busca de sentido e desculpas, deveria ser na verdade compreender o que une pessoas tão diferentes. Ou não, isso tudo não passava de uma dinâmica derivada dos nossos tempos de cavernas e árvores, de raios apavorantes e trovões ameaçadores. Com pensamentos assim, voltou a dormir. Não sonhou mais naquela noite, o que estranhamente não pareceu reconfortante na manhã seguinte.

13. A porta aberta

Mark despediu-se dos dois Muhammads logo depois do café da manhã. O leite estava especialmente gorduroso naquele dia, e o chá preto não deu conta de cortar a sensação impregnante. Pagou o que devia ao pai e agradeceu ao filho toda a sua disposição durante a curta e aventurosa viagem. Na verdade, não gostou do rapaz. Sentia-se observado, como nas histórias que ouvia de colegas que descobriram em seus *fixers* espiões disfarçados. De todo modo, Muhammad jovem foi eficaz naquilo que havia sido combinado. Negócio justo.

"Caro Mark, não se esqueça. O Paquistão está numa fase terrivelmente confusa e perigosa para todos nós, em especial para gente como você. Eu o aconselho novamente: volte para sua família em Londres, esqueça essa investigação sobre um mistério cujo sentido parece escondido sob as asas do Simurgh", disse o pai, citando o lendário e inalcançável rei dos pássaros das lendas sufistas.

"Vou me cuidar, meu amigo. Levo suas palavras em grande consideração, mas preciso de alguns dias para colocar os pensamentos no lugar. Eu te ligo", respondeu Mark, abraçando a velha fonte.

Pegou seu carro e foi escoltado pela Hilux da família até a praça de pedágios de Peshawar, de onde poderia seguir viagem segura até Islamabad. Antes, viu uma batida policial grande na frente do antigo forte sique que hoje sedia o Frontier Corps. Dezenas de policiais e alguns soldados revistavam carros, mas Muhammad conversou com o oficial e os dois veículos passaram sem problemas. Esses privilégios insondáveis eram sempre desagradáveis a Mark. Já na autoestrada, pensou nas palavras de Muhammad pai. Se tivesse uma família para a qual voltar, será que agiria de outra forma?

Chegando a Islamabad, tratou de tomar um banho decente em seu hotel. Fez a barba e olhou-se atentamente ao espelho. "Estou ficando velho. Talvez devesse procurar Elena. Olha só essas olheiras, essas rugas", disse para si mesmo a meia-voz. Sabia que estava tergiversando. Teria de enfrentar Ariana, e o seu significado, e agora não havia mais Muhammads ou Abdullahs a lhe impedir de saber a verdade. Volta e meia era confrontado com esse momento, em que há duas portas abertas, e cada uma delas leva para um caminho absolutamente diverso do da outra. Teria de escolher entre mergulhar no mistério, que já lhe cobrara momentos de tensão e risco na viagem a Yarik, ou poderia optar pela volta a Londres, o que no máximo lhe garantiria um acidente de avião conforme sonhado na noite anterior. Mark até pensou nisso, mas não usou efetivamente a superstição para optar pela porta do mistério. Não tinha jeito: era um animal noticioso alimentado por impulso, um jornalista incurável.

Assim, enrolou o máximo que pôde no banheiro do hotel, como alguém que está se preparando para um encontro com possibilidades românticas. Espalhou metodicamente o gel pós-barba no rosto, colocou uma camiseta e uma bermuda limpas. Estava pronto para conhecer Ariana, como quem se arruma para o primeiro encontro.

Destacou de forma meio displicente o post-it que identificava a origem, a curva no tempo e espaço de onde aquele momento vinha.

Segurou aquele papelzinho ressecado com a caligrafia de Waqar e olhou com atenção o caderno, muito desgastado e manchado pela exposição aos elementos. Mark fantasiou o momento em que Waqar o localizara, visualizando uma ruína fumegante e encharcada de sangue não muito diferente daquela em que o achado ocorreu na vida real. Teria o *fixer* contado para alguém sobre isso? Por que só resolveu indicar a existência do caderno para o amigo brasileiro na hora final?

Ao ler as primeiras páginas, a frustração. O jornalista começou a se perguntar se tudo aquilo que havia passado em Yarik teria sido apenas para ter acesso à historinha de uma menina de quinze anos vivendo sob a opressão terrível da família tradicional do interior paquistanês. Ora, ele já tinha escrito umas dez matérias sobre o mesmo tema — sabia que isso pegava muito bem entre os leitores britânicos, sempre ávidos em consumir um pouquinho de culpa colonial com seus *muffins* pela manhã. A história era até interessante, um *Romeu e Julieta* passado em Muzaffarabad: Iqbal, o pretendido da mocinha, seria posto de lado por um casamento arranjado. Ela pretendia fugir, e em sua inocência escrevia esse desejo em seu diário em inglês, na esperança de ser salva do flagrante pela ignorância de seu pai sobre a língua do colonizador. Mark, assim como Waqar, notara a ausência de referências à mãe e a caligrafia precisa em tinta e lápis.

"O que é que o Waqar queria que eu visse nisso, cacete?", pensou Mark. Voltou a circunstância do achado: Waqar foi um dos primeiros jornalistas a chegar à região do epicentro do tremor, e quase com certeza esse caderno estava em alguma ruína. Ou teria Ariana dado a ele? Não, isso seria improvável, deduziu. Meninas não têm contato tão simples com estranhos, e não teriam motivos para confiar seus segredos íntimos de adolescente a um homem. O macho é vilão por aqui, lembrou-se Mark. E mesmo seu amigo Waqar não escapava do estereótipo. Pensou por algum momento se a irmã do *fixer*, Ayesha, estaria fora desse escopo de previsibilidade. Novamente, viu-se perdido em devaneios com a estranha. Lembrou-se de suas formas e do calor de sua mão. Parou.

Assim, pegou uma pequena garrafa de água e a tomou quase em um só gole. Folheou aleatoriamente o diário, que não tinha entradas com periodicidade estipulada, até que bateu o olho numa palavra: Mehsud.

"Ontem o Pai me contou sobre meu futuro marido", escreveu Ariana, "e fiquei com medo do que ouvi. Tinham dito que ele é um herói da *jihad*, e não achei isso ruim. A Índia roubou nossa terra, e os americanos fazem o mesmo no Afeganistão. Então, casar com um herói não seria um problema. O problema é que amo Iqbal. É nele que coloco minha esperança. Esse homem, Ahmed, ficou um tempo com a tribo dos Mehsud depois de lutar no Afeganistão. O Pai diz que ele conheceu os irmãos que comandam as tropas no Waziristão, que são homens muito ricos e poderosos. Mas sei que são assassinos também. Iqbal me contou, e eu já vi na TV. Eles matam quem não concorda com eles, e as meninas da tribo deles não podem ir para a escola. Só podem casar com quem o pai delas mandar. Bem, nisso não somos assim tão diferentes. O Pai contou que os irmãos mandaram Ahmed fazer um trabalho para eles aqui na Caxemira, e é por isso que ele quer se casar, estabelecer família. O Pai acha que ele quer virar negociante. Eu não sei", escreveu a menina.

Mark ficou lívido, mas ao mesmo tempo teve uma sensação análoga à ereção, só que em sua mente. Teria Ariana a chave para algum segredo dos irmãos Mehsud? Seria essa sua importância? Começou a ler com mais rapidez, mas o relato invariavelmente voltava aos sonhos diurnos da mocinha com seu Iqbal. Nada muito erotizado, reparou. Eram ideias de constituição de família em algum lugar melhor, e até uma referência a morar na Inglaterra. "Quero estudar em Oxford e ir a Londres comprar aquelas roupas bonitas que a Benazir usa. Só que não quero mais usar lenço. Gosto dos meus cabelos, e Iqbal também. Ele disse que eu poderia fazer o que quisesse se nós fugíssemos para a Inglaterra. Eu amo Iqbal." Mark, eterno cínico, não pôde deixar de pensar no quanto o idílio da moça era irrealizável. Não conhecera um paquistanês que franqueasse real liberdade à sua companheira. Na verdade, ele achava que não conhecia nenhum homem que o fizesse de forma integral, já que o excesso de sinceridade geralmente mata o amor conforme aprendemos a defini-lo.

Virou mais duas páginas, e a narrativa voltou a lhe chamar atenção.

"Achei que só fosse conhecer Ahmed pouco antes de casar. Mas o Pai me disse que ele vai estar aqui amanhã, e pediu que eu escolhesse boas roupas e um véu bem discreto. Perguntei se ele queria que eu procurasse uma burca no bazar, mas ele disse que Ahmed não era como os talibãs ou as tribos de Peshawar. Só pediu que eu cobrisse bem a cabeça, sem mostrar nada do cabelo."

A entrada seguinte dava conta do encontro. "Hoje é o dia mais triste da minha vida. Iqbal ficou com dois garotos no muro do outro lado da rua, fingindo que brincavam, enquanto olhava o homem com quem querem que eu me case. Ele veio com outros dois homens, todos armados. É um homem forte, com uma barba grande e o cabelo raspado como os *mujahedin* devem ser. Usava um *kamiz* marrom-escuro sobre um *shalwar* quase branco. Ele cumprimentou o Pai e lhe deu um pacote, mas não sei o que tinha lá dentro. Fiquei na sala, olhando tudo pela janela. Só voltei para o sofá quando vi que eles estavam entrando, e prendi a respiração o máximo que pude. Ahmed me cumprimentou, sem me tocar. Se ele soubesse que Iqbal já me tocou tantas vezes, bom Alá, estaríamos mortos. Não falou quase nada. Perguntou se eu estava feliz e se estava pronta para ser uma mãe de muitos filhos. Fiquei tonta só de pensar, e tentava sair de lá na minha cabeça. Só pensava em Iqbal.

"Ele voltou no dia seguinte, mas não quis me ver. Entregou novamente um pacote para o Pai. O estranho é que naquela mesma tarde um homem do Exército veio aqui em casa. Fiquei com medo de que fossem prender o Pai por estar recebendo um *mujahid*. A TV agora diz que eles são inimigos, não sei, mas que eu saiba todo mundo gosta deles. O homem de farda ficou falando com o Pai durante mais de meia hora no escritório, e saiu carregando os dois pacotes que Ahmed trouxe. Ele colocou os pacotes numa pasta antes de sair de casa, quando me viu e disse 'Oi, menina'. Não gosto de militares", escreveu Ariana, um ponto em que ela e Mark estavam de acordo. "Contei tudo para Iqbal, e ele me disse que não era para ficar olhando muito. Acho que está certo, mas não posso simplesmente fechar os olhos. O Pai já não me deixa mais sair de casa, disse que é para eu me preparar para a vida de casada. Estou fora do semestre escolar, e não gosto disso. Agora só vejo Iqbal à tarde, quando ele volta da escola e passa aqui. Conversamos atrás do muro, ele me disse que é para termos esperança, que ia dar um jeito de me levar para fora do país e..." Mark parou de ler, achando tudo aquilo ao mesmo tempo maçante e algo desrespeitoso. Mas a história de um *mujahid* passando algum tipo de pacote para um militar, aquilo era muito bom enquanto jornalismo para ser verdade. Tinha que continuar lendo. E entre umas cinco promessas de Iqbal para resgatar sua Rapunzel da Caxemira, reencontrou o foco de seu interesse.

"Ontem, aquele homem do Exército voltou aqui. Mas não estava de uniforme, achei estranho. Chegou ao fim da tarde, quando já estava meio escuro. Veio com outro homem, este de terno e gravata pretos. Parecia um daqueles advogados que sempre aparecem na TV, protestando contra o governo. Eles entraram e o Pai me mandou ir para meu quarto. Fiquei olhando por trás da porta, com medo de que alguma empregada me visse. Eles falavam alto, e em urdu, o que me faz pensar que eram de tribos diferentes. O Pai disse que Ahmed ia ficar muito feliz, e, como prova dessa felicidade, ele tinha algo para eles. Não vi direito, mas eram mais pacotes iguais aos dois do primeiro dia. Conversaram mais, sobre política, até bem tarde. Quando saíram, o homem de terno deixou sua pasta em cima da escrivaninha do Pai. Se abraçaram e foram embora. Hoje cedo, quando o Pai saiu para trabalhar, fui até o escritório. Não sei por quê. Mas queria saber o que tinha naquela pasta. Achei que ia estar trancada, mas abriu na hora em que apertei os dois botões do fecho. Era só papel e alguns CDs.

Parecia algo de uma máquina, como um desenho de engenheiro. Havia também uns documentos em inglês e várias folhas escritas, acho que em árabe. Eram muitas, mais de cem, acho. Só entendia uma ou outra palavra, então acho que era árabe. Não era urdu. E tinha um cartão de um tal Nawaz Siddiqui. Dizia Advogados Associados embaixo."

A excitação crescente de Mark deu lugar a um tipo de ataque de pânico. Uma sensação de perda de sentidos, de tragédia iminente, de descompressão de forças que só sentira duas ou três vezes antes na vida — a última, quando recebera a notícia da morte do pai. Releu todo o trecho. Era muito curto para conter tantas informações vitais. Voltou atrás, checou a caligrafia. Sim, era a mesma pessoa. Respirou fundo e procurou o frigobar. Estava quente no fim de tarde, e o cheiro de morte estendia seu lençol sobre a capital do Paquistão, um dossel avermelhado pela luz do sol que se punha. Mark enxugou a testa com a mão e puxou uma cerveja. Felizmente o hotel pensava em seus hóspedes menos piedosos, algo que fidelizava gente como Mark. Era uma Carlsberg feita sob licença na Índia pela South Asia Brewery. Tomou em um único gole, deixando o líquido gelado abrir dolorosamente seu caminho pelo esôfago até o estômago. Pegou o caderno de novo, ao mesmo tempo que checava a sua agenda eletrônica.

Ele conhecia um Nawaz Siddiqui. Era ninguém menos que um dos principais advogados do grupo de cientistas nucleares presos quando foi revelada a rede de distribuição de tecnologia para a construção de armas nucleares de A.Q. Khan. O pai da bomba paquistanesa. O pai da bomba norte-coreana e, naquele momento em 2008, o provável futuro pai da bomba iraniana. Abdul Qadeer Khan, nascido na antiga Índia em 1936, é um cientista brilhante e herói nacional para a maioria dos paquistaneses. Por suas mãos, o país conseguiu empatar o jogo nuclear com a Índia e estabelecer uma precária *détente*. As coisas começaram a se complicar pouco antes do 11 de Setembro, quando ficou claro que seus associados estavam envolvidos com a distribuição do *know-how* de produção de armas nucleares e de mísseis para empregá-las. Culpado ou não, Khan pagou a conta e acabou preso, apenas para ter a sentença relaxada a uma liberdade vigiada em 2008, quando já estava velho e doente demais. A fama, contudo, já estava feita. "O bazar atômico do Dr. Khan" era uma realidade nos meios políticos e na mídia ocidental, não sem total razão. Em todos os anos de investigação, vários de seus comandados em laboratórios por todo o Paquistão foram presos diversas vezes. E onde há detidos, há advogados. Assim, formou-se uma rede secundária à de Khan, a de seus defensores legais. E Siddiqui, a quem Mark entrevistara uma vez em 2003, era um deles, talvez o mais importante de todos.

O que Siddiqui e uma pasta cheia de documentos técnicos estaria fazendo na casa de Ariana, a menina prometida a um jihadista notório que tinha ligações com alguns dos mais perigosos homens do Paquistão? O que havia nos pacotes de Ahmed que foram repassados ao militar que trouxe Siddiqui? Não era preciso ser jornalista para compreender a reação visceral de Mark, ou do que se tratava toda aquela negociação filtrada pelas lentes da adolescente apaixonada pelo garoto errado.

Aquela fronteira quase desconhecida que havia sido tão marcante como coveira do século XIX, ao encarnar o fim do Império Britânico já no final dos anos 1940, parecia confirmar naquele momento seu status de parteira dos horrores do século XXI. Primeiro, os pais do 11 de Setembro, que saíram daquele caldeirão. Agora, ali, na frente de um mero jornalista brasileiro, dano colateral da globalização, indícios para ele claros de atividade terrorista nuclear. O pior dos pesadelos dos estrategistas desempregados temporariamente pelo fim da Guerra Fria: um cenário de proliferação atômica que viesse a alimentar redes terroristas.

Sentado na cama, Mark sabia que a porta pela qual havia entrado acabara de trancar-se atrás dele. O sol se pôs, e o jornalista achou adequado abrir outra cerveja.

14. Tempestade à vista

O turbilhão que tomou a cabeça de Mark o impediu de pensar por alguns minutos. Olhou para fora, as luzes de Islamabad já estavam acesas e o céu refletia em cirros em tons de dourado e vermelho. Cirros, nuvens que podem prenunciar chuvas, frentes frias, tempestades. Alternou pensamentos absolutamente banais, como o reconhecimento jornalístico mundial pelo furo que iria dar, com preocupações genuínas — se tudo aquilo fosse verdade e o que parecia, era uma história de três anos atrás, em que pé estaria agora? Assim que acabou a segunda Carlsberg, retomou a leitura do diário. No instante em que pegou o caderno rosado na mão, contudo, foi tomado por outro questionamento. O que teria Waqar feito com aquela informação e por que ele nunca comentara nada com ele ao longo dos anos, supostamente o jornalista em quem mais confiava? Esse misto de sensação de traição e a certeza de que a resposta seria quase impossível de ser obtida, a única vez em que Waqar citou a palavra Ariana para Mark foi a poucos segundos de morrer, o consumiu. O jornalista até usou de lógica: se Waqar me confiou esse segredo à beira da morte, é porque sabia que eu ia apurar o que está por trás de tudo isso. De repente, ele não pôde fazer isso.

Sua família foi ameaçada. Por isso sua irmã disse não saber nada. Ah, a irmã e seu toque de mãos tão suave e quente. Parou. Respirou fundo e voltou ao diário e sua incrível história que remetia à ideia de uma guerra nuclear, o fantasma definitivo de gente que cresceu na mesma época que Mark.

Com o fim da Guerra Fria, a fantasia ocidental focou na realmente frágil malha de proteção dos ativos nucleares da Rússia. Não faltaram escritores americanos propondo roubos mirabolantes de ogivas nucleares por terroristas internacionais ou déspotas, invariavelmente auxiliados por generais mal pagos das decadentes forças russas.

O foco foi sofisticado a partir da emergência do jihadismo organizado da Al Qaeda e, logicamente, com a descoberta do bazar do Dr. Khan. Agora, não era mais necessário culpar os russos; uma legião de atores de origem árabe ou indiana ganhou a possibilidade de brilhar como coadjuvantes nos novos *thrillers* de espionagem.

Se a rede de Khan, que continuava em 2008 a dar nome ao principal laboratório nuclear do Paquistão, havia sido controlada, a segurança do Ocidente de que essa contenção fosse confiável era mínima. Claro que o simples roubo de uma bomba não significa que o sujeito vai poder explodi-la, muito menos lançá-la. Mas agências de inteligência ocidentais sempre temiam que simpatizantes do Talibã, ou da Al Qaeda, se infiltrassem como trabalhadores nos complexos nucleares com acesso a material físsil. Dos cerca de setenta mil empregados no sistema de produção da bomba paquistanesa, cerca de dois mil têm acesso às tecnologias mais sensíveis para a confecção de um artefato e um número ainda maior, ao mais grave: a matéria-prima para uma explosão. Ou algo pior, como uma deliberada simpatia de algum cientista ou engenheiro pela causa pan-islâmica. Mark sempre se lembrava da reportagem que fizera sobre o famoso cientista Sultan Bahirduddin Mahmood, um amalucado religioso que construíra o reator de Khushab para a produção de plutônio e escrevera um tratado defendendo que a bomba do Paquistão era um arauto para todos os muçulmanos. Islamabad, por fim, colocou o bom doutor numa aposentadoria precoce. Não adiantou muito: um mês antes do 11 de Setembro, Mahmood encontrou-se com Osama bin Laden e seu número dois, Ayman al-Zawahiri, sob os auspícios do Talibã afegão. A CIA entrou em parafuso quando, depois dos ataques, tomou conhecimento por meio do ISI. Musharraf acabou prendendo Mahmood em casa, assim como Khan, para acalmar os Estados Unidos.

Todos esses pensamentos tomaram a cabeça de Mark em um fluxo incontrolável, mas ele conseguiu deter-se. Abriu o livro de Ariana no ponto em que havia parado.

"O Pai não desconfiou de nada. Contei para Iqbal o que tinha visto na pasta, e ele achou melhor que eu não contasse para mais ninguém. Não conhecia aquela gente, mas sabia que Ahmed era um homem de conexões muito perigosas", escreveu a menina alguns dias depois do incidente. "Ahmed, aliás, conversou comigo ontem, quando veio pegar os documentos. Ele me perguntou se eu estava feliz com nosso casamento e se eu seria uma mulher honrada. Menti para ele, disse que sim.

"Eu o vi saindo novamente com os dois guarda-costas. Entraram na picape e foram embora, levando todos os papéis que haviam deixado com o Pai. Não sei se eles sabem exatamente o que ele pretendia dizer, mas me avisou antes de ir para que eu me preparasse, porque a hora do casamento estava chegando. Mas ainda faltam três meses! Será que algo mudou e não me contaram? Se eu tivesse Iqbal comigo agora, a gente podia fugir", sonhou acordada Ariana.

Mark começou a irritar-se novamente. Paciência nunca fora seu forte nas apurações; gostava de notícia em estado bruto, que pudesse ser interpretada e aperfeiçoada enquanto narrativa em um período curto de tempo. Longas reportagens, que demandavam foco intensivo e pouco retorno prático, costumavam dar-lhe nos nervos. Sua tolerância era limitada, até por saber que não havia algo como "jornalismo investigativo" na realidade, e sim um eterno balé entre interesses contrariados e a capacidade do repórter de traduzi-los sem se deixar usar. A imprensa mundial, em especial a escrita, costuma se valer dessa pantomima para vender a excelência e a relevância de seu trabalho. Mark achava que seria muito mais honesto contar ao digníssimo público de onde as informações surgiam. Mas se isso acontecesse, sabia perfeitamente, o jornalismo entraria numa espécie de colapso conceitual. Salsichas e leis, como diria o velho Otto von Bismarck.

Assim, a cantilena da menina oprimida que voltou a dominar as páginas do diário se tornou algo cansativo para Mark. Páginas e páginas de um sofrimento comedido, conformado, mostravam uma menina cuja sexualidade se fazia presente em sinais sublimados. Uma descrição do cheiro do novo sabonete, uma alegria ao pensar em como Iqbal havia tocado sua mão e depois pedido desculpas perto do muro de casa. Mas esses eram apenas lampejos numa história triste. Não incomum. Porém triste. Tampouco melancólica o suficiente para não aborrecer Mark, o homem que iria contar ao mundo como terroristas islâmicos haviam comprado os planos para montar uma bomba. "Cadê o lide?", chegou a gritar em silêncio consigo mesmo, usando o jargão para a informação mais importante de uma reportagem, o primeiro parágrafo de um texto, a coroa de todo o tesouro que se pretende entregar.

O lide demoraria a chegar, até porque não existia da forma que Mark desejava. Uma descrição de como foram as negociações e quanto foi pago por Ahmed ao militar que lhe foi apresentado por Siddiqui? Onde o Pai entrava no negócio? Nada disso ficava claro, e o relato começava a rarear. O desespero de Mark começou a torná-lo um mau leitor, pois perdera alguns detalhes os quais talvez lhe fossem úteis num futuro próximo. Ser afoito é um problema, turva a capacidade decisória; que outra explicação haveria para o telefonema de Mark naquela mesma noite para seu editor na *Final Word*?

"O que é que você está me contando?", falou sério, ao telefone, o editor Neal.

"É isso. Acho que descobri uma ligação entre o pessoal da rede do Khan e os tarados das áreas tribais. Parece coisa quente", respondeu, orgulhoso de si, Mark.

"Bem, o que é que você tem de fato?"

O jornalista gaguejou. "Desculpa, estou muito empolgado com tudo isso. Mas a verdade é que, hoje, tudo o que tenho é um diário infantil."

"Como pode ter tanta certeza?", perguntou Neal.

"Eu não disse que tenho certeza de porra nenhuma. Nunca foi meu estilo", riu-se Mark, anunciando que iria investir todas as verbas da firma e suas para o cumprimento da meta. Neal sabia que estava entrando numa guerra para perder, mas o teimoso do outro lado da linha era seu repórter mais valorizado, e apenas desejou boa sorte a Mark.

"Se não conseguir nada, espero que pelo menos você perca uma perna ou um braço desta vez", ainda ironizou antes de desligar.

"Não se preocupe, cara, não vou te dar esse gostinho não." Fim da conversa. Mark estava tão excitado que não se dera conta de que tinha usado termos demasiadamente rastreáveis por agências de segurança em uma linha de telefone nada segura.

O jornalista olhou para fora e sentiu o cheiro de umidade. Precisava dar um tempo antes de ler as páginas derradeiras do diário. Foi ao frigobar e só encontrou água mineral. As cervejas se foram. Talvez fosse melhor, beber poderia levá-lo a abrir o bico sobre tão magnífica matéria-prima para uma reportagem. Não tinha para quem contar, mas essa é outra história que ele preferia evitar no momento. Porque nessas horas em que o furor provocado por uma revelação, por uma epifania jornalística ou intelectual de qualquer monta, lhe tirava o fôlego, ele pensava em ligar para Elena. Com as Marias e Tânias de outrora, sexo era um fim em si; não se ia muito longe assim. Ayesha, sua nova ilusão, era inalcançável. Com Elena, fora diferente. Ele tendia a associar esse sentimento a respeito intelectual. Na verdade, tratava-se de algo superior, em sua idealização. Mas conscientizar-se disso lhe valeria muito mais reflexão do que normalmente se permitia e, pior, talvez o obrigasse a não ser tão inflexível com o objeto do amor. Egoísta, Mark não estava preparado para tanto.

Ainda assim, pensava em contar para Elena o que parecia ter descoberto. Era uma empolgação certamente inútil, mesmo que fosse possível contatar a mãe de seu filho. Certa vez, tentou reatar um namoro no meio da cobertura da quase guerra nuclear de 2002, ocorrida entre o Paquistão e a Índia. Estava baseado na Caxemira paquistanesa, acompanhando movimentações de tropas e pensando que poderia morrer incinerado por uma ogiva construída naquele país que era uma espécie de símbolo da paz interior para os ocidentais moderninhos e suas modinhas orientalistas. Sempre se divertia com os amigos mais zen, a lembrando-os de que a tão pacífica Índia é uma potência nuclear e que budistas do Sri Lanka à Tailândia têm histórico gosto pela violência e pelo morticínio. Naquele fim de mundo ele conseguiu uma linha de satélite para ligar para Amy, uma inglesa com quem tinha uma história naquele momento. Quando conseguiu, contou a ela o que via com excitação infantil, falou do medo de morrer e da vontade que tinha de tentar algo mais sério com ela quando voltasse ao Brasil. A inglesa, que trabalhava em uma multinacional em São Paulo, mandou-o ir à merda, com todas as letras. Pelo menos ele teve algo a contar para os outros jornalistas: fora abandonado por uma megera no meio da guerra. História convincente para quem não sabia a verdade. Ela o mandou ir à merda porque ele a havia largado poucos meses antes para ter um caso com uma jovem estudante de jornalismo que havia assistido a uma entrevista sua num canal de televisão a cabo. O autoengano congratulatório talvez fosse o pior dos defeitos de Mark. Mas os anos passaram, e o jornalista sabia que não teria autoridade moral para ligar para Elena, mesmo que soubesse qual número discar.

Encerrada a garrafa de quinhentos mililitros de água gelada, voltou ao trabalho. Estava ansioso, as linhas de sua mão emulavam a transpiração ocorrida no sonho em que do avião caía inexoravelmente rumo aos subúrbios de Rawalpindi. O diário estava perto de sua conclusão, até que finalmente alguma luz se fez.

"Hoje é 30 de setembro de 2005. Escrevo assim, como os cristãos, porque cada vez mais sinto que gostaria de ter nascido num país diferente. Iqbal está morto. Ahmed o matou. E disse que vai matar meu Pai se eu contar para alguém. Então acho melhor escrever aqui. Ninguém nunca vai ler isso, mas pelo menos meu peito pode ficar menos pesado. Iqbal está morto. Ahmed o matou.

"Tudo começou há dois dias. Iqbal havia me dito que tinha um plano de verdade para a gente fugir do Paquistão. Seu primo Hafez, que é de uma família meio árabe de Dubai, conseguiu um emprego bom naquela cidade. Não sei o que é, mas mexe com comércio como o pai de Iqbal. Ele o convidou para ir para lá, como tantos meninos daqui vão. Iqbal perguntou se poderia levar uma noiva secreta, e ele disse que sim, porque sua família não era muito religiosa. Só teríamos que casar, para não viver em pecado mortal. Era tudo o que eu queria. Tudo bem, Dubai não é Londres, mas é para onde quase todos os paquistaneses vão mesmo hoje em dia. Iqbal pediu que eu preparasse minha mala e o esperasse no dia seguinte no muro aqui do lado de casa", continuou Ariana.

"Não sei o que aconteceu. Ontem, quando estava começando a aprontar minhas coisas, e não tenho muitas coisas, ouvi uma gritaria do lado de fora de casa. A mãe de Iqbal estava aos prantos, abraçada ao pai dele. Foi horrível. Corri para lá e eles estavam chorando sobre o cadáver do homem que amo." Nesse momento, Mark não conseguiu evitar o riso sobre a solenidade piegas do relato. Homem que eu amo, disse aquela criança? "Perguntei o que tinha acontecido. Eles me disseram que a picape do meu noivo havia largado o corpo lá há uma meia hora, e eles foram chamados por vizinhos. Eu me aproximei, e não consegui esconder minhas lágrimas quando vi que cortaram a garganta do meu Iqbal como a de um cordeiro na véspera do Eid. Estava sem véu, e o Pai apareceu, descendo do carro. Ele me repreendeu, e eu disse para ele que tinha sido Ahmed o culpado. Ele bateu no meu rosto. 'Nunca fale isso de um herói como seu futuro marido.' Eu queria dizer para ele que meu marido de verdade estava lá, no chão, de olhos abertos e garganta cortada. Mas ele não deixou, bateu na minha cara de novo e me mandou para dentro."

Os parágrafos seguintes não davam conta do que exatamente o pai de Ariana teria dito aos pais de Iqbal, se é que conversaram. A crueza do assassinato lembrava muito as práticas tradicionais dos extremistas islâmicos paquistaneses — que ficaram famosos com o caso Daniel Pearl, quando o jornalista do *Wall Street Journal* foi decapitado de forma ritual após ser sequestrado em 2002. Mas isso era dedução de Mark. Ariana falava longamente sobre suas memórias do namoro que nunca aconteceu, e se perguntava por que Ahmed o teria matado. Mesmo essa autoria parecia suspeita, até que um dia o próprio Pai, segundo seu relato, resolveu abordar o tema.

"O Pai entrou no meu quarto e mandou-me parar de chorar. Disse que iria contar o que tinha acontecido com Iqbal. Eu fui à sala, e ele me ofereceu chá, algo que nunca tinha acontecido. Era um chá diferente, parecia ter o cheiro de alguma flor, não tinha tomado nada parecido com aquilo. Aí ele começou. 'Minha querida, sei que você está triste. Mas Iqbal, seu amigo, pecou contra o Islã e os muçulmanos. Imagino que ele tenha dito que ia te levar para Dubai, não é? Como ele pretendia fazer isso sem falar comigo? Sem falar com seu pai! Ele não tinha respeito por nada, esse garoto. Como você pretendia que ele fosse um bom marido, se mentiu já no começo? Mas, enfim, não foi só isso. Nessa aventura em que vocês se meteram, ele andou falando com mais pessoas. Provavelmente para pedir dinheiro. Só sei que foi contar para o Yussuf, aquele cristão sem-vergonha que trabalha como informante do Exército. Você sabe quem é, um gordo que tem uma livraria perto do supermercado. Pois é, acho que Iqbal queria dinheiro para a aventura de vocês. E aí contou para o traidor do Yussuf que ele sabia que um *mujahid* importante estava tentando se estabelecer na cidade. Por Alá. Você sabe que Ahmed é um grande homem, mas que no trabalho dele não é preciso que todos saibam onde você está. Ao contrário, para fazer a *jihad*, é preciso saber se esconder. E nossa família, honrada com sua presença, o estava ajudando. Você, minha filha, é tão parte disso como eu.' Nessa hora, tentei dizer não, mas o Pai levantou aquela mão enorme e pesada dele, como que dizendo que iria me bater se eu o interrompesse. E continuou. 'Fui lá com os homens de Ahmed falar com o Yussuf. Ele se fez de difícil, mas você imagina como é o povo que viveu na guerra contra os infiéis. São duros. Não toleram a mentira. E rapidamente o gordo falou. Como um porco guinchando, blasfemando contra o Profeta, que a paz esteja sobre ele, contou que dera dinheiro para Iqbal espionar o que acontecia aqui. E contou do plano de Iqbal. E que você, logo você, minha filha querida, fazia parte de tal traição. Agora temos que esperar Ahmed chegar. Eu falei ao telefone com ele, você não precisa se preocupar. Ele já sabe que você foi usada, em sua inocência. Mas, como seu legítimo marido, ele é quem decide qual castigo combina mais com seu pecado. Só pedi que ele não a castigasse fisicamente, porque afinal de contas eu te amo, você é minha filha.'

"Quando ele acabou, eu já não chorava. Estava com tanta raiva dele que seria capaz de arrancar seus olhos, de mandá-lo ir ao programa da Begum Ali. Mas não podia reagir, sabia que iria me machucar mais ainda, agora por fora. Então, no momento, estou aqui, sentada, esperando meu futuro marido chegar com seu bando para dizer qual é a minha sentença. Como se já não fosse suficiente saber que minha vida foi arruinada para sempre por essa gente. Meu Iqbal."

O texto descambava para as trivialidades possíveis a uma menina da idade de Ariana passando por um trauma emocional. Mark depois se deu ao trabalho de descobrir que xingamento era aquele referente ao tal programa, só para dar risada ao constatar que se tratava de um programa de TV estrelado por um travesti. Com tantos anos de Paquistão, nunca soubera que havia uma espécie de *talk-show* com a tal Begum Ali. Ainda que suspeitasse que poucos homens paquistaneses fossem estritamente heterossexuais, não há no país nenhuma publicidade à causa gay. Ao contrário. Tinha visto uma vez, em Rawalpindi, travestis andando à luz do dia entre os carros engarrafados. Ostentavam pinturas exageradas, eram máscaras grotescas parecidas com aquelas do teatro tradicional japonês, que mais evidenciavam do que escondiam seu status de não pessoas. Waqar foi rude com elas, chamando-as de porcos, talvez o pior impropério de um muçulmano a outro. Mark ainda tentara descobrir mais detalhes sobre aquele fenômeno incomum, mas Waqar cortou o assunto. Preferiu explicar que os mendigos ao lado estavam espantando maus espíritos e abençoando os motoristas ao fazer ventilar um leque sobre um pote com brasas acesas. Mark riu novamente, ao pensar que poderia ter xingado Waqar de Begum Ali. Sentiu algo parecido com saudade do antigo tradutor, agora pelas mãos do texto de uma garotinha. Enfim, havia um novo nome no enredo, e um que ele poderia procurar. Yussuf, o gordo. O cristão. O informante do Exército.

Virando mais duas páginas, chegou ao final do diário. A entrada desta vez tinha data. Era 5 de outubro, quase às vésperas do terremoto de Muzaffarabad. Ariana parecia ter a escrita completamente deformada, como alguém que redige com mais pressa e menos apuro do que o normal. Algumas letras nem se entendiam, e seu inglês deteriorou-se. Contava o seguinte.

"Agora já não me resta nada. Ahmed veio anteontem. Chamou o Pai e a mim à sala. Estava acompanhado de seus dois seguranças e de um homem de longas barbas brancas, que parecia algum estudioso, e não os mulás que eu imaginava que andavam com aquela gente. Disse que eu tinha cometido um grande pecado, para o qual apenas a purificação do matrimônio poderia resolver. Por isso tinha trazido aquele homem santo, a quem só chamava de *maulana* Lakshar, para me explicar que o que dizia era verdade. Não teria um casamento como todas as outras mulheres. Pelo meu pecado, só teria direito à Nikah."

Aquilo chocou Mark. Como sabia por meio de Waqar, casamentos no Paquistão são festas com no mínimo quatro etapas distintas, todas carregadas de simbolismos profundos. A Nikah era uma das principais, certamente: era quando o oficial religioso islâmico efetivava os votos perante Deus. Mas era apenas a penúltima etapa. Isso significaria uma desonra profunda para a noiva. Além de lhe tirarem Iqbal, aquelas pessoas queriam privá-la da santidade do matrimônio, ainda que indesejado? Não teria as mãos pintadas com hena pelas primas mais velhas durante a longa cerimônia do Mayun? Nada disso faria parte de sua vida? Mark, que sempre adotou um discurso contrário ao feminismo militante, se sentiu ofendido por tal presunção de um sujeito que tudo indicava ser um terrorista nuclear. Não bastava forçar o casamento, tinha de fazê-lo de forma desonrosa.

"Eu chorei. Eles falaram que não adiantaria nada, que só a purificação poderia abrir meu caminho para o Paraíso. Levantaram-se e avisaram ao Pai que voltariam nos dias seguintes para me levar para algum lugar perto do Afeganistão, onde o *maulana* iria nos unir. Depois voltaríamos, não haveria motivo para o Pai se preocupar. Foi aí que veio a surpresa. O Pai disse: 'Xeque Ahmed, como você sabe, é uma honra tê-lo aqui e participar de sua luta. Nunca pensei que minha família seria abençoada com tal dádiva. Mas fazer um casamento pela metade, sem todas as cerimônias, escondido nas montanhas? Não posso concordar com isso. Você sabe o que é uma cerimônia dessas para um pai. É a realização. Se você tem medo que o caso do menino tenha chamado atenção...' Parou de falar, interrompido por Ahmed, falando com aquela voz forte e calma que todos esses assassinos têm. 'Meu caro, entrei em sua vida para ser seu filho. Mas sua filha me desonrou. E tudo o que você sabe sobre minha luta agora está em perigo por causa dela. Se um garoto sabia de mim, se aquele porco cristão sabia de mim, o que será que nossos inimigos sabem? Você, no entanto, sabe tudo. Sabe demais. Por isso o aconselho, em nome de Alá, a me deixar lidar com a situação. É assim que é a vida. Os velhos morrem, os novos assumem. Mas não quero que você morra antes do tempo', respondeu Ahmed, deixando meu Pai sem palavras. Ele parecia querer chorar. Só sei que os homens saíram, e o Pai pediu que eu arrumasse as coisas no quarto. Pediu que eu deixasse uma mala pronta, mas que iria tentar mudar aquela situação. Acho que ele não vai conseguir."

E assim, com um caldeirão de interrogações, acabava o diário de Ariana. A menina, cujo nome não conhecia, havia lhe prometido a história jornalística de sua vida, mas, naquele momento, tudo o que Mark queria saber era o que tinha acontecido com ela. Se tinha ido para as montanhas, ficado em Muzaffarabad, se havia morrido no terremoto ou sobrevivido. Era noite, e os cirros do pôr do sol já não eram visíveis. Mas Mark suspeitava que havia uma tempestade a caminho.

15. Sempre há uma sereia

A chuva da manhã o acordou com fortes rajadas contra a janela do hotel. No fim de abril, tempestades assim não são muito comuns em Islamabad, apesar do calor dos dias. A monção só chega com força lá por agosto. Era cedo, por volta de 7 horas, e Mark resolveu que deveria dormir mais. Ele sempre fora um dorminhoco, embora de um tipo matutino. Não dormia bem à noite; as horas da manhã eram suas prediletas. Havia um prazer especial em acordar e adormecer novamente com os sons do mundo a despertar. Uma buzina de carro aqui, o latido dos cães de sua avó Flora ali, o muezim chamando os fiéis para alguma das rezas obrigatórias do islamismo acolá. Mas naquela manhã, o ensurdecedor fluxo de informações em seu em geral caótico cérebro evitou o sucesso da empreitada. Mark precisava descobrir em que território havia, afinal, entrado.

Tomou uma ducha. Ao examinar as cicatrizes sobre o braço e parte do ombro, acabou se deparando novamente com os olhos cansados. Os últimos dias haviam lhe roubado muita energia, e apesar de sua compleição física robusta, parecia que estava a ponto cair doente.

Observou-se, passando a toalha de rosto no vidro embaçado do espelho. As olheiras estavam fundas, e sua tez naturalmente pálida estava avermelhada, como se o cérebro tivesse requisitado mais sangue para poder processar todos os dados novos que recebera. Achou que estava com mais fios brancos, geralmente disfarçados pela cor castanho-clara de seu cabelo. Emagrecera, a ponto de ter as costelas visíveis, mas a incômoda barriga de cerveja decorrente dos abusos e da inatividade física dos últimos meses permanecia lá, causando um efeito geral pouco saudável. Nunca fora magro, contudo, devido à ossatura ampla herdada da família de seu pai e à tendência a engordar recebida dos antepassados maternos. Oscilava, portanto, entre o sobrepeso e o porte mais atlético. Na maioria das vezes, e isso parecia atrair as mulheres, era uma mistura de ambas as coisas. Dissera uma vez a Elena estar certo que ela sentia atração por sua barriga, e, por isso, iria caprichar no consumo de cerveja. O pior é que ele tinha razão, embora a russa nunca o fosse admitir. Mas agora, naquela manhã de abril em Islamabad, a energia da qual sentia tanto orgulho lhe falhava. E o reflexo físico era evidente. "Pelo menos minha pressão deve estar baixa", confortou-se mentalmente acessando mais uma de suas memórias supersticiosas, o medo da hipertensão que assolava os dois ramos de sua ascendência.

 Pediu o café no quarto. Comeu sem muito entusiasmo o pão, que lembrava um tipo de broa que provara no Afeganistão durante a guerra de 2001, um pote de iogurte com damascos e tomou uma xícara de café puro. Enquanto comia, deixou a televisão em volume baixo, trazendo notícias previsíveis sobre choques de militantes com forças do Exército e a contínua crise política do Paquistão. Ao menos era o que se depreendia das imagens e das palavras em inglês que são utilizadas no urdu. Que falta fazia Waqar, pensou, só para ter a lembrança atropelada pelos questionamentos sobre o papel do antigo tradutor no enredo da tragédia de Ariana. Precisava de respostas, e o instinto de repórter lhe mandava fazer o básico: achar Yussuf em

Muzaffarabad. Olhou para as pequenas manchas de sangue seco no caderno desbotado e pensou como elas haviam ido parar ali. Pensou no terremoto que ocorrera logo depois da última entrada de Ariana. Mas pensou também em Ahmed.

Ligou para Bashir Malik, seu antigo consultor que conhecia o submundo das comunidades de inteligência militar do Paquistão como poucos. Chegara a ser cotado para dirigir o ISI, mas uma disputa interna o alijou da promoção militar necessária para assumir o órgão. Aposentara-se como coronel e agora vivia na faixa cinzenta que separa os serviços secretos da sociedade, prestando consultoria para quem lhe pagasse melhor. Era um tipo esquivo, daquele que nunca se pode saber a real motivação, como os eventos nos meses seguintes deixariam evidente. No caso dos jornalistas, era aquilo que costumeiramente é chamado de "boa fonte". Em *off*, contava bastidores reveladores, e tudo o que pedia em troca era uma boa citação politicamente inofensiva em algum texto. Jornalistas internacionais são viciados nisso, os chamados especialistas. Todo repórter tem uma lista de nomes a sacar na hora da necessidade, para extrair uma frase que se encaixa no contexto da reportagem que está produzindo — ou na tese que está defendendo, na menos nobre e mais comum das hipóteses. Poucos desses especialistas servem para algo mais. Malik era uma dessas exceções.

Para satisfação de Mark, ele estava na cidade. Marcaram um encontro no Melody Market, uma mistura de shopping ao ar livre e praça de alimentação. Cada setor de Islamabad tem o seu mercado, e cada um é especializado em algum tipo de negócio. O Melody, no setor G-6 da matematicamente ordenada capital, é famoso por seus restaurantes e, como todos os outros, já foi palco de violência sectária em algum momento da conturbada vida política do país. Mas era um dos pontos prediletos da comunidade de informações, por motivos que fugiam à compreensão de Mark — afinal de contas, era um lugar a céu aberto. Por volta de meio-dia, o jornalista estava sentado em sua mesa, no café em que costumava conversar com suas fontes. Tomava, naturalmente, chá com leite, para manter o ar local, por assim dizer. Malik chegou e o cumprimentou efusivamente.

"Vejo que você sobreviveu à aventura em Yarik", riu.

"Como você sabe que fui para lá? Você só tinha me aconselhado a não ir", perguntou Mark.

"Ora, é apenas um chute. Você é jornalista, sempre gosta de fazer o que não pode", desconversou o militar aposentado, não convencendo o brasileiro com sua explicação. Mark sempre tivera essa paranoia de estar sendo observado enquanto trabalhava no Paquistão.

Não queria revelar o segredo que herdara de Waqar a Malik. Ele sempre lhe dera o conselho certeiro quando o assunto era segurança, mas o tom de voz e a sensação de que sabia mais do que iria dizer a Mark levaram o jornalista a esconder suas cartas. Resolveu perguntar sobre Yussuf. "Então, preciso achar um cristão de nome Yussuf em Muzaffarabad. Ele trabalha com a inteligência, mas não sei qual birô", disse Mark.

"É para uma matéria ou você está atrás de outra coisa?"

"Nunca estou atrás de nada que não seja para uma matéria, meu amigo, você sabe disso muito bem", reagiu, com alguma dureza, Mark.

"Calma, vamos tomar chá enquanto ligo para um conhecido meu de lá", amainou Malik, chamando o garçom e pedindo mais um bule. "Com leite, por favor", ressaltou.

Malik tinha três celulares, e todos juntos pareciam reunir aproximadamente metade da tecnologia disponível no aparelho de Mark. Ligou de um e, falando em um dialeto incompreensível para o jornalista, parecia pedir informações. Anotou duas ou três frases num guardanapo, usando a esferográfica de Mark emprestada. Desligou e, ato contínuo, recebeu um telefonema em outro dos celulares. Aquele teatrinho costumava impressionar os jornalistas mais inexperientes, mas Mark sabia que se Malik havia feito isso na sua frente, era por necessidade. Já se conheciam o bastante. O coronel da reserva anotou mais duas frases e um número de telefone. Desligou sem se despedir, aparentemente ao menos, do interlocutor.

"Muito bem, nós temos o seu homem. Yussuf Bathi vende livros para fazer proselitismo cristão em Muzaffarabad, mas, na verdade, tem nos ajudado por debaixo dos panos há alguns anos. Ele é motivado ideologicamente, já que perdeu um filho num atentado em Srinagar há uns anos. Acha que precisa combater os *mujahedin*. Mas, logicamente, nós mantemos o interesse dele com uma mesada, como todo mundo. Eu só me pergunto o que você quer com esse sujeito", disse Malik, com aquele ar de que sabia mais do que estava falando que tanto enervava Mark. Com o agravante do "nós" a cada frase; ele estava aposentado, não? Enfim, cristãos paquistaneses são uma espécie sob risco constante. Há, em Islamabad, uma cidade planejada em estilo moderno e supostamente funcional não muito diferente da capital do Brasil, cerca de dez guetos em que os seguidores de Jesus são confinados intramuros para se proteger de eventuais ataques de fundamentalistas ou cidadãos de mau humor. Volta e meia uma igreja é queimada em ações sectárias, e em alguns pontos apenas entidades como o Exército da Salvação fazem o papel do Estado para essas comunidades. A situação já fora pior, Mark sabia, mas ainda assim não era um ambiente exatamente saudável. Até pela demografia: menos de dois por cento dos quase duzentos milhões de paquistaneses seguem o cristianismo. Perdem até para os budistas do norte do país. Assim, acabam sendo vistos com desconfiança na autodenominada Terra dos Puros.

"Ele pode saber algo sobre um grupo que estou procurando para fazer matéria, só isso", desconversou.

"Você pode me dizer que grupo é esse? Posso te ajudar nisso também", insistiu o militar.

"Não sei bem, dizem que são *freedom fighters* da Caxemira, mas que conhecem o pessoal de Mehsud. Não estou certo", disse Mark, temendo que estivesse apenas confirmando algo que sua fonte já sabia.

"Muito bem. Se precisar de mais alguma coisa, sabe onde me encontrar. Tome", disse Malik, anotando em outro guardanapo e agora em inglês, "esse é o endereço e o telefone de Yussuf. Se ele não for muito receptivo, ligue para meu amigo Liaquat, que coordena algumas operações na cidade, e fale que o coronel Malik pediu sua ajuda." Mark ainda lhe perguntou sobre a conveniência de ir a Muzaffarabad sozinho em seu carro, e o militar disse que era seguro. "Só há o nosso Exército e os gloriosos *mujahedin* no seu caminho, você vai ficar bem", disse, sorrindo.

Acabaram o chá e falaram sobre política durante uns dez minutos. Para Malik, Musharraf cairia em questão de poucos meses pois o Exército havia desistido dele, e não porque o governo civil era forte e desafiador. Estava certo, como quase sempre.

Assim que se despediram, Mark perdeu alguns minutos pensando nos "gloriosos *mujahedin*". O Exército sempre apoiou, informalmente, os grupos que lutam pela desocupação da metade indiana da Caxemira. A Índia continuava sendo a inimiga número um. Mas a chamada guerra ao terror e a confusão dos diabos nas áreas tribais misturou as cartas. Os mesmos homens que tinham acesso ao treinamento fornecido pelo governo nas montanhas perto de Muzaffarabad podiam estar explodindo caminhões cheios de soldados paquistaneses no vale do Swat meses depois. Isso para não falar na campanha de terror doméstico, que só fazia crescer com a progressão da crise política. Setores do Exército certamente estavam insatisfeitos com o clima geral de anarquia, e é de se duvidar se o ISI tinha informações tão precisas sobre os intuitos da miríade de movimentos que agiam no país agora. A balcanização do Paquistão parecia um processo inevitável, com a diferença de que nenhum desses movimentos tinha a capacidade efetiva de substituir o Estado como o Talibã bem ou mal fez no Afeganistão. Então, restava o niilismo.

 Mas se a bomba que Mark achava que estava sendo gestada naquela noite na casa de Ariana estava nas mãos de gente como os Mehsud, qual seria o objetivo deles? Sem mísseis ou aviões, as opções para um ataque nuclear são bem mais modestas. E seria preciso muito mais que uma pasta de documentos e CDs para fazer um artefato, ainda que primário, ou "sujo", como dizem os entendidos no assunto. Era necessário ter acesso a material físsil, para começar, o que demandaria a presença de alguém infiltrado dentro do complexo nuclear paquistanês. O principal escritório de coordenação da segurança do sistema, a Divisão de Planos Estratégicos, fica num gueto militarizado perto do aeroporto de Islamabad. Mark tentara, sem sucesso, entrevistar sua direção algumas vezes. Com certa periodicidade, os chefes da área falavam com algum jornalão ou rede de TV ocidental. Garantiam que estava tudo bem, que todo a matéria-prima e as ogivas já montadas estavam em segurança — um conceito relativo se você for indiano, obviamente. Sempre havia o risco, presente nos mesmos relatórios ocidentais de inteligência, de que uma ogiva poderia ser desviada e detonada, mas até onde seu conhecimento permitia saber, Mark achava que aquilo era um exagero. A ideia de uma bomba rudimentar com material roubado parecia algo mais factível, mas ainda assim a ordem da empreitada era na casa dos milhões de dólares.

 Juntou suas anotações e, depois de pagar a conta, tomou um táxi para outro mercado, o Jinnah Super Market, no setor F-7. A chuva da manhã cedera, e as ruas tinham um aspecto mais limpo. O ar estava fresco, talvez uns vinte graus, e o trânsito fluía bem. Parecia até que havia uma confluência positiva sobre Mark, algo raro nos últimos tempos. Chegou em dez minutos e procurou a locadora de carros que havia sido usada por seu hotel no aluguel do Honda dias atrás. Sabendo o endereço, poderia negociar um preço melhor. Em uma conversa rápida, o mesmo modelo lhe foi oferecido por vinte por cento a menos, uma pechincha, e com um motorista para o dia. Explicou que não sabia se voltaria no mesmo dia, e ouviu que bastava pagar uma refeição para o chofer — ele teria onde dormir em Muzaffarabad.

Foi tudo rápido e fácil, reforçando a ideia de bonança. O carro passaria no hotel às 9 horas do dia seguinte. De repente, a energia do repórter jovem e cheio de recursos parecia estar de volta. A ilusão de imortalidade e de potência o preencheu brevemente, como se estivesse mais uma vez no comando de sua vida. Nada mais de atentados, filhos indesejados, revelações pela metade. A verdade lhe seria ofertada, pois essa era sua vontade. Sentimentos assim guiaram Mark durante quase toda a sua carreira profissional. Não chegava a ser uma fé inabalável em si próprio, pois, como todo, perverso, ele se sentia um enganador, mas realmente acreditava que sempre teria a melhor mão no fim do jogo. As cartas que lhe dariam a vitória.

Assim como nenhuma febre tropical o abateria, apesar do constante temor hipocondríaco que o acompanhava, sempre que uma sucessão aleatória de eventos lhe indicava a conclusão bem-sucedida de uma tarefa, isso tinha de significar uma espécie de unção. Era de novo o filho escolhido. Tecnicamente, podia até dar certo. Não há manual de autoajuda de sucesso no mundo que não atribua o cerne da receita da felicidade à confiança em seu desejo. As diversas crenças orientais não diferem muito disso — medite, mentalize e terás. Jacques Lacan sabia disso: não ceda em seu desejo.

O Jinnah Super Market é conhecido por suas lojas de CDs e DVDs piratas, e Mark parou na frente de uma delas. Para sua surpresa, Thom Yorke cantava que uma sereia estava lá, atraindo-o para um naufrágio. O jornalista estremeceu ao lembrar-se da última vez em que ouvira "There There": no meio do pesadelo no qual seu avião caía. Como que por mágica, a autoconfiança construída até então se desvaneceu e um silêncio interno se fez. Mark, desta vez, sorriu. Era melhor assim.

16. O livreiro cristão

Com algum atraso, na manhã seguinte, o motorista e seu Honda vermelho chegaram ao hotel. Mark dormira melhor naquela noite, talvez confortado por ter saído do estado de ilusão em que se encontrava. Sabia que a tarefa a que se tinha proposto era difícil, talvez impossível de executar. Baixar um pouco as expectativas não faria mal a ninguém.

Arif, o motorista, buzinou. Tinha visto Mark negociando com o patrão no dia anterior, e digamos que o jornalista não era exatamente um homem do povo. Era fácil distingui-lo. Conversaram brevemente, e o inglês de Arif mostrou-se medonho. Cortava toda conversa falando *theek he*, uma muleta linguística urdu que serve para quase tudo: "OK", "tudo bem?", "tudo bem", "de acordo?" e "de acordo". O trânsito não estava bom, e tomaram a antiga estrada para Murree, por onde Mark já havia passado antes. Havia uma nova rodovia, mais moderna, mas nem o motorista sabia se haveria obras de extensão em curso. Uma pena: pela rodovia, os meros 55 quilômetros entre Islamabad e Murree seriam feitos em pouco mais de meia hora; pela estrada antiga, que subia sinuosa em direção ao Karakoram, três vezes mais.

Mas Mark não estava com pressa, e apreciou a belíssima paisagem da Caxemira paquistanesa, a fatia ocidental do território que é disputado com a Índia. Azad Jammu Kashmir, literalmente "Jammu e Caxemira livres", é uma faixa pequena do antigo principado da Caxemira, que tem em Srinagar sua capital do lado indiano. Sempre pensava no quanto o Paquistão poderia ganhar se investisse numa infraestrutura turística decente; os desfiladeiros eram de tirar o fôlego, o clima agradabilíssimo. Tentou esquecer a pulsão de morte que identificara em jovens na região de Murree em 2001, quando se preparavam para gritar seu *morituri te salutant* e tentar se unir ao Talibã contra os americanos que atacavam o Afeganistão. Aquela pequena Suíça poderia conter mais beleza que tragédia.

Como na Palestina e no Líbano, onde Mark acompanhara candidatos a homem-bomba em treinamento. Sempre pensava nos kamikazes japoneses: homens treinados para sobreviver até o último minuto, só para serem desperdiçados em sacrifício. Só que se os nipônicos tinham séculos de um código ético restritivo nas costas, o que dizer daqueles jovens pobres? Novamente, a religião parecia exercer uma influência decisiva. Por regra geral, Mark achava que apenas a resistência pacífica, à Gandhi, teria alguma chance de sucesso contra máquinas repressoras conscientes como, por exemplo, a do Estado de Israel. Mas quando via o que havia acontecido com os descendentes da revolução do Mahatma, nem essa convicção persistia por muito tempo.

Entrou na cidade com Arif, e passaram pelas casas dos figurões do mundo político do Punjab. Desde os tempos ingleses, Murree é um resort de inverno de luxo, respeitados os padrões locais de suntuosidade. A estrada que sai da cidade a noroeste desemboca no vale do rio Jhelum, que leva a Muzaffarabad, mais uns 90 quilômetros ao norte. Mark só tinha passado uma vez por lá, durante a cobertura do terremoto de 2005. Tudo parecia relativamente intocado, inclusive as ruínas ocasionais que surgiam à beira da estrada nas proximidades da capital regional. Lar para quase oitocentas mil almas, Muzaffarabad se abre no fim do vale. Ao avistá-la, Mark sentiu finalmente a ansiedade que a contemplação de memórias havia embotado até então.

Aproximadamente metade da cidade, epicentro do sismo três anos antes, foi ao chão. E continuava lá quando Mark entrou com o Honda alugado. Foram oitenta mil mortos só na Caxemira, a maior parte em Muzaffarabad e em seus arredores. Não se supera isso tão facilmente, e os sinais estavam em todos os lugares: bairros destruídos, algumas barracas de campanha provavelmente com famílias até hoje desalojadas. Pararam perto do posto telefônico de onde partira a ligação misteriosa para seu celular há algumas semanas. Mark mal lembrava que aquilo havia sido o catalisador de sua ida ao Paquistão, tantas eram as informações que preencheram os escaninhos de sua mente nos últimos dias. Mas, vendo o posto, os pensamentos acharam um caminho.

"Espere um pouco. Você pode fazer uma ligação para mim? Não falo nem urdu nem hindko", disse a Arif, citando outra língua comum na região.

"Nem eu, mas tudo bem", debochou o motorista.

Mark sorriu e lhe entregou o celular, mostrando o número anotado que sua fonte, Malik, dizia ser de Yussuf. "Diga que Mark, da Inglaterra, quer falar com ele."

Uma conversa confusa se deu em seguida. Como todo ocidental, Mark sempre registrava as conversas que os estrangeiros não europeus tinham ao telefone como algum tipo de briga ou discussão. O tempo lhe mostrara que isso era igualmente verdadeiro com alguns europeus e americanos, mas a impressão é muito mais forte do Oriente Médio para o leste. Nunca se sabe se estão batendo boca ou trocando confidências amorosas. Quando desligou, Arif tentou lhe dizer, em inglês balbuciante: "Yussuf está almoçando."

"Muito bem, mas você falou com ele? Ele pode nos receber?"

"Não sei, ele está almoçando." Antes que ficasse irritado e demonstrasse algum tipo de etnocentrismo, uma das más características que o faziam um herdeiro fora do tempo de Richard Francis Burton, respirou fundo. E disse:

"Por favor, Arif, ligue de novo e pergunte se ele fala inglês."

Arif ligou e desligou ainda mais rapidamente do que da primeira vez. "Sim, ele fala." O desespero bateu à porta de Mark.

"Mais uma vez, meu amigo. Ligue e pergunte se ele pode falar comigo pelo telefone então", pediu.

"Mas ele me disse que estava almoçando, que não queria falar com ninguém." Agora estava chegando a algum lugar.

"Muito bem, Arif. Ligue então para este número aqui e diga que fala em nome de Bashir Malik e o amigo gringo dele."

Arif ligou e passou o telefone. "Olá, sou o Mark. Sim, ele mesmo. Pois é, Yussuf não parece muito comunicativo, o senhor pode me ajudar?", disse, sem pensar no que poderia significar uma resposta positiva de seu interlocutor ao apelo por um, digamos, ímpeto socializante de Yussuf. Liaquat apareceu em vinte minutos no posto telefônico, e Mark saiu do carro para cumprimentá-lo. "Obrigado por vir, estou realmente precisando de informações", disse ao homem. Com uns 40 anos e cabelos bem grisalhos, Liaquat não parecia o agente secreto proverbial, ou o membro de algum aparato de segurança ameaçador. Como um nazista saído da crônica de Hannah Arendt, parecia terrivelmente normal, comum até o ponto imediatamente anterior ao da vulgaridade. Mas se havia sido indicado para resolver problemas em nome de Malik, santo o homem não haveria de ser. Começou a temer o jogo em que se metera.

Ambos voltaram ao carro e Liaquat deu ordens, aparentemente em punjabi, para Arif. Eles dirigiram até o centro da cidade, para um dos mercados que havia sido reconstruído depois do terremoto. Saltaram, e Liaquat novamente ordenou algo ao motorista — provavelmente para não se mexer, já que ele aquiesceu prontamente e se afundou no banco do carro. Andaram por entre lojas de aspecto desolado até entrar em uma porta lateral de um bloco comercial. No fundo do corredor, a placa desenhada com cores berrantes: "Livraria Cristã de Muzaffarabad", em inglês e urdu. Tinham achado Yussuf, isso parecia claro. Mas a porta de ferro e vidro estava fechada, com uma placa que Mark intuiu dizer algo como "volto logo". Liaquat bateu na porta e nada. Sacou o celular e um pavoroso toque emulando música pop árabe disparou no interior da loja. Mark olhou por entre as grades e percebeu movimentos no fundo da sala, que estava apinhada de estantes com livros e pilhas de panfletos sobre duas mesas laterais.

Alguns passos e Yussuf apareceu à porta. Se estava mesmo almoçando, não parecia muito feliz com o cardápio. Mandou os visitantes entrarem. Vestia um longo *kamiz* branco sobre um *shalwar* da mesma cor, mas ambos estavam sujos o suficiente apenas para insinuar a coloração original. Era gordo, conforme a descrição do pai de Ariana. A obesidade o fazia suar profusamente, e a temperatura não passava dos 22 graus. Respirava de forma ofegante, e, com um longo e desagradável som de desconforto, sentou-se em um sofá na sala adjacente ao fundo da loja. Acendeu um cigarro, ofereceu outros para Mark e Liaquat, e disparou à queima-roupa em direção ao jornalista, em bom inglês.
"Você recebeu meu telefonema, é?"
"Eu?"
"É, você. Sou cristão, mas não sou burro. O que você estaria fazendo aqui se não fosse meu telefonema?"
"Mas como eu ia saber quem era você? Recebi uma ligação do posto telefônico daqui, mas nunca consegui descobrir quem tinha ligado. Foi você?"
"Lógico. Mas quem te mandou para cá? Por que você está aqui então?"
"Calma, Yussuf. Vamos por partes. Estou aqui porque recebi informações sobre você que gostaria de checar. Mas, antes, gostaria muito de

agradecer meu amigo Liaquat por ter me trazido, e pedir gentilmente para que ele nos deixe a sós."

Liaquat ficou nitidamente contrariado, apertando as mãos contra as abas de seu *kamiz* marrom-escuro, que saíam por baixo de um paletó de lã barato, abotoado à maneira inglesa. Como aquele ocidental ousava negar informações a ele? Mas talvez ancorado na certeza de que Yussuf lhe faria um bom relatório depois, disfarçou um resmungo qualquer e disse que esperaria do lado de fora, no carro. Como era a primeira vez que isso lhe acontecia, ligou para Malik e relatou o incidente na livraria cristã. "Não se preocupe. Já sabemos o que ele vai descobrir aí. Mantenha a discrição", falou Malik, desligando sem se despedir.

Lá dentro, a cena era opressiva. Havia um cheiro de papel velho misturado com o odor corporal de Yussuf, que lembrava algo entre leite talhado e uma cabra. Havia panfletos nas paredes, alguns em inglês, pedindo ajuda internacional às comunidades cristãs paquistanesas. Uma foto do patriarca russo estava ao lado de uma do papa polonês morto em 2005, num ecumenismo mais tipicamente associado aos paquistaneses muçulmanos de antigamente, adoradores de santos e mártires. A pouca iluminação e a fumaça ambiente davam a sensação a Mark de que estava em algum tipo de masmorra.

"Muito bem, Yussuf. O nosso amigo do ISI já foi embora. Você não precisa se preocupar, não tenho nada com isso. O que está acontecendo aqui? Como você tem meu número de celular?", perguntou.

"O baixinho, ora. Seu amigo baixinho que vivia por aqui. Waqar. Ele queria que eu lhe contasse algumas coisas se algo acontecesse com ele. Demorou um bom tempo para eu ficar sabendo que tinha morrido naquele atentado. Ele andava muito nervoso antes disso. Você sabe, ele trabalhava com esse pessoal do Liaquat. Eles são complicados."

"Liaquat? Com alguma agência? Como assim?"

"Lógico, ele era do ISI."

17. Vertigem

Mark levantou-se, sentindo uma repentina falta de ar. O chão parecia mover-se como em um terremoto, mas tudo estava em seu lugar. Waqar era um agente secreto? Durante todos aqueles anos, ele tinha sido seu companheiro de apurações, confidente de segredos profissionais. Ele mesmo o alertara para o risco de envolver-se com jornalistas paquistaneses fazendo jogo duplo. Teria Maquiavel chegado ao Hindu Kush? Ou seria apenas uma invenção de alguém que nunca havia visto, um sujeito em quem não deveria confiar? O jornalista, por um momento, lamentou profundamente ter ido atrás daquela história. Teria sido muito mais confortável ter ficado em Londres, aproveitando a fama preguiçosa de sobrevivente de atentado, escrevendo análises políticas a distância, gastando o dedo com alguns telefonemas e apreciando um bom vinho no final da noite. Waqar seria para sempre seu *fixer* dos sonhos, um amigo dentro do que os limites das diferenças culturais permitem, alguém com quem dividira diversas aventuras que poderia contar para o pequeno Ivan.

É, Mark pensou que havia um Ivan — se é que esse era mesmo o nome do garoto. E que ele estaria com ele ao atingir a idade de entender o mundo pelas lentes que seu pai, na sua fantasia quase um herói de guerra em sua profissão, iria lhe oferecer. Até Elena participou do devaneio acentuado do jornalista, incapaz de processar a informação que acabara de receber. A bela russa estaria em um apartamento novo com o filho no colo, e eles conversariam animadamente sobre tudo como antes, e iriam para a cama fazer um sexo tão intenso quanto fosse possível. Ayesha, que vinha ocupando seu imaginário sexual como verdadeiro objeto de desejo, seria apenas uma lembrança a ser usada na masturbação do banho matinal. O bebê nem choraria no quarto ao lado, ou teria seus berros abafados pela opereta cantada a plenos pulmões no quarto de papai e mamãe. E sua queixa, afinal de contas, não seria séria, apenas um gracejo natural por atenção. Nada de doenças ou complicações. O mundo estaria em ordem, e nesse universo com órbitas matematicamente precisas, Waqar seria apenas a lembrança de um companheiro importante. Mas não — o cometa errático, o choque caótico de partículas, a explosão de raios gama, o mistério da matéria escura, tudo aquilo determinava esse macrocosmo. Não a ordem. Nesse sentido, Waqar sendo um porco traidor não era algo tão absurdo.

Antes de pensar mais e espiralar vertiginosamente, Mark conseguiu tomar fôlego para reencarnar e continuar sua conversa na desagradável Livraria Cristã de Muzaffarabad.

"Yussuf, estou confuso. Nunca soube que Waqar fosse do ISI ou de qualquer outro birô. Ele tinha amigos lá, é claro, era jornalista. Por que você acha que ele trabalhava com o Liaquat?"

"Bem, primeiro porque foi o Liaquat quem o trouxe aqui, um mês e pouco depois do terremoto."

"Isso não quer dizer nada, também vim com o Liaquat. Pareço ser do ISI? Tanto eu como Waqar somos jornalistas, e conhecemos a mesma pessoa em Islamabad que nos indicou o Liaquat para chegar até aqui. Ele não veio aqui falar de Ariana?"

"Quem?"

"Ariana... Deixa para lá. A menina cujo amigo foi morto por um *mujahid* na semana do terremoto. Ele não queria falar disso com você?" Mark acautelou-se. Temia dar mais informações do que o necessário a Yussuf.

"Ah, a namoradinha do Iqbal. Esqueci o nome dela, talvez fosse Irum ou Iffat. Não, não sei se era um nome pachto. Pobre menino. Morreu nas mãos daquele animal, como meu próprio filho. Você sabe, meu filho estava tão triste que foi morar com os indianos em Srinagar, começar um negócio. Cristãos são um pouco mais bem-vindos lá. Deu no que deu. Esses *mujahedin* explodiram o shopping center onde ele trabalhava."

"Sinto muito."

"Não, não sente. Vocês não sabem de nada do que acontece aqui. Somos todos cristãos, não? Todos vamos à igreja. Eu sou anglicano, mas aqui na parede estão o santo polonês e o santo russo. Todos cristãos. Deveríamos nos ajudar então. Mas não, ninguém quer saber como é a vida neste lugar. Só se preocupam se loucos como o Ahmed resolvem aprontar alguma coisa que pode prejudicar o glorioso modo de vida do Ocidente", disse Yussuf, beirando a apoplexia.

"Veja, não sei o que você quer dizer por nós. Sou ateu. Sou do Brasil. Não tenho compaixão cristã nem interesses ocidentais. Sou apenas um jornalista querendo entender o que aconteceu aqui e, agora, descobrir por que você disse que meu amigo Waqar era um espião."

"Ateu brasileiro. Nem saberia dizer o que é isso. Nunca vi um, e você parece muitas outras coisas. Enfim, vou te contar o que aconteceu. Um dia o menino Iqbal apareceu aqui e me contou uma história esquisita, de que um *mujahid* importante iria casar com a menina com quem ele queria se casar. Aí me contou um plano mirabolante de fugir para Dubai com ela. Achei isso bobagem, mas a história do terrorista me interessou. Prometi a ele metade do dinheiro que

Liaquat me pagasse pela informação, e ele me fez um relato detalhado de horários e frequências na casa da menina. Meu Deus, como ela se chamava? Esqueci. Enfim, passei os dados para Liaquat, que pediu que eu identificasse o militar que tinha ido à casa da menina. Você sabe disso, não?", perguntou, acendendo um cigarro enquanto Mark assentia com a cabeça.

"Pois é, ele não conseguiu descobrir. Mas contou do vaivém do militar, que apareceu um dia fardado, em outro, à paisana. Liaquat parecia muito interessado em tudo isso, e também no tal Ahmed. Foi quando tudo aconteceu. De algum jeito, os *mujahedin* souberam que Iqbal os estava delatando. Aí o menino apareceu morto. Eu morri de medo, pedi proteção ao Liaquat. Ele me garantiu que eu não precisaria deixar a cidade, porque o tal Ahmed estava irritado mesmo porque o menino estava interessado na futura mulher dele, e não porque conversava com esse pobre cristão aqui."

"Sim, mas onde Waqar entra nisso?"

"Ah, sim", pigarreou, "como eu te disse, ele apareceu aqui depois do terremoto. Parecia um sujeito meio nervoso, sempre rindo ao final das frases, soltando um *theek he* a cada minuto. Ele veio e me mostrou um caderno sujo de sangue. Era o diário da menina. Mas, enfim, o baixinho me perguntou tudo isso que você está me perguntando. Disse que estava trabalhando para o ISI, e que precisava saber tudo sobre o tal de Ahmed. Como não gosto de *mujahedin*, eu o ajudei. Além disso, você sabe, o ISI me deixa trabalhar tranquilamente." Não falou o quanto recebia de mensalidade, mas o jornalista relevou.

"Mas o que vocês descobriram? O que aconteceu com a menina e o *mujahid*?", perguntou Mark, beirando a impaciência.

"Só consegui que o pai dela o atendesse. Quanto a ela, nunca mais foi vista. Não sei se morreu no terremoto, se mudou de cidade, se fugiu com algum outro menino de sua rua..." O tom de deboche era indisfarçável; a misoginia local claramente não se restringia aos muçulmanos.

O jornalista começou a pensar sobre o que fazer e em quem podia confiar. Não estava convencido de que seu antigo *fixer* o tinha enganado durante anos, mas a verdade é que a história contada pelo gordo à sua frente fazia sentido. Decidiu insistir. "Mas me conte, Yussuf, onde eu entro nisso tudo? Por que Waqar lhe deu meu número?"

"Ah, isso foi bem depois, ano passado. Nós nos falamos algumas vezes desde 2005, e depois ele sumiu. Essa gente é assim. Some, volta, some. Aí um dia ele bateu aqui na porta, acho que foi uns dois meses antes de morrer. Disse, sério, que não estava se sentindo seguro e que, se alguma coisa acontecesse com ele, era para eu procurar um amigo gringo que ele tinha em Londres para dizer onde estava o caderno, lá na casa da família dele em Yarik. Mas, pelo visto, nem precisou, não é? Você já leu tudo, certo?"

A vertigem de Mark voltara, e ele se desculpou com Yussuf, dizendo que eles poderiam conversar na manhã seguinte. "Claro, meu amigo, mas não sei se tenho muito como ajudar mais. De qualquer forma, para quem mando a conta por essa conversa?" Tentava esboçar um sorriso esperto.

Mark olhou incrédulo. "Para Waqar." E bateu a porta, deixando o livreiro arfando para trás.

Entrou no carro. No banco de trás, Liaquat fumava um cigarro forte, provavelmente sem filtro. Perguntou a Mark se estava tudo bem e o jornalista disse que estava se sentindo mal, que gostaria de ir a um hotel. O agente deu ordens ao motorista e foram para uma pequena pensão, não muito longe do posto telefônico de onde tudo poderia ter começado, quando Yussuf pediu ao atendente da madrugada que digitasse um monte de números de um país distante. Mark pagou adiantado, um quarto para si e outro para Arif, que, ao final, não tinha onde dormir na cidade, e deixou algumas rupias para que ele pudesse comer algo. O jornalista estava sem fome, exausto. Deitou-se na cama de roupa e deixou-se levar pelo turbilhão em sua cabeça.

Primeiro, enumerou as ocasiões em que Waqar poderia ter se comportado de forma suspeita. E em que informações que compartilharam poderiam interessar ao serviço secreto. Havia várias, mas também nada que colocasse a segurança nacional em risco. E a agenda telefônica do *fixer*? Seria aquilo fruto de um contrato com o ISI ou teria sido o contrário, suas habilidades e trânsito com estrangeiros que chamaram atenção dos espiões do governo? Pronto: Mark já não estava pensando se Waqar era agente. Estava pensando como virara um deles. Quando raciocinava assim, dificilmente errava. Era um bom avaliador de caráter, contudo, e a ideia de ter sido enganado por tanto tempo por alguém tão próximo era quase tão destruidora quanto o eventual comprometimento de alguma informação que tenha compartilhado com Waqar. Sentia-se driblando o Grande Outro o tempo todo; no fundo, poderia estar fazendo isso exatamente sob as ordens dele, sob os fios de seu controle de marionetes. Aquilo o desagradava. Mas fazia sentido o conhecimento de Waqar dos meandros das organizações sigilosas paquistanesas, sempre fruto do contato com um primo ou um tio espiões na versão que o *fixer* lhe apresentava. Talvez até isso fosse verdade, tendo ficado de fora a parte em que o tio ou primo alicia o parente para trabalhar para o governo. E havia os contatos. Não havia número de telefone celular que Waqar não conseguisse com duas ligações. Novamente, o crédito poderia ser dado apenas à perspicácia do *fixer*, mas a dúvida estava posta.

Mais de duas horas de divagações se passaram, e a racionalização apontava para um cenário no qual ele preferia não acreditar: Yussuf parecia falar a verdade.

Assim, tomando um jarro de água inteiro que havia ao lado de sua cama, Mark convenceu-se de que Waqar poderia mesmo ser culpado. Culpa foi o termo usado mentalmente pelo jornalista o tempo todo, até o momento em que se questionou se no fundo Waqar poderia estar numa situação em que não poderia dizer nada sob pena de ser morto, ou preso, ou ter a família perseguida. Que a doce Ayesha, ah, aquela do toque macio e quente das mãos, que ela poderia ser vítima de represálias. Já ouvira histórias assim antes, quando cobria as atividades do Hamas na Faixa de Gaza: tanto militantes muçulmanos quanto agentes de Israel podiam ser "convidados" a colaborar com seus pares, e a recusa tinha consequências drásticas. Desse modo, afundado nos pensamentos e sentindo-se ligeiramente febril, Mark adormeceu. Sentia algumas pontadas na região da cicatriz da perna, mas de forma geral o ferimento vinha lhe incomodando menos. Como um vampiro, só acordou quando o sol já havia se posto.

18. A cerimônia

Os dedos de Mark tocavam a borda quente da xícara com chá e leite. Curiosamente, não havia placas de gordura boiando naquela relíquia da corrosão do Império Britânico no subcontinente — chegou a especular se a pensão tinha o único leite desnatado da região, mas a cabeça rapidamente voltou ao que interessava. O rapaz que trouxera o chá também deixara duas fatias de pão, e esse foi o seu jantar. Não havia estômago para nada mais.

Lembrou-se da celeuma de meses atrás com os jornalistas da *The Leftist*, quando ganhou cinco minutos de notoriedade pelos ataques furiosos à imprensa esquerdista festiva do Reino Unido. O que será que aqueles dois sujeitos que tentaram fazê-lo vestir a carapuça de explorador de miseráveis diriam se soubessem o que ele sabia agora?

Tentou ligar os pontos. "Muito bem, digamos que Waqar tenha sido do ISI. Então por que quis me avisar sobre Ariana? E se cheguei sozinho a Yarik, foi por causa de Ayesha. Será que ela sabia alguma coisa? Talvez Waqar tivesse contado algo a ela, e ela não podia falar abertamente sob risco de comprometer a segurança da família, do bom vendedor que a tratava como uma santa", matutou. O vendedor Ali.

"Santa. Uma mulher daquelas é várias coisas, menos santa", pensou Mark, sentindo um leve desejo esquentar-lhe a barriga. Tinha essa característica, a de sempre buscar alguma entrelinha sexualizada, ou pretensamente engraçada, em todas as situações, por mais complicadas que elas parecessem. Para si mesmo, dizia ser uma maneira de tornar a vida mais leve e de retirar o estresse. Elena, por sua vez, insinuava que ele tinha algum tipo de compulsão, como aqueles sujeitos que têm de se internar de tempos em tempos para tratar de algum tipo de vício em sexo. Mark não sabia se ela estava brincando ou não quando o chamou uma vez de Michael Douglas.

Mark arrancou duas páginas de seu Moleskine. Precisava fazer um organograma do que havia passado, do cipoal de personagens e lugares reunidos até ali. Era um jeito prático de esquematizar as coisas e, ao mesmo tempo, desviaria sua atenção do tesão fora de hora que sentia pela irmã do falecido *fixer*. O problema todo é que quanto mais ele desenhava esquemas, mais o nome dela aparecia rodeado de interrogações. Fora ela quem o enviara para Yarik. Sem aquilo, não teria acontecido nada. Mas qual o interesse dela? Por que, afinal, indicara o caminho, ou ao menos jogara as migalhas a serem recolhidas? Por que tocaram suas mãos? Resolveu masturbar-se para cessar a divagação e decidiu: teria de ver Ayesha novamente. Mas só conseguiu atingir o orgasmo ao lembrar-se de uma cena tórrida com Elena, muitos e muitos meses atrás, no seu apartamento londrino, quando o seu mundo ainda não havia entrado em colapso sistêmico.

Teve muita dificuldade para dormir. À noite, Muzaffarabad parecia um cemitério, e a eloquência dos seus muitos mortos, aqueles ainda caminhando e também os sob as ruínas, impregnava o ar, deixando-o pesado apesar da calma aparente. Mark abriu a janela, olhou para o luar que se insinuava por detrás das montanhas. Apesar da opressão, o cenário era esplêndido. "O dia em que essa maldita guerra acabar, vou abrir uma pousada num lugar como este", brincou em voz alta; a solidão progressiva lhe acentuara manias como a do solilóquio. Como não havia televisão no quarto, levantou a hipótese de ir dar uma volta na rua. Pensou melhor, e forçou-se a adormecer, tendo como consequência natural não só a insônia inicial, mas os pesadelos angustiantes subsequentes. Caiu justamente em um dos mais recorrentes, o de ficar preso em um elevador. Desde criança sonhava com a situação nas mais delirantes variantes, e para seu confidente lacaniano isso tinha a ver com uma sensação de impotência típica dos perversos sob a influência de mulheres poderosas que emulavam a mamãe primordial. Fosse isso balela ou não, o fato é que Mark não passava mais de dois meses sem encontrar um elevador onírico. Era inevitável.

Acordando cedo, encontrou Arif na copa da pensão. Não ligou para Liaquat; resolveu que poderia se virar com Yussuf sozinho. Voltou à livraria e lá estava o volumoso sujeito, com a mesma roupa da véspera e um cheiro ainda mais desagradável. Desta vez, foi mais polido e ofereceu a Mark uma xícara de chá, esta, com o leite bem engordurado. O jornalista tomou sem açúcar, e a espessura adiposa que se formou em sua boca lhe provocou uma náusea repentina, obrigando-o a pedir um cigarro a Yussuf. Quando se conscientizou de que estava fumando para aplacar uma náusea, Mark sentiu-se mal consigo mesmo. Resolveu ocupar a mente com Yussuf.

"Então, queria só ter certeza de algumas coisas antes de sair. Você me disse que Waqar achava que estava correndo perigo. Por quê? O que ele descobriu ou fez?"

"Ele não me deu nenhum detalhe, mas acho que teve a ver com o tal do *mujahid*, porque esse nunca mais apareceu aqui na cidade. Mas aí você sabe como são as coisas, o governo ainda não tinha começado a atacá-los com tudo. Na verdade, nunca atacam com tudo. Os *mujahedin* são amigos do governo, do Exército. Essa gente está sempre com algum esquema secreto, algo escondido. Mas também não sei, porque o baixinho estava trabalhando para eles e então não me contaria nada mesmo", disse Yussuf. Ele ofereceu um segundo cigarro a Mark, que declinou ao perceber que ficara tonto com o primeiro.

"E Liaquat? O que mais você sabe sobre ele? Ele apareceu aqui com Waqar alguma outra vez além da primeira? E a irmã de Waqar?"

Yussuf parecia desligado e disse, com um certo desdém: "Ele não gostava dos locais. Só o vi com Liaquat uma vez, e tomamos chá do lado da estação de ônibus juntos, antes de ficar a sós com Waqar. Eles não pareciam muito à vontade um com o outro, mas sou apenas um cristão querendo manter minha vida em paz. Irmã? Nem sabia que ele tinha família além do pai, em Yarik", balbuciou. Yussuf se contorcia como um gato gordo à espera de algum agrado, com uma expressão que poderia ser definida como lânguida — não fosse a ofensa à estética normalmente associada à palavra.

Mark fartou-se. Agradeceu a Yussuf e disse que manteria contato. Aliás, esperava nunca mais ter de falar com o livreiro em sua vida.

Saiu e encontrou Liaquat batendo papo descontraidamente com Arif. Sua face devia estar exprimindo o mau humor com a cena, pois o motorista se retraiu, fechando o sorriso e baixando os olhos. Novamente, Mark sentia o espírito de Sir Richard à sua volta, a falta de paciência com os nativos, a brutalidade tão típica do homem vitoriano com o que era diferente. Atração, essa siamesa da repulsa. Sentia a paranoia que tantas vezes o perseguira em suas coberturas, a de uma vigilância e ameaça constante; agora, até o inocente motorista poderia ser uma fonte de traição ou obstáculo. Mas não sentia vergonha; na verdade, tinha a certeza de que, sem um pouco de chicote, não conseguiria o desejado. Isso era tão autoritário quanto verdadeiro.

Liaquat, em posição de superioridade, não se abalou tanto. Apenas deu uma risadinha contrafeita e, alisando os cabelos, perguntou se poderia saber, afinal de contas, o motivo de sua visita. "Meu amigo, você está me ajudando e eu lhe agradeço. Mas sou um repórter, apuro histórias. Estou tentando descobrir algumas coisas, e estou certo de que nosso amigo Malik entende minha posição. Novamente, agradeço-lhe por ter me ajudado a encontrar Yussuf", cortou Mark, sabendo que o livreiro abriria a boca em questão de meia hora.

Liaquat parecia saber disso, e encerrou sua participação no teatrinho com um "Que Alá ilumine sua volta".

"E que você fique com ele", retrucou Mark, sem desejar realmente.

A volta foi mais rápida do que a ida, em parte pelo longo trecho em declive no vale, em parte porque Arif parecia estar se penitenciando e resolveu mostrar serviço ao feitor ocidental. Mark matutava e avisou ao motorista que deveriam seguir pela autoestrada para Peshawar rumo a Taxila, após chegar a Islamabad. Havia um grande protesto de advogados no centro da cidade, por onde Arif insistiu em passar por algum motivo que Mark não entendeu. O trânsito na cidade parou, com a intersecção entre as avenidas Jinnah e Faisal tomada pelos chamados "homens de preto", uma referência à vestimenta costumeira dos advogados do país — ternos e gravatas escuras, como na série de ficção homônima do cinema. Eles vinham protestando há meses, chegaram a fazer uma greve no começo de 2008 contra a remoção do presidente da Corte Suprema e de vários juízes no fim de 2007 pelo presidente Pervez Musharraf. Tinham agenda tribal também: a maioria de seus líderes era do clã punjabi dos Chaudhry, um dos mais poderosos daquela região. Não conseguia olhar para aqueles supostos defensores da lei e deixar de pensar em Siddiqui e sua participação no bazar atômico. Teria a bomba tomado seu curso? Se sim, para onde? Não podia nem contar às autoridades: suas testemunhas eram uma menina sob pseudônimo desaparecida e um livreiro falastrão. E, enfim, tampouco confiava nas tais autoridades.

Arif deixou de lado sua vontade de passar pelo centro da capital, pegou um desvio e conseguiu chegar à rodovia. Em vinte minutos estavam em Taxila, cercados pelo mar de peças kitsch que o centro de artesanato produzia. Lápides, móveis, pontas de minaretes: tudo que fosse concebível em gesso e outros materiais era confeccionado em pequenos ateliês à beira da estrada. Mark indicou onde deveriam ir. Queria falar com Ayesha.

Ao chegar à casa, não havia sinal da picape de Ali na porta. O instinto predatório de Mark atiçou-se, contra o que sua razão determinava. Pediu que Arif esperasse e bateu à porta. Por mais estranho que pareça, não havia campainha na grande casa, e, depois de uma certa insistência, uma empregada apareceu. Não falava quase nada de inglês, mas quando Mark falou em Ayesha, seus olhos se arregalaram e ela meneou a cabeça. O jornalista entendeu que ela não estava, mas não podia ter certeza disso. Arrancou uma página de seu Moleskine e escreveu um bilhete:

"Cara Ayesha, aqui é o Mark. Muitas coisas estranhas aconteceram, e gostaria de falar sobre você, Ariana e Waqar. Por favor, me ligue neste celular", rabiscou, procurando o identificador da configuração do Nokia para checar o número correto. Cansado e com fome, Mark pediu a Arif que o deixasse no hotel. Iria tentar recobrar as forças e, se precisasse de seus serviços, ligaria. O pagamento pelos dois dias já estava acertado.

Mark chegou ao hotel e largou a mochila. Sempre carregava uma bagagem menor para o caso de ter de ficar fora de sua base por alguns dias. Não é garantia de sucesso: quando entrou feito um refugiado no Afeganistão em novembro de 2001, o fez com uma mochila com roupas para três dias e ficou cinco vezes mais tempo. Nada que uma visita à seção de roupas pirateadas do bazar de Shoh, em Cabul, não tenha resolvido. Abriu a geladeira e ficou feliz em ver que as cervejas haviam sido repostas. Aquele hotel começava a se tornar estranhamente acolhedor, praticamente uma extensão de seu lar, com cuidados quase maternos lhe sendo dispensados. Abriu uma Carlsberg e procurou a mala principal, onde o diário estava escondido sob o forro. Destrancou-a e lá estava ele. Sentiu-se reconfortado, como quem volta de uma viagem e encontra as coisas em ordem na casa; era como se Ariana, o hotel, tudo isso fosse o que lhe restara de civilidade doméstica, uma proposição absurda de todo modo.

Enquanto tomava uma ducha para espantar o calor da tarde, o celular tocou. Não o ouviu na primeira ligação, mas assim que saiu do banheiro com a toalha enrolada na cintura e pingando, ouviu o sinal de que havia uma chamada perdida. Correu e identificou um celular. Só poderia ser Ayesha.

E era.

"Oi, tudo bem, como vai? Sim, passei na sua casa. Mas onde você está? É? Bem, estou na cidade, aqui na Islamabad Club Road. Posso encontrar você. Como? Aqui. Bem, como você quiser. Mas devo perguntar: não vai lhe causar nenhum inconveniente? OK. Em quinze minutos no Jinnah Super Market."

O processo de excitação masculina é relativamente simples, e em geral menos complicado do que o de uma mulher. É a natureza, afinal não há tantos anos, evolutivamente falando, os homens tinham de cumprir sua função inseminadora no mundo com eficácia. "Caímos da árvore para trepar com todas as mulheres que pudéssemos. Já elas, bem, elas tinham que nos selecionar", costumava dizer para Elena, para desgosto daquela viúva do cientificismo comunista. A questão é que, com uma palavra, todos os neurotransmissores se colocam a postos, a pupila dilata e as suprarrenais disparam uma dose de adrenalina que faz a pressão sanguínea subir com batimentos mais acelerados. Tudo conspira. E Mark era um alvo fácil.

Tentou esfriar a cabeça enquanto se vestia, e ignorar a ereção que se esboçava. Veria Ayesha logo. Virou outra Carlsberg, sem ter muita noção se aquilo seria melhor ou pior para seu autocontrole.

Alcançou uma das lanchonetes centrais no Super Market com facilidade, o taxista driblou o protesto de advogados que se estendia. Ayesha usava um lenço verde-escuro sobre uma espécie de terninho, nada cinturado. Mark a viu andando no fluxo da multidão, ultrapassando vendedores ambulantes de DVD e os meninos que correm levando copinhos com chá de uma loja a outra em bandejas trêmulas de inox barato. A mulher tinha uma graça imaterial, parecia não fazer parte daquele ambiente. Abriu um sorriso quando a viu, e ela retribuiu discretamente. Carregava a bolsa e uma série de jornais e documentos, que estendeu a Mark de imediato.

"O que é isso?", perguntou.

"Nada, finja que está lendo alguma coisa, só para que as pessoas não percebam nada de diferente. Às vezes é essencial estar no meio de um oceano para tentar desaparecer, mas não podemos esquecer que há muitos peixes com olhos grandes por aqui", disse, em um tom algo grave.

Mark não conseguia esconder a excitação. Virou-se para um garoto e pediu duas águas. Se tinha algo a disfarçar, Ayesha sabia que estava incorrendo em algum tipo de impropriedade. Ao não retirar os grandes óculos escuros, ela só reforçava a imagem de uma mulher pronta para cometer um crime. Adultério, certamente. Mark vira isso tantas vezes, o roteiro era sempre esse. Primeiro um lugar público, depois o êxtase da intimidade desvendada. Ao menos, isso funcionava assim no Ocidente. Não lhe passava pela cabeça que aquela mulher poderia tão somente estar angariando informação para o marido espião, que ele julgava um mero vendedor. Em seu breve momento de auto importância conquistadora, o Don Juan que o possuía esqueceu que era jornalista e que deveria manter uma atitude mais cautelosa. Estava morrendo de tesão.

"Por que você me procurou? Foi a Yarik? Conseguiu descobrir alguma coisa?", perguntou.

Mark refreou seus impulsos e tentou falar com calma. "Bem, fui até lá e seu pai me expulsou. Então..."

Mark foi interrompido por um gesto brusco de Ayesha. Ela olhou para o lado e segurou seu braço. Com as mangas dobradas, ela podia sentir o calor da pele do jornalista, os pelos e o suor que se misturavam. Mark não pôde evitar o calafrio. Foi quando ela se virou e disse: "Não estamos seguros. Em que hotel e em que quarto está? Bato à sua porta em uma hora, e então conversamos."

Informada, ela se levantou rapidamente, cumprimentando-o com um aceno da cabeça, e saiu por uma passagem lateral. Mark achou melhor tomar as duas águas antes de voltar ao hotel. O que significava aquilo? Sem tirar o nariz de cima do agradável aroma adocicado que ela lhe deixara no braço masculinamente meio nojento, ele enrubesceu. De repente, tudo ficou difícil: o táxi parecia extremamente lento, e o trânsito de Islamabad mais insuportável do que o de costume. Não conseguia pensar em nada objetivamente, apenas no momento em que poderia ter aquela mulher. Ou não, como seu lado racional o impelia a determinar quando alguma brisa batia em seu rosto pela janela do velho Nissan.

Já no quarto, não conseguia pensar em nada a não ser beijar aqueles lábios perfumados. Por um minuto, Ariana desapareceu. A bomba dissipou-se. O risco de uma hecatombe nuclear sumiu.

Ayesha chegou antes do combinado. Mark pensara até em tomar uma ducha, mas as batidas rápidas na porta o arrancaram do torpor de pensamentos eróticos em que estava. Ayesha dirigiu-se à cadeira da escrivaninha. O jornalista envergonhou-se ao perceber que ela retirara uma calça jeans suja que estava apoiada nela e a dobrou sobre a cama para poder se sentar.

"Posso lhe oferecer algo?"

"Não, obrigada. Diga-me, o que você quer comigo?"

Mark não podia dizer a verdade, ou pelo menos sua totalidade. "É o seguinte. Fui a Yarik, como você me disse. Seu pai, imagino que você já saiba, me aceitou como membro de sua família, o que muito me comoveu. Mas assim que falei de Ariana, ele me expulsou da cidade sem dar explicações. Tive de encontrá-las aqui", e apontou para o diário que acabara de tirar do fundo falso da mala e posto sobre o criado-mudo. "Neste caderno está a história de uma menina que pode estar morta, ou em algum lugar, sob a guarda de um *mujahid*. Mas traz também a história de como esse sujeito teve acesso a planos para fazer uma bomba atômica, ou algo parecido com isso. E seu irmão soube disso tudo, e de alguma forma tentou me avisar. Eu só não entendo por que, ainda mais agora que soube que ele era do ISI", disse, de uma só vez.

Os olhos de Ayesha se encheram de lágrimas. "Não sei nada disso. Eu queria que você fosse para Yarik porque meu pai sempre quis isso. Quando ele brigou comigo por tê-lo orientado a ir até lá, não tinha ideia de nada. Só agora meu marido me contou", disse, soluçando, "que Waqar era um herói como ele".

"Herói? O que você quer dizer com isso? Que Ali é do ISI também? Pelo amor de Deus, o que você quer dizer com tudo isso?"

"Sim, Ali é do ISI. Meu irmão também foi, e isso não foi exatamente uma novidade para mim quando descobri. Sempre suspeitei, ele e Ali conversavam muito em separado da família. Mas você sabe como são os homens aqui", disse, fazendo os hormônios de Mark baixarem em sua fervura; ele lembrou como eram os homens dali, e o que fazem com mulheres que se escondem em quartos de hotel com estrangeiros, e o que fazem aos gringos em questão. "Quando soube, você já estava viajando por aí, já tinha deixado Yarik. Eu queria contatá-lo, avisar, porque acho que você corre perigo como meu irmão."

"Mas que porra é essa?", explodiu Mark. Ayesha se aproximou e colocou os dedos em seus lábios, como uma professora primária pedindo silêncio a seus pequenos rebeldes na sala de aula. O toque de sua mão, contudo, fez transbordar o dique. Não aguentou, e beijou o dedo indicador de Ayesha na falange da base, passando a língua por toda a extensão, encerrando a ponta da unha de corte afilado e esmalte claro em seus lábios. Ela parecia tremer, mas as lágrimas cessaram. Os lábios de Mark desceram, e em alguns segundos estava com o dedo de Ayesha inteiro em sua boca.

Todo o ritual seguinte correu de forma onírica, como se houvesse uma densa nuvem no quarto de Mark. O cabelo solto, o lenço verde no chão, os saltos e a meia curta jogados no canto da cama, a revelação de um par de seios contrastantes em seu esplendor, com o restante do corpo já em certa decadência, o brilho furioso no olhar de Ayesha, a primeira penetração e a constatação agora ridiculamente óbvia de que sim, as paquistanesas são exatamente como todas as mulheres em qualquer lugar do mundo. Elas têm orgasmos ruidosos e ao mesmo tempo serenos, abrindo aquela janela para o *Jardim Perfumado* cantado por Sir Richard ao descrever as virtudes das orientais. E, em sua entrega cega, elas não falam em preservativos.

Cada movimento do quadril amplo de Ayesha, que a fazia parecer uma antiga deusa da fertilidade, parecia tirado de alguma cerimônia religiosa profana. Talvez aquele sexo como forma de revelação que alguns templos sufistas mais sincréticos do Sindh permitem a fiéis com prostitutas em datas especiais seja assim. Há sempre o *urs*, uma celebração desse tipo, particularmente famosa na região de Karachi, mas os sufistas mais ortodoxos veem na prática uma distorção herética. Seja como for, após atingir seu primeiro orgasmo, Ayesha mudou de posição e, sobre o corpo do jornalista, preparou o ato final com uma tranquilidade intensa. Mark sentiu que sua ejaculação não era parte de uma dominação que comandava, e sim que uma sacerdotisa de um mundo distante a havia requisitado para alguma transmutação em que ambos tinham responsabilidades divididas. Com efeito, ela o acompanhou quando ele terminou. A guerra ao terror nunca mais seria a mesma.

Mark sentiu-se estranho ao se ver na cama com a irmã de seu antigo *fixer*, agora talvez um inimigo, e que por acaso era a mulher de um potencialmente perigoso adversário. Pensou de relance em Elena e no filho que não conhecia, e sorriu internamente, como que tentando provar a si mesmo que estava vivo apesar de tudo. Ato contínuo, envergonhou-se silenciosamente por pensar isso da mulher que ainda o tocava como nenhuma outra. Colocou rapidamente as roupas, mas Ayesha, com um semblante pacífico, não parecia tão apressada.

"Pensei nisso desde o dia em que você foi à minha casa. Nunca senti algo assim depois que me casei. Quando Ali me contou tudo aquilo, achei que você poderia perder a vida como meu irmão. E aquilo me deixou desesperada", disse a moça, puxando o lençol como uma espécie de barreira contra a nudez excessiva. "Mas você havia sumido, e eu não podia procurá-lo, meu marido iria desconfiar."

"Querida, preciso lhe perguntar então. O que exatamente está acontecendo? O que o Ali te contou?"

"Dê-me um beijo primeiro. E me alcance a bolsa, pois preciso de um cigarro." Mark obedeceu prontamente, e teve de usar o renovado autocontrole de quem acabara de gozar para não pedir um Marlboro a ela.

"Bem, depois que Waqar morreu, Ali me contou que ele era do ISI. Eu até suspeitava, mas não tinha certeza nem vontade de perguntar. Aí você apareceu com aquela história toda de Ariana, e, por algum motivo, meu pai e meu marido ficaram enlouquecidos por eu ter te mandado ir a Yarik. A reação deles foi tão ruim que exigi que me contassem do que se tratava. Aí me explicaram isso, que a tal Ariana era uma menina que tinha sido levada para as montanhas por um *mujahid* perigosíssimo, e que Waqar era um herói porque foi atrás deles", Ayesha parou nesse ponto, como quem não soubesse bem o que dizer. "E então eles falaram que muita gente já tinha morrido por causa daquela história, e que não ia ser um infiel que iria fazer diferença. Fiquei muito preocupada, embora eles não soubessem o que eu estava sentindo de verdade", completou, com uma ponta de culpa em sua voz, pela primeira vez naquela tarde.

"Mas você estava sentindo o que, Ayesha? Quero dizer, ficamos com vontade um do outro, havia um carinho entre nós que talvez estivesse sob o manto da minha amizade com Waqar. Mas só nos vimos uma vez, mal tocamos as mãos..." Mark parou. Via a expressão de Elena, de Tânia, de Maria, de todas as outras no rosto daquela mulher tão diferente. O desapontamento causado por sua impossibilidade de ser cínico o suficiente. Uma vez Maria o questionou sobre sua incapacidade de ser falso para agradar. "Não sei mentir para você", disse Mark, naturalmente fazendo exatamente o contrário do que dizia: ele já estava saindo com uma jovem fotógrafa freelancer do Rio de Janeiro e não sabia como encerrar o relacionamento cambaleante. De todo modo, ele se escorava numa medida de autoengano para, no fundo, acreditar que não estava mentindo sobre o que Maria havia perguntado, *ipsis litteris*. Não fingiria que estava feliz só para agradá-la.

"Você nunca pensou em mim?", disparou Ayesha, soando tão ocidental em sua demanda quanto qualquer outra mulher que já conhecera. "Nunca me desejou nesse tempo em que viajou?" Mark sabia que a verdade poderia ter consequências funestas para ambos, e desconversou falando genericamente em lembranças difusas. Não contou a ela sobre seu desejo real, seus delírios diurnos, suas masturbações. Reaprendeu, ainda que por um momento só, o caminho do cínico, mas com uma leveza causada pela certeza interna de que não só estaria salvando sua pele, mas também a epiderme doce e perfumada de especiarias daquela mulher.

Ayesha se viu transfigurada. Anos de uma educação baseada no patriarcalismo e no respeito a tradições que pareciam perdidas no tempo haviam sido rompidos naquela tarde. Estudara em um madraçal para meninas, mas o grosso do ensino foi absorvido em casa. Aprendeu inglês com os tios, a quem sempre foi grata. O contato com outras crianças era mínimo, e cresceu numa espécie de isolamento, até chegar à adolescência completamente perdida sobre os meios e caminhos do mundo feminino. As noções só vieram na semana dos rituais matrimoniais, quando as primas e tias contaram coisas fascinantes sobre o poder que uma mulher dentro de casa poderia exercer sobre o homem com o qual havia casado. Nunca fizera sexo com ninguém senão Ali, a quem foi entregue quando completou a idade quase provecta de dezessete anos. Sua mãe achava que ela não iria mais casar, o velho Abdullah dava de ombros à falta de interesse dos jovens de Yarik. Até que um dia um caixeiro-viajante e seu filho, dez anos mais velho do que ela, passaram pela cidade a negócios. Era Ali, então longe da vida dupla de agente secreto contra seu próprio povo, ou a favor dele, como dizia acreditar.

Adultério, na concepção de mundo de Ayesha, era aquilo que as mulheres das tribos menos desenvolvidas faziam para conseguir se livrar dos maridos. Afinal, seriam mortas, geralmente por apedrejamento, e não teriam mais de carregar seu fardo. Mas naquela tarde quente, ela não se sentiu como alguém querendo deixar o corpo e os perigos da terra. Sentiu-se alguém pronta para viver uma vida com mais sentidos do que antes. Não fosse o fato de que o portador daquele passaporte para um mundo diferente de gostos e cheiros iria desaparecer de sua vida completamente. E ela teria de voltar a encarar os anciãos de sua tribo, todos encarnados no bom Ali. O mundo, sabia da mesma forma que Mark, não era perfeito.

O jornalista percebeu o efeito de sua fala. Ficou constrangido. Ao renegar o desejo, de certa forma estava voltando a ser o abutre noticioso que olhava para Ayesha em busca de respostas. "Minha querida, me ajude. O que exatamente o Waqar fez?", perguntou.

"Não sei. Só sei que sumiu por um tempo, acho que foi atrás do tal *mujahid*. Você sabe, Waqar tinha ótimo contato com essa gente, sempre sabia a quem procurar. Talvez Ali saiba, mas você está proibido de falar com ele. Se falar, eu estarei morta. Não somos todas um bando de Benazir, não somos modernas e ricas. A verdade é que ninguém pode saber que estive aqui", disse ela com uma dureza que lhe lembrou a de seu pai, o velho Abdullah, quando o expulsou de Yarik. Encerrada a fala, apressou-se em se vestir. Mark chegou a perguntar se ela queria tomar uma ducha, mas Ayesha nem respondeu. Saiu e não olhou para trás.

    Sentia-se libertada de anos de opressão, mas sabia que não iria usufruir as benesses de sua nova condição fora dos limites de seus pensamentos. Nunca mais. Só começou a chorar quando estava bem longe do hotel.

19. Um herói paquistanês

Ali recrutara Waqar para o ISI em março de 2003. Considerava o cunhado um pequeno gênio, com facilidade de estabelecer diversos contatos e uma agenda de telefone invejável para um repórter com tão pouca idade. Falava bem urdu e punjabi, e se virava sem muitos percalços em pachto. Sindhi e hindko não eram suas especialidades, mas era capaz de xingar apropriadamente eventuais desafetos nas regiões em que essas línguas eram dominantes, e isso já denotava um *flair* raro entre rapazes de vinte e quatro anos incompletos.

Waqar sabia que Ali tinha vida dupla, mas não percebia os detalhes de suas atribuições. Quando foi chamado à unidade do ISI em Rawalpindi, percebeu que ele não era apenas um agente provinciano encarregado de monitorar os informantes da região de Taxila. A picape que o buscou no trabalho tinha os vidros cobertos com película escura, e o motorista não abriu a boca no trajeto. Passando pelas barreiras externas, foi levado a um corredor longo, com diversas salas, até que uma delas se mostrou aberta. "Entre, meu irmão", saudou um sorridente Ali, atrás de uma mesa em L grande.

Waqar ficou embasbacado. Aquele sujeito era mais do que apenas um olheiro. Ele tinha algum poder, e era de sua família. A sala tinha uma divisória, e um secretário trabalhava em um computador antigo na mesinha adjacente. Havia muitos arquivos e livros, e uma extensa coleção de quadros com miúdas ou nem tão pequenas condecorações, prova de que Ali estava ali por algum bom e heroico motivo.

"Você sabe, Waqar, que sempre quis que você trabalhasse comigo. Agora vejo que você tem idade e, principalmente, que você tem um trabalho perfeito para o tipo de informação de que precisamos. Você entende o que esses agentes sionistas e hindus disfarçados de jornalista querem aqui", disse.

Waqar sentiu o sangue esfriar nas veias. Era esperto o suficiente para entender que eles, os militares, buscavam sua expertise e contato com estrangeiros para utilizá-los para seus propósitos. "Direto ao ponto, meu querido Ali. Você sabe como sou grato pela lembrança, mas não acho que sirva para espionar pessoas que confiam em mim", disse.

Ali acendeu um cigarro e puxou o bule de chá cuja erva fora fervida no próprio leite, o modo mais nobre e palatável da mistura para os paquistaneses. "Deixe-me servir você", disse, com um tom solene. "Você sabe que nosso país passa por um momento delicado, não sabe? Com todo o conhecimento que adquirimos, somos obrigados a nos passar por ignorantes e lacaios dos Estados Unidos. Eles querem que nós deixemos a Índia dominar o sul da Ásia. Querem que o Afeganistão vire um protetorado dos indianos, para poderem sair de lá sem se preocupar com a Rússia ou o Irã. Mas você sabe que nós não vamos deixar isso acontecer, porque temos força de vontade." Os olhos de Ali, nigérrimos, emitiam um brilho crescente, furioso. "E agora que somos obrigados a colaborar com os americanos de novo, os riscos são ainda maiores, porque vão nos forçar a atacar nossos irmãos. Nessa hora, todo verdadeiro patriota, todo paquistanês tem que dar tudo de si. E é por isso que contamos com você", disse, agora tomando meia xícara de chá de uma só vez, pousando-a sobre o pires e tragando o cigarro. "Porque senão algumas pessoas podem começar a desconfiar de seu trabalho com todos esses estrangeiros. Pense na consequência que isso vai ter na sua vida. No seu trabalho. Na vida de seu pai. Porque sua irmã está a salvo perto de mim, mas e o resto de sua família?"

Waqar baixou a cabeça. Havia perdido a discussão, sabia disso. Restava agora aceitar as missões que lhe seriam confiadas. Só esperava não ter de trair de forma que lhe parecesse arrasadora demais, profunda demais, gente como Mark, que depositava toda a sua confiança em seu trabalho conjunto. E durante os dois anos seguintes, basicamente só fez trabalhos que ele se condicionou a classificar de inócuos. O próprio Mark fora espionado apenas em conversas telefônicas, que eram gravadas e repassadas para o ficheiro com o nome do brasileiro — suspeitíssimo um latino-americano com aquele nome e aquele perfil. "Ele é do Mossad, não é?", insistia Ali a Waqar em alguma de suas conversas durante os almoços de fim de semana, quando iam para o jardim na casa de Taxila e deixavam Ayesha cuidando da comida com os outros parentes. Sempre diziam estar falando de trabalho, o que de certa forma não deixava de ser verdade. Meias mentiras, meias verdades, era o possível. Waqar prometera a si mesmo nunca envolver a irmã naquela pequena conspiração.

Sua rotina era a de repassar movimentações que considerasse suspeitas de uma lista de jornalistas do *Post* que eram vistos como potenciais espiões. Na realidade, em alguns casos eram mesmo, só que de outras agências de inteligência paquistanesas que não o ISI. Outros trabalhos eram uma espécie de subproduto de sua condição de jornalista. Certa vez, em Peshawar, fora incumbido de participar de entrevistas que os líderes dos principais partidos islâmicos na região iriam conceder no Clube de Imprensa da cidade. O lugar é um velho prédio britânico de corredores com pé-direito alto e infraestrutura degradada; mas seu gramado é um pequeno oásis na poeirenta capital do noroeste paquistanês, sendo disputado por grupos de jornalistas no fim da tarde. Visitantes como Mark eram sempre levados lá para efetuar entrevistas ou falar com outros jornalistas, e até a qualidade do chá parecia superior. No episódio dos líderes partidários, o trabalho de Waqar foi apenas o de transcrever as entrevistas — basicamente o que fez para o *Post*, mas com a diferença de que seu editor não se interessou muito por elas, ao contrário de Ali e do coronel responsável por sua área no ISI.

Aos poucos, as benesses do colaboracionismo começaram a aparecer. Um computador novo em casa, alguns telefones que sua já preciosa agenda não tinha, um convite para jantar no Marriott. Tudo aquilo trazia a Waqar um ar pequeno-burguês, com o perdão da impropriedade da definição para uma sociedade tribal transformada na primeira república islâmica do mundo. Recebeu dois aumentos no jornal, que preferia atribuir a seu talento jornalístico e aos novos contatos disponíveis, mas que suspeitava serem frutos de uma espécie de pagamento indireto por parte do governo. A receita publicitária do *Post* vinha em grande parte de anúncios de órgãos estatais, afinal de contas. A melhora de padrão fora notada em 2005 por Mark, quando se encontraram depois do terremoto. Waqar usava uma jaqueta impermeável de boa qualidade, bem diferente dos terninhos de veludo surrados que ostentava em seus primeiros contatos, que podiam até ter alguma utilidade nos invernos, mas que, no calor habitual, pareciam uma espécie de instrumento medieval de tortura. Além disso, o *fixer* estava visivelmente mais gordo, e por aquelas terras isso se confunde com prosperidade facilmente. "Só cuidado para não virar americano, hein! Vão acabar achando que você é da CIA, que está trabalhando para os gringos", brincou na ocasião Mark, inconsciente da ironia em sua fala.

Tudo mudaria logo após o terremoto e a descoberta de Ariana. Depois de ler o livro e compreender o potencial do que lá estava revelado, Waqar procurou ajuda não de Ali, a quem considerava um carreirista que se aproveitava de seus talentos. Marcou um encontro com Bashir Malik, a quem apresentara a Mark no agora distante 2002. Era a tal da "boa fonte" e extremamente bem-informado sobre as entranhas da comunidade de inteligência militar — ainda que considerasse a definição em si um incômodo oximoro. A Waqar, sempre parecera um ente independente, que conhecera o Leviatã por dentro, mas que não se apaixonara pelo que viu. Ao contrário, sempre ridicularizava a incapacidade dos militares em tomar decisões coerentes, embora fosse um patriota notável aos olhos do *fixer*. Para ele, Malik e seu histórico de serviços prestados a partir da guerra de 1971 contra os indianos eram a definição de heroísmo. Ali gostava de se chamar de herói, e afirmar que faria Waqar ser um também. Mas era apenas o filho de um caixeiro-viajante com bom instinto; Malik havia tido aquela experiência com a guerra e o combate, o que o tornava único, uma testemunha de horrores e um catálogo de integridade diante das adversidades. O fato de que seu filho fora perdido no conflito de 1999 com os indianos só reforçava isso. Desde então, Malik somou à sua heroica imagem e natural discrição algo taciturno, como se buscasse redenção ou vingança ou ambas as coisas das formas mais impossíveis de serem identificadas. Essa era a fantasia de Waqar. Assim, quando ambos se encontraram em uma pequena biboca perto do Jinnah Super Market, foi direto ao ponto.

"Malik, é claro que faz tempo que você sabe que sou do ISI. Mas não posso confiar aos meus superiores o que descobri há algum tempo em Muzaffarabad. Preciso fazer essa informação chegar à chefia, ao alto escalão, porque creio que algum *mujahid* está tentando fazer algo inacreditável. Está querendo fazer uma bomba atômica com ajuda de advogados da rede do Dr. Khan", disse, com a devida reverência ao pai da bomba nativa.

"Meu jovem amigo, você pode confiar em mim. Conheço caminhos. Mas preciso que você confie plenamente em mim, que me conte tudo o que sabe", disse Malik, sem esboçar emoção que revelasse o grau de seu conhecimento sobre os eventos. O custo da confidência do jovem jornalista só lhe foi revelado muito depois, a um preço impagável.

Quando Waqar acabou de contar a história de Ariana, com o possível envolvimento de um oficial das Forças Armadas na rocambolesca trama, Malik fez uma advertência. "Waqar, vou levar isso às altas esferas. Se há alguém do Exército envolvido nisso, pode haver um risco enorme para todos nós. Eu te ligo amanhã. Enquanto isso, não fale com ninguém, aja normalmente." Waqar concordou com um piscar de olhos mais lento. Tirou da bolsa a tiracolo que levava as cópias xerox das páginas principais do relato, que julgava serem importantes para corroborar seu testemunho. Malik as guardou em sua pasta. E acabaram de tomar o chá com leite.

No dia seguinte, nada de Malik ligar. Waqar foi trabalhar normalmente, embora sua mente estivesse focada naquele caderno rosa e sua história absurdamente assustadora. Por volta das 16 horas, o celular de Waqar tocou. O encontro estava marcado para dali a duas semanas. O tempo era necessário, disse o ex-militar, para que "as coisas fossem arranjadas". Não entrou em detalhes, e foi enfático ao pedir o silêncio de Waqar.

Foi acertado que o encontro seria na casa de Malik, no distrito de Rawalpindi em que todos os oficiais superiores, da ativa ou da reserva, moram. São ruas largas e calmas, e as casas, grandes. Lembram os subúrbios idílicos do *American way of life*, com um inevitável toque colonial, macaqueando às vezes as sedes das *plantations* do Sul profundo americano. Waqar nunca havia estado na residência de Malik, e ficou impressionado com a opulência da entrada, com colunas em estilo jônico feitas em Taxila ocupando as laterais da porta. As semanas até ali passaram de forma tranquila, e ele tentou voltar a produzir suas matérias normalmente. Conversou com Ayesha e Ali o mínimo possível, tendo arrumado uma reportagem para fazer em Karachi que lhe tomou quase cinco dias, e outra em Lahore pelo mesmo período. Assim, fora os "ois" e "como vão" regulamentares, não travou contatos com o cunhado do ISI. Ainda lhe repassou o conteúdo da entrevista com um dos líderes do partido MQM, em Karachi — como era esta a agremiação civil que esboçava algum tipo de controle político sobre a gigantesca metrópole do Sindh, que viria a descambar em um banho de sangue anos depois, era bom que os militares soubessem o que eles andavam pensando, ou pelo menos qual o seu preço.

Até Waqar, não exatamente um amante das artes decorativas, sabia que aquela farsa em forma de coluna podia emanar riqueza, mas era de gosto duvidoso, quando tocou a campainha. Um criado atendeu à porta, com um turbante negro e uma espécie de uniforme militarizado, e conduziu o jovem, misto de jornalista e espião, a um estúdio. Os corredores da casa recendiam a tabaco e almíscar, provavelmente usado de forma infeliz como desodorizante de ambiente, e aqui e ali havia os indefectíveis detalhes dourados que adornam as residências islâmicas mais bem-sucedidas, do Marrocos à Indonésia.

Chegando ao aposento, atrás de uma pilha de documentos e papéis estava Malik, fumando um cigarro que deixava o ambiente do antigo gabinete de leitura inglês enevoado. O cheiro de almíscar ficara mais forte, e Waqar sentiu uma ligeira náusea, provavelmente incitada pela adrenalina, que já lhe corria o sistema circulatório em quantidade apreciável. À frente de Malik, ainda de costas, estava um homem em uniforme cáqui, com as insígnias da Força Aérea Paquistanesa na manga da camisa. Tinha um ranking de coronel, e contribuía largamente para a nuvem que infestava o local. Virou-se e esboçou um sorriso por trás do bigode basto.

"Waqar, quero que conheça o coronel Mahmud, da Inteligência da Força Aérea", disse Malik, polindo cada sílaba. "Nós servimos juntos, nos conhecemos há muitos anos, e ele é um patriota como poucos. É o homem que vai comandar a operação."

"Que operação?"

"Se metade do que você nos trouxe for verdade, temos que descobrir o mais rapidamente possível o que Ahmed fez. Ahmed é o nome de guerra de Haji Khalid Kiani, um dos mais perigosos *mujahedin* que conhecemos. Ele esteve conosco na Caxemira, foi treinado no Leões, um dos mais gloriosos grupos *mujahedin* que lutaram contra os bandidos indianos. Mas depois que foi para o Afeganistão juntar-se à *jihad* contra os americanos, perdemos controle sobre ele e suas ações. Só sabemos que voltou quando a coisa engrossou por lá, e refugiou-se com os homens do clã Mehsud, com gente do emir. É com eles que andou trabalhando, e tenho medo do que exatamente estejam pensando em fazer", disse o militar, sem tirar o sorriso do rosto, em especial quando falava dos "gloriosos *mujahedin*", do "emir", da "*jihad*". Waqar conhecia o tipo. Naquele 2005, Baitullah Mehsud e os seus ainda eram vistos como aliados do regime, embora já esboçassem a brutalidade que custaria o rompimento com Islamabad — e a vida do líder quatro anos depois.

"Muito bem, vejo que vocês já levantaram bastante. Alguma ideia do paradeiro dele ou da menina?", falou Waqar em tom inusitadamente firme, como se quisesse mostrar que não iria ser apenas um coadjuvante de sua própria tragédia que ainda não se descortinara. Malik olhou para o coronel e assentiu.

"Sim. Nossos amigos os localizaram em algum lugar ao sudoeste de Peshawar, talvez com alguma tribo leal aos Mehsud, mas não com eles. Mas isso foi na semana passada, e já está nevando. Não sei se conseguimos chegar a eles antes do fim de janeiro. Em compensação, eles também não vão a lugar algum."

"A menina está viva", balbuciou Waqar. "O que será que fizeram com ela?"

"Ora", disse Malik, "fizeram o que fazem naqueles lugares. Casaram-na na marra, e ela está servindo a Ahmed em alguma espelunca ou caverna. Talvez já esteja até grávida a essa altura." Waqar não reagiu.

"Escute, filho, você está fazendo um grande trabalho por sua nação e estamos dispostos a colocá-lo no nosso time. Mas, a partir de amanhã, você está fora de sua seção do ISI. Vai trabalhar só para nós. Você se reporta a nós. Está tudo acertado. E nenhuma palavra para seu cunhado, que vai te deixar em paz por ordem nossa, ou para sua irmã. Continue seu trabalho, vamos contatá-lo oportunamente", completou o coronel Mahmud. Ele se levantou, estendeu a mão a Waqar, que apenas se deixou levar pelo aperto forte do militar. Ambos foram acompanhados por Malik até a porta. "Eu lhe daria uma carona, mas na verdade trabalho aqui perto. E não quero ser visto com jornalistas do ISI", disse secamente Mahmud, chamando seu motorista.

Jornalista do ISI. "Agora sei o que sou", pensou Waqar antes de andar até a avenida perpendicular à frente para pegar um táxi. Então esse era o heroísmo que tinha a ofertar.

20. Um passo além

Ainda atordoado pela tarde que passara com Ayesha, Mark tomou uma decisão pouco usual: resolveu parar por um minuto. Bastava de revelações diárias. Precisava colocar a cabeça em ordem. A tendência normal em pessoas como ele é a do fluxo incessante de pensamentos, ideias, sentimentos e ressentimentos, que te impedem de dormir ao colocar a cabeça no travesseiro, como malabares girando no ar, levando o cérebro do sujeito com eles. Talvez o melhor fosse voltar a Londres. Esses eram os pensamentos que o dominaram o dia seguinte à mais estranha relação sexual que já experimentara. Estranha por intensa e, Mark não conseguia acreditar no que sentia, pelas saudades que o episódio lhe despertou de Elena.

Podia ser que ela fosse "a" mulher. Ou, como volta e meia ocorria para Mark, uma repetição um tanto vulgar de um padrão. Longe de seu objeto de desejo, sentia-se compelido a buscá-lo. Projetava seus anseios e fantasias num simulacro de amor romântico, apenas para descartá-lo pelo óbvio desencanto da realidade, quando tudo se tornava vivo. Até aí, essa é a essência de quase todo relacionamento. O que havia de incomum para Mark era o fato de ter sido estimulado por Ayesha, de que toda a reação instintiva que se insinuava havia sido detonada pelo sexo perfumado de uma mulher de uma realidade completamente diversa da sua, quase de um outro plano astral. Alguém que dificilmente iria estar com ele naquelas condições novamente. Era uma maldição, ou um presente, recebido após comungar no altar daquela religião desconhecida.

Segurou-se e não ligou para Oksana, sua porta de contato para o universo paralelo em que habitava Elena. Até porque poderia esperar mais impropérios. Ligou para a *Final Word*, novamente ignorando a regra básica de não falar sobre temas sensíveis em termos abertos ao telefone. O trabalho salva. E liberta.

"Neal, não sei onde vou chegar com essa história. Estou meio confuso, até porque não sei mais em quem confiar. Até o meu *fixer* parece que era parte de uma conspiração. Isso, o Waqar. Aquele que morreu. Estão me dizendo que ele era do ISI, já não sei mais em quem acreditar. CIA? Só conheci um cara da CIA aqui que tinha discernimento para uma conversa, mas perdi completamente o contato dele. Tá bom, eu espero sua ligação. Queria escrever um pouco, acho que preciso me desconectar dessa busca obsessiva. Isso, Mr. 10% me parece ótimo. Vou procurar o assessor dele. Daria uma boa entrevista, concordo, e com isso não fico aqui torrando nosso dinheiro sem te dar nada em troca. Se o cara não quiser falar, fazemos um bom especial sobre o que vai acontecer com o Musharraf. Obrigado, cara."

Desligando o telefone fixo, puxou o celular. Ligou para Malik. "*Salaam aleikun*. Gostaria de te agradecer pela ajuda lá em Muzaffarabad. Liaquat ficou um pouco chateado porque não me abri integralmente para ele, mas você sabe como somos nós, jornalistas. Amigo, me diga uma coisa, se puder. Em quem da CIA o pessoal da comunidade confia por aqui?"

"Não se preocupe com Liaquat. Ele é um bom homem, mas é um pouco primitivo. Gente de tribo. Vou falar com ele, e vai ficar tudo bem. Agora, sobre a CIA, não sei bem quem está na chefia hoje em dia, preciso me informar. É para falar sobre o quê, exatamente?"

Mark engasgou. Sabia que teria de dar um passo arriscado dividindo seu conhecimento com Malik, mas também sabia que ele não era um Liaquat, um sujeito a quem se podia enganar com mais facilidade. Tão sagaz que nem esperou o jornalista falar. "Ei, Mark. Comigo você pode falar, você sabe disso." Mark não sabia de nada, mas falou do mesmo jeito.

"É o seguinte. Precisamos nos encontrar para eu lhe dar mais detalhes, não acho que meu celular seja o mais seguro do mundo. Mas basicamente soube de uma história impressionante envolvendo aquele grupo que havia te dito. Os *mujahedin*. Na verdade, é só um *mujahid*, e se entendi bem, o cara vai aprontar. Por isso preciso fazer esses cruzamentos todos. Vamos almoçar e lhe conto tudo."

"Claro, vamos nos encontrar no Melody Market depois de amanhã ao meio-dia. Enquanto isso, anote o seguinte número e fale com Burton. Ele é seu homem", disparou Malik.

"Mas você não disse que não sabia quem eu devia procurar?"

"Eu abraço aqueles que me abraçam", disse, depois de passar um número de celular e mostrar, sem muita sutileza, que a partir de agora o jogo entre eles tinha mudado de nível. Afinal de contas, Malik deveria ter sua linha tão monitorada quanto qualquer outra pessoa. Mark só não tinha certeza se o *upgrade* era bom ou ruim.

Burton. O nome soou como uma sarcástica brincadeira do destino aos ouvidos de Mark, que se achava o maior admirador vivo daquele monstro sagrado da era vitoriana. Até porque, entre outras coisas, Sir Richard Francis Burton ganhou fama justamente no Sindh operando como agente secreto para Sua Majestade. Escreveu uma peça incrível sobre o lugar, que chamava de "o vale infeliz", não sem bons motivos. Graças a seus talentos linguísticos e culturais absurdos, e uma coragem violenta e muitas vezes irresponsável, Burton se passava por local em todos os cantos selvagens da província, desbravando fronteiras desconhecidas para o europeu de então. Colhia informações em primeira mão. Seu conhecimento profundo do islamismo lhe permitiu, disfarçado de afegão, fazer a peregrinação a Meca. Não seria pouco hoje; no meio do século XIX, foi um feito impressionante.

Diferentemente de Sir Richard, Seth Burton não aparentava bravura. Fora postado em Islamabad em 2004, sob a fachada de representante comercial na Embaixada dos Estados Unidos. Sua principal função era reportar sobre aquilo que parecia ser a maior preocupação de Washington com o regime de Musharraf: a eficácia na contenção de células da Al Qaeda em solo paquistanês e no garrote aplicado aos inúmeros grupos antiocidentais que pululavam no país. De resto, como o general-presidente conduzia seu governo, avançando rumo a um tipo peculiar de democracia ou rasgando a Constituição, isso era problema dele aos olhos da Casa Branca. Burton fazia boa parte de seu trabalho de dentro do encrave diplomático de Islamabad, confiando em contatos que lhes eram apresentados no ISI e em outras agências. Pelas aparências, parecia do tipo que nunca colocaria os pés além de Peshawar, e as áreas tribais para ele eram apenas aquilo que estava no mapa enorme na parede de sua sala: locais ermos a serem evitados.

Burton disse para Mark aparecer para um chá ou café às 10 horas do dia seguinte. Disse suas condições. "Se foi Malik que te mandou, lhe recebo com prazer. Mas é tudo *off the record*. Eu não existo."

"OK, temos um acordo."

Começou a fazer algumas ligações e ocupou o restante da tarde com a reportagem sobre Zardari, que acabou sendo concluída sem a entrevista daquele que seria o presidente do país ao final daquele ano. Tinha o que escrever, contudo, e o *timing* lhe foi perfeito: Zardari acabara de ser inocentado das últimas acusações de desvio de dinheiro público durante o primeiro mandato de sua mulher e iria anunciar no dia 19 daquele abril que concorreria a um assento no Parlamento na eleição complementar de junho. Assim, poderia candidatar-se ao cargo de primeiro-ministro, enfurecendo seu aliado Nawaz Sharif, que não tinha tal prerrogativa.

Era quarta-feira, 16 de abril, quando deu o *enter* final em seu texto e o enviou para Londres. Publicado no dia 17, chegou em cima do anúncio feito por Zardari, em uma entrevista coletiva concedida curiosamente na própria capital britânica. Por um momento, Mark se permitiu o regozijo daquela autoconfiança inabalável. Durou pouco.

Na quinta cedo, chegou ao encrave diplomático. Sabia o procedimento. O táxi o deixou em um ponto de ônibus, e teria de entregar documentos e celular em um posto de controle. Revistado, fora colocado em uma espécie de baia com gradil de ferro, que separa os visitantes de distintas representações diplomáticas dentro do encrave. Era quase uma alegoria. Um corredor de grades dava no ônibus que parava na Embaixada dos Estados Unidos. Outro, numa van que levava a alguns integrantes do, digamos assim, eixo do mal: Irã e Rússia, por exemplo. Havia pouca gente, porque o atendimento consular começaria a partir das 12 horas naquele dia, descobriu depois. "Sortudo", sorriu para si mesmo.

O ônibus levou à embaixada, uma verdadeira base militar, com direito a bloqueios diversos, arame farpado, muros altos, ninhos de metralhadora e vigilância estrita. Tinha de ser assim. O prédio era o alvo mais óbvio em meio à guerra ao terror, e Burton lhe facilitou as coisas ao deixar um passe especial logo na segunda portaria. Só teria de passar por mais uma revista, e não três, como quase todo mundo. Entrou no prédio e seguiu o corredor acompanhado por um fuzileiro naval armado com fuzil e pistola. Quando a porta de Burton se abriu, ficou surpreso ao ver um sujeito com ares de bom moço, oferecendo gentilmente uma xícara vazia e apontando as duas garrafas térmicas ao lado de uma jarra grande de água com gelo. "A da direita é chá", disse, dispensando Mark de explicações ao pegar a da esquerda.

"Sou brasileiro, entendo de café", foi a piada sem graça que conseguiu fazer.

Seu interlocutor era um homem nos seus quarenta e tantos anos, mas muito jovial, usando uma camisa branca de mangas longas enroladas, uma gravata cinza-chumbo afrouxada no colarinho e com um paletó azul-escuro aninhado na cadeira. Em cima do aparador, dois celulares, um molho de chaves e um par dos indefectíveis óculos escuros que o pessoal da CIA usa em quase toda ocasião. "Brasileiro, é? No telefone você parecia inglês, apesar do sotaque ser meio estranho. De toda forma, já te 'googlei' e sei do atentado, do seu trabalho na *Final Word* e tudo mais", disse Burton antes de sentar-se à mesa e perguntar, no tradicional estilo direto da diplomacia americana: "O que você quer comigo?"

Mark sentou-se, tomou um gole do café e foi ao ponto. "Pedi ajuda ao meu amigo Malik. Ele me disse que poderia confiar em você. Estou fazendo uma matéria sobre uma história estranha, de um terrorista chamado Ahmed. Ele trabalhou com os Mehsud, e tenho indícios de que teve acesso a algum tipo de informação sobre armas nucleares, ou material físsil, com gente do círculo de Khan. O mais alarmante é que isso ocorreu há quase três anos, ou seja, alguma coisa pode ter evoluído. Ou não. Estou meio perdido. Só posso dizer que é algo que você não iria acreditar, não fosse a incrível quantidade de evidências que consegui recolher nos últimos tempos", disse, sem constrangimento.

"E como você chegou a essas informações? Tem algum tipo de prova?", perguntou Burton, demonstrando frieza, quase indiferença. Mark sabia que, nesse ponto, ou dividia informação ou ficaria a ver navios. Estava cometendo um erro, ainda mais porque foi tomado pela sensação de que um ocidental poderia ajudá-lo só porque trabalhava para a mídia do "seu lado". E, pior, que tinha algum tipo de trunfo, de informação realmente exclusiva que só gente do calibre dele dispunha. Foi em frente. Contou toda a história descrita no caderno de Ariana e sua apuração, de Yarik a Muzaffarabad. Só omitiu o sexo com Ayesha. Mas disse estar certo de que Waqar era um espião, e falou sobre Ali sem remorso algum.

O café acabara, e Mark suava bastante. Usava um paletó cinza-claro sobre a calça jeans e a camisa branca. Dispensara a gravata, temendo algum tipo de colapso sob o sol da manhã, e agora transpirava em cântaros apesar do forte ar-condicionado. Pediu licença para pegar um copo d'água. Havia confessado de uma só vez, e para um completo estranho, todos os segredos que escondera de forma seletiva de fontes confiáveis ao longo das últimas semanas. Descartara estar afoito, racionalmente, mas sabia que o tiro que dera era único: ou teria tudo o que precisava, ou iria se dar mal. Para piorar, novamente a síndrome do Getsêmani se instalava em seu peito; sabia que algo terrível estava em curso, rumando inexoravelmente a seu destino.

Burton anotou tudo o que Mark contou em um caderno de capa de couro. Usava uma esferográfica vulgar, modelo Bic. "Muito bem, Sr. Zanders. Você me contou uma história e tanto. Como alguns dos nomes que você cita não são exatamente estranhos aos meus ouvidos, não vou apenas confirmar coisas para você. Vou ajudá-lo a descobrir mais, desde que meu trabalho não apareça nem seja insinuado a ninguém, e que você não me esconda nenhum segredo. E que eu tenha poder de veto sobre seu texto, quando ele for escrito", disse.

"Nada feito. Ninguém mexe no meu texto", disse Mark, com uma segurança tão elogiável quanto inócua. "Somos oriundos de países democráticos, e creio que você esteja completamente a par dos direitos dos jornalistas de informar sem restrições", disse o brasileiro, tentando ele mesmo não rir do seu tom.

Burton, contudo, gargalhou sonoramente. "Está certo, senhor liberdade de imprensa. Só peço para poder ter uma ideia do que vai ser publicado, já que vai ser o meu rabo que vai ficar na reta, tanto quanto o seu", disse, sem conseguir parar de rir. Liberdade de imprensa na era Bush, a ser exercida perto do Hindu Kush, sob as ameaças e implicações estratégicas de uma invenção chamada guerra ao terror. Era uma boa piada.

Burton então pediu para Mark revisar com ele parte das anotações, checando nomes e datas.

"Quero um quadro completo, para saber por onde vamos. Nosso amigo Malik provavelmente vai nos acompanhar nisso", disse, já recomposto da crise de riso e de volta ao casulo congelado em que parecia viver.

"Olha, Malik é uma ótima fonte, nunca foi desleal comigo. Mas você acha que ele é confiável para uma tarefa dessas?"

"Ele está conosco há muito tempo, só não foi diretor do ISI por conta de uma briga política. Não se preocupe, você nunca teve fontes tão quentes a seu serviço, meu amigo", retrucou o agente.

"Ao meu serviço? Sei", deu de ombros Mark, sabendo inconscientemente do risco que havia acabado de assumir.

Já trabalhara com informantes em diversos níveis de governo, alguns ligados a agências de espionagem. Mas era a primeira vez que sentia ter em mãos algo a oferecer na barganha, e isso lhe tornava alguém a ser manipulado imediatamente, porque a primeira regra da segurança de uma apuração jornalística estava em perigo: a de se achar mais importante do que os fatos. Mark caíra poucas vezes vítima desse fogo amigo, a maior parte no começo da carreira. Mas agora fazia o que sempre criticara: deixou sua vaidade e autoconfiança minarem o senso crítico, uma espécie de veneno para o trabalho de qualquer jornalista. Teria tempo de se redimir, mas as consequências começaram a sair de seu controle no momento em que deixou o *bunker* do Tio Sam em Islamabad.

21. A cebola

Mark chegou ao hotel pouco depois do meio-dia, ensopado. A saída do encrave diplomático foi mais demorada do que esperava, e o calor começava a se tornar opressivo. A camisa estava marcada pela poeira grudada às nódoas de transpiração. Sentia-se sujo e exausto. "Você está nojento", pensou, ao tirar a roupa. Foi tomar um banho, o segundo em poucas horas.

A água morna escorria pelas cicatrizes do braço e ombro, que estavam especialmente sensíveis mas já não doíam, como uma espécie de lembrete sobre a loucura que estava fazendo ao insistir em permanecer no Paquistão. Assim como a eventual puxada na perna. Como tinha envolvido a CIA numa apuração de reportagem e como isso poderia manchar sua carreira de forma indelével. Como poderia ficar famoso se realmente descobrisse que Ahmed era um terrorista nuclear em atividade, e que a rede de Khan estava de certa forma ativa sob o nariz de Musharraf. Prêmios, sucesso, quem sabe uma boa proposta para migrar para aquela imprensa tradicional da qual costumava tripudiar. Talvez até uma espécie de redenção por seu comportamento emocional errático, recobrando algum tipo de aceitação de Elena e Ivan (não que ele quisesse de fato voltar com a russa, mas, enfim, tudo na sua vida se tratava de lidar com a rejeição). Providencialmente, colocou a temperatura da água no gelado. Era bom parar de ter esse tipo de pensamento. "Primeiro, apure", repetiu mentalmente.

Saindo do banho, colocou uma das últimas camisetas limpas e uma calça jeans. Resolveu organizar um pouco o quarto, separou roupas para enviar à lavanderia. Gostava sempre da ideia de ter roupas limpas e passadas num prazo curto, mesmo que fosse no estabelecimento da esquina, como seria no caso no hotelzinho em que estava. Mas o problema, no Paquistão, é que independentemente do número de estrelas que classifica o local em que você está hospedado, as roupas vão voltar impregnadas com o odor de uma difusa mistura de fritura e especiarias. Mark precisava de algum tipo de ordem, de trabalho mecânico que o retirasse ainda que momentaneamente daquele turbilhão de pensamentos. Deitou na cama e ligou a televisão, que sintonizou automaticamente a CNN. Aparentemente a espelunca era um *partner hotel* involuntário.

Na tela, o então candidato Barack Obama aparecia fazendo um discurso genérico sobre a necessidade de mudança nos Estados Unidos. Mudança, mudança, esse era o mantra. Mark ponderou sobre o que seria possível mudar de fato, especialmente na política da chamada guerra ao terror. E divagou rapidamente: será que os americanos elegeriam um negro? Trocariam um caipira ligado à mais profunda América, um cruzado unilateralista imbuído de certezas religiosas, por um sujeito criado em país muçulmano, com *background* multiétnico e vocação retórica para liderar ONGs?

O telefone tocou. Era Neal, o editor da *Final Word*. "Então, o pessoal aqui adorou a matéria do Zardari. O *timing* não podia ser melhor. Acho que você podia fazer mais algumas coisas desse tipo enquanto busca aí o seu Santo Graal", disse, traindo a desconfiança com a qual via a missão de Mark.

"Concordo, entrevistar o guri seria genial. Pena que ele está na Inglaterra, não é, Neal?", disse, desmontando o pedido do editor para que ouvisse Bilal, o jovem herdeiro de Benazir e Zardari. Era um daqueles pequenos momentos de prazer mesquinho da profissão, quando o subordinado desmoraliza o superior apenas falando uma obviedade. Acontece bem mais do que se pensa, mas Mark refreou-se, uma vez que gostava de Neal e não o considerava um idiota como tantos outros com quem já trabalhara. "Posso fazer um especial sobre o fim da era Musharraf. É. O cara não dura até julho ou agosto, pode apostar. O Exército saiu das costas dele, já mandaram tirar todos os graduados dos postos altos da administração. Limparam a mão. Só não querem a humilhação do general-presidente, sabe como é, ele é um deles afinal", misturando um pouco de arrogância à boa informação que tinha à disposição como subproduto de sua apuração sobre Ariana. De todo modo, era mais na expressão do que na intenção. O mal maior para a categoria dos correspondentes internacionais é a soberba sem limites, mas Mark ainda não havia chegado lá.

Colocou o gancho no aparelho e aumentou o volume da TV. O discurso de Obama havia acabado, e comentaristas davam palpites pontuais sobre a crise econômica que vinha ganhando corpo e sobre como o democrata, se eleito, iria lidar com ela. A avalanche financeira que viria no final do ano não era, contudo, nem de longe dimensionada na análise. O foco do comentarista então mudou para o Iraque e o Afeganistão, despertando novamente em Mark uma tergiversação sobre como Obama poderia trabalhar com tudo aquilo.

Um desafio imediato para ele, ou para qualquer outra pessoa que sentasse no Salão Oval, seria naturalmente aquele ninho de serpentes que é a faixa de fronteira entre o Paquistão e o Afeganistão. Os anos de financiamento ao regime Musharraf claramente haviam sido jogados fora; o Waziristão do Sul tornara-se um celeiro de extremismo fertilíssimo, o outrora pacífico vale do Swat, uma *no-go area* crescente. Ação militar direta era impensável politicamente.

Uma conciliação, contudo, parecia ainda mais complicada. Entre os muitos males que a guerra ao terror proporcionou ao mundo está a distorção das fronteiras entre os diversos tipos de inimigos que uma grande potência tem. Mark sempre se lembrava do vaticínio de Malik, chupado diretamente de Sun Tzu: os Estados Unidos vão perder a guerra por não saberem quem estão combatendo. Que a Al Qaeda não era o Talibã, mas o impacto do 11 de Setembro borrou as fronteiras que diferenciavam coisas tão distintas quanto um bando de terroristas niilistas bêbados de uma pulsão de morte e gente com pretensões territoriais. A primeira era uma rede estruturada mundialmente e com diversos níveis de enraizamento em movimentos simpáticos a ela mundo afora, um produto da globalização. Sem internet, espaço Schengen, livre-comércio, sem nada disso a Al Qaeda não passaria de uma versão modernizada de um bando de salteadores beduínos. A rede terrorista já era uma hidra dissolvida num mundo de fibras óticas, pronta para morder. A liberdade total pregada por essa sociedade ultra tecnológica deitou as raízes para sua existência.

Já o Talibã afegão era um típico movimento nacionalista pachto, como tantos outros, embora brutalmente deformado pela noção de que era possível reconstruir um califado medieval no final do século XX. Sua intolerância não tinha precedentes recentes, mas no geral era um grupo atrás de controle de território. Até hospedar os criminosos do 11 de Setembro, era até útil ao Ocidente, possibilitando estudos de gasodutos por áreas que haviam sido pacificadas pelos extremistas, driblando o monopólio russo sobre os hidrocarbonetos da Ásia Central. Esquecendo as divagações, Mark desligou a TV.

Com fome, resolveu que não sairia para o calor insano que fazia. Pediu o almoço no quarto. *Rogan josh*, uma apreciadíssima variedade de curry de carneiro, arroz branco, iogurte e folhas de hortelã. Veio tudo em uma bandeja de hotel típica, embora soubesse que a comida havia sido preparada no restaurante do outro lado da rua. Era uma variação do prato em que são adicionados tomates à mistura de especiarias que temperam o carneiro cozido em manteiga clarificada, o que lhe dá mais sabor. Mark adorava, e a delicadeza do iogurte com hortelã cortava o excesso de pimenta que amortecia os lábios. O arroz era vital para absorver o resto do calor.

    Pediu duas Carlsberg. Para sua alegria, estavam mais geladas do que o habitual paquistanês. A primeira não esperou o início do almoço, tal era a sede e a necessidade de algum ansiolítico de baixa potência em suas veias. Aproveitou o intervalo para devanear livremente sobre a trepada com Ayesha. Como aquele momento improvável ocorrera, como fora bom e como dificilmente saberia o que fazer dali em diante. Deveria procurá-la? Não parecia, uma vez o ato consumado e o ímpeto desenfreado saciado, a coisa mais inteligente a fazer. Havia muito em risco.

A comida chegou logo. Havia também cebolas cruas como um misto de decoração e tentativa de salada. Depois de comer, Mark brincou com uma delas, descascada, mas inteira, que havia sobrado no prato. Tânia, a ex-namorada, adorava cebolas cruas. Por sorte, os dois gostavam, então não havia risco de algum tipo de desacordo sobre o hálito na hora do beijo. Tanto que um dos sinais mais eloquentes da inevitabilidade do fim da relação foi o dia em que ele reclamou do bafo dela após almoçarem quibe cru com cebolas em um restaurante libanês de São Paulo. Mal teve tempo de se desculpar; ela apenas ficou quieta. O jornalista lembrou-se então de Elena, que por sua vez não gostava de cebolas e protestava sempre que ele caprichava no uso delas em suas tentativas rudimentares de cozinhar.

    Rolando a cebola descascada sobre a mesa, Mark pegou uma faca. Mergulhou-a no bulbo, até a metade, e a girou, fazendo com que as várias camadas se abrissem lateralmente. O cheiro lhe invadiu as narinas. Sua vida, no último ano, não se diferenciava muito daquele ato.

Uma sucessão de camadas sendo expostas, causando estranheza e choro nele e nas pessoas mais próximas. Desde 2007, quase morrera, vira um amigo morrer à sua frente, fora pai sem nunca ver o filho, quase casara, achava ser responsável por mais um fracasso emocional, e agora estava envolvido com um mistério aparentemente insolúvel que poderia lhe proporcionar a glória ou a desgraça na carreira. Camada por camada, a cebola foi sendo aberta. Não sabia por que ainda pensava tão intensamente em Elena, se era por causa dela ou do filho que supostamente estava sobre a Terra. Deparava-se com sentimentos estranhos despertados por uma mulher perfumada e misteriosa num país cheio de perigos. Tinha vontade de ir embora, mas sabia que precisava ficar e que não se perdoaria se abandonasse o legado do *fixer* que morreu ao seu lado, a incrível história que Waqar havia deixado, em sinais perdidos, para ele recolher.

A faca do hotel não era afiada, como muitas vezes a vida também não o é. Ela força seu caminho mais pela imposição de uma força bruta, que afasta fatia por fatia, do que pela agudeza que abre tudo de uma só vez. Provavelmente exista sabedoria oculta nisso; uma exposição instantânea de todas as profundezas talvez seja fatal. A faca tem que abrir uma camada de cada vez, lentamente, senão o escolhido a ser submetido ao processo pode simplesmente sucumbir.

Mark chegou ao outro lado da cebola, que estava totalmente desmontada na bandeja, ao lado do prato sujo. Uma vez descascada assim, a cebola nunca mais volta à sua forma original. Nem Mark voltaria. Os olhos estavam cheios de lágrimas, e o jornalista não sabia dizer se era resultado do vapor ácido que lhe afetava os sentidos.

22. Uma cornucópia ilusória

Mark dormiu logo após molhar e enxugar o rosto. Não chegou a ser um sono profundo, com direito à fase de movimento rápido dos olhos, à produção de sonhos e ao derrame de substâncias químicas que o fariam se sentir melhor ao acordar. Havia meses que seu sono estava irregular, e sabia o preço disso. Quando passou a temporada esperando a guerra nuclear que não veio em 2002, Mark já sofria dessa incapacidade de aprofundar-se nos domínios do inconsciente. Era um jeito de lidar com a coisa, talvez uma espécie de ressaca psíquica da cobertura da guerra de 2001, quando fora apelidado por um colega mais velho de general Joffre. Assim como o célebre comandante francês da Primeira Guerra Mundial, Mark dormia profundamente enquanto a tormenta corria solta nas noites de Cabul. Certamente havia interrupções, um terremoto, uma explosão ou uma salva de tiros. Mas o sono era de excelente qualidade. Mas tal processamento das informações do dia gerava pesadelos complexos.

O resultado foi um recalque traumático inverso, e uma crise alérgica somática que lhe custou três meses de tratamento com corticoides para aliviar as coceiras e as feridas na pele. Estresse pós-traumático, diziam o analista e a dermatologista. Procurando culpados, Mark associou o evento à tranquilidade com que dormia, por algum motivo bizarro, e desde então não conseguia relaxar em situações-limite de coberturas de conflito e afins. Talvez não relaxasse em mais nenhuma situação.

Acordou com o próprio ronco por volta das 17h30. O sol ainda estava quente, mas já havia nuvens pressagiando um eventual temporal na madrugada. Um pouco animado, resolveu procurar algum conhecido com quem pudesse dividir uma cerveja ou duas em qualquer bar de hotel ou talvez no The Club. Estava cansado da solidão de sua apuração, cercado de pessoas estranhas e que não lhe inspiravam confiança alguma. Achou Viktor, funcionário da embaixada da Rússia com quem já havia conversado algumas vezes nos anos passados. Seu celular não mudara, e ele sugeriu o bar do Marriott.

Viktor apareceu às 20 horas acompanhado de Francesca, uma italiana escultural e com olhos atentos. Mark a cumprimentou à italiana, dois beijinhos, só para ter de repetir o ritual na barba por fazer do conhecido russo. Viktor ajudara Mark a obter um visto de jornalista quando o brasileiro teve de mudar seu foco de trabalho de Islamabad para Moscou, logo após o incidente da Mesquita Vermelha, em 2007. Mark adorava a capital russa, a achava um local em que o ancestral representado por toda a tradição dos governantes imperiais se fundia a algo exógeno, um corpo estranho que atingira o país em 1917 assim como um bólido espacial explodiu sobre a tundra de Tugunska, na Sibéria, poucos anos antes. De forma semelhante ao que o asteroide fez com a floresta, o comunismo mudou para sempre a face da Rússia — mesmo com o fim do que considerava um pesadelo já entrando no seu vigésimo aniversário.

Tomaram algumas vodcas e começaram a falar de mulheres, ex-combatentes soviéticos no Afeganistão e geopolítica. Ocasionalmente, com Mark já a namorar Elena, se falavam. Até pensaram em fazer alguma viagem exploratória juntos, ao Uzbequistão talvez. Mark alimentava um desejo oculto de conhecer todos os ex-domínios de czares e secretários-gerais do Partido Comunista, e de todos eles a predileção era por aquele país; idealizava uma Bukhara que talvez nunca tivesse existido. Discorriam sobre a arquitetura de Samarcanda como se por lá tivessem passado, e sobre a influência russa sobre os ramos do Islã da Ásia Central. Viktor era um camarada, sem a ironia devida da denominação. Pela primeira vez em muito tempo, Mark sentiu-se à vontade numa mesa.

Francesca falava bastante, o que ajudou a descontrair o ambiente. Italiana típica, gestual, ela demonstrou um impressionante repertório político sobre o que acontecia no Paquistão. Trabalhava em uma fundação ligada à ONU.

"Como você, tão bonita e atraente, se sente aqui, nesse ambiente?". disparou Mark.

"Desejada ao extremo", respondeu ela, tomando sua segunda vodca, para o encerramento sorridente da conversa sob o olhar predatório do jornalista, que sempre gostara das peninsulares.

Tinha a impressão de que as italianas, todas elas, traziam em si aquele gene do Vesúvio, uma espécie de capacidade de se manter como vulcões adormecidos prestes a explodir e devastar tudo à sua volta. No Brasil, país com uma enorme colônia de *oriundi*, Mark tivera um bom número de experimentos para provar a tese. Até gostava de classificar a qualidade da erupção por área geográfica, ranqueando as calabresas como as mais violentas e recompensadoras. Seguidas de perto pelas sicilianas, e tendo as classudas do norte bem mais embaixo. Muita preocupação com estilo e modismos afins turva a pureza do movimento magmático dessas mulheres vulcânicas.

Viktor não cabia em si — claramente não eram apenas amigos, ele e Francesca. O russo, um diplomata de carreira saído da elite do prestigioso instituto MGIMO de Moscou, tinha cerca de quarenta e cinco anos e era arquetípico: largo, forte, rosto redondo, cabelos claros lisos e escorridos, cheirava a cigarro e vodca. Perguntou, afinal, o que Mark fazia em Islamabad depois de tudo o que passara. "Você sabe.

Jornalista não pode sentir cheiro de notícia. Não, claro que não posso te falar. Mas aposto que seu governo vai querer saber quando estiver publicado." Ainda assim, falou superficialmente sobre *mujahedin* com planos mirabolantes. Risos se generalizaram, mais algumas rodadas de vodca se seguiram, e a noite acabou com os três cambaleantes. Viktor levou Mark para o hotel em seu Nissan sedã.

Como seria previsível, Viktor era do FSB, o principal ramo dos serviços secretos russos sucessores da KGB. Waqar, Malik e o pessoal da embaixada britânica contavam a mesma história. Viktor era um espião, e Mark tinha poucas dúvidas que a fenomenal Francesca também o fosse. O brasileiro jogara uma isca, queria ver se provocava o interesse da concorrência dos americanos para obter algo de útil num futuro próximo. Conhecia o *modus operandi* de Viktor. Ele iria voltar ao assunto dos *mujahedin*, trazendo algo em troca. Era mais honesto que os ocidentais no seu jogo, ou ao menos sabia cumprir sua palavra quando isso era requisitado.

Alguns dias se passaram, e Mark entregou mais matérias feitas à base de conversas fáceis para a *Final Word*. Neal parecia satisfeito e prometeu um reforço de caixa para a conta do brasileiro. "Parece que você vai virar o primeiro correspondente fixo da *Final Word*", brincou, para um ligeiro arrepio na espinha de Mark.

"Não tem vaga no Havaí?", respondeu.

"Depende, Bin Laden aprendeu a pegar onda?" A conversa rasteira foi interrompida por uma chamada no celular. Era Viktor, esmigalhando anzol e isca do último encontro ao marcar uma conversa com Mark no The Club.

Pontualmente às 20h30, Mark entrou no segundo andar do antigo casarão onde funcionava o misto de puteiro e bar. Havia tropeçado em duas azerbaijanas, claramente filhas de algum soldado russo, praticamente tirando a roupa de um alemão gorducho no corredor. As centro-asiáticas descendentes do caldeirão étnico da União Soviética eram as favoritas na casa. Belezas meio orientais, cabelos louros e tez pálida. Na sala principal, o bar ostentava luzinhas de cabaré barato em torno do balcão. Pediu duas vodcas e levou à mesa em que via Viktor, dessa vez solitário. "Você tem que tomar cuidado com Malik. Nós sabemos que ele anda falando de você com os americanos. Seu nome foi citado em pelo menos duas conversas por telefone, totalmente cifradas. Mas que diabos vocês estão aprontando?"

A abordagem era ao estilo da velha KGB. Dividir para conquistar. Mark não caiu. "Malik é só um contato. Qual telefone dele vocês grampearam?"

"O fixo."

"E você acha que alguém como ele iria falar algo realmente importante num telefone fixo? Viktor, Viktor. Saúde!"

Quando pousou o copinho de vodca na mesa, viu adentrar a sala Walid, o antigo chefe de Waqar no *Post*. O homenzarrão chamou a atenção de duas moças do clube sentadas à beira do balcão, mas ele só faltou rosnar quando elas se aproximaram. Pegou uma cerveja, uma Beck's de procedência ignorada, e começou a bater papo com o barman. Mark olhou para Viktor e disse que precisava falar com aquele homem. Traria duas vodcas na volta, foi o trato. O jornalista chegou ao lado de Walid, de forma casual, o olhou e se fez de surpreso.

"Meu caro, há quanto tempo! Como estão as coisas? Venha cá, deixe eu lhe apresentar um amigo, venha tomar alguma coisa conosco", disse.

"Vodca, não. Sou muçulmano, não bebo álcool."

"Mas e essa cerveja?"

"Mijo de indiano. Não conta."

Voltaram os dois à mesa, e Mark sugeriu irem a outra sala, porque o volume da música tecno tinha acabado de ser aumentado, para dar vazão às danças do acasalamento da meia dúzia de gringos que estavam lá para o prazer mais básico. Geralmente eram funcionários de empresas ocidentais em trabalhos temporários, longe de suas famílias.

Mais raramente, um ou outro jornalista topava o esquema. Não por algum tipo de padrão moral elevado: apenas sabiam que havia muitos outros de sua espécie à volta e que suas indiscrições seriam assunto nas rodinhas de conversa no dia seguinte. Sentaram-se os três num canto menos barulhento e brindaram, após as apresentações de praxe.

"Não sabia que você ainda estava por aqui, meu amigo. Achou o que andava procurando?", disse Walid.

"Ora, se você sabe que procuro algo, então sabe que estou aqui", riu o jornalista, ciente dos bons contatos do paquistanês na comunidade de inteligência. Riu nervosamente: estava bem mais exposto do que gostaria.

"OK, você não é bobo, nem nunca achei que fosse. Também não sou. Sei que Waqar era do ISI e que estava envolvido numa busca a um *mujahid* perigoso nas áreas tribais. O que você pode me dizer sobre isso?", fuzilou Mark, sabendo que estava pagando a conta de Viktor ao mesmo tempo.

"Sim, ele era um patriota. Dos bons. Só sei que num dado momento no ano passado, um tempo depois da Mesquita Vermelha, pediu licença do jornal e ficou fora quase sessenta dias. Disse reservadamente para mim que iria para Yarik ver o pai e, depois, participar de uma operação especial. Você sabe, conheço essa gente, mas no fundo eles não confiam em mim. Meu pai era inimigo dos militares, tentou fundar um partido político na década de 1980 em Karachi para se opor ao Zia ul-Haq. Acabou, como dizem, sumido por aí", afirmou, sem convencer muito a Mark. Viktor apenas olhava enquanto pedia ao garçom mais uma rodada.

O brasileiro insistiu. "Mas que operação? Quem participou? A CIA estava no meio ou era algo só do ISI?"

Olhando para os lados, de forma a tentar ganhar credibilidade com o interlocutor pela suposta importância da informação, Walid sussurrou: "Mehsud. A CIA queria saber onde foi parar o dinheiro que tinha dado ao Mehsud. Por algum motivo, e isso juro que não sei, esse *mujahid* que o Waqar queria pegar estava envolvido."

Mark sentiu aquela sensação de completude que tantas vezes lhe rendeu boas reportagens. Que as pontas de um vasto e obscuro cipoal de repente se unem, dando um aspecto lógico e uniforme ao que antes parecia uma pintura de Pollock. Os respingos eram indicações seguras do que ele procurava.

"Mas você fala daqueles vinte milhões?"

"Ah, a quantia é impossível de saber. Uns falam isso, outros falam em até cinquenta milhões. Quem sabe? Talvez seja tudo história para boi dormir, para enganar, para despistar. Só sei que foi o ISI quem levou o dinheiro lá atrás, em 2004, 2005. Achavam que iam comprar os caras, para que entregassem os estrangeiros que chegavam ao Waziristão fugindo da *jihad* no Afeganistão, procurando uma espécie de porto seguro. Deu no que deu. Compraram armas até os dentes dos traficantes uzbeques, e não estou falando apenas de Kalashs e munição chinesa. Tinham designadores de alvo a laser, óculos noturnos. Coisa fina." Walid se referia ao suposto acordo secreto entre os Estados Unidos e os islamistas mais radicais visando caçar Bin Laden e os seus fugitivos em território paquistanês. A ideia, segundo a teoria até aqui conspiratória, era comprar a paz com esses grupos, já que o governo de Musharraf sabia ser muito custoso politicamente atacá-los para desenraizar os elementos estrangeiros. O problema é que nunca se soube do paradeiro dos fundos e o resto é história: Musharraf acabou tendo de abrir uma linha de frente interna de guerra que lhe drenou soldados, milhares de vidas paquistanesas e ainda mais impopularidade.

O problema todo passava pela incompreensão de um preceito básico do *pashtunwali*, o código de honra dos pachtos que foi estabelecido em 1747 por Ahmed Shah Durrani, o formador do Estado afegão. Trata-se da *melmastia*, ou hospitalidade. Ao receber um convidado, estrangeiro ou não, perigoso ou inócuo, o chefe da casa não só deve mantê-lo pelo tempo que ele desejar como deve defendê-lo dos inimigos. Uma vez sob *nanawati*, a proteção de um lar, o hóspede estaria em segurança. Naturalmente, a adesão a um sistema de regras do século XVIII era muito conveniente como desculpa para Islamabad evitar atacar seu próprio povo; eram conhecidíssimas as facilidades com que se compravam lealdades entre os chefes tribais. Mas ainda assim, hipocrisia ou não, o componente honra estava presente na maior parte das relações. Restava saber qual o preço dela, e aí a justificativa real ou imaginária de que era preciso manter a *melmastia* vinha a calhar como moeda de troca.

Os três começaram a ficar embriagados. Mark já não tinha a resistência de outrora, Walid era fraco mesmo para o "mijo indiano" e Viktor bebera mais que os outros dois juntos. Assim, a conversa tomou vários atalhos, como ocorre toda vez que um bêbado que se acha inteligente fala com outro. Hipertextos se abrem, janelas de informação são acessadas apenas para ficar no ar, poluindo a tela daquele computador interpessoal com dezenas de pequenos "x" esperando para serem clicados pelo cursor do mouse da moderação. Certa hora, Mark conseguiu algo perto disso e voltou ao tema principal. Queria saber se Malik estava metido naquilo. "Malik eu não sei, mas aquele amigo americano dele, com certeza. O da CIA, como é o nome dele?"

"Burton", resmungou Viktor, com seu forte sotaque.

Burton. Representante — como era mesmo? — comercial na embaixada. Homem da CIA. Chegado em 2004, ano das negociações. A cornucópia de informações parecia transbordar elos perfeitos e respostas prontas para publicação. Mark se sentia recompensado pela ressaca que sabia que teria no dia seguinte, embora por natureza soubesse que quando a história parece muito boa, ela está sob forte chance de contaminação por ilusões.

Os três racharam a conta, cara para os padrões locais, e tomaram táxis separados. Dessa vez, Viktor foi prudente em deixar o carro em casa, no elegante setor F-7. Estava perto da inconsciência alcoólica. Combinaram de se ver outra vez na semana seguinte, o que não aconteceu. Viktor tinha pedaços novos de informação para oferecer nos relatórios a Moscou, Mark achava que havia encontrado a Pedra de Rosetta que lhe permitiria desvendar o mistério de Ariana, comparar os hieróglifos daquele mistério paquistanês com algum tipo de grego ou demótico compreensíveis. Só a Walid ficava a interrogação. "O que será que ele ganhou em nos contar tudo isso? Mas ele não sabia que estaríamos lá, não podia ser planejado. Ou podia?", ruminou Mark no táxi. A desgraça de passar muito tempo entre jornalistas, espiões, fanáticos e afins é que o senso crítico se transforma numa espécie de radar paranoico, no qual tudo e todos são suspeitos até segunda ordem. As cornucópias podem ser generosas, mas também são ilusórias.

Mas, no Paquistão de 2008, melhor que fosse assim. Em especial naquela noite, quando Mark chegou a seu quarto com a cabeça fervilhando e o álcool apenas funcionando como excitante. O telefone tocou. Era o número do celular pré-pago que Viktor considerava seguro para falar com os amigos. "Por Lênin, camarada", respondeu o jornalista, "que cacete você quer a esta hora?"

"Quero você de café da manhã, *ragazzo*. Qual é o seu quarto?", disparou do outro lado da linha Francesca.

Mark só teve tempo de dizer 204 e a linha foi desligada. Em vinte minutos, o interfone do quarto tocou, trazendo na linha uma Francesca claramente em modo devorador. Mark não podia acreditar que, em um intervalo pífio de dias, estaria frente a frente com mais uma mulher após meses de intermitência sexual. E que mulher!

"Você está louca?", perguntou.

"Você não tirou o olho de mim desde ontem, e não aguento mais ouvir o Viktor roncar. Vem cá, vai me dizer que está com medo de trair o amiguinho espião?", disse Francesca, que usava uma saia comprida e já deixara a echarpe cair ao chão. Suas formas e o cheiro bom que exalava não permitiram que tivesse grandes pudores ou talvez algum resquício de responsabilidade protestante. Viktor estava longe de ser um amigo próximo, e na verdade a única preocupação real de Mark era com o telefonema que dera origem àquele momento — que Francesca iria dirimir ao explicar que apagara imediatamente o registro da chamada enquanto o russo roncava seu sono etílico.

Em segundos se beijavam ruidosamente, numa experiência que era basicamente oposta à que tivera com Ayesha. Tudo era ocidental, rápido, conhecido, forte. Prensou o corpo escultural da italiana contra a parede, e ela abraçava o batente da porta do banheiro com uma força que parecia ser capaz de arrancá-lo. Era tudo muito familiar e, de certa forma, isso levou Mark a perder o ímpeto. A calcinha de Francesca era pequena o suficiente para lembrá-lo de suas amigas brasileiras, mas de repente não seguiu no ritual de beijá-la lentamente nas nádegas antes de levar a peça ao chão. Nem quis continuar com a exploração oral daquele monte Etna em plena atividade, preparando-a lentamente para ter as entranhas abertas de forma aguda, quase violenta. Não penetraria aquela italiana suspeita, com cara e jeito de ser um problema diplomático de grande escala, contra a parede de seu quarto de hotel. Não a teria com força e intensidade, nem se lembraria do quão atraente ela era. Não acordaria na manhã seguinte e seria por ela cavalgado como um garanhão recém-chegado à idade reprodutiva, pronto para ser domado por sua amazona. Não. Mark afastou-se lentamente e sentou-se na cama. Sua ereção estabilizara-se num estágio intermediário, quase decaindo de vez, e seu rosto demonstrava desânimo.

Felizmente para ele, Francesca não desistiu. Estava realmente com fome. Com as habilidades naturais daqueles que vêm de uma terra dada ao canto melodioso e à apreciação lúbrica de todos os sabores da vida, ela reacendeu o jornalista com uma longa ária entoada por sua boca carnuda. Uma demorada e eficiente celebração à beleza da vida em meio à morte seguiu-se, e a ópera estava completa cerca de meia hora depois. Bravo!, foi o que quis gritar ao fim.

23. No mirante

O idílio com Francesca, contudo, fora limitado àquela experiência. Ela conversou um pouco com Mark após o sexo, tomou uma ducha e pôs-se em marcha rapidamente — o tal café da manhã era mesmo só uma força de expressão. Logo, dois dias depois, ela estaria num avião de volta à Europa. Viktor e Mark ficaram para trás, e para o brasileiro a italiana efêmera tornou-se por fim mais combustível jogado à fogueira fantasiosa acesa por Ayesha. Mais uma semana se passou, maio já corria e tudo continuava na mesma: o governo de Musharraf se desintegrava e as opções na praça não eram exatamente animadoras. Os atentados estavam mais frequentes, e Burton, Sir Richard no caso, voltava à mente do jornalista com sua definição de cheiro de morte com mais regularidade do que ele gostaria.

Mark estabeleceu uma rotina enquanto esperava informação dos americanos. Passava a manhã fazendo contatos diversos e estava produzindo uma média de um grande texto a cada dois, três dias. Neal, seu editor, parecia satisfeito e não fez nenhuma pergunta sobre o progresso da investigação que motivava sua estada. A comodidade, a cerveja e o *rogan josh* fizeram o jornalista ganhar algum peso, e as maçãs de seu rosto já não pareciam tão esquálidas. Encontrava-se com antigos conhecidos do serviço diplomático e um dia, após uma troca de e-mails, combinou um almoço com um veterano repórter sueco, que conhecera na sua primeira no viagem ao Paquistão. Tinha quase uma vida social, aliada ao contato com Malik, Walid e outros personagens do enredo que se tornaram os últimos anos da vida de seu antigo *fixer*.

Mas se as coisas pareciam relativamente seguir uma ordem normal, estranhamente banal, espreitava no peito de Mark uma angústia quase incontrolável. Sentia-se mais sozinho do que o costumeiro, e o peso das reviravoltas de sua vida cobrava-lhe horas de sono. Apesar das eventuais masturbações mentais e físicas baseadas em Ayesha e Francesca, voltara a pensar regularmente em Elena, sem um foco definido. Mais especulações sobre o que teria acontecido a ela e a seu filho, e a certeza de que teria de lidar com esse tema em algum momento, de preferência quando tivesse resolvido o mistério de Ariana.

A autocomiseração estava à porta. Novamente, sentia-se rejeitado pelo mundo, que lhe negava a imortalidade a que tinha direito. Pois é isso, a imortalidade, a quimera que mantém os homens presos a todo tipo de delírio, como que num sono, um sonho diurno incessante. Ao negar a morte, a finitude, gente como Mark achava forças para tocar seus projetos, mas paradoxalmente via sua objetividade esvair-se. A consciência do fim dá foco. Mesmo o atentado e as várias situações de risco pelas quais passara não lhe tiraram completamente o torpor da segurança — só para sentir-se ameaçado em sua redoma por esse Outro poderoso e inclemente.

Felizmente para Mark, havia cada vez mais momentos em que escapava da armadilha e conseguia se desvencilhar da embriaguez desse sono acordado. Mas naqueles dias, com a mesma rapidez, caía no mundo de autoenganos que sua incapacidade emocional lhe presenteava. Elena era culpada pelo desastre de seu relacionamento, todas as outras mulheres de sua vida eram responsáveis por algum pedaço de sua miséria. Num único segundo, todos os momentos bem-sucedidos de sua carreira profissional, todas as experiências que tivera, tudo isso não valia nada. Era apenas um sujeito rejeitado e sem reconhecimento.

O torniquete apertara ao mesmo tempo em que a angústia pela falta de informações, logo a ausência de controle, só fazia crescer. Ligou duas vezes para Burton só para ouvir um "não posso agora". Malik tinha ido a Lahore cuidar de negócios e se recusava a falar ao telefone — com toda a razão, como as inconfidências etílicas do espião russo provavam. A ausência do feminino real também lhe oprimia, causando uma espécie de confusão mental. Francesca fora uma ilusão alcoólica; Ayesha, um sonho acordado. Elena, o passado perdido e sempre presente. Em suma, uma multidão de sentimentos de perda. Era como se a impotência frente à missão de descobrir o que acontecera a Ariana tivesse relação com uma incapacidade maior, um analfabetismo amoroso, uma conceituação de objetivos de vida. Não por acaso, sonhava com aviões descontrolados e elevadores em queda quase todos os dias. Precisava potencializar-se de alguma forma, embora não tivesse essa noção tão definida. Recorreu ao instinto, e este lhe apontaria algo mais real. Decidiu procurar a irmã de Waqar, mesmo sabendo do extremo risco que isso representava para ela e para si próprio.

Depois de dois telefonemas e recados deixados na caixa postal, Ayesha ligou de volta. "Achei que nunca mais fosse falar com você. Você está bem?", disse ela.

"Sim, acho que estou. Sei que você vai me achar contraditório e inconstante, mas queria te ver. Estou com vontade de te ver de novo."

"Encontre-me no mirante do lago amanhã às 10 horas. Ali está viajando, não vamos ter muitos problemas." Mark teve uma ereção antes de desligar o telefone. Sentia-se vivo. Não era casual que tudo aquilo que fosse inexequível o atraísse. Tudo o que não tinha futuro.

Tudo o que não fosse objeto real. Ainda assim, era o possível naquele momento, e ficou tomado de uma ansiedade boa, adolescente, pelo resto daquela tarde.

Teve alguma dificuldade para dormir, ainda mais depois de ver um e-mail de Burton em sua caixa de entrada. Dizia secamente para ele ter paciência e não lhe telefonar, porque "o pato já estava no forno". Mark achou a fraseologia ridícula, mas quis crer que teria notícias logo, o que apenas deu mais uma volta no laço em seu peito. Para dormir, apelou à cerveja e ao iPod ligado em baixo volume no *trip hop* dos ingleses do Portishead. Beth Gibbons, a vocalista, tinha um poder sobre Mark. Ele se acalmava sempre que ouvia seus sussurros de cabaré. Eles nunca se conheceriam, naturalmente, mas Mark fantasiava uma conexão talvez espiritual com a mulher. Era tudo bobagem, mas pelo menos o jornalista conseguiu adormecer. A noite passou rapidamente.

Às 9h30, Mark já estava no mirante. Não havia ninguém em volta, e isso lhe agradava. Fazia calor, ele estava com uma calça larga e uma camisa de mangas curtas. Observava as montanhas na paisagem; mesmo em um canto não particularmente inspirado da geografia paquistanesa, sempre apreciava a beleza natural do país. E lamentava o que os conflitos humanos provocavam sobre tal lugar, tornando-o inacessível. O lago Rawal lhe parecia naquele momento tão bonito quanto qualquer outro que vira, mesmo o mais belo de todos, o de Atitlán, na Guatemala. Quando Ayesha chegou, subindo lentamente os degraus do mirante, não pôde refrear a associação: aquela mulher também era uma força da natureza tolhida por seu ambiente. Uma Ayesha, com toda aquela energia contida e segura, solta em uma grande cidade europeia ou brasileira, seria um espetáculo a ver. Podia ser só uma idealização, mas fazia todo o sentido naquele momento.

De forma pouco usual, talvez até como disfarce, Ayesha usava uma longa túnica preta e um lenço azul-escuro sobre a cabeça, escondendo parcialmente o rosto. O porém eram os pés: cuidadosamente tratados, unhas pintadas, e emoldurados por uma sandália discreta, sem salto. Toda sua sensualidade estava ali, resumida a um pedaço de pele exposta. É o que dizem em quase todos os países muçulmanos, em que pés e mãos são cartões de visitas femininos tão importantes quanto o corpo bem torneado é para a brasileira frequentadora das praias do país.

"Oi. O que você quer comigo, Mark?"

"Te ver. Eu sei, é estranho, mas tenho pensado bastante em você. Não é algo definido, só uma sensação absurda de proximidade, de intimidade."

"Também tenho pensado em você, mas tenho uma vida para tocar. Nós nos vemos, e você vai embora. Eu vou ficar aqui. Não sei se quero isso. Sabe, naquele dia, depois que saí do hotel, me senti a pessoa mais feliz do mundo. Porque aqui dentro", no que Ayesha coloca a mão de forma meio melodramática sobre o coração, "sabia que tinha feito algo do jeito que quis. Mas também fiquei triste, porque sei que isso será tudo. Não acredito em heróis que venham me resgatar, que atravessem o Indo a nado comigo nas costas. Passei muitos anos achando que Ali era o homem de minha vida, que teria de viver com ele para sempre. Sei que isso não é assim mais, e você despertou isso em mim. Assim, sempre vou pensar em você. Mas sabemos que nada disso é viável. Que há riscos demais, e que você não está disposto a assumi-los. Nem eu sei se quero. Portanto, meu querido, vamos parar com isso enquanto ninguém se machuca."

Mark ficou sem palavras. Concordava integralmente com Ayesha, e seu relato apenas deu tintas de realidade ao que já sabia. Mas o golpe foi duro. Fora rejeitado. Não teria mais acesso ao templo em que aquela pitonisa lhe cantaria versos divinatórios enquanto se deixava possuir integralmente. Não, nada disso mais lhe seria concedido. Não teria mais os quadris amplos e os seios perfeitamente desenhados daquela mulher estranha e tão próxima. Sua fantasia estava ferida de morte. Mark aproximou-se de Ayesha, olhou para os lados para certificar-se de que não estavam sendo observados, e beijou-a pelo que sentia ser uma última vez. O lábio recendia a óleo aromático, aquela mulher inteira parecia saída de um boticário. Tremeram, os dois. Mas, com lágrimas escorrendo, Ayesha apenas disse "adeus" enquanto seguia o caminho de volta à cidade.

O jornalista ensaiou um suspiro de tristeza, deixando o cão sarnento da sua miséria autoimune lamber-lhe a mão. Por algum motivo, parou. Fechou os olhos, sentindo o sol esquentar-lhe a face. Recompondo-se, encarou Islamabad à distância com um otimismo insondável. Não quis saber o que estava acontecendo, deixou a ilusão da eternidade largada ao chão. Sentia-se feliz por estar ali, naquele mirante, e isso lhe bastou.

Desceu rapidamente pela escadaria e nem percebeu que pela primeira vez em meses a perna ferida não se manifestou com o esforço.

24. A Roda da Fortuna

Mark chegou ao hotel por volta das 11h30. O encontro havia sido breve, e ainda experimentava a estranha sensação de suspensão animada, como se toda a sua ansiedade tivesse desparecido no ar. Logicamente, ao sublimar-se, a matéria pode sempre se reagrupar como uma nuvem ameaçadora. Mas Mark naquele momento era Marte: um planeta com atmosfera rarefeita, seco, estéril. Ayesha havia lhe dado uma última dádiva, e naquele instante ele ainda não estava a par disso.

Como a internet estava funcionando nos quartos naquele dia, ligou o computador, um laptop Sony Vaio todo arranhado. Sempre ensaiava a troca dele por um produto mais moderno e funcional da Apple, mas gostava da ideia de ter um equipamento que era usado em todo o mundo. Já tivera de passar textos do seu pen-drive para um PC empoeirado num cybercafé em Gaza. Mas nunca vira um MacBook no Paquistão. Era 13 de maio, uma terça-feira, e o noticiário internacional estava focado na grande tragédia que se desenrolava na China, o terremoto de Sichuan, ocorrido na véspera. Mark havia lido algo no *Dawn* sobre alguns tremores secundários que foram registrados no norte paquistanês, mas ele nada sentiu. Veterano de terremotos, viu que a coisa era feia. Oito graus na escala Richter, contra os 7,6 graus do tremor que acabou trazendo Ariana ao seu mundo. Quantas Arianas teriam surgido do ventre de Sichuan? Colocou o iTunes para tocar em modo aleatório, tendo David Bowie na fase *glam* como seu primeiro convidado. Foi quando resolveu entrar na caixa de e-mail. Lá estava Burton.

"Encontre-me no restaurante predileto do nosso amigo em comum, na mesma hora em que marcamos da última vez. Amanhã. S.B."

Mark, ainda anestesiado pela visão de Ayesha, sorriu e sentiu como se houvesse consultado um tarólogo. Puxara o décimo arcano, a Roda da Fortuna. Vira a carta pela primeira vez em uma livraria de sua adolescência, em São Paulo, quando comprou o baralho de Marselha que lhe acompanhava até os dias de hoje. Não que jogasse ou acreditasse naquilo tudo, mas tinha um fascínio com o uso dos símbolos para exemplificar praticamente tudo o que era humano. Na Roda da Fortuna, o consulente é apresentado à inevitável mudança da vida, a evolução dos fatos. Agora, com o e-mail de Seth Burton seguindo a estranha epifania que tivera com Ayesha, tudo parecia conspirar a seu favor. O mundo voltara a girar. Ao menos era no que ele queria acreditar.

Ligou para Walid e combinaram tomar uma cerveja no The Club. Queria ter certeza de que não havia mais nada que poderia saber antes de enfrentar a CIA e o ISI. O restante da tarde escorreu preguiçosamente, entre trocas burocráticas de e-mails sobre problemas na conta bancária com seu gerente pessoal, a confirmação de Neal sobre o interesse em mais uma reportagem sobre as desavenças entre Sharif e Zardari e duas ou três mensagens de amigos. Uma lhe chamou a atenção: era John, um colega de trabalho de Oksana, a amiga ucraniana de Elena que lhe despachara sob xingamento tempos atrás. O contato era fortuito, ele queria saber se Mark ainda tinha o telefone de um conhecido em comum de ambos que trabalhava no *Financial*

Times. Por acaso, Mark tinha o telefone em sua memória do celular, mas, ao responder, não conseguiu evitar. "E Oksana, como está? Não nos falamos mais", soltou, despretensiosamente, como que esperando o movimento natural da Roda da Fortuna. Desligou o laptop e ligou a TV, coalhada de imagens terríveis do desastre natural chinês.

Às 20 horas estava à frente do portão de ferro inteiriço. Ensaiou a hipótese de descobrir o que mais o Azerbaijão produz além de hidrocarbonetos. Jamais gostara de prostitutas; por viverem a rejeitar liminarmente seus clientes, elas não se encaixavam na fantasia básica de Mark — a da aceitação incondicional. O que não significava que nunca tivesse usado seus serviços, naturalmente, e a ideia lhe perseguiu enquanto abria caminho entre louras insinuantes e uma raríssima mulher de feições paquistanesas, que provavelmente era afegã. Sentou-se ao balcão e pediu uma cerveja. Descobriu que só serviam Beck's original alemã. Isso explicava o assalto em curso na conta do barman.

Walid entrou logo depois, esbaforido, afastando com gestos bruscos as moças que haviam percebido o cheiro de interesse de Mark. "O que foi, vai comer puta agora? Você não tem nada melhor para fazer na Inglaterra não?"

"Tenho, mas só depois que acabar aqui. Saúde", respondeu, entregando um copo de cerveja ao convidado. "E para acabar, preciso saber coisas. Preciso da sua ajuda. Waqar sempre falava de você, sempre me senti como um amigo indireto seu", continuou, sem muita convicção na voz. "E gostaria que você me ajudasse mesmo, em nome do nosso amigo morto."

O melodrama não lhe caía bem, por inconvincente. Nunca conseguia enganar namoradas por quem havia perdido o interesse, ou prometer o inalcançável àquelas que por um motivo ou outro não consistiam um relacionamento viável. A sinceridade mata o amor, sempre soube, mas agora se esforçava para que ela não o matasse de verdade. Precisava de todas as informações possíveis.

Originário do Sindh, Walid carregava em si algo da ingenuidade rural dos servos que ainda trabalhavam para seus senhores no "vale infeliz". Assim, tinha uma queda por discursos emotivos, ainda que escancaradamente falsos. Mais: no fundo sentia uma saudade genuína de Waqar, sua lembrança era enternecedora. Pretendia ajudar Mark, não pela hipocrisia do branquelo à sua frente, mas pela memória do ex-colega. Pedindo a segunda Beck's, falou:

"Andei checando com meus conhecidos na comunidade de informações. O tal de Burton é mesmo da CIA e foi encarregado de questionar o ISI sobre o dinheiro que deveria ter comprado a paz na FATA", disse, referindo à sigla inglesa das Áreas Tribais Administradas pela Federação, o conjunto dos sete territórios em que a lei vigente não passa por tribunais regulares — e onde os grupos talibanizados aumentavam sua influência dia após dia naquele momento. "Foi isso que ele foi fazer com Waqar e Malik perto de D.I. Khan."

"Espere. Você disse que Malik não estava metido nessa história."

"Não, eu disse que não sabia. Agora eu sei."

"E o que mais?"

"Depois de dois meses, Waqar voltou para o jornal. Estava mais nervoso do que nunca. Fumava um cigarro atrás do outro, cortava conversas e começava a falar de outros assuntos. Estava realmente uma pilha de nervos. Em algumas semanas, parecia mais calmo, mas ainda assim tinha desenvolvido uns hábitos esquisitos."

"Como assim?"

"Mudava os locais de encontro com as fontes o tempo todo, dava para perceber nas conversas por telefone, sempre olhava para baixo no prédio quando ia pegar seu carro. Parecia, para falar a verdade, paranoico. Quando você ligou dizendo que vinha de novo para cá, ele entrou em parafuso."

Dois dias antes de Mark chegar, no fim de 2007, a polícia apareceu no *Post* procurando por Waqar. Walid não entendeu, afinal de contas como membro do ISI ele deveria ter as costas mais do que quentes. "Eles apareceram e foram direto à mesa dele. Waqar só voltou no dia seguinte, usando a mesma roupa, cheirando a mijo e reclamando de dores no corpo. Eu o levei para casa, e ele disse que haviam batido com sabonetes envoltos em toalhas, e que tinha medo de ter rompido algum órgão, ter tido uma hemorragia interna. Sugeri irmos a um hospital, mas ele achou melhor não. Disse que ia cuidar de você na próxima semana e que por isso só iria aparecer no fim da tarde na redação." Walid tomou mais um gole da cerveja. "Só que ele morreu dois dias depois."

Mark não conseguiu arrancar mais nada de Walid, que claramente desconhecia a história de Ariana. O retrato fragmentário dos últimos tempos de Waqar não era satisfatório, mas indicava que algo havia acontecido entre sua ida para as áreas tribais com a CIA e o ISI e sua morte. Teve vontade sincera de pegar o primeiro avião e esquecer a história logo depois que pagou a conta, salgada como sempre. Não pensou mais em transar com nenhuma puta.

Amanheceu. Por "restaurante favorito", Mark entendera um encontro no café do Melody Market, onde sempre tomava com Malik gordura láctea com chá. Acertou. Quando chegou, lá estavam a antiga fonte e o novo conhecido americano. Conversavam animadamente, como se tivessem bebido álcool. Mas era um chá particularmente seboso que lhe esperava à mesa.

"Bom dia, senhores. Vejo que chegaram cedo, o que não sei se é bom ou mau sinal", brincou.

"Pare de ver bruxas. Tome um chá", disse Burton.

"Vamos pedir mais um bule", emendou Malik. Ambos carregavam pastas recheadas de papéis, que abriram à sua frente.

"Veja, meu caro. Essa é a única foto conhecida de Ahmed, o terrorista que você está procurando. Como você já sabe, nós fomos atrás dele no ano passado com seu amigo Waqar, que tinha boas pistas sobre seu paradeiro. Ele não fora recrutado por acaso, tinha faro para achar pessoas", disse Burton.

"Walid", se limitou a dizer mentalmente Mark, "Walid contou tudo a eles. Filhos da puta, como eles são rápidos." Mas não demonstrou surpresa, jogando conforme as regras.

"Olhe aqui. Temos informações sobre o Siddiqui, o advogado metido a terrorista nuclear que você citou. Ele realmente estava encarregado de parte do espólio da rede de Khan, mas seu paradeiro é desconhecido. Não é visto há uns dois anos. Diziam que tinha ido para o Irã, para dar assistência ao programa dos aiatolás, mas não temos evidência consistente disso", continuou o americano, sem tirar os óculos escuros e com a gravata azul impecavelmente assentada ao colarinho. Mark evitara procurar Siddiqui ou qualquer um dos advogados da rede de Khan, temendo levantar suspeitas. Além disso, sabia que em muitos casos é preciso deixar um testemunho mais precioso para o final de uma apuração, como a última pincelada que vai dar o caráter determinante da obra.

Mark percebia que não estava em posição de vantagem. Não tinha quase nada a oferecer aos agentes secretos, eles pareciam conhecer toda a sua apuração pregressa. Talvez não soubessem de Ayesha. "Eles já conseguiram o nome do advogado do Khan. Por que diabos estão querendo falar comigo?", pensou, tentando alinhavar mentalmente que pedaço de informação eles não haviam citado.

Resolveu mudar de estratégia e apelar para o jogo aberto. "OK, em que posso ser útil?"

"Ah, meu amigo, você vai conosco para Yarik amanhã. Você já nos ajudou bastante, está na hora de darmos alguma coisa em troca", disse Malik. "Tome mais chá."

O estômago de Mark estava embrulhado. Sabia que havia algo de errado em tudo aquilo, e a gordura do leite não ajudava muito. Conversaram por mais quinze minutos sobre detalhes técnicos da viagem.

Iriam de helicóptero até Dera Ismail Khan e, de lá, pegariam um carro até Yarik. O caminho aéreo por Peshawar era mais arriscado; havia boatos de que alguns homens de Mehsud haviam se infiltrado ao norte, nas montanhas, com mísseis antiaéreos portáteis. A CIA não estava disposta a correr o risco. Seth não era mesmo Sir Richard. "Equipe-se de forma leve, meu caro", foi a recomendação.

"Ele quis dizer para você não trazer câmeras", completou Malik. Mark fez que não ouviu.

O jornalista mal dormiu à noite. Tentou reescrever numa folha de papel uma sequência cronológica do que acontecera e estabelecer um organograma de personagens. Fracassou. Havia mais buracos que respostas. Perguntou-se se a Roda da Fortuna não estaria na realidade em um movimento descendente dessa vez.

25. Yarik revisitada

O helicóptero decolou às 9 horas de um campo escondido pelos jardins da apropriadamente chamada Garden Road. Quando chegou, Mark não reconheceu de imediato Burton, que usava um macacão de aviador e capacete. Iria ser o piloto daquela viagem, ao lado de outro americano que se apresentou apenas como Dawes. Afinal, Burton tinha então alguma habilidade além da maquinação por trás de ternos bem cortados? Malik envergava uma de suas camisas cáqui, estilo safári, e calças cargo. Mark usava aquilo que chamava de velho uniforme de campanha, não muito diferente da vestimenta de Malik, mas acrescido de um colete de fotógrafo que comprara em Londres para substituir o que lhe fora derretido sobre o corpo no atentado. Carregava uma mochila também, apenas com o básico — duas mudas de roupas de baixo, duas camisetas, uma segunda camisa e um par sobressalente de meias. A calça e as botas de caminhada ele teria de repetir. Trouxe uma câmera digital de bom porte, uma Canon com dez megapixels, suficientes para capturar o que fosse preciso na resolução exigida pela *Final Word*. E um gravador digital, por via das dúvidas. Não ouvira a recomendação de seus anfitriões.

O helicóptero, um antigo Huey que parecia saído de uma cena de filme da guerra do Vietnã, mas em excelente estado de conservação, não tinha marcações oficiais. A matrícula era paquistanesa, mas certamente não era do inventário oficial de Islamabad. O motor roncou tranquilamente e o céu claro permitiu vistas magníficas das montanhas ao longe. Mark estava disfarçando seu desconforto. Se não gostava de aviões, apreciava menos ainda aquelas libélulas desajeitadas sem aerodinâmica alguma em caso de falha mecânica. Uma vez, na Argélia, quase pedira para deixar o helicóptero russo de carga em que embarcara com outros jornalistas para visitar áreas sob operações militares. O piloto estava em treinamento, e seu tutor era um moscovita que parecia ter deixado o bar meia hora antes do voo. O cheiro de vodca, combinado com a clara incompreensão entre ambos os aviadores, apavorou Mark. Como sempre soube, só há os helicópteros que caíram e os que ainda vão cair.

Mas o voo da Argélia seguira bem, como também seguiria o daquela manhã. Seth Burton afinal sabia fazer algo, e aparentemente o fazia bem; graças às condições climáticas ou à sua perícia, a viagem transcorreu sem solavancos. A paisagem um tanto monótona no caminho a sudoeste ficou crescentemente mais interessante perto do vale do Indo, com grandes campos verdejantes e áreas irrigadas. O cheiro de morte e a fumaça perene, contudo, seguiam por lá. Se não chegava a se sentir na cena da "Cavalgada das Valquírias" do *Apocalypse Now* de Coppola, Mark pensou em algo parecido, num desvio igualmente fantasioso e traidor do canto mais colonialista de sua alma. Mas ele não era Willard e Malik não servia como Kilgore. Certamente havia um coração de trevas à frente, mas era tão sem glamour quanto intangível. Seria preciso um Joseph Conrad para descrevê-lo, um Coppola para filmá-lo. E nenhum deles estava ali. Geralmente, na vida real, eles não estão.

Os pouco mais de trezentos quilômetros foram vencidos, e o Huey pousou com graça em um heliporto ao lado do que parecia ser uma estação policial. Estavam longe da margem do Indo, pelo que percebeu. Ao descer, dois homens em *shalwar kamiz* cumprimentaram Malik e Burton. O jornalista ficou na porta do helicóptero, indeciso. "Venha, ou você já quer voltar?", brincou Burton, sem um pingo de graça na entonação.

Todos descarregaram suas mochilas e andaram até um pátio. O helicóptero levantou voo, certamente para abastecer-se em alguma base próxima, já que sua autonomia não passava de quinhentos quilômetros, e Mark preferiu não pensar quanto tempo demoraria a voltar. Sob a nuvem de poeira, entraram na pequena construção. "Bom dia. Sou o capitão Beg, sejam bem-vindos. Aceitam chá?"

"Água, por favor", cortou Mark.

"Chá com leite para nós, meu amigo", completou Malik, falando por Burton, que foi até um canto da sala e tirou o macacão, revelando uma calça jeans e uma camisa branca de mangas compridas. Manteve a bota militar.

"Muito bem, vou levá-los até Yarik. O caminho daqui até lá está razoavelmente seguro. As operações agora estão concentradas mais ao norte, indo a Peshawar. Parece que Mehsud colocou seus homens em alguns pontos estratégicos da montanha, mas como não vamos passar por lá, não vejo grandes problemas à frente", disse o jovem capitão, apontando em um mapa descolorido na parede. Em qualquer posto militar paquistanês em área tribal a cena é a mesma: a mesa do comandante local com um mapa plastificado, revelando várias camadas de anotações com canetas coloridas das diversas campanhas ao longo do tempo. Mark lembrou-se imediatamente do trajeto, feito no sentido contrário da mesma rodovia 55 que iriam pegar em seguida. Tinha, com efeito, visto o inimigo de perto. Mas manteve reserva sobre suas aventuras naquela estrada com o jovem Muhammad; não confiava naqueles militares, o capitão com jeito de moleque e dois soldados que o ladeavam. Eram paramilitares do Frontier Corps, e envergavam o uniforme tribal clássico: *shalwar kamiz*, sandálias de couro, boina vermelha e diversos cintos para carregar munição. Na cintura, uma pistola; no ombro, um Kalashnikov. Não eram páreo para os talibãs bem armados de Mehsud.

Acabaram o chá e a água, sem biscoitos ou qualquer tipo de carboidrato. Mark começava a ressentir o fato de não ter comido nada mais cedo, aquilo não era definitivamente algo inteligente. Para seu alívio, um dos soldados rasos carregava uma folha dobrada de pão, e ele não demorou a pedir um pedaço assim que tomaram a estrada. De fome não morreria, não imediatamente ao menos.

A 55 era uma rodovia de pista simples e o asfalto parecia em boas condições, apenas medianamente esburacado. Estavam claramente ao norte da cidade, pois a densidade urbana não era opressiva. Tomaram o rumo noroeste, passando por um estádio oval que pareceu a Mark ser de críquete, mas não teve ânimo para estabelecer esse tipo de conversa tão cedo. Estavam em uma Hilux preta de cabine dupla, com os refinamentos usuais: vidros cobertos com película negra, ar-condicionado no máximo e AK-47s travados em uma armação junto ao console central do veículo. Um dos soldados dirigia, com Beg a seu lado. Atrás, Malik, Mark e Burton. Logo atrás, uma segunda Hilux, dirigida solitariamente pelo outro soldado. Era definitivamente uma escolta leve; quando Mark fez uma reportagem pela problemática agência tribal de Mohmand, na fronteira afegã, a noroeste de Peshawar, não se deslocava com menos do que dois jipes cheios de soldados à frente e atrás do seu carro, um deles com uma vistosa metralhadora .50 montada na caçamba.

Com meia hora de estrada, o cenário mudava drasticamente: aridez constante, campos empobrecidos e a visão no horizonte de grandes montanhas cor de areia. Ou ao menos assim elas pareciam, dado que a cortina de fumaça que pairava sobre o vale se estendia às suas margens. Foi quando Mark resolveu fazer o básico de seu ofício: perguntar.

"O que vamos fazer em Yarik?"

"Conversar com seu velho amigo Abdullah, ora. O que você pensou? Que iríamos ter com Bin Laden?", respondeu Burton, mais uma vez tentando ser engraçado, mas fracassando miseravelmente.

"Veja, Mark, ele confia em você. Pode contar algo que ainda não sabemos, algo que seja útil para descobrirmos o paradeiro da menina", disse Malik.

"Então é isso. Ele confia em mim. O que vocês não conseguiram arrancar do velho? Me recuso a fazer esse papel. Vocês disseram que tinham algo para me oferecer, para me dar em troca. Mas estão me usando para chegar a Abdullah. Não faz nenhum sentido", gritou Mark a plenos pulmões. "Desgraçados, filhos de uma puta. Quero sair daqui agora."

Malik sorriu e disse algo em punjabi para Beg, que ordenou que o veículo parasse. A outra Hilux não acompanhou o ritmo e quase bateu no carro à frente, para ajudar a tornar o ambiente dentro da picape ainda mais tenso. "Mark, eu te conheço há muitos anos. Nunca usaria você. Apenas acho que você pode ajudar a reconstruir essa história para a gente. Claro que você está ganhando algo em troca. Você vai ter a sua história."

"Não faz sentido. Vocês foram com Waqar atrás de Ahmed no ano passado, não foram? Para que precisam falar de novo com Abdullah? Está na hora de me contar exatamente o que aconteceu."

Burton tomou a palavra, fazendo Malik, que estava no assento central traseiro, se reclinar para que ele pudesse encarar o jornalista. "OK, você está certo. Beg, me passe uma água, porque isso vai demorar um pouco.

Quando montamos a operação para tentar pegar Ahmed, no centro da inteligência havia um coronel da Força Aérea chamado Mahmud. Foi ele quem coletou todos os dados primários sobre nosso *mujahid*, um sujeito de eficiência impressionante. Quando Malik fez a ponte entre ele e nós, já estava tudo acertado. Eles nos passaram coordenadas precisas do acampamento do terrorista na montanha, bastava mandar um Predator armado até lá. Mas a situação política não estava fácil, como você bem sabe, e recebemos orientação direta para que o ataque fosse das Forças Armadas do Paquistão. Há um puta preconceito aqui com aviões não tripulados, como você já deve ter percebido, ainda mais quando eles atacam e matam gente de verdade. Por eles, haveria apenas voos de reconhecimento com aqueles passarinhos sem cabeça. E você sabe, todos nós sabemos o valor simbólico que um troféu como Ahmed tem. Assim, foi montado um time sob o comando de Mahmud, e demos a Waqar um lugar nele porque, afinal de contas, sem o baixinho não teríamos chegado onde chegamos. Éramos quinze homens, um destacamento até grande, porque a inteligência não conseguira confirmar o tamanho exato do grupo com Ahmed. O ponto de descida do helicóptero foi cuidadosamente estudado, teríamos uma janela razoável para ir lá, capturar ou matar Ahmed e voltar. Eles estavam numa reentrância à beira de um penhasco, com acesso a pelo menos duas rotas de fuga terrestres e provavelmente a uma caverna. Havia um minúsculo vilarejo perto, uns dez quilômetros a oeste de Pezu, onde a 55 faz a curva para Peshawar. Não sabíamos se o grupo estaria no acampamento ou se havia se misturado com o pessoal da aldeia. Foi aí que Waqar se mostrou decisivo, porque tinha influência local devido ao status de seu pai entre os afridi da região. Então ele conseguiu algumas informações sobre a rotina de lá. Ficou amigo do ancião que mandava no lugar, sob a condição de que nós não participássemos das conversas. Você sabe, essa coisa tribal. Basicamente, toda quarta-feira emissários de Ahmed iam até o vilarejo para recolher sua subsistência; obviamente o pagamento era a dita proteção que eles forneciam, como sempre. Então usamos Waqar para ir até lá como repórter, com um dos homens de Mahmud fazendo as vezes de fotógrafo e outro, esse do ISI também, fingindo ser um *fixer* local. A ideia era conseguir uma entrevista com Ahmed para o *Post*."

O relato, longe de ser honorável para um jornalista, fazia sentido. O maior comandante da guerra contra o Talibã no Afeganistão, Ahmad Shah Massoud, foi morto por falsos jornalistas que lhe arrancaram uma entrevista na antevéspera do 11 de Setembro. Naquele dia, dois árabes que apresentavam identidade belga e suposta origem marroquina conseguiram se reunir com o tadjique étnico Massoud, um senhor da guerra que naquele momento controlava apenas dez por cento do Afeganistão com a fragmentária Aliança do Norte. Mas era o único *mujahid* que não havia sido derrotado integralmente nem por soviéticos, nem por outros *mujahedin*, nem pelos talibãs. O homem era um mito. Eles queriam ouvir mais, disseram os falsos repórteres, do homem que havia dito em abril de 2001 que a Al Qaeda havia se infiltrado no regime do Talibã e preparava um grande ataque contra o Ocidente. Ninguém dera bola a seu relato, que viria a se confirmar de forma morbidamente precisa. Homem violento e duro, Massoud encontrou a morte nas mãos de um improvável cameraman-bomba. Depois foi devidamente santificado pelo frágil regime de Karzai, à busca de um bom herói para angariar apoio popular — morto, de preferência. Hoje o 9 de setembro é o Dia de Massoud, feriado nacional afegão. Ambos os falsos jornalistas morreram na ação, que foi largamente esquecida dada a natureza épica dos eventos de dois dias depois.

"Waqar tinha lábia", continuou Burton, "e de fato conseguiu a entrevista depois de duas semanas de convivência no vilarejo. Como era conhecido na região, foi fácil verificar que de fato era um jornalista, ligado a uma família tradicional. Inclusive disse que seu fotógrafo iria gravar o testemunho em vídeo. Apesar da tentação óbvia, tivemos de mudar toda a tática. Naturalmente Waqar não era um homem-bomba. Como? Ah, ele era necessário sim, era importante estar lá. Tínhamos de ter certeza, confirmação visual, de quem era o terrorista. E ele ficaria exposto durante e após a entrevista. Além disso, com mais dois homens em campo, teríamos a possibilidade de atingi-lo uma segunda vez, se necessário. E enfim, se tudo desse errado, teríamos uma visão de dentro do acampamento para planejar uma nova ação. E vou te falar: ele pediu para participar, ele queria ver Ahmed. Numa quarta-feira à noite, quando Waqar e nossos homens subiram a trilha da montanha com os cães de Ahmed, a equipe de ataque foi atrás, por caminhos secundários. Ia ser mano a mano, pois viemos a descobrir que o ponto de pouso do helicóptero estava comprometido, era muito visível para os guardas do acampamento. Isso que dá a gente confiar só em imagens de satélite. Estava um frio desgraçado, cortante, mas ainda não havia neve. Todos nós fomos equipados com balaclavas e roupas térmicas. Aquelas bostas de satélite não sentem frio."

Mark não escondeu uma certa surpresa pela crueza do relato e a constatação de que Burton talvez não fosse tão covarde afinal, impressão que já vinha se alterando pelo fato de ele ter pilotado o helicóptero. Sua reação foi percebida pelo americano.

"Sim, eu estava lá. Posso parecer um vendedor de enciclopédia, mas tive meu treinamento. O pequeno campo era muito bem organizado, usando a reentrância na rocha como abrigo e ao mesmo tempo proteção contra eventuais atacantes. Tivemos de posicionar homens em rochedos que pareciam que iriam despencar para ter algum ângulo de tiro. Por sorte tivemos reforços, já que eles eram no mínimo vinte e cinco caras com vários armamentos: Kalashs, RPGs, uma pequena bateria antiaérea instalada perto do penhasco. A comunicação parecia profissional, todos que conseguíamos ver tinham celulares e Motorolas de curta distância. Também havia duas .50, com tripé, prontas para uso. E toda a estrutura era boa, uma cozinha campal, um canto que parecia servir de latrina e biombos separando as áreas em que o pessoal dormia.

"Não, não vimos a menina. Nunca soube dela, para mim tanto fazia, já que provavelmente já estava morta. Mas Waqar foi de uma coragem incrível", disse Burton, gerando uma sensação estranha em Mark, que nunca apreciara valentia como atributo do antigo *fixer*. "Ele realmente fez a entrevista como se estivesse trabalhando, sem titubear. Claro que os caras checaram todo o equipamento deles atrás de bombas, afinal de contas todos se lembravam de Massoud. Os três foram revistados da cabeça aos pés. Não pudemos colocar pontos ou escutas no Waqar e nos dois colegas, seria muito visível. Mas plantamos um ponto eletrônico junto ao microfone da câmera de vídeo, que foi montada com um tripé em frente a Ahmed. Então, não tínhamos imagem, mas sim um pouco de áudio, que de todo modo ficava entrecortado o tempo todo por causa do vento. Pelo pouco que conseguimos recuperar depois no gravador, eles falavam em *jihad* total, armas atômicas e tudo o mais. Waqar fez várias perguntas que não entendemos por causa do vento. Não, ele falou em inglês o tempo todo. O terrorista era muito bem articulado, dava a impressão de ter aprendido inglês na Inglaterra, falava sem aquele sotaque do subcontinente. Lógico que qualquer um acharia que aquilo era só uma bravata, mas sabendo o que eles tinham aprontado antes, era de arrepiar a espinha. Teria dado uma matéria e tanto para Waqar, se ele pudesse publicá-la. A imagem era bem impressionante, também. Ahmed parecia um daqueles comandantes da primeira guerra na Tchetchênia, com roupa militar russa provavelmente contrabandeada do Uzbequistão, cabelo raspado e uma barba negra enorme. Tinha mais de 1,80 metro, uma figura imponente. Ao seu lado estavam sempre dois soldados mais novos, ambos com barretes brancos. Todo mundo estava armado até os dentes, com granadas penduradas e coldres à mostra. A entrevista durou das 21h às 22h30, mais ou menos, quando Ahmed pediu um pouco de chá aos cozinheiros e ofereceu, se é que entendemos bem, jantar para os nossos supostos jornalistas. Nesse momento, Waqar fraquejou. Fez gestos de recusa com as mãos. Como contou depois, disse que precisava ir embora, que estava muito tarde, esquecendo, não me pergunte por que, o básico naquela região: nunca se deve desprezar a hospitalidade de quem quer que seja. Acho que aquilo deixou os homens nervosos, porque percebemos uma grande troca de mensagens rápidas pelos rádios. Um dos soldados de Ahmed começou a fiscalizar o perímetro do acampamento, falando muito rapidamente em um telefone celular. Era incompreensível, mas percebemos que havia algo de errado no ar. Acho que farejaram alguma coisa na fala de Waqar, ou na sua recusa em ficar, que de todo jeito durou pouco. Ele caiu em si, creio, e sentou-se com os talibãs.

"Quando o caldeirão foi colocado ao centro da mesa improvisada no chão de rocha, Ahmed levantou-se e começou uma oração. Seguiram-no todos, inclusive Waqar. Enquanto isso, um dos sentinelas começou a se aproximar demais do ponto em que eu tinha três homens escondidos, na alça de mira de Ahmed. O terrorista falava alto, uma prece estrepitosa, e seu homem travou a arma enquanto chegava perto do penhasco. Não sei dizer direito o que aconteceu, mas quando vimos o sentinela estava caído. Usávamos silenciadores, mas não foi o suficiente. Começou uma gritaria e o nosso atirador principal explodiu a cabeça de Ahmed enquanto ele gesticulava algo para seus subordinados. O tiro foi certeiro, e abriu uma avenida no crânio do homem. Não foi uma cena bonita. Depois do coice para trás, o corpo de Ahmed inclinou-se para a frente quase que em câmera lenta, e espatifou-se em cima do caldeirão. A gosma que tinham preparado misturou-se com o sangue e os miolos do desgraçado. Jogamos as bombas de efeito moral, algumas granadas e começamos a derrubar um sentinela por vez. Waqar foi esperto e se jogou próximo a uma rocha maior. O cara do ISI e o sujeito que se passou por cameraman não tiveram tanta sorte, foram baleados e mortos na hora. No fim das contas, matamos quatorze deles, ferimos cinco e pegamos um ileso. É, eram vinte, e não vinte e cinco, como você pode ver."

"E vocês?"

"Perdemos sete homens, tivemos dois feridos. O fator surpresa estava conosco. Waqar saiu sem nenhum arranhão, a não ser um corte no rosto ocorrido quando caiu no chão", arrematou Burton.

"Um patriota", disse Malik, soando mais falso do que nunca. "Eu fiquei o tempo todo na aldeia esperando a equipe, e todos me falaram dele com muito respeito. Foi uma perda e tanto, morrer daquele jeito depois de tudo o que aconteceu."

"E o que mais os velhos da aldeia falaram? Tinham informações sobre Ahmed? Sabiam algo da menina?", perguntou Mark. Burton voltou a falar.

"Não. Malik aqui conversou com eles, nós falamos também. A impressão é a de que não confiavam tanto em nós quanto em Waqar, o que é normal, mas negaram quaisquer contatos mais profundos. Disseram o de sempre nesses lugares: o *mujahid* alegou estar sob risco e pediu guarida ao líder da aldeia, que naturalmente a deu sob os preceitos do *pashtunwali*. Em troca, recebeu a suposta proteção dos terroristas, embora soubesse que ela era efetiva apenas para uma espécie de aplicação de leis tribais mais básicas contra ladrões, esse tipo de coisa. Na prática, extorquiam os velhos a manter uma linha indireta de recebimento de provisões, a tal rotina da quarta-feira. Provavelmente, comida e equipamentos vinham de grupos de Mehsud, mas os velhos alegavam não saber quem eram os homens que lá vinham ter com os guardas de Ahmed."

"Bem, e o que mesmo que vocês querem com o Abdullah que não podem fazer sem mim?", disse Mark à meia-voz.

"Simples. Naquela confusão, o vídeo da entrevista com Ahmed nunca foi recuperado. Não temos certeza de que tudo foi captado, mas podemos tirar provas importantes da entrevista. Achamos que Waqar o escondeu da gente, por algum motivo que não sabemos, e se alguém pode saber disso, é o pai dele. Nem Waqar, quando estava vivo, nem o velho quiseram confirmar nada", disse Malik.

"E por que você acha que eu ajudaria vocês com isso?", disse Mark secamente.

"Você não é obrigado. Somos de países democráticos, como você já me ensinou. Pode sair", ironizou Burton, abrindo a porta da Hilux para uma espécie de inferno empoeirado e quente que consumia a paisagem do lado de fora. "Andamos uns quarenta quilômetros desde D.I. Khan. Acho que você consegue. Se preferir, siga mais uns vinte quilômetros em frente até Yarik."

"Vai se foder, Burton. Malik?", cortou o jornalista, mirando o paquistanês duramente.

"Mark. Não lhe pediria algo que não fosse aceitável. É só um vídeo, e achamos que já que Abdullah o adotou como filho, pelo que me contaram, talvez possa nos ajudar. O rapaz está morto, infelizmente, e não podem fazer nada contra ele. Olha só que história você já tem aqui", contemporizou o espião cuja aposentadoria parecia ser tão fictícia quanto todos os outros detalhes daquele enredo.

"OK, tudo bem, eu falo com ele", disse Mark com uma falsa dignidade de quem atendia a um apelo nobre, e não na condição de alguém que sabia que não estava em posição real de negociação.

Cerca de quinze minutos depois, chegavam a Yarik. Mark apontou o caminho para a casa daquele que chamara de pai, ainda que de forma relutante e mais por afeição indireta, há tão pouco tempo. Seria uma traição e tanto, e não lhe ocorria nenhuma forma de driblar as condições postas à mesa.

26. Laços familiares

A cidade parecia mais silenciosa do que da última vez em que lá esteve. O calor era opressivo. Eram 13 horas, e a não ser pela passagem de um ou outro caminhão pela estrada, Yarik era a visão acabada de uma cidade-fantasma de faroeste americano.

Quando o portão da casa de Abdullah se abriu, após Mark ir com um dos soldados tocar a campainha, quem estava lá não era o comitê infantil de recepção. Havia dois jovens com barbas curtas, mal-encarados, perguntando ao soldado o que os estranhos queriam. Assim que souberam de quem se tratava, entraram. Mark pediu para o soldado voltar para o carro e esperar com os outros. A segunda Hilux, com o colega dele, mantinha o motor irritantemente ligado, provavelmente para manter o encapsulamento civilizado do ar-condicionado. Mark gesticulou para que desligasse, mas o jovem militar fez que não entendeu.

Abdullah emergiu da porta lateral de sua casa visivelmente consternado. "O que aconteceu, meu filho, diga para mim o que aconteceu. Quem são esses homens com você? Ou melhor: por que eles estão com você?"

"O senhor os conhece?"

"Sim, foram eles que trouxeram a morte a essa casa. Meu filho está morto por causa deles."

"Mas como, meu amigo? Eu estava lá com Waqar. Foram terroristas, mataram um monte de gente e...", Mark ia dizendo quando Abdullah o cortou.

"Entre. Deixe esses outros aí, não os quero além do limite de meu portão. Vou providenciar para que tenham comida e água enquanto conversamos."

O velho parecia mais abatido do que no último encontro. Usava uma bengala e, sem o barrete, mostrava uma calva pronunciada emoldurada por parcos fios de cabelo brancos. Andava devagar, e Mark instintivamente o ajudou, segurando seu braço. Abdullah o guiou até o antigo quarto de Waqar, o mesmo em que descobrira Ariana. Sentaram-se na cama, cuidadosamente arrumada, como que esperando por seu ocupante. Não há tragédia maior que a perda de um filho, e o amor do lar alijado de sua presença grita seu sofrimento nesses pequenos detalhes: um lençol limpo, uma cadeira vazia, um cômodo impecavelmente ordenado, as velhas coisas em seu mesmo lugar.

"Quando você me perguntou quem era Ariana, pensei que Ayesha havia lhe contado algo que talvez soubesse. Mas quando voltei ao quarto e vi a caixa revirada, entendi. Tudo sempre segue o caminho insondável de Alá. Nunca sabemos o porquê, mas de repente aquilo que mais tentava proteger, eu lhe dei ao colocar você para dormir na cama de Waqar. Não me arrependo, mesmo que não tenha tido essa intenção", disse Abdullah, que em algum divã ocidental estaria a explicar um ato falho. "O fato é que tentei protegê-lo depois do que aconteceu com Waqar, e temo por sua vida agora que está com esses homens. Depois de voltar da montanha, eles todos passaram aqui em casa. Os alimentei, como todo afridi faria. Mas meu filho estava estranho, falando pouco. Todos diziam que ele tinha sido o herói da noite anterior. Mas estava silencioso, como só um pai pode perceber. Todos tomaram chá de menta feito especialmente para a ocasião, celebraram, e foram descansar o restante do dia.

"Chamei Waqar e lhe perguntei o que estava errado. Ele me disse que Ahmed havia lhe contado segredos terríveis na tal entrevista que fizera antes de ser morto, e que se sentia sujo de participar daquilo. Que o serviço secreto militar estava por trás de tudo, de tudo o que acontecia por lá. Sinceramente, ele nunca me contou o que era esse tudo do que falava, mas sabia que tinha a ver com o *mujahid*, provavelmente com os Mehsud. Ele só me disse que iria tentar voltar à vida normal até descobrir como se livrar daquele problema, e que não era para eu me preocupar. O tempo passou, e ele começou a ser assediado pelo ISI e por policiais, até o dia em que foi preso, pouco antes do atentado. Ele me ligou e disse que Ayesha iria trazer uma encomenda dele para mim, que deveria ser entregue somente a você."

"Eu? Mas como?"

"Veja, Waqar queria que eu lhe desse o diário, a fita de vídeo e esta carta", Abdullah agora murmurava, enquanto tirava do bolso um envelope fechado. "A carta ele me pediu para nunca abrir. Foi seu último pedido, que ele fez ao telefone no dia em que Ayesha trouxe o pacote. Era como se farejasse a proximidade da morte. Disse que conhecia você e que, se algo de ruim lhe acontecesse, tinha certeza que você viria parar aqui em Yarik. Então, tome. Nunca a li. Veja, está lacrada", disse. "Não sabia se devia lhe entregar, quando você veio para cá, apesar de ter lhe aceitado como filho, obtendo até a aprovação da vila. Mas quando vi que você tinha achado o diário, mudei de ideia. Sabia que você voltaria."

"E Ayesha, o que ela sabe? Ali é do ISI."

"Sim, mas ela escondeu tudo dele. Era como se houvesse uma ligação de sangue maior entre todos nós, Waqar, eu, ela e, por algum motivo, você. Por isso quando ela o mandou para cá eu fiquei furioso, briguei ao telefone, achando que ela não sabia direito o que fazia. Novamente, estava errado. Ela sabia o que estava fazendo, e felizmente você está aqui agora para podermos resolver tudo."

Mark estava com a respiração instável, fruto da emoção real que aquele idoso de coração quebrado expressava e da ansiedade em unir as pontas que se apresentavam. Parecia novamente que a cornucópia se abriria generosamente, iluminando o todo da história que poderia lhe dar fama. Recebeu instruções e, quando deixou a casa, abraçou longamente Abdullah e disse: "Prometo cumprir o que me pede, pai. Até logo."

"Porra, o que você estava fazendo lá?", disparou Burton ao abrir a porta do carro.

"Trabalhando para vocês, acho. O vídeo está na aldeia, vamos para lá agora procurar o ancião chefe, Gul."

"Ele não levou esse tempo todo só para dizer isso, não é Mark?", falou, felinamente, Malik, que, bom jogador, não esperava uma resposta.

Mark estava visivelmente irritado e deu de ombros. As Hilux seguiram a 55 a norte, rumo a Pezu. Não precisavam de mapa: Burton e Malik sabiam o caminho dali em diante de cor. Pegaram uma estrada secundária de terra e foram rumo às montanhas, que fazem uma espécie de arco naquele ponto, tendo Pezu como seu ponto de interligação. A subida era íngreme até a pequena vila sem nome, com não mais que cinco ou sete casebres. A poeira parecia dominar todo o ambiente, tornando o ar denso, palpável e com gosto de calcário. No carro, silêncio absoluto. Mark só comentou que o velho não queria vê-los porque estava chateado com o governo, em especial depois que o candidato do PPP de Zardari ganhou a eleição local e, para ele, todos os homens do PPP eram ladrões. Portanto, não queria contato com oficiais do Exército, do ISI ou de qualquer órgão do governo. A desculpa era péssima, o jornalista mesmo sabia, mas era tudo o que podia dizer sem comprometer ainda mais Abdullah.

Às 17 horas estavam na vila. O sol já não tinha mais tanta força, e Burton comentou que não era seguro viajar à noite. Foram, ele e Malik, diretamente à casa de Gul. Uma figura plácida, quase a efígie de um santo, abriu a porta. Não parecia feliz em ver os dois homens, mas os convidou a entrar. Agora era a vez de Mark acompanhar Beg e os dois soldados no jogo de espera. O tempo passou, e o avermelhado do sol em declínio tingia as nuvens mais altas. Iria anoitecer em breve.

A porta da casa se abriu, rangendo a madeira contra os tijolos de barro. Dois jovens, na certa netos de Gul, chamaram os convidados com gestos. Iriam, naturalmente, tomar chá.

Gul não falava inglês, e Malik foi o intérprete da noite, para desconforto de Mark, agora mais do que nunca disposto a não revelar mais nada do que sabia. "Honrado Mohammad Gul, eu lhe agradeço a hospitalidade em sua casa, sua cidade. Como não pretendo tomar muito de seu precioso tempo, transmito aqui o recado do honrado Abdullah de Yarik, seu amigo e pai de meu amigo Waqar. Ele lhe pede humildemente para que nos dê a fita de vídeo que Waqar deixou para vocês após a confusão do ano passado", disse Mark, rezando para que Malik não torcesse demais as palavras.

Gul balbuciou algo incompreensível mesmo aos outros presentes. O homem era alto e magro, com um nariz adunco que traía alguma origem remota persa. A barba era branca, bem fina, e o cabelo cortado rente não dava sinais de calvície. Ele se levantou, ordenando que os meninos que acabaram de servir chá com leite se retirassem, e com um gesto pediu para que todos ficassem onde estavam. Remexeu uma prateleira e tirou um pano empoeirado que continha, aparentemente, uma fita de vídeo. Voltou e sentou-se.

"Meus caros. O jeito como vocês trataram minha aldeia depois daquele incidente na montanha nunca foi muito bem aceito por aqui. Primeiro, nos enganaram para trair um hóspede da nossa tribo. Depois, nos deixaram desprotegidos quando os amigos do meu hóspede vieram cobrar satisfações sobre seu paradeiro e eu tive de contar a verdade. Fui ludibriado, no alto de minha idade, e meus parentes sofreram a consequência. Dois rapazes da aldeia foram levados embora para o Waziristão para lutar pelo Exército de Muhammad, pelo emir. Nunca mais os vimos", disse, mentindo descaradamente sobre o primeiro item. Os homens do coronel Mahmud haviam na verdade subornado Gul para que ele simulasse a intermediação entre Waqar e Ahmed pela entrevista. Sobre o segundo ponto, não havia como dizer se era teatro ou não, mas o relato era bem convincente e condizente com o que acontecia naquelas paragens. O recrutamento forçado era uma realidade que tomaria proporções dramáticas no começo do ano seguinte.

"Mas ainda assim, em nome de minha amizade com o governo do Paquistão, eu lhes dou o que meu amigo Abdullah pede. Aqui está a fita. Naturalmente, espero que isso encerre o assunto", disse.

"Um momento, honrado Gul. E a menina, o que foi feito da menina?", interrompeu Malik. A demora dele em dizer a Mark o que havia perguntado deixou o ambiente tenso. Quando o paquistanês o explicou, Mark emudeceu, só para vociferar incrédulo.

"Você sabe onde ela está e não me contou?"

"Não. Mas ele sabe", disse, apontando para Gul.

"A menina está a salvo. Foi levada para uma família afridi muito tradicional numa vila não muito longe daqui e não está mais em perigo. Na vila deles existe até escola para meninas. Está tudo bem", respondeu Gul.

Burton interveio. "Mark, como não sabíamos bem o que tinha acontecido, achamos melhor não contar sobre isso para você. A menina estava escondida com Gul. Ahmed havia pedido a ele para mantê-la dormindo longe do acampamento, porque sabia que a qualquer momento poderia haver um ataque. Até esses monstros têm coração."

"Coração? E estupro infantil?"

"Meu caro, ela não era tão nova assim. Seu casamento não era muito diferente de quase tudo que acontece por aqui", disse, com uma frieza que fez com que Mark ameaçasse se levantar para brigar. Foi contido por Malik.

"Você está na casa de um líder tribal, acalme-se."

"Seu filho da puta. Como você diz uma coisa dessas. Agora vai vir com papo relativista? É só porque você não dá a mínima para o que aconteceu com a garota. Só que não percebe que, se não fosse ela, vocês nunca pegariam Ahmed."

"Isso lá é verdade, mas é mentira que não nos preocupamos com ela. Não só nos preocupamos como vamos pedir a nosso amigo Malik a gentileza de pedir ao Gul aqui o endereço da nossa heroína. Ela tem que ser colocada num lugar realmente seguro, de preferência fora deste país", disse Burton. Malik traduziu sua fala.

"Não. A garota fica aqui. Ela é inocente, e tem de ser protegida pelos que a receberam. Isso é final", disse Gul, levantando-se e indicando o caminho da porta. Não haveria nem o protocolar jantar ou uma oferta de descanso. Teriam de enfrentar o frio da noite e, pior, seus perigos. Felizmente, aquelas Hilux tinham aquecimento tão bom quanto a refrigeração, ainda que não fossem blindadas.

"Olha, Mark, não me leve a mal. Apenas estava dando um quadro realista quando falei da menina. Acho que ela deveria ir para os Estados Unidos, ou para a Inglaterra, algum lugar seguro. Até porque ela pode um dia contar para alguém o que sabe, alguém que entenda o que se passou", disse Burton, sem esconder sua real preocupação.

"Eu discordo. Se há um lugar em que ela vai estar a salvo, é aqui, em seu país. Vocês americanos são engraçados. Veem o mundo como uma espécie de parque de diversões. Vêm aqui, brincam com tudo, fazem uma confusão danada e aí caem fora. Acham que todos os lugares não são seguros. Que apenas aquela porcaria de comida que vocês comem é boa. Em nome de Alá. A menina está bem. Está protegida. Ela não vai virar um animalzinho de zoológico para ser exposto naqueles programas de TV ridículos, com sofás grandes e cérebros pequenos. Não, Gul está certo. Ela tem de ficar por aqui", rebateu Malik, para a surpresa do agente da CIA.

Mark tendia a concordar com o paquistanês, mas sabia que era falacioso dizer que ela estava a salvo numa região em que o analfabetismo feminino beira os cem por cento e onde fanáticos que destroem escolas para meninas podem atacar a qualquer momento. Além disso, pelo fato de ter sido violada, como especulava que tinha sido, ela teria de passar por viúva para não ter muitos questionamentos sobre sua vida pregressa. Uma ginástica intelectual e tanto para uma criança que sonhava em fugir para Dubai com o vizinho adolescente. Enquanto pensava nisso, decidiu advogar pela saída de Ariana do país. "Vocês todos leram o diário. Ela não era feliz aqui."

"É, talvez você possa adotá-la e criar a moça com seu filho recém-nascido. Aposto que sua mulher vai adorar a ideia. Por que não liga para ela?", ironizou Malik, sem saber que o chiste atingia a Mark duplamente: não tinha a quem ligar, mesmo que quisesse. Além do ponto pessoal, o jornalista sempre sentia cheiro de falso humanismo em eventuais adoções além-mar, uma filantropia dos culpados, sem sentido. Não achava ter condições de fazer nenhuma defesa muito embasada no caso de Ariana, e desistiu rapidamente da linha de argumentação.

Pensou em Elena e Ivan (seria mesmo Ivan?) enquanto a Hilux sacolejava morro abaixo no escuro, de faróis apagados para não chamar atenção de eventuais salteadores ou homens de Mehsud.

"Vamos discutir o caso da menina depois. Agora, tudo o que preciso é de um banho. Mas isso só vamos ter em D.I. Khan. Beg, por favor, acelere", disse Burton quando as duas picapes chegaram à rodovia 55. Passaram por Yarik sem reduzir a velocidade, para alívio de Mark. A última coisa que queria era imaginar que as intermináveis conversas com os líderes tribais não tinham acabado por ora. Que teria de expor Abdullah de novo. E ele pensava em Elena, sobre quem achava que nunca mais pensaria. Até antigas lições opressivas de moral de sua mãe voltaram à tona.

Tentou relaxar no restante do percurso, embora isso fosse muito difícil enquanto segurava junto ao peito, escondidas em um dos bolsos internos de seu colete, a carta de Waqar e a cópia verdadeira da fita com a entrevista de Ahmed, que Abdullah havia lhe confiado em segredo antes de sair de casa e promover a pantomima com Gul.

27. Oksana

O ksana Ivanova Rudychenko-Harris era a melhor amiga de Elena. Tinha trinta e dois anos, era uma bela jovem ucraniana com impecáveis credenciais pós-soviéticas: trabalhava num banco de investimentos na City londrina, era vista como descolada e moderna. Falava inglês, francês, russo e, claro, ucraniano. Casou-se cedo e pouco via a filha, Lyuba. O marido, Thomas, de quem tomou emprestado o Harris para compor o sobrenome cosmopolita, muito menos. Trabalhava cerca de 14 horas por dia, e tinha amigos que via de forma esparsa. Como Elena. Desde o telefonema frustrado de Mark, logo após a separação, tinha conversado apenas duas vezes com a russa. Sabia pouco de seu paradeiro. Nessas ocasiões, não lhe contou sobre o contato do ex-namorado e, de tempos em tempos, questionava a si mesmo se tinha feito o certo.

Em março de 2008, descobriu que estava sendo traída por Thomas de forma casual. Fora tomar um drinque com colegas de trabalho e encontrou o marido aos agarros com uma jovem morena, de uns vinte e cinco anos. Abertamente, no *happy hour* que nunca aproveitava por estar presa a seus grilhões no banco. Mia, uma amiga inglesa de aspecto inseguro, confessou-lhe então que sabia do caso havia tempos, já que a morena em questão era conhecida sua. Trabalhava no mesmo edifício do banco, numa seguradora. Por fim e sob o peso típico que a escolha por um casamento multicultural e com filho impõe aos cônjuges, Oksana perdoou Thomas. Contribuíram para isso considerações interiores sobre a distância dos pais e o melhor jeito de educar a criança, além do pavor atávico que os eslavos têm da solidão no exterior — algo que vem talvez das realocações populacionais promovidas por gerações de invasores e tiranos locais. De Gengis Khan a Stalin, a lista era variada. De fato, se abraçou Thomas na compreensão, nunca perdoou Mia por não lhe contar a verdade. E especulou com mais intensidade se não estaria fazendo o mesmo, com o sinal trocado, a Elena.

A dúvida cessou na tarde de 14 de maio, uma quarta-feira, a véspera do encontro de Mark com as revelações de Yarik. Abriu seu e-mail ao chegar do almoço — mantinha o hábito de se permitir horários para a refeição adquirido durante dois anos como gerente de marketing de uma multinacional em Paris, e por isso era vista com um misto de inveja e desprezo anglo-saxônico por seus colegas ingleses. Lá estava uma mensagem de John, que trabalhava na área de derivativos do banco.

"Ei, você. Espero que seu almoço tenha sido bom, hehe. Falei por acaso com Mark hoje, troquei um e-mail com ele. Ainda está no Paquistão. Olhe o que ele escreveu abaixo, na mensagem anexada. Vocês nunca mais se falaram mesmo?"

Oksana parou, respirou fundo e escreveu um e-mail sem revisão para Elena.

"Querida amiga, espero que você esteja bem. Não nos falamos tanto quanto gostaria, eu sei, mas sempre penso em você e no pequeno Ivan. Tenho que lhe confessar uma coisa", e começava uma longa digressão sobre os motivos que lhe fizeram esconder a procura de Mark, assinalando que ele nunca mais tentou, o que deveria ser um sinal de que sua vontade era fraca e protocolar.

"De todo modo, amiga, te peço perdão. Não foi certo esconder isso. Se você quiser, posso remendar as coisas e intermediar um contato entre vocês dois. Mark perguntou por mim num e-mail trocado com o John aqui do banco. Sei que ele fez isso pensando em você. Posso escrever a ele? Ou você mesma quer escrever? Se bem que acho melhor não, vai parecer que você está correndo atrás. Um beijo, Oksi."

Clicou em "enviar" e foi, passo apertado, para o banheiro no fim do corredor principal de seu andar. Chorou como nunca havia chorado antes.

28. Corrida às cegas

Mais de vinte e quatro horas depois do clique do mouse de Oksana, Mark chegava a D.I. Khan. Havia pouca visibilidade, a cidade era mal iluminada. As picapes foram diretamente para a base em que o helicóptero havia pousado. Em quartos adjacentes àquele em que havia se reunido antes estavam dispostas camas de campanha com cobertores bem grossos e pias. O sanitário ficava no fundo do corredor, ao estilo asiático, sobre o qual Mark nunca havia pensado nada de bom, falando em relativismos culturais.

Na sala maior, havia pão ressecado e chá com leite. Mark não quis tocá-los. Perguntou se havia água e um soldado que fumava enquanto olhava a gordura boiando em sua xícara disse que uma jarra fora colocada ao lado das camas. Mark não quis pensar muito sobre a origem da água, deu-se por satisfeito e retirou-se.

Trancado no quarto, após usar o banheiro do corredor e tomar quase toda a água de sabor metálico, só tirou as botas de caminhada. Iria dormir daquele jeito, como se preparado para fugir com um tesouro. Porque era isso que desconfiava haver no bolso interno de seu colete. A presença de Beg na cama ao lado não ajudava. Se tentasse ler o papel perto dele, mesmo que parecesse algo casual, levantaria suspeitas. Teria de manter-se calmo e esperar a volta ao hotel. Chegou a mexer em sua inseparável lanterna de bolso Maglite, fantasiando uma leitura secreta debaixo das cobertas, quando o ronco de Beg estivesse em seu esplendor. Mas, novamente, refreou-se. Um erro agora e tudo estaria perdido.

Dormiu sob a sinfonia do militar. Não se importava muito, sabia que ele também roncava, e passara parte da vida adulta fugindo de um exame de polissonografia que poderia revelar toda a extensão de seu problema. Mark nunca se dera bem com médicos. Tinha horror a medir a pressão, invariavelmente ela subiria quando estivesse lá com o braço esticado. Na verdade, era tudo uma afronta ao seu mito pessoal de invulnerabilidade. Era como se seu mundo, a segurança de seu destino, dependesse da crença inabalável da saúde perfeita. Paradoxalmente, era isso o que lhe fazia ir em frente; de resto, na realidade sua tensão arterial em repouso era um banal 13 por 8. Em sua psicanálise chegou a achar um culpado pelos medos mais ancestrais, um incidente hospitalar na infância em que não se sentiu devidamente protegido dos médicos malvados; infelizmente, Freud não é aspirina, e nunca conseguira superar aquilo.

Como em todo quartel, a alvorada foi digna do nome. Às 6 da manhã, com poucas horas de sono às costas, Mark foi acordado por Beg com um bom-dia preguiçoso. O jornalista só resmungou ininteligivelmente. Virou-se e certificou-se que seus dois tesouros secretos continuavam no mesmo bolso em que haviam ido dormir. Sim, lá estavam, no colete colocado junto à cabeceira da cama. "Paranoico", pensou.

Encontrou os mesmos comensais de há pouco. Ao chá, uma rara adição de um café coado de péssima qualidade. Não era chá, isso animou um comentário engraçadinho de Mark, que foi devidamente ignorado. Olhava para Burton, com seu rosto rígido, como se a pele fosse esticada artificialmente sobre os ossos, ressaltando músculos e nervos. E Malik, talvez com mais cara de sono do que o próprio jornalista. Não houve empatia ou conversa. Beg e os demais soldados mal falavam, até que por volta das 7 horas um ruído surdo de hélices rodando foi se definindo. Usaram o banheiro, as pias dos quartos e embarcaram.

Dawes estava lá, pilotando. Talvez cansado de exibir suas qualidades ocultas, Burton não fez menção a assumir seu lugar ou a cadeira ao lado, que foi ocupada por um dos soldados — jovem demais para ser piloto de helicópteros que carregam gringos tão politicamente expostos, mas que colocou o capacete de qualquer forma. Transcorreram de forma suave: o rio Indo coberto com uma névoa fina, os campos irrigados, a aridez crescente, as montanhas e, finalmente, Islamabad. Dessa vez, porém, desceram numa área militar do aeroporto na cidade-gêmea de Rawalpindi. Mark não gostou. Planejava escapar direto para o hotel, que não era muito longe do ponto de partida no dia anterior, e descobrir quão valiosa era a carga que escondia junto ao corpo, em seu peito.

"Vamos para o ISI?", perguntou, sem trair sua real intenção.

"Vamos passar por lá. Mas você agora está liberado, um carro vai te levar para onde você quiser. Acho que já tem uma história e tanto nas mãos, não? Um verdadeiro herói paquistanês nessa guerra sem sentido. E logo seu amigo. Nós temos o que procurávamos, então acho que há um acordo de cavalheiros aqui", disse Malik.

"As regras são as de sempre. Você pode atribuir tudo a fontes militares paquistanesas e a oficiais ocidentais em campo. Nada das palavras americano ou ISI. Correto?", completou Burton, já entrando no furgão de vidros escurecidos tão denunciantes de sua condição.

"Não, esperem vocês dois", agora Mark jogava. "E a menina? Preciso saber o que aconteceu com ela, oras, preciso saber o nome, quem era", disse, arrematando com um pensamento rápido de disfarce: "E a fita? Não vou poder saber o que o Ahmed contou?"

"Essa fita, Mark, não existe. Sobre a menina, vou ver o que dá para fazer, mas sigo com a minha avaliação de ontem. Ela tem que ser protegida, e expô-la a você não é exatamente o que considero proteção", disse Malik.

Burton sorriu e fechou a porta corrediça da van na cara do jornalista. Mark fingiu desgosto, batendo as mãos na cabeça. Imaginava que seu teatro, se notado, tinha sido de boa qualidade. Mais importante, logrou ganhar tempo, e entrou apressado no outro furgão que esperava a comitiva, esse de vidros translúcidos, mas bastante sujos.

Como jornalista, Mark lidava bem com situações de pressão. Sempre preferiu reportagens feitas no calor dos fatos. Se via como jornalista de tiro curto, não um fundista. Por isso, sentiu um certo alívio quando percebeu que sua situação era, na realidade, muito complicada do ponto de vista de prazos. Teria de pensar rapidamente. Não demoraria mais de um dia para a fita ser analisada e, seja lá o que tivesse nela, os seus conhecidos iriam fazer o caminho de volta a Gul para saber onde estava o testemunho de Ahmed. E, se fizessem isso, voltariam a Abdullah. Sentiu medo pelo que poderia acontecer com o pai de Waqar. Medo real. Medo de filho, e medo por si próprio, já que certamente um aperto no velho colocaria os cães em sua cola. E a adrenalina de uma apuração corrida. Pareciam sentimentos imiscíveis e contraditórios, e talvez o fossem, mas era assim que o jornalista funcionava. Tinha de correr.

Pôs a cabeça para funcionar no trânsito infernal do final da manhã. Buzinas são, como em quase toda a Ásia, a norma e não a exceção. Lembrava-se das placas pintadas atrás dos tuc-tucs, aqueles táxis montados em cima de motociclos, que vira no Nepal e na Índia: "Por favor, buzine." No tráfego paquistanês, não havia isso, mas, sim, uma infinidade de mensagens e nomes escritos em adesivos colados aos carros. "Aziz the Greath", com o H errado no final, "Allahud", "Rawal Power", "Love Machine". Havia de tudo, além dos famosos caminhões transformados em ônibus com pinturas extravagantes em suas carrocerias de madeira elaborada, levando multidões a seus afazeres e para todos os cantos do Paquistão e do Afeganistão.

Ao se aproximarem da intersecção entre as duas cidades, uma dúvida pairava sobre a cabeça de Mark. Como Ahmed não desconfiara de algo fundamental: a gravação fora feita em uma fita de padrão VHS doméstico, não um equipamento profissional. Enquanto se dava conta de que aquele seria mais um buraco inexplicável em sua história, ficou feliz por não ter que procurar um aparelho de Betamax ou de algo digital no Jinnah Super Market. Queria ir direto para lá, comprar um velho e bom Panasonic de quatro cabeças como o que tinha na década de 1990, antes da ascensão do DVD, do blu-ray e afins. Certamente encontraria. Contudo, sabia que isso poderia chamar a atenção de seu motorista, que vinha a ser um funcionário paquistanês a serviço da embaixada dos Estados Unidos. Foi para o hotel, agradeceu a carona e o dispensou.

Chegou e cumprimentou Hamid na portaria, um dos dois proprietários do local. Foi direto ao ponto: onde encontraria rapidamente um aparelho de videocassete?

"Ora, Sr. Zanders, este é um hotel todo equipado. O senhor pode usar meu DVD quando quiser", disse, obsequioso.

"Mas é que realmente preciso de um videocassete. Preciso ver uma fita antiga."

"Nesse caso, espere um pouco", sorriu o interlocutor.

Hamid arrastou seus chinelos quase escondidos por um *shalwar* amarrotado e foi até o quarto que ficava atrás do balcão da portaria. Em dois minutos voltou com um aparelho Sharp que deveria ter uns dez ou quinze anos de idade, todo empoeirado, e cabos soltos. "Ele ficava aqui no lobby, era muito bom. Deve estar funcionando", disse.

"Hamid, você é um gênio. Peça para subir umas cinco cervejas geladas pra mim, porque hoje preciso beber", disse, desconsiderando que para Hamid, seguidor de sua fé mais do que a média local, tal afirmação poderia soar quase ofensiva.

Chegou ao quarto e foi tomar banho. Precisava tirar o pó e o suor acumulados da viagem. Mark novamente se olhou no espelho, cada vez mais certo de que aquela jornada tinha de acabar antes que lhe causasse algum outro dano físico. O banho, contudo, foi curto e com água quase fria. Precisava ler e ouvir o que tinha à mão, e já havia se passado uma hora e meia desde que deixara seus oponentes. Por isso, deu prioridade à montagem do vídeo, pois a carta poderia ser lida na sequência, embora a lógica mandasse ler a mensagem de Waqar primeiro.

Foi quase uma hora até conectar todos os cabos do velho Sharp à TV e fazer com que Hamid achasse a fonte de energia do videocassete. Enquanto isso, duas Carlsberg geladas foram consumidas, e Mark se sentia como um adolescente esperando o primeiro beijo. O tempo estava contra ele. A essa altura, os agentes secretos talvez já tivessem descoberto o que havia naquela outra fita. Uma filmagem de casamento? Um vídeo pornográfico? Ou não. Talvez não tivessem essa pressa toda e, por terem chegado perto da hora do almoço, não conseguiram localizar o funcionário responsável pela análise de vídeos no ISI — o que, de todo modo, parecia bem improvável. Mas o fundamental era que Mark não sabia o que acontecia na raia ao lado. Tinha que continuar correndo de olhos vendados.

Eram pouco mais de 13 horas quando o aparelho de vídeo finalmente deu sinal de vida. Mark agradeceu a Hamid, deu-lhe a pequena fortuna de cinco libras como gorjeta. Sentou-se no chão, em frente à TV e ao vídeo montado precariamente sobre o apoiador de malas do quarto. Colocou a fita e, surpreendentemente, apresentava qualidade muito aceitável de som e áudio. Já podia ver sua reprodução no site da *Final Word*, embora soubesse que isso era basicamente um desejo tolo; também nao navia garantias sobre o conteúdo daquela gravação.

Reconheceu imediatamente Waqar. Ele envergava os trajes típicos com que costumava trabalhar, todos em tom pastel. Falava alguma coisa em urdu, como que descrevendo a região em que estava. Parecia uma introdução, havia imagens da vila de Gul e alguns moradores falando algo incompreensível. De repente, o corte, e cerca de dois minutos de estática que deixaram Mark desesperado. Mas a fita retomou seu caminho, e lá estava ele. Ahmed. O inimigo. Aparentemente, pronto para falar. Mark pegou outra cerveja e fixou a imagem pausada, essa de pior qualidade, já que era noite. Um som constante, zunido de gerador, era audível, assim como várias conversas laterais dos homens de Ahmed.

"O senhor é aliado de Baitullah Mehsud?"

Um Waqar incrivelmente firme em seu inglês começava assim a entrevista com aquela figura ameaçadora, sob a iminente chuva de balas e explosões que ele sabia que viria. Repórteres de área de conflito sabem estar sujeitos a isso, é um acidente de trabalho. Mas o pequeno *fixer* tinha isso como certeza, não apenas uma hipótese, e poderia ter destruído sua encenação. Foi exatamente ao contrário, e de repente Mark sentiu-se diminuído por tantas vezes em que espezinhou a capacidade de Waqar de sair do personagem de *fixer* servil. Começou a ver ali um herói verdadeiro.

29. Ahmed

Ahmed ajeitou a barba grossa e falou calmamente. Ambos estavam sentados junto à fogueira, e sua luz era predominante sobre a fraca lâmpada da câmera amadora que lá estava montada. Assim, a cada palavra, as chamas pareciam acompanhar a voz do *mujahid* numa onda bruxuleante, espectral. Seus olhos negros, contudo, pareciam não refletir nada. Ao falar, soava como um ser desumanizado, uma espécie de monstro primitivo cuja toca nas montanhas havia sido devassada inadvertidamente. Para adicionar estranhamento, ele envergava a entonação aristocrática de um aluno de Eton.

"Veja, meu amigo. O emir e seu Exército são a força real do Paquistão. São eles que vão mostrar ao país a farsa que o seu Exército monta. Como eles não querem saber do Profeta, que a paz esteja sobre ele. Depois do general Zia ul-Haq, ninguém mais quis saber da lei verdadeira."

"Então o senhor é aliado deles?", perguntou com ainda mais firmeza Waqar. Seu rosto, contudo estava de lado, mal-enquadrado. O cameraman não era grande coisa, mas, enfim, em tese ninguém nunca iria assistir à gravação mesmo.

"Não. O emir e eu não nos falamos há muito tempo. Você acha que eu estaria aqui, escondido neste buraco, se estivesse trabalhando com ele? Olhe este lugar. Estes homens vivem dia a dia, sem saber se amanhã algum maldito americano vai jogar uma bomba covarde nas nossas cabeças. Dependendo da honradez de homens que não conhecíamos. Isto não é vida de alguém que está ligado ao grande emir", disse, com algum sarcasmo.

"Mas vocês brigaram? O que aconteceu?"

"Acho que o emir resolveu que eu deveria ficar à distância. Talvez ele não gostasse do quanto sei de seus planos. Você imagina o que isto significa. Por sorte, tenho alguns companheiros de luta por todas as áreas tribais, então não faltam doações e voluntários para ajudar a nossa pequena unidade a sobreviver enquanto tomamos um novo rumo", disse pausadamente Ahmed, começando então um longo discurso sobre o papel dos *mujahedin* na construção da Ummah, de sua luta na Caxemira, da influência da Índia no Afeganistão, da imoralidade generalizada do modo de vida ocidental. O de sempre, em resumo, até que cometeu algo que parecia inacreditável aos ouvidos de Waqar. "Espero que o Exército comece a se redimir de seus desvios. Pode começar ao readmitir rapidamente minha unidade, como o fez quando eu era dos Leões na Caxemira, para recompensar meu trabalho pelo Paquistão."

Era um recado aos homens que, na verdade, estavam engatilhando as armas para matá-lo. Waqar virou-se para o agente do ISI disfarçado e percebeu em seus olhos o mesmo assombro. Ainda assim, foi em frente e resolveu ser jornalista na hora mais improvável de sua vida, quando isso não lhe era exigido.

"O seu trabalho com o Exército foi conseguir algo do Dr. Khan para a *jihad*? Não seria glorioso ter uma bomba atômica?"

"Do que você está falando? Lógico que a bomba é um instrumento de Alá para purificarmos a terra, varrê-la do infiel."

"O senhor não levou dinheiro de Mehsud para alguém do Exército em 2005, pouco antes do grande terremoto? Esse dinheiro era dos americanos? Não levou em troca algum plano do Dr. Khan? Não falou com um advogado chamado Siddiqui? Xeque Ahmed, sou jornalista, ouvi essa história em Muzaffarabad. Gostaria de saber se é verdade."

Waqar dera seu tiro de uma só vez. Esperava naquele momento ter a entrevista interrompida e, mais provavelmente, sofrer algum tipo de ameaça ou agressão. Teria de dar o sinal combinado com a equipe misturada às sombras à sua volta, levantar os braços para os céus e cruzá-los, autorizando o ataque e tentando salvar a própria vida. Mas não.

"Advogados não são confiáveis, mas há oficiais no nosso Exército que ainda o são. Sim, fiz a ligação entre o emir e os homens que poderiam ajudar a gloriosa *jihad*. Agora, todos vão temer a nós. Temos a bomba, e posso dizer que ajudei a trazê-la às mãos dos fiéis, assim como o Dr. Khan fez antes. Mas não sei nada sobre a origem do material, nem vou falar sobre detalhes do que foi feito com ele. E não conheço nenhum Siddiqui."

Waqar tremia, e a sua expressão era nítida sob o vaivém das chamas. Sabia que aquela revelação inesperada penderia como uma espada de Dâmocles sobre sua cabeça para o resto dos dias. Ninguém poderia ter acesso ao maior furo de reportagem que ele jamais sonhara em obter. De certa forma, Mark emularia seu sentimento naquela tarde em Islamabad.

Pensou rapidamente em Ariana. Sem ela, nada daquilo seria possível. Mas não teria coragem de perguntar nada a Ahmed sobre a menina. Estava estupefato demais para tanto, e seria tolice de todo modo. Logicamente poderia estar a mentir, ou a exagerar. Claramente se desvinculou de Mehsud no discurso, mas de onde vinham então as provisões que chegavam todas as quartas na vila montanha abaixo? Certamente estava ocultando a verdade. Mas o que falara já era por si só espetacular demais. Um dos *mujahedin* mais temidos do país queria na verdade chantagear o Exército. Não dissera com todas as letras quem eram os intermediários, mas insinuou claramente que havia "oficiais" envolvidos. Poderia negar tudo depois, mas seu recado em tese estaria divulgado em toda a grande imprensa paquistanesa: não morreria quieto.

A questão é que ele morreria de qualquer jeito, e logo. E a fita não viria nunca a público. A menos que Waqar tivesse a engenhosidade de fazê-la cair nas mãos do único estrangeiro em quem realmente confiava, pela forma mais indireta e menos rastreável possível. E que esse estrangeiro tivesse tido acesso a mais ou menos o mesmo grau de informação prévia que tivera ao ler o diário de Ariana, para montar o quebra-cabeça. Era o que acontecia ali, naquele quarto, naquele velho aparelho de VHS. Mark nem abriu mais cervejas.

"Mas e o dinheiro, de onde veio?"

"Você sabe de onde. Todo paquistanês sabe. O infiel vai morrer por sua própria ingenuidade. Todo americano acha que um jihadista tem preço. Todo indiano acha isso também. Eles vão pagar." Para Waqar, ou Ahmed falava a verdade, ou era mais um paquistanês, como "todo paquistanês", que acreditava que a CIA despejara milhões de dólares para tentar conter os ânimos dos extremistas nas áreas tribais — Mehsud à frente deles. Waqar sabia que isso era perfeitamente possível, e ainda acreditava que a Índia poderia estar por trás de movimentos que estimulassem a traição entre grupos, justamente para desestabilizar o rival vizinho. Conhecera pelo menos dois jornalistas em Peshawar que trabalhavam para o R&AW, a principal agência de inteligência externa da Índia. Tendo talvez um milhão de mortos no rastro das guerras entre os dois países, os indianos não deviam nada aos paquistaneses em termos de intriga internacional.

A gravação seguiu mais um tanto, com Ahmed falando generalidades e negando alguns detalhes do que havia falado. Ela se encerra quando o combatente chama um auxiliar para oferecer o jantar aos jornalistas. O restante era a história contada por Burton e Malik sobre o acontecido naquele dia, pelo menos se pudesse confiar no relato dos dois.

Mark sentou-se na cama e pegou o Moleskine. Reviu as notas sobre a entrevista. Sabia que talvez devesse sair do Paquistão o mais rápido possível com o material todo. Mas a história ficaria pela metade, ponderou. Esticou o braço e pegou o envelope com a carta de Waqar. Achou melhor voltar à cerveja primeiro.

Enquanto a Carlsberg gelada lhe amortecia a garganta, abriu cuidadosamente o envelope com a ajuda de uma caneta. Não queria destruí-lo, como costumava fazer. A transformação da comunicação interpessoal escrita em uma incessante troca de sinais digitais, por e-mails ou mensagens de texto, acabara com o respeito pela correspondência; as pessoas, Mark incluído, rasgam seus envelopes de forma displicente, não se importando exatamente com o conteúdo. Faturas de cartão de crédito e boletos bancários estão na internet. Propagandas são feitas para serem rasgadas de qualquer jeito. Não sobrava muito no meio físico a ser preservado — talvez para a sorte futura dos eucaliptos, caso as pessoas realmente cessem um dia de imprimir tudo o que veem na tela do computador.

A carta estava sem data. Era escrita com os garranchos típicos de Waqar, misturando letra cursiva e de forma. Para a surpresa de Mark, era curta, encerrada em uma única página de papel sulfite. O volume do envelope se devia à foto em anexo, um retrato em preto e branco feito por João, um fotógrafo português que acompanhou Mark em uma de suas viagens ao Paquistão. Fora ampliada lá mesmo. Nela, Mark e Waqar riam à mesa num café do Melody Market. A cena casual poderia ser uma composição: cigarros, três xícaras de chá com leite, um bule escurecido, jornais, papéis e bloquinhos com canetas compõem uma harmoniosa cacofonia de signos da profissão daqueles homens. Mark agora achava Waqar um jornalista, não apenas seu *fixer*, aliás um herói antes de um repórter. Só temia estar olhando mais uma culpa em formação, afinal nunca tivera o jovem paquistanês em grande estima profissional. O considerava bom e confiável, mas mantinha, ao estilo do seu guia espiritual do século XIX, um distanciamento que considerava necessário. Richard Francis Burton nunca baixava a guarda para aqueles que chamava de nativos, afinal de contas.

Caro Mark,
    Gostaria muito de lhe dizer tudo isso pessoalmente, mas não acho que haja meio seguro de fazê-lo. Até porque você vai correr risco se souber de qualquer coisa, e não desejo isso para você.
    Mas se você estiver lendo esta carta, bem, é porque isso não vai acontecer. É porque alguma coisa terrível aconteceu comigo e minha querida irmã está fazendo o que pedi que fizesse. Por favor, não exponha nem ela nem meu pai depois que descobrir tudo o que tem de descobrir.
    Eles foram orientados a deixar tudo pronto.
    Embaixo de minha cama na casa de meu pai há uma caixa, e nela você vai encontrar um diário. Leia. Você vai entender tudo o que tem de ser entendido, é um bom jornalista. Depois, veja o vídeo que meu pai lhe der. Nele, eu entrevisto o mujahid *que é descrito no diário como um assassino terrível que comprou algum segredo atômico do Dr. Khan com ajuda do Exército. Acho que foi com dinheiro da CIA. Parece loucura? Leia e veja com seus próprios olhos e faça a matéria que nunca poderei fazer. Nem poderia. Mas posso te contar: todos os* mujahedin *estão mortos agora, eu estava lá quando morreram, e não tenho ideia se realmente existe alguma bomba feita por eles por aí.*
    Por fim, meu amigo, se possível tente saber o que aconteceu com a menina do diário. Nunca descobri. Só sei que está em alguma aldeia, talvez não muito longe de Yarik. Se ela quiser ir embora, dê um jeito de tirá-la de lá, por favor. Mas só se ela quiser. Ache Ariana.
    Então é isso. Mais uma vez, lhe peço para deixar minha família longe dessa história. Não confie em ninguém. Principalmente em

nosso amigo Malik. Ele sabe tudo desde o começo. Se eu estiver preso, por favor, tente algo com o Comitê de Proteção aos Jornalistas, com a Anistia. Sei que você não gosta deles, mas são os que sobraram. Sinto, no entanto, que esta carta só vai ser lida comigo morto, infelizmente, mas será o que Alá desejar.

Desejo muito sucesso e que você consiga ser feliz com sua russa. Cansei de ver você se separando de mulheres que parecem boas.

Theek he! Waqqi."

Da metade da carta em diante, Mark chorava copiosamente e quase desabou ao ver o *fixer* usar o apelido carinhoso na assinatura. Tomou em praticamente um único gole a quarta cerveja. Sentia calor no rosto, como se fosse cair doente, com algum tipo de febre repentina.

Abriu a janela, e a lufada quente invadiu o ambiente condicionado, envolvendo o rosto já em chamas do jornalista. Ao menos as lágrimas secaram em sua pele, e de repente tudo fazia sentido. A história, com todas as lacunas que ainda possuía, parecia ter se fechado o suficientemente para ser apresentada ao público — como se sabe, não existe reportagem alguma que resista intacta a um escrutínio minucioso; o todo tem de sobrepor-se aos pedaços desamarrados e o resto ganha-se na relevância e, de forma limítrofe, no estilo. Iria tentar honrar os pedidos de Waqar e, de quebra, talvez fizesse a reportagem mais importante de sua vida. Sabia que a ordem dos fatores não era essa, mas confortou-se na própria mentira. Tomou a quinta cerveja e começou a elaborar o plano de ação. Tinha de ser rápido, apesar do torpor que o álcool começara a lhe impor.

Enquanto isso, na sede do Inter-Services Intelligence, Burton e Malik almoçavam tranquilamente. O prédio fica em um quarteirão fortificado, embora sua entrada se confunda com a de um hospital e centro de diagnósticos situados no mesmo local. Folhagens e buganvílias se misturam a discretos rolos de arame farpado. Na primeira barreira, não há soldados, apenas dois homens em *shalwar kamiz* brancos com pistolas na cintura a checar documentos. A segunda, um portão metálico antibombas, só é acessível após dois soldados uniformizados verificarem que o veículo em questão não tem nenhum potencial explosivo. A partir do portão principal, revela-se um conjunto de prédios em um complexo que mais parece um campus universitário norte-americano. Construções novas, grama cortada impecavelmente, tudo funcional e de bom gosto. Nenhum prédio tem identificação, mas o maior e mais vistoso fica bem ao centro do complexo, de onde o poderoso D. G., o diretor-geral, comanda uma agência que construiu fama de eficiência e conspiração ao longo de três décadas. Algumas flores enfeitam o jardim. No segundo prédio ao lado do central fica o escritório de Malik, no segundo andar. Ele sempre optava por subir pela escada central, que se bifurca após passar pelo identificador eletrônico de pessoal, uma porta de vidro corrediça e quatro seguranças numa portaria. "É importante para manter a forma", repetia aos interlocutores. Seu gabinete ficava no final de um corredor com painéis de uma madeira escura que parecia sempre recém-lustrada. Diferentemente das outras repartições governamentais do Paquistão, em que nomes e cargos são pendurados de forma precária, em folhas de papel sulfite, do lado de fora das portas, nenhuma das salas possui marcação nominal. Todos sabem quem ocupa qual delas.

 Ambos tomavam vinho com o almoço, uma garrafa que Malik guardava na pequena adega secreta de sua antiga sala. Era um Chianti grosseiro, do tipo que a Itália exporta em borbotões para os tolos que fazem questão de um rótulo importado à mesa em países menos afortunados. Chegara a Malik pelo método tradicional, por meio de um distribuidor cristão. Cerca de trinta dólares por garrafa, cinco ou seis vezes o valor real da coisa. O escritório permanecera à sua disposição, apesar de ele ser oficialmente um aposentado vivendo de consultorias e "boa fonte" de jornalistas ocidentais. Era um grande privilégio e de certa forma, uma compensação por não ter sido nomeado D. G. Discutiam o acontecido na véspera.

"Acho que está tudo bem. Vamos ver o vídeo assim que o coronel Mahmud chegar. Ele teve de resolver um problema em Peshawar e chega em breve. Aí já aproveitamos e digitalizamos tudo", disse Malik.

"Certo, mas e seu amigo jornalista? Estou preocupado com essa matéria que ele vai fazer. Logicamente não vamos ter controle sobre tudo", disse Burton.

"Mark? Relaxa. Ele tem uma bela história na mão e não tinha apreço especial pelo *fixer*, achava o garoto um bobo. Vai contar o que sabemos que ele sabe. Toda a parte do diário envolvendo militares, meu amigo, não vai publicar aquilo. Não tem prova de nada. É uma criança que ele nunca viu escrevendo. Conheço o Mark, ele não é do tipo maluco que depois quebraria a cara com uma bela negativa oficial cobrando provas", disse, com ar de satisfação tão típico daqueles que entendem, ou acham que entendem, os meandros do ofício alheio.

"Você tem um ponto e sabe como essa gente funciona. Mas eu ainda preferiria vê-lo inoperante. Sabe como é, assim, tipo fora do ar por tempo indeterminado."

Malik não respondeu. O prato que degustavam, um frango *tikka masala*, estava condimentado de forma anormal; costuma ser um dos mais suaves tons de pimenta na paleta culinária daquele pedaço do mundo.

"Não combina com esse vinho, meu caro", gracejou o americano.

"E eu não combino com você", respondeu o velho espião.

30. A mensagem

Mark cedera ao cansaço e à baixa na adrenalina e dormiu. Por volta das 17 horas, acordou, com um amargor típico da cerveja tomada na hora errada a contaminar-lhe a base da garganta. "Cacete. Que horas são?", resmungou mentalmente. Esfregou os olhos e deu-se conta que esteve apagado por quase três horas, e que a preciosa evidência que colhera estava lá, indefesa. Qualquer um, do faxineiro a um agente especial do ISI, poderia ter entrado no quarto e subtraído o elemento central da história mais inacreditável com que já esbarrara. Até o caquético aparelho de vídeo do hotel poderia conspirar, mastigando e engolindo aquele frágil pedaço de plástico injetado. A carta de Waqar estava perto de seu corpo, talvez tivesse sido mais difícil retirá-la sem que percebesse. Tentou consolar-se com esse pensamento.

Desligou o aparelho de vídeo e colocou-se a pensar. Deveria sair o mais rapidamente do país ou evitar chamar atenção, esperando um pouco? Precisaria esconder o vídeo e, de preferência, copiá-lo em meio digital a fim de mandá-lo para fora do país furtivamente. Esconderijo não seria exatamente um problema. Conhecia um funcionário da embaixada do Brasil que poderia colocar a fita no mesmo local em que afinal repousava a cópia original do diário de Ariana — as páginas que guardara eram fotocópias que fez depois que percebeu que o forro falso de sua mala não era um local muito seguro. Um pequeno cofre no setor consular, inacessível a qualquer um que não gozasse de algum tipo de imunidade diplomática. Pelo menos era no que acreditava. Para a reprodução da fita, somente o mercado e, pior, no dia seguinte.

Decidiu adiar a volta por uma semana ou dez dias, depois de tomar as providências. Queria saber qual fora a reação de Malik e Burton à fita falsa, e aproveitar para tentar fechar as pontas de sua apuração. O tempo a mais lhe daria um ganho de imagem com os inimigos.

Satisfeito internamente, Mark abriu seu laptop. O antigo Windows Vista é um sistema operacional excruciante no carregamento de seus aplicativos, e novamente namorou a ideia de comprar algo mais decente, como um Mac, lembrando-se da charmosa loja da Apple que visitara em Tóquio. Comparou-a no seu cérebro com a do Soho nova-iorquino, mas os pensamentos frívolos pararam ao abrir a caixa de e-mails.

Na sede do ISI, contudo, não havia clima para grandes saltos mentais. O coronel Mahmud, envolvido desde o começo na operação de caça a Ahmed, chegara pouco antes das 16h30 ao prédio e foi encontrar-se com Malik e Burton. Estava próximo de uma promoção, diziam que seria feito tenente-brigadeiro em breve. Exalava poder e autoconfiança, com o bigode ainda mais espesso e escuro devido às tinturas indianas que sua mulher comprava em Lahore, e passara a fumar cigarros americanos em detrimento aos tradicionais Gold Leaf feitos localmente pela subsidiária da British American Tobacco. Os dois informaram o resultado da ação e levaram o coronel à sala de decodificação de vídeos, onde a fita já estava no ponto à espera de ser analisada.

O jovem sargento que operava o equipamento fora expressamente proibido de inteirar-se de seu conteúdo sem a presença dos superiores.

A câmera de vigilância asseguraria isso, e ela foi a primeira a ser desativada quando o trio adentrou a sala refrigerada.

"Toque", ordenou Mahmud. Malik assentiu com um piscar de olhos para o sargento, e informou que a cópia digital seria feita imediatamente.

"Não. Vamos primeiro ver o que tem aí", disse Burton, sugerindo um até então desconhecido dom de premonição. Porque efetivamente nada havia na fita. Apenas estática e pedaços de programação de TV de um canal do Sindh. Os quatro passaram mais de uma hora explorando todos os cantos daquela relíquia do século XX, aventando possibilidades de ter havido gravações fragmentadas sobre a entrevista de Ahmed a Waqar. O sargento procurou e nada achou.

Não houve explosão de raiva ou descontentamento. Homens como aqueles três estavam acostumados a esse tipo de situação, e perigosamente planejando em suas mentes o passo seguinte até a chegada à sala em que encontraram o comandante que cuidava oficialmente do caso no ISI — não por acaso, ele tratava Malik com a deferência de um subordinado na hierarquia militar. Não houvesse perdido a corrida política, Malik seria seu chefe agora.

"Você acha que o repórter tem a ver com isso?", perguntou Mahmud.

"Não vejo como. Ele saiu de mãos abanando", disse Malik.

"E onde ele está agora?", perguntou o comandante.

"Se não fugiu com a fita verdadeira, está num hotel de segunda na Islamabad Club Road. Podemos ir lá agora", disparou Burton.

"Chame-o para uma conversa amanhã. Discretamente. Sinta seu pulso", recomendou Mahmud à antiga "boa fonte" de Mark. "Sem barulho."

Se pudesse executar a recomendação naquele exato instante e de forma menos figurativa, Malik sentiria um princípio de taquicardia na ponta de seus dedos. Na caixa de entrada de Mark havia uma mensagem de Elena. Ele não sabia direito o que fazer, e ficou imóvel por uns bons cinco minutos. Sentiu a mesma vertigem experimentada quando soube que Waqar era do ISI, e parecia que algo terrível poderia acontecer a qualquer segundo. Levantou-se, sentou-se. Respirou. Clicou na mensagem.

> Mark,
>   Oksana me enviou um e-mail dizendo que você tentou me procurar. Ela nunca havia me contado isso. Amigos são coisas estranhas. Tentam te proteger, mas no fundo estão defendendo seu ponto de vista. Sei do que tenho que me defender, e não seria disso. Se eu soubesse que você queria saber de mim, não iria me esconder atrás da raiva que senti de você nesses meses todos. Talvez nem tivesse desativado o Hotmail, se é que você tentou me mandar algum e-mail. Bem, indo ao que importa, seu filho está bem de saúde. Ivan é um menino forte, lembra muito o avô dele pelas fotos que vi do meu pai quando criança. É mais loiro que você e tem olhos de um azul profundo, que já foram mais claros de qualquer forma. Chora pouco. Certamente é seu filho (haha). Enfim, não sei bem mais o que falar. Não quero voltar com você, Mark, isso é uma certeza que esses meses me deram. Mas gosto de você o suficiente para não te negar acesso ao seu filho. Se quiser, me procure, meu número de telefone está aí embaixo. Oksana disse que você ainda está no Paquistão. Por favor, tome cuidado. Ainda que órfão na prática, gostaria que Ivan soubesse que tem um pai em algum lugar do mundo.
>   Se cuide, E.

O "haha", assim como tudo na linguagem típica da internet, era sempre algo que incomodava Mark. Emoticons com pequenos rostos expressando emoções apenas reforçavam ao jornalista o caráter provisório e irreal das relações baseadas em sinais digitais. O quanto o século XXI estava fadado a ver o indivíduo crescer como ser perverso, incapaz de estabelecer vínculos que não possam ser desfeitos com um control-alt-del ou um puxão na tomada. Todo um mundo se descortinava, a tal Web 2.0 e suas ainda incipientes redes sociais, e a promessa de uma sociedade realmente global e interligada escondia para Mark uma espécie de marca da maldade. Fosse um fanático cristão, veria em toda a dependência do mundo moderno de suas ferramentas tecnológicas um esquema de um Anticristo vivo entre nós. Só poderia comprar e vender aquele que carregasse o símbolo da Besta, não era isso que a Revelação ensinava? Para Mark, bandeiras de cartão de crédito e seus chips no fundo eram expressão disso.

Os homens deixariam de ser homens. Suas experiências em redes sociais e blogs seriam inversamente proporcionais à realidade, ao mesmo tempo em que a substituiriam. O sexo seria eternamente seguro, logo desumanizado. Não há vida sem risco. Logicamente, isso se resolvia com uma noite de selvageria na cama ou, para quem cresceu vendo a guerra de videogame da CNN, com uma temporada em algum *hotspot* do mundo. Mas essas possibilidades escasseavam, ao menos para a porção ocidentalizada e com recursos da Terra. Mark nunca negara o fascínio da tecnologia e das possibilidades que ela abria, mas ainda assim desconfiava seriamente de que uma distopia estava marchando rumo à humanidade. O fim do ser social verdadeiro. E tudo começava, temia, naquelas inocentes carinhas, "haha" e tantas outras simbologias estéreis. Toda civilização tem um alfabeto, pensava o jornalista. Era significativo que a nossa adotasse chistes adolescentes como o seu.

Mas Mark, se um tanto pessimista, não era cego. E via naquele "haha" um resquício da antiga Elena, da mulher que ele fazia rir e que admirava por ser tão cidadã de um mundo desintegrado quanto ele. Que soube ser sardônica numa mensagem delicada, dentro de uma medida em que por seu sorriso virtual de pedra era possível entrever uma confirmação emocional de ligação entre aquela criança ainda órfã de pai e seu progenitor desconhecido. Lá estava ela, revelando um detalhe de forma ligeira, como uma *matrioshka* permitindo ao observador um relance da próxima boneca russa dentro de si. A Elena que amou, ou algo próximo a isso, ainda estava lá, apesar de toda a dureza das palavras. Sentira isso em momentos diferentes ao longo dos meses e das desventuras, mas agora isso era uma certeza.

Não quis responder à mensagem, contudo. Se não chorou, como havia feito horas antes ao ler a carta de Waqar, sabia que aquelas revelações em sequência não eram administráveis de uma só vez. Elena, Ivan e toda a sua vida simplesmente teriam de esperar mais um pouco. Primeiro tinha que dar fim à sua história no Paquistão. Mais urgentemente, precisava espairecer, e não pensou em ninguém melhor que Viktor. Naquele momento, nem lembrava consequentemente que havia transado com a parceira do russo. Francesca estava longe, tudo o que ocorreu naquela estranha noite parecia perdido em alguma bruma. Podia ser só disciplina mental, ou quem sabe hipocrisia, mas importava pouco.

"OK, te encontro lá", disse, usando o telefone do hotel. O "lá" era um dos poucos restaurantes italianos de Islamabad, que sobrevivera a um atentado poucas semanas antes — diferentemente dos cinco paquistaneses mortos por frequentarem um antro da decadência ocidental na Terra dos Puros, ou algo parecido que havia sido alegado pelo Talibã nativo para explodir a bomba. Viktor iria sozinho, e disse estar "morrendo de vontade de tomar um vinho". Ao menos estaria longe da vodca.

O táxi deixou Mark a poucos metros do estabelecimento, e ele percebeu que havia algo errado. Dois furgões de vidro escuro à porta do restaurante indicavam que ele teria mais companhia do que o esperado naquela noite. Olhou desconfiado, checou que eram 20h12 em seu relógio e entrou. Viu Viktor sentado à mesa e por um instante sorriu, achando que estava apenas acometido de um surto passageiro. Já vira aqueles carros, não sabia ainda que os veria no dia seguinte; resolveu relaxar na dobra de conforto proporcionada pela relatividade. A noite foi breve e o assunto, superficial. Sua cabeça estava em outro lugar; nem o macarrão mais mole do que o ponto ideal, nem o vinho de segunda o incomodaram. Só precisou perguntar sobre Francesca uma vez, por polidez básica, e ouviu um rosnado do colega russo sobre a moça não gostar muito dele e mal ter se despedido quando deixou o país — o que apenas facilitou seu processo mental de deixar o episódio num plano de registro inferior. A noite lhe foi leve, e o Sangiovese barato de alto custo teve o efeito esperado. Foi dormir para ser acordado às 7 horas com um telefonema de Malik ao celular.

"Preciso falar com você. Mesmo lugar, mesma hora."

Desejou que aquilo fosse apenas um sonho ruim. Que o raiar do sol fosse espantar os sortilégios da noite. Para piorar, o e-mail de Elena voltou à sua mente, e não conseguiu pegar no sono novamente. Abriu o laptop e checou sua caixa de correio, como que na esperança de que a mensagem da russa tivesse sido parte do pesadelo. Não que não tivesse gostado da comunicação; era apenas o pavor de ter de lidar com tal assunto, já que com as amarras da racionalidade frouxas após uma noite de sono aceitável, sua certeza de que o tema Ariana era mais importante não era tão firme assim.

Leu o noticiário daquele 17 de maio. Nada lhe chamava especialmente a atenção, mas a parte do mundo que realmente lhe interessava ainda estava sob os lençóis. Inclusive Elena e Ivan. Voltou para a cama, enrolando até as 9h30, quando se deu conta que deixara o ar condicionado desligado e que estava suando. Hora de enfrentar o dia, pensou, ao abrir as torneiras do chuveiro.

31. Fuga

Mark tencionava passar no Jinnah Super Market para copiar o vídeo antes do encontro com Malik, mas calculou mal o tempo. Depois de devolver o aparelho de vídeo para Hamid com mais cinco libras para garantir seu desaparecimento, pegou um táxi para o Melody Market. Ainda estava cedo, pouco antes das 11 horas, e ele entrou em uma daquelas lojinhas que usam computadores para fazer ligações baratíssimas pelo sistema VOIP, popularizado em programas como o Skype. O rastreamento de tais chamadas é mais complexo, não impossível, mas Mark não achava que o setor consular brasileiro em Islamabad fosse de grande interesse a seus amigos do ISI. Ligou para Abdelaziz, o funcionário que conhecia na embaixada e lhe pediu para acrescentar um volume à sua caixa de segredos diplomaticamente protegida. Era sábado, mas ele estaria na chancelaria.

"Você vai me colocar em apuros", suspeitou corretamente o funcionário.

"Em uma semana, nada disso vai estar mais aí, prometo."

Pegou outro táxi e foi até a avenida Atatürk, onde ficava então a modesta casa de dois andares da embaixada. Pelo menos havia isonomia, já que a sua correspondente paquistanesa em Brasília não estava em condições muito mais favoráveis — em termos de edificação, ao menos. Depois de fazer a entrega, Mark ainda brincou com Abdelaziz: "Não é o Palácio Pamphili, mas esse prédio guarda tesouros." O funcionário não entendeu a referência à nababesca sede diplomática brasileira na Piazza Navona, em Roma, e Mark estava atrasado demais para explicar. Depois se arrependeu do chiste: e se Abdelaziz resolvesse mostrar aos chefes os envelopes lacrados que escondia? Ainda que o conhecesse há anos, o episódio de Waqar mostrava claramente que não se podia confiar em ninguém. Tarde demais.

Mark chegou cinco minutos após o meio-dia de novo ao Melody Market. Estranhamente, Malik não estava lá, o que o deixou mais desconfiado do que o normal, olhando cada canto do mercado patrocinado pela Pepsi-Cola: dezenas de guarda-sóis com o logotipo do refrigerante e uma renovação razoável da praça central eram a cortesia daqueles agentes do imperialismo entre os fiéis. Sentou-se e pediu uma água em um dos quiosques. Meia hora se passou e, quando já se preparava para ligar a Malik, o espião apareceu, esbaforido e transparecendo uma agitação como nunca vira antes.

"O que foi, Malik?"

"Se você não sair imediatamente daqui, vai se meter em sérios apuros, meu amigo. Eu o observo há anos, e sei que você sabe do que estou falando. Então eu lhe peço: vá embora o mais rápido possível. Enquanto isso, vou convencê-los de que a fita era genuína e que Waqar não tinha gravado coisa alguma naquela noite."

"Não sei do que você está falando. Que fita? Vocês não estão com a fita?", tentou disfarçar Mark. Sabia que o discurso poderia ser meramente uma forma de confirmar que o jornalista possuía o original com a entrevista de Ahmed.

"Você não sabe no que se meteu. Vá embora e não mencione o que viu naquela fita para ninguém. Adeus." Malik se levantou e cumprimentou

Mark olhando-o diretamente nos olhos. "Acredite em mim", falou. O jornalista não queria admitir, mas sabia que ele falava a verdade.

A busca por Ariana, as respostas sobre o que aconteceu com os planos nucleares, tudo isso teria de ficar para depois. Mark pediu outra água, e percebeu que as palmas de suas mãos estavam encharcadas. Pela primeira vez em anos, Malik lhe transmitia um nervosismo diferente do habitual — conselhos sobre os perigos de pegar uma estrada, de entrevistar um líder tribal qualquer. A água chegou nas mãos de um jovem de pele muito escura, que ressaltava os olhos amarelecidos. Ele percebeu o incômodo de Mark, como se aquele estrangeiro tivesse sido tocado por algum anjo de pestilência e agora se via desnudado em sua inconveniência ali mesmo, no meio de um mundo ao qual não pertencia. Malik se ofereceu para ajudá-lo. Sabia de tudo, em detalhes, e iria se arriscar para proteger a destinação da fita verdadeira. Mark não conseguia simbolizar ou racionalizar, mas estava apavorado.

Ato contínuo, buscou uma distração mental para tentar não sair do foco. Teria de deixar o Paquistão. Mas calma, pensou, tenho que ver o que está faltando na história. Novamente pegou seu Moleskine e rascunhou um organograma. Havia menos buracos do que da última vez, e de todo modo poderia tentar falar com Siddiqui ou algum de seus associados da rede de Khan por telefone. Isso se Siddiqui, ou algum de seus sócios, estivesse mesmo no Paquistão. Poderia pedir uma negativa formal qualquer ao diretor de Relações Públicas das Forças Armadas sobre o envolvimento dos oficiais com Mehsud e com Ahmed. Iria receber um não do Paquistão e da CIA sobre detalhes da operação Ariana. Com tudo isso, teria como contar uma história — já fizera reportagens elogiadas com bem menos na mão.

Mas havia implicações. Precisaria tirar Ariana do relato de alguma forma. E, certamente, omitiria Abdullah, a fim de garantir uma proteção ao velho. Mas e se, pensou Mark, a simples publicação levá-los a perseguir o pai de Waqar? Teria de omitir o depoimento de Ahmed, mas isso era a peça central da reportagem, a grande evidência. Seria impossível bancar uma publicação *off the record* de um assunto tão sério. Havia a possibilidade de que o seu autodenominado pai pachto fosse preso de qualquer forma, só pela entrega da fita sem a entrevista. A essa altura, Gul já teria contado toda a verdade para o ISI, por força ou dinheiro. Isso era claro. Talvez pudesse falar com Ayesha, mas o último encontro deu-lhe a medida do que poderia fazer ou não.

Tudo isso foi esboçado em duas páginas de caderneta. A esferográfica escorregava por sua mão, e dois pingos grossos de suor rolaram por sua testa e atingiram em cheio as últimas linhas do que acabara de escrever. Chegou a pensar em pedir outra água, mas começou a sentir-se extremamente vulnerável, sentado, ali, no meio de um mar de incertezas. Tinha pouco a fazer, e instintivamente entrou na primeira agência de turismo que viu na rua. Precisava sair do Paquistão naquele dia.

Logicamente, as coisas não são tão simples assim. Nenhuma agência, e Mark foi a três, topou remarcar o bilhete da PIA baseado apenas na apresentação do número do passaporte do cliente. Teria de falar com Londres, mas ainda era muito cedo. O horário de verão estava em vigor no Paquistão, então eram seis horas a mais em Islamabad. Era sábado. A *Final Word* só teria o pessoal do administrativo realmente em operação às 10 horas, ou seja, dali a três horas. Na melhor das hipóteses, embarcaria na manhã seguinte, no voo das 11h50 para Heathrow. Abdelaziz não voltaria do almoço antes das 14 horas, então tinha mais de uma hora para pensar na vida.

"O que o general Joffre faria em um momento de crise como este? Comer, ora", conseguiu brincar mentalmente Mark, que não havia tomado café da manhã. Pediu uma porção de samosas, pastéis análogos em nome e gosto aos modelos indianos, e uma Pepsi. Enquanto comia, reestudava o organograma, que já se expandira para três páginas do bloquinho de anotações. A tensão tinha baixado um pouco, mas a imagem de Malik fitando-o e pedindo para que acreditasse nele persistia como uma espécie de descanso de tela mental. Sempre lá. Voltando à história, reconheceu que a falha mais evidente era o destino dos supostos planos nucleares. Ahmed dizia na entrevista que a bomba estava à mão, mas tecnicamente isso parecia algo improvável. Fazendo um exercício de hipótese e considerando que uma bomba suja ou algo assim fosse exequível, no caso de eles terem tido acesso a algum material de laboratórios paquistaneses ou mesmo no hoje menos famoso mas ainda ativo bazar atômico das repúblicas ex-soviéticas, qual seria o alvo? Naturalmente, alguma instalação ocidental, de preferência norte-americana. Mas não faria bem à causa extremista um ataque que tivesse efeitos de longo prazo sobre uma população muçulmana, em um centro populoso como Karachi, por exemplo. A destruição da embaixada dos Estados Unidos em Islamabad, e consequentemente de todo o aberrante encrave diplomático, seria um grande golpe. Mas muitos muçulmanos inocentes morreriam, ainda que os fundamentalistas certamente tenham fornecido mais ocupantes para o paraíso maometano do que para o cristão ao longo de suas atividades. Alvos norte-americanos no Afeganistão? Logística complicada.

Mark começou a pensar que a Al Qaeda estava por demais desestruturada para fazer um ataque na Europa ou até nos Estados Unidos quando o garoto que lhe serviu as samosas interrompeu seu devaneio. "Melhores que as de Délhi. Não acha, senhor?", perguntou o garoto. Mark fitou aquele pedaço de massa engordurada com um recheio de carne e vegetais de origem indizível. Samosa. Délhi. A Índia era um alvo muito mais fácil, do ponto de vista prático. Ou ainda um alvo ocidental em território indiano. Mark perdeu a fome, tomou o restante da Pepsi e deixou dinheiro a mais na mesa.

Estava um pouco desorientado. Sua reação racional ao grande perigo esboçado por Malik havia sido útil, mas não tirou a umidade de suas linhas da vida, do coração e de sabe-se lá o que mais na palma da mão. Precisava agir para sair da paralisia.

"Achei melhor não te envolver nisso por mais tempo, você estava certo, meu amigo. Vim recolher o que é meu", disse Mark a Abdelaziz à porta da embaixada, onde o esperou por cerca de quinze minutos. Eram 14 horas em ponto e o funcionário se mostrou surpreso, mas aliviado. Mark também, ele não contara a nenhum superior o que acontecera, e os dois envelopes saíram intactos do velho cofre de ferro fundido. Agradeceu a Abdelaziz e pegou o táxi que lhe esperava à porta.

Mark chegou ao hotel às 14h30, suado e ansioso. Tinha de esperar para ligar para Londres. Não queria falar com Neal, até porque era sábado, dia sagrado para o escocês entrar em inconsciência alcoólica por volta do meio-dia. Queria discutir a volta diretamente com o pessoal do administrativo, como se fosse algo rotineiro. Com o editor teria de falar, ou ainda, disfarçar seus desígnios. Não tinha certeza de que Neal também não estivesse grampeado em Londres, então não valia a pena ligar da rua ou de um posto telefônico. Abriu o minibar e viu que Hamid fora generoso: deixara quatro garrafas de cerveja e duas de água para gelar. "O que não fazem umas libras a mais pelo serviço", pensou, enquanto tomava água. O ar-condicionado até parecia menos barulhento, tal era a excitação com a perspectiva de sair dali. Isso lhe ocorria com uma certa frequência em coberturas jornalísticas difíceis. Na hora de ir embora, há uma certa rapidez na solução dos problemas, como se tudo conspirasse para realizar o desejo maior de voltar para casa. Sua mão secara, o ritmo da respiração não se alterava mais com os vislumbres de Malik e seu vaticínio — embora a ideia de que o ISI pudesse mandar alguém para matá-lo a qualquer momento tivesse começado a aflorar de forma racional em sua mente.

Resolveu tomar uma cerveja e esperar até as 16 horas no silêncio da poltrona do quarto. Reviu seu organograma, repensou a questão até aquele momento sem resposta lógica sobre a reportagem e lembrou-se de Ariana. Como Waqar havia pedido que descobrisse e tentasse proteger a menina, e como iria falhar nesse desígnio. Talvez fosse simplesmente melhor assim, confortou-se.

Às 16 horas, falou com Kate, a moça que cuidava das viagens na *Final Word*. Havia vaga no voo do dia seguinte. Dez para o meio-dia, chegue três horas antes porque o embarque pode ser confuso. "Pode deixar, já vi esse filme aqui muitas vezes. Muito obrigado. Sim, estou bem. Não, deixe que eu ligo para o Neal para dar as novas quando chegar", finalizou, sem perceber que, pela primeira vez desde que conhecera Kate, não fez nenhuma gracinha ou a cantou.

Com a situação aparentemente sob controle e sem sinal de que Malik havia falhado em sua contenção de danos, o jornalista checou sua carga preciosa e resolveu tomar uma última providência: copiar a fita no Jinnah Super Market. O trabalho foi feito no finzinho do expediente, e o rapaz da loja de eletrônicos perguntou se ele não gostaria também de digitalizar uma versão. Ao ouvir que o serviço só poderia ser feito na manhã seguinte, agradeceu e pagou. Voltou ao hotel, fechou as contas com Hamid, que lhe deu como cortesia aquela última rodada de cervejas e águas. O jornalista sorriu e perguntou se ele tinha conseguido esconder o velho aparelho de vídeo. "Qual aparelho?", disse, dividindo um sorriso cúmplice com seu cliente.

Mark voltou para o quarto e preparou suas malas. Não viajava com muitas coisas, sempre achava prudente ter apenas dois volumes com pesos leves. Decidiu que mandaria então uma cópia do vídeo, com as páginas xerocadas do diário, em sua mala a ser despachada no bagageiro do avião. Os originais iriam consigo, na bolsa do laptop. Parecia sábio, dentro das circunstâncias e sua imprevisibilidade.

"Malik, você disse que ele estava tranquilo e que não precisaríamos monitorá-lo. Ele está voando para Londres. Não podemos nem interceptar a mala dele agora. Nem detê-lo. E se estiver com a fita? Como você me explica isso?", gritou Mahmud com o velho espião paquistanês às 13 horas do dia seguinte.

"Vocês estão fora de si. Ele é só um jornalista. Na certa o chefe dele mandou voltar, já que está aqui há muito tempo. Por Alá", disse Malik, saindo da sala do coronel sem se despedir.

Entrou na Hilux que o esperava na frente da Base Aérea de Islamabad e pediu para o motorista seguir para sua casa em Rawalpindi. Costumava sentar à frente quando estava a sós com o motorista, mas dessa vez foi para o banco de trás. Tirou do bolso o rosário de contas muçulmano ao qual apelava apenas nos momentos de muita dificuldade. "Que Alá nos ajude agora."

O voo para Londres foi ligeiramente turbulento em sua primeira metade, exacerbando a ansiedade do jornalista, que não amainou muito após o tenso embarque na aeronave. Ao passar pela segunda revista no caótico aeroporto de Islamabad, um soldado que não deveria ter mais de dezenove anos pediu-lhe que ligasse o laptop, mas ignorou solenemente a fita de vídeo e a papelada amassada junto ao aparelho. Ia tudo bem, até que um segundo militar puxou a estranha caixa plástica que estava sobre a mesa para si. "O que é isso?", questionou.

"Uma fita VHS, você nunca viu?"

"Sim, só não entendo o que você está fazendo com isso, ninguém usa mais esse negócio. O que tem gravado aí?"

"Nada, só a festa de aniversário do filho de um amigo meu. Nem sei onde vou colocar isso para tocar quando chegar em casa." Os dois jovens militares se entreolharam, deram uma risadinha afeminada e mandaram Mark seguir em frente. Pernas tremendo, o jornalista prosseguiu e subiu ao hall de embarques por meio da velha escadaria.

O fato de que não havia se preparado e trazido álcool consigo, uma vez que a PIA não serve o produto, não ajudou muito durante o percurso. Não havia ansiolítico melhor para longas viagens. Mas o cansaço da noite maldormida acabou sobrepujando a sede causada pelo arroz com lentilhas apimentado que foi servido e ele só acordou quando já sobrevoavam o Canal da Mancha, preparando a aterrissagem.

"Bem-vindos ao Aeroporto Internacional de Heathrow, em Londres. A hora local é 15h20 e a temperatura é de 24 graus. A previsão de tempo para esta tarde é de chuva leve. Tenham uma ótima estada. Esperamos recebê-los novamente em uma de nossas aeronaves em breve."

Não, Mark não compartilhava o desejo.

32. Um brinde a mister Curtis

O táxi saiu de Heathrow, e de cara Mark percebeu que ficaria quase duas horas no trânsito. A primeira coisa que fez ao entrar no carro foi checar se as cópias do diário e da fita estavam na bagagem despachada. Estavam. Tudo corria à perfeição, as mãos seguiam secas, o ritmo cardíaco estável. Uma sensação de segurança o tomou. O veículo era um modelo tradicional da London Taxi Company, pintado de preto e confortável como nenhum outro similar no mundo. O motorista estava na casa dos quarenta e cinco anos, e usava uma camiseta do Joy Division. Mark achou graça; para ele, os motoristas dos táxis pretos ingleses tinham obrigatoriamente de ser senhores com rostos inchados e boinas da década de 1930. "Vamos para perto de Chelsea, do lado do cemitério de West Brompton, por favor."

"Lógico, senhor. Se incomoda se eu ligar o rádio?"

"Nem um pouco, estou com saudade de ouvir algo daqui."

"Bem, então vou achar a estação ideal para nós", riu o motorista, sem Mark entender se isso depunha a favor ou contra sua imagem.

Ele sintonizou numa FM especializada em rock clássico. Geralmente elas tocam banalidades, mas no ar estava uma versão ao vivo de "Ceremony", do New Order, a banda sucessora do Joy Division. Fã de ambos os grupos, Mark se lembrou da camiseta do motorista e brincou: "Puxa, chegou perto, hein?"

"Nada. Eu já sabia. Hoje a programação é toda dedicada ao Ian Curtis."

"Mas essa música é do New Order, foi um dos primeiros singles deles, não?"

"Sim, senhor, mas foi escrita pelo Ian e tocada pelo Joy Division no último show que fizeram, uns quinze dias antes de ele morrer. O senhor sabe que dia é hoje?"

"Dezoito de maio."

"Isso. Ian morreu há exatos dezoito anos."

Curtis realmente apareceu na sequência musical, com seu vocal inconfundível em "Failures". Mark silenciou e deixou a mente trafegar avenidas inspiradas pela rua lá fora. Tinha um fascínio mórbido por essas tragédias do pop mundial, de jovens ídolos que não conseguiram de um jeito ou de outro suportar o peso da fama. No caso de Curtis, que se enforcou pouco antes de a banda ir para uma turnê americana que poderia lançá-la ao estrelato mundial, a situação era ainda mais bizarra, já que a fama não havia chegado propriamente. O mesmo pode ser dito de Richey James Edwards, letrista de uma das bandas prediletas de Mark, o grupo galês Manic Street Preachers. O sujeito, altamente depressivo, também se matou pouco antes de uma turnê pelos Estados Unidos com seu trabalho mais brilhante, em 1995. Pior, ele simplesmente sumiu, deixando o carro perto de uma ponte famosa por ser ponto de suicidas, só tendo sido declarado legalmente morto em 2008. Coincidências ligavam ambos os casos. Assim como o New Order alcançou sucesso comercial ainda maior do que o do Joy Division, o Manics tornou-se uma banda popularíssima na Europa depois da perda de seu ideólogo.

Enquanto Curtis entoava as primeiras notas de "Transmission", Mark ia rememorando essas circunstâncias estranhas. Fantasiava por vezes estar fadado a isso, a uma morte antes de chegar ao seu ápice. Naturalmente, por morte ele via um declínio profissional ou físico irremediável, uma decadência que o levasse a fracassar na hora final do reconhecimento. Claro que era tolice, porque sendo um brasileiro radicado no Primeiro Mundo, as chances reais de fazer algo notável eram relativamente baixas. "E de quebra já fiz vinte e sete há uns dez anos", pensou o jornalista, brincando com a idade clássica de morte trágica de popstars.

Apertou a bolsa de laptop contra o colo, e sentiu a mala a seus pés. Ali, num táxi imbuído do espírito de Ian Curtis, estava afinal uma janela de oportunidade para fazer algo diferente antes de cair no esquecimento. E todas as chances do mundo de algo dar errado. Ambas as perspectivas o angustiavam na mesma medida em que o excitavam.

O táxi entrou na Ifield Road precisamente duas horas e vinte minutos depois de deixar Heathrow — normalmente, uma hora e meia teria resolvido o problema. Começava a chover uma garoa quase arquetipicamente londrina, e Mark sorriu. "Estou em casa mesmo." A rua é calma, tendo ao lado direito de quem se dirige a Chelsea o muro do cemitério vitoriano de West Brompton e várias árvores. Na margem esquerda, o casario típico daquela área que se estende a sudeste de South Kensington, mas sem o refinamento e os preços típicos da região. "Aqui, e fique com o troco. Tome um drinque em homenagem a Ian por mim depois."

"Por que não agora?", respondeu o taxista, tirando do porta-luvas uma garrafinha de bolso de alguma bebida barata. Deu um gole e ofereceu a Mark, pelo vidro. O jornalista pensou em titubear, mas não foi rápido o suficiente. O gim já lhe ardia as narinas quando achou que seria uma má ideia.

"Um brinde a mister Curtis", disse, devolvendo a garrafa, recolhendo as malas e descendo do táxi. Internamente, torceu para que aquilo valesse como uma espécie de exorcismo. Já tinha fantasmas suficientes com que lidar à noite.

Subiu as escadas, ultrapassou uma pequena pilha de correspondências que ameaçava travar sua porta e encontrou uma camada de pó naquilo que fora seu apartamento. Mas havia colocado panos sobre quase todas as áreas relevantes, e teria apenas o trabalho de lavar aquelas roupas de cama que davam à casa a aparência de um castelo mal-assombrado. Deixou as malas no único quarto e foi para a sala, que era mais ampla que o normal para aquela região, cortesia de uma reforma feita na década de 1920 que comera parte de um salão no prédio geminado à direita. Foi direto para o chuveiro.

Encerrado o banho, ainda com o gim vagabundo do taxista lhe queimando a garganta, Mark abriu a geladeira da minúscula cozinha. Duas Newcastle Brown Ales, uma garrafa de água. Fora inteligente achar que ia demorar a voltar e botar fora todas as coisas perecíveis. Abriu a cerveja e foi para o sofá, já retornado à sua forma normal, sem panos por cima. Ligou a TV e começou a zapear, até que parou no noticiário, uma compulsão. Nada de relevante no mundo. Pulou para um dos vários canais de documentários da televisão a cabo. Seus produtores adoram efemérides, e lá estava o pai de Benazir Bhutto e sua famosa frase: "Vamos comer grama, mas vamos ter a bomba atômica." Essa foi sua reação ao teste nuclear secreto que a Índia fizera em 1974, que disparou a fase mais perigosa da rivalidade subcontinental. O documentário transcorreu sobre a disputa e terminou com uma linha do tempo. Destaque para 18 de maio, dia da explosão da bomba indiana. "Dezoito de maio. Um brinde a mister Curtis", falou em voz alta, sem muita ironia, ao ser lembrado pela TV de tudo que ainda viria pela frente. Não demorou e sucumbiu ao *jet lag*.

33. Necropsia em Londres

Como numa piada de escritório, a manhã seguinte à chegada de Mark era literalmente o alvorecer de uma segunda-feira. Teria de conversar com Neal, e contar o que tinha em mãos.

O editor recebeu seu telefonema às 11 horas. "Muito bem, um bom jeito de começar a semana de trabalho, Sr. Zanders. Por que mesmo o senhor deixou o Paquistão? Ah, pessoalmente, muito bem. Então vamos almoçar naquele restaurante russo que fica do lado de sua casa, sabe qual? Aí você não cansa seu corpinho, e eu posso compensar um pouco meu fim de semana, no qual não bebi quase nada porque tive de levar a patroa para a casa dos pais dela. É, vida de responsabilidades, você ainda vai ter uma. Haha. OK, às 13 horas lá então. Peça para deixar gelada aquela vodca com folhinhas de ouro boiando, você sabe qual é. Tchau."

Mark gostava do humor peculiar de Neal. Compartilhavam descaso em relação aos meandros sóbrios da profissão e, por extensão, da vida como um todo. Eram vistos como abusados em seu desprezo. E se divertiam horrores com isso. Já trabalhavam juntos havia dois anos, e não houve discussão entre ambos que não fosse resolvida na mesa de um bar ou com uma tirada irônica reconhecidamente superior à do adversário. Dava gosto trabalhar com gente assim, pensava o jornalista.

Ele chegou às 13h02, e naturalmente Mark já estava na mesa com uma porção de *blinis* com caviar e a tal vodca com folhas de ouro, de propriedades supostamente medicinais — como se tomar vodca pura na hora do almoço tivesse algo de saudável. "Eu que viro correspondente no Paquistão e você que continua sendo o atrasado. O pessoal lá é que está certo, aquilo foi o que sobrou das instituições britânicas", brincou.

"Também te amo, Mark. Cadê minha vodca? Rapaz, você até ganhou uma cor lá hein? Acho que vou te mandar de vez."

"É, meu caro. Temos que conversar muitas coisas."

"Odeio quando você fala sério assim. Vamos lá, diga."

O *blinis*, a segunda garrafa com quatrocentos mililitros de vodca e um prato de esturjão com creme azedo foram divididos pelos dois enquanto Mark explicava a sua epopeia. O restaurante estava vazio, à exceção do velho avô do dono, que sempre ficava numa mesinha de canto tomando vodca, alheio à clientela. Vez ou outra Mark olhava para os lados, e baixava o tom de voz quando suspeitava que o garçom ou o rapaz do caixa estivessem prestando muita atenção.

"Paranoico, você está paranoico", disse, sério, Neal.

"Tenho todos os motivos do mundo. Além do que, você vê os filmes do Cronenberg, sabe que esses restaurantes são só fachadas para alguma máfia russa. E acho que eles teriam interesse no assunto dessa nossa conversa, ah, isso teriam."

Quando acabaram, Neal estava passado. "Isso é para British Press Awards, para ganhar o Foreign Reporter of the Year, Mark. Mas eu me pergunto, você tem certeza? Isso tudo não pode ser uma armação? Fitas falsas, cartas falsas. Essa gente é capaz de tudo, não?"

"É, mas pense o que eles ganhariam com uma história dessas. O que eles querem acobertar? E por que gastariam tanto tempo comigo? Venha, vamos lá em casa, vou te mostrar tudo."

Pagaram a conta, alta mesmo para os padrões em geral abusivos da capital britânica, e desceram a rua em direção a Earl's Court. Ao chegar ao apartamento de Mark, Neal perguntou-lhe se ele tinha um aparelho de videocassete. "Caralho, é lógico que não. Isso que dá tomar tanta vodca. Mas tem uma loja de eletrônicos aqui para baixo, na Old Brompton Road. Um coreano que, se não tiver, sabe onde vou achar uma porcaria dessas. Tome o chaveiro de casa. Pode começar a ler o diário, está dentro da escrivaninha da sala, ela abre com essa chave menor pendurada aí."

No caminho à loja de Sun, o coreano dos eletrônicos, pensou que realmente devia ter bebido bastante. Afinal de contas, ainda que Neal fosse seu chefe e amigo, iria deixar o documento mais valioso no qual já colocara a mão à disposição de estranhos. "Besteira", repetiu para si mesmo quando voltava para casa com um Panasonic G-9 emprestado do caixa da loja. Ele teria de devolvê-lo, por algum motivo tratavam aquele brontossauro como uma espécie de membro da família.

Ao fim da tarde, após ler e reler tudo e assistir ao vídeo da entrevista, Neal ainda não estava totalmente convencido. "Olha, sou pago para ser o advogado do diabo da *Final Word*, você sabe disso. Ainda acho que sem algum tipo de comprovação da investigação que fizeram em cima desse Ahmed, vamos ficar com a mão na brocha. E se essa fita for uma armação?", perguntou o editor.

"Tudo bem, Neal, pensei em tudo isso. Mas como você explica o diário ter chegado a mim justamente depois de o Waqar ter morrido? E ele ter falado de Ariana para mim? A letra do cara era aquela. Ele não ia me sacanear assim à beira da morte, não faz sentido nenhum."

"Nisso você está certo, mas vai ter que apurar mais para colocarmos essa história de pé. Quero que você ouça o Paquistão, esse Sikh, todo mundo que vamos pensar em citar. E outra coisa. Digamos que isso tudo seja verdade. O velho pai do seu amigo não vai ter problemas por ter te dado a fita?", completou Neal.

"É Siddiqui, não Sikh. E sim, o velho vai ter problemas. Estou pensando nisso também, não se preocupe, não sou nenhum louco. Só vou publicar o que der para ser publicado."

Neal bateu a porta meio bruscamente, como que enfastiado pela longa absorção de nomes e histórias alienígenas ao seu cotidiano de trabalho, e disse que Mark poderia trabalhar em casa naquela semana se assim preferisse. Seria melhor para dar os telefonemas mais sensíveis, sem outros jornalistas por perto. "A conta a gente discute depois", disse antes de sair.

Os dias passaram rapidamente, e Mark os começava com uma volta pelo cemitério vizinho. Não gostava de cemitérios, é verdade, tinha algo supersticioso que o mandava evitá-los instintivamente. Mas West Brompton era um belo jardim também, e as manhãs de temperatura ainda agradável convidavam a um passeio mais reflexivo. Seu iPod tocou muito Joy Division naquela semana.

O trabalho não andava bem. Os telefonemas atrás de contatos da rede de Khan foram quase todos infrutíferos. Mesmo o celular pessoal que tinha do cientista nuclear, que lhe custara muita lábia para obter, não era atendido. Tentou obter dados com Walid, só para ouvir o mesmo resultado de apuração. A rede estava dormente, submersa. A última notícia de Siddiqui, o pessoal da inteligência dizia, era a de que ele realmente tinha sido levado ao Irã para fazer um servicinho ao regime. Exatamente como Burton dissera.

Falar tudo aquilo ao telefone enervava Mark. O sistema Echelon de identificação de palavras-chaves que interessam aos serviços de segurança ocidentais é muito preciso, e invariavelmente suas ligações iriam cair em algum tipo de filtro. Com os Estados Unidos e o Reino Unido à frente, além de aliados tradicionais e localizados estrategicamente, como a Austrália, o Echelon foi desenvolvido a partir dos anos 1960 para monitorar as comunicações do bloco soviético. Foi um passo para entrar na era do satélite e da comunicação por fibra óptica, de e-mails a ligações feitas da cabine telefônica vermelha da frente da casa de Mark. Falar em "Dr. Khan" acionaria um robozinho inteligente em algum software gigantesco, que separaria aquela e outras ligações até formar massa crítica para ser reportada a algum analista na Agência de Segurança Nacional americana ou algum órgão similar. Ou, pelo menos, isso era o que Mark havia lido em várias reportagens sobre o sistema. Pensava se algum dia um sujeito de terno e óculos escuros bateria à sua porta pedindo para que lhe acompanhasse. Não era uma fantasia tola, essa, mas ao menos substituía com um pouco mais de glamour a sensação de risco iminente que Malik havia instilado nele naquela última conversa em Islamabad.

Pediu oficialmente explicações, que tiveram de ser enviadas em forma de um questionário por fax, para as Forças Armadas paquistanesas. Fax, quem ainda usa isso no mundo? Era uma exposição e tanto, e foi econômico nas perguntas. Basicamente Mark queria saber se Ahmed havia sido alvo de uma investigação envolvendo venda de material físsil ou documentos nucleares e se a operação perto de Yarik havia mesmo acontecido. Deixou para uma segunda etapa perguntas relativas ao conteúdo da fita, como o suposto envolvimento de gente do Exército no esquema de transferência de informações sensíveis. Prometeram elaborar uma resposta em até uma semana, isso porque Mark trabalhava em um veículo de internet.

Apesar do volume relativo de trabalho, Mark se sentia perdido. Não tinha certeza de como abordaria a questão da fita de Waqar, a mais valiosa peça de seu quebra-cabeças. Discutiu o assunto com Neal e com a advogada Stephanie, a mal-humorada diretora jurídica da *Final Word*, em dois encontros separados durante a semana. Neal já se convencera da importância jornalística do material, mas voltara ao questionamento sobre a segurança de Abdullah, Gul e dos outros envolvidos na entrega da fita ao jornalista. Já Stephanie era mais relutante, como convém a advogados que se envolvem com empresas de comunicação. Ela achava que a fita poderia ter sido montada, apesar de todas as evidências circunstanciais de que não.

"Digamos que eles afirmem que foi montada, e daí? Nós bancamos que a fita existe e citamos as circunstâncias, não precisamos afirmar que ela necessariamente é uma verdade irrefutável. Apenas dizemos que houve essa investigação", argumentou viscosamente Mark, sabendo que o discurso era uma tergiversação.

"Sim, isso se o Paquistão confirmar algo, não é? Porque investigação aqui tem a sua, e só", foi a resposta típica da advogada.

Na quinta-feira, Mark sugeriu a Neal que procurasse o conselho externo de algum advogado de confiança, gente com experiência em casos transnacionais. "Essa mulher não gosta de mim, se fizer isso ela vai me fritar pelas bolas", respondeu o editor.

"Justamente por isso precisamos ter mais opiniões."

Neal achou melhor Mark ter todos os elementos possíveis, uma sugestão de encaminhamento de texto, para daí ir atrás da consultoria. Já sabia quem iria procurar: Davies, que trabalhou em casos tão diversos como o da alegação de empresas britânicas de defesa que teriam pagado propina ao governo saudita em troca de contratos bilionários nas décadas de 1980 e 1990 ou ainda advogando para cidadãos britânicos detidos em operações militares no Paquistão e no Afeganistão. Escocês e contemporâneo de universidade de Neal, ele poderia dar uma opinião balizada por alguém que já serviu aos dois senhores envolvidos no texto de Mark. Era uma questão, para o jornalista, de completar a necropsia do enorme corpo de informações que havia reunido e apresentar seu laudo aos especialistas.

O brasileiro estava tenso. Sua perna voltara a doer, e ele creditava isso à pressão para que fechasse a reportagem. Não que Neal o estivesse forçando; era Mark que não aguentava mais o peso daquele diário e da fita de vídeo sobre sua cabeça. Ambos foram digitalizados, e ele agora consultava o relato de Ariana sem perceber a tensão de sua letra contra o papel ou a textura do sangue que manchara aquela página. Ariana tornava-se alguma coisa mais etérea, e ele sabia que estava falando de alguém vivo e em situação potencialmente desesperadora em algum buraco na fronteira paquistanesa. Era apenas mais uma fonte de frustração: mesmo que sua matéria saísse, ele não tocaria no nome ou na história da menina.

Saiu duas vezes à noite naquela semana, e apenas numa delas com um grupo de conhecidos — advogados, jornalistas e gente do mercado financeiro. Ainda que acostumado a protagonizar conversas coletivas devido às experiências em locais estranhos para a maioria dos ocidentais ou às polêmicas em que se metia, Mark via nesses jantares e idas a bares uma oportunidade para se distrair um pouco, esquecer a gravidade ou a chatice em que sua vida estava mergulhada. Na sexta, fora a um pub de que gostava muito na Fulham Road com um grupo desses, e todos rumaram para um pequeno restaurante que lembrava uma *osteria* veneziana lá perto.

Respondera a todo tipo de questionamento sobre o atentado, a volta ao Paquistão, as novas reportagens que sairiam sobre o país. Foi naturalmente impreciso. Lá pelo meio da noite, contudo, era apenas mais um sentado à mesa, profundamente sozinho, sem interação real com aquelas pessoas. Esse tipo de indiferença presencial era um bálsamo; estava em paz com seus pensamentos e ao mesmo tempo não se deixava levar pelas fantasias que lhe atormentavam quando ficava em casa. De resto, a massa com cogumelos e o vinho, um nobilíssimo Amarone do Veneto, estavam excelentes. Quase no fim da noite, Mariana, uma advogada brasileira que trabalhava na City e a quem conhecia havia mais tempo, aproximou-se do seu canto da mesa e perguntou, algo embriagada: "E onde está aquela russa bonitona que vi com você da última vez?"

Ela sabia a resposta, e aparentemente estava apenas se insinuando para Mark. Mas ele não pensou assim, e imediatamente o e-mail de Elena, a existência de Ivan e toda a sua longa história de desastres emocionais voltaram à tona. Sorriu para Mariana, ela não tinha culpa de nada. "Acho que está me esperando em casa", respondeu, deixando mais dinheiro do que o necessário para fechar sua parte da conta.

Um amigo jornalista, David, cutucou Mariana. "Você é tonta ou o quê?"

Ela se fez de desentendida, e todos murmuraram até que Mark deixasse o ambiente. As vozes subiram de tom então. Já tinham algo para comentar no almoço de sábado.

Mark voltou a pé, eram menos de vinte e cinco minutos de caminhada até sua casa, a passos lentos. A perna doía menos, devido ao vinho, e a noite estava amena, talvez uns vinte graus, com o aroma da chuva da tarde ainda nas árvores. As luzes amarelas que iluminam as passagens de pedestres, que para Mark escondiam em sua sincronia algum sinal esotérico desconhecido dos mortais, pareciam piscar mais lentamente. Estariam a avisar algum marciano de que a hora da invasão havia chegado?

Teve vontade de falar com Elena e Ayesha, animado pelos vapores alcoólicos. Dormiu com o travo amargo da impossibilidade do real.

34. Notícia na internet

Na terça-feira, Mark chegou ao prédio em que ficava a *Final Word*, uma graciosa casa de bonecas vitoriana na Drury Lane, a poucos minutos de Covent Garden. Adorava trabalhar ali: as lojinhas da moda, os resistentes pubs mais tradicionais, os restaurantes modernosos, até as hordas de turistas descolados que circulavam o Covent Garden Market pareciam mais civilizadas do que aquelas grassando na margem oposta da Charing Cross Road. Em dias em que o metrô não apresentava sua costumeira lerdeza, levava meia hora de casa ao trabalho: podia pegar a District Line de West Brompton até Temple e andar mais, ou a Picadilly Line de Earl's Court até Covent Garden e gastar um pouco menos de sola de sapato.

Eram 10h10, e ele voltou a sua mesa pela primeira vez em meses. Parecia sonhar com a rotina, esquecer os agentes do ISI de Malik, os duas-caras da CIA de Burton. Começava a achar que a vida incessantemente agitada lhe fazia mais mal do que bem, e que um pouco de previsibilidade ajudaria a organizar os pensamentos. Ligou o computador, que pretendia alimentar com os arquivos relativos ao caso Ariana, quando seu celular tocou.

Era um número paquistanês desconhecido. A última vez que ouvira esse canto de sereia fora naquele pub em que foi alcançado pela chamada do então desconhecido Yussuf, o livreiro cristão de Muzaffarabad. Hesitou por quatro toques, que foram percebidos pelos poucos colegas que já se encontravam na redação, mas atendeu.

Como que num pesadelo, reconheceu a voz. Era Malik.

"Estou em Londres. Preciso falar com você ainda hoje. Posso ir até seu trabalho? Ótimo, espere, vou anotar. OK. É perto daquele restaurante que tem umas cervejas belgas estupendas, sei onde é. Não, não acho que devemos nos ver lá. Melhor aí. Estou a caminho."

Mark afundou na cadeira. Que diabos Malik estaria fazendo em Londres, logo no dia em que ele pretendia retomar seu cotidiano de trabalho na cidade? Certamente não estava visitando parentes e, pela recusa de ir ao restaurante, não era para tomar uma Chimay Rouge sem se preocupar em quebrar a etiqueta islâmica em público. Naturalmente tinha algo a ver com Ariana, Abdullah, Ahmed ou Waqar. Ou todos eles juntos. Ou ainda Ayesha. E com Mark. Isso lhe apavorava de forma silenciosa, e as palmas da mão lentamente voltaram a seu estado equatorial típico desses momentos.

Não teve tempo para ficar ansioso demais, contudo. Malik deveria estar perto mesmo, porque chegou em menos de vinte minutos. Vestia um terno cinza-escuro de corte elegante, gravata listrada verde e preta e camisa branca. Mas não adianta: mesmo na multicultural Londres, o sujeito é visto por sua diferença. Metade do escritório da *Final Word* esticou o olho para aquele paquistanês em trajes britânicos. Até Ali, um bengali que Neal contratara recentemente para escrever sobre comunidades orientais no Reino Unido, estranhou a presença.

"*Salaam aleikun*. Que surpresa. Venha, vamos para a sala de reuniões. Quer um chá com leite? Água?", ia dizendo Mark quando Malik o cortou.

"Espere. Antes deixe eu te perguntar: você já viu as notícias de hoje? Não? Entre aí no *Guardian*. Isso, clique mais embaixo, mais, mais. Pare. Esta aí."

"Ataque em área tribal mata catorze no Paquistão", dizia a chamada na página do jornalão inglês. Mark lia várias dessas por semana, às vezes por dia. Era daquelas indiferenças que Susan Sontag havia identificado no consumidor de notícias moderno em *Sobre fotografia*, embora ela tenha relativizado o conceito alguns anos depois, pouco antes de morrer. De todo modo, bombas no Iraque, Afeganistão, Paquistão, na Palestina ou algum canto africano são lidas com a rapidez e a leveza dos resultados do esporte. Estão lá todos os dias. Mas imediatamente Mark entendeu o motivo da presença de Malik. Leu o corpo do texto.

"Forças de segurança do Paquistão afirmaram que um ataque com mísseis Hellfire lançados por aviões-robô Predator mataram pelo menos catorze suspeitos de atividades extremistas na agência tribal de Dera Ismail Khan há três dias.

O ataque ocorreu perto da localidade de Yarik, a sessenta quilômetros da capital regional. Uma fonte militar afirmou que havia apoiadores do Talibã paquistanês numa reunião. Segundo membros do conselho local, contudo, entre as vítimas estão líderes tribais da região que nada têm a ver com a insurreição islâmica que ocorre no vizinho Waziristão do Sul.

O governo do Paquistão prometeu uma investigação ampla para descobrir as circunstâncias do ataque e voltou a pedir que os Estados Unidos moderem o uso desse expediente em seu território."

Mark olhou para Malik, lívido, e o levou para o "aquário", a sala de reuniões com paredes de vidro no canto da redação, sem dizer mais nada.

Sentaram-se. "Abdullah, Gul e vários outros inocentes estão mortos. Estive presente na reunião que decidiu o ataque, e agora eles estão todos mortos. Isso tem que parar. Essas pessoas não tinham culpa. Chega de sangue inocente porque querem limpar a besteira que fizeram ao apoiar os Mehsud. Chega de sangue inocente porque querem apagar os traços de seus desmandos", disse Malik, sem parar para respirar. "Estou farto disso. Por isso estou aqui. Vim pedir a sua ajuda para evitar que isso aconteça no futuro."

"O quê?"

"Vim ajudar você a completar a sua matéria. Mas antes preciso voltar ao Paquistão para salvar a última prova que eles têm de tudo o que aconteceu. A menina. E contar com você para divulgar tudo isso."

"Espere um pouco, Malik. Calma. Vou pedir uma água. Sim, gelada. Então. Você precisa me contar tudo de novo, com detalhes."

A conversa durou quase duas horas. Malik corroborou praticamente tudo o que Mark suspeitava nos últimos meses. Ahmed realmente comprou segredos para a montagem de uma bomba rudimentar em 2005 com dinheiro da CIA. A intermediação fora feita por dois oficiais, um do ISI e outro do Exército, com contatos da rede de Khan. Fora iniciada uma investigação interna, que prendeu o homem fardado, mas o espião acabou escapando com destino ignorado. Waqar não soube de tudo isso, mas teve conhecimento do envolvimento do Exército devido à sua insistência em localizar Ahmed, que levou dois anos e culminou na operação perto de Yarik.

Depois de ver o destino de parte do dinheiro dado aos Mehsud, a CIA exigiu uma limpeza de terreno. Queria apagar as provas de sua participação e evitar que a bomba, ou algo parecido com isso, fosse construída. O oficial do Exército fora calado com uma longa sentença e ele achava que, na verdade, o homem do ISI acabou por conhecer a flora aquática do trecho particularmente profundo do rio Indo na altura da cidade de Attock. Depois de travar contato com Mark, o cristão Yussuf fugiu para Srinagar com medo de morrer, e provavelmente fez o certo. Ahmed e os seus homens foram massacrados, como agora Abdullah,

Gul e outros anciãos que sabiam da história. "Foi mais um ataque de mentirinha. Passamos as coordenadas exatas da *jirga* convocada por Pir Ghazi, o líder dos anciãos da *shura* de Yarik. Tinha até um designador de alvo a laser em solo, para que os malditos Predators não explodissem algo errado. Os americanos vão se desculpar oficialmente pelas eventuais vítimas civis, nós vamos sustentar que havia talibãs por ali, e a história morre. Não foi a primeira vez que fizemos isso, mas eu fui contra. É por isso que estou aqui. E teve Waqar."

"Waqar?"

"Ora, Mark. Pense um pouco. Ele era perigoso demais para ficar vivo, sabia muito. Para mim foi difícil aceitar a decisão na época, mas ele parecia mesmo disposto a fazer alguma bobagem por causa da história da menina."

"Mas ele morreu num atentado contra um hotel. Eu quase morri. Outros vinte e tantos morreram."

"Danos colaterais. A bomba tinha o nome e o sobrenome de Waqar no campo do destinatário. Desculpe."

"Filho da puta!", gritou Mark de forma a ultrapassar a barreira de vidro da sala de reuniões. "Vocês mataram o cara depois de usá-lo! Porra, eu quase morri! Filho da puta desgraçado!", disse, chacoalhando um surpreso Malik pelo colarinho. As lágrimas escorriam pelo rosto do jornalista, intensamente pálido por causa da vasoconstrição decorrente da elevação da pressão arterial e dos berros. Virou-se e tomou o resto da água destinada a Malik. Em um segundo, todas as cenas daquela manhã em que a bomba explodira estavam passando rapidamente pela tela de seu computador mental. O último pedido de Waqar, a morte dele em seus braços, as dores, Elena aparecendo no hospital e depois contando estar grávida, as supostas investigações que culparam um grupo pró-Talibã pelo ataque. Ofegante, vomitou mais xingamentos enquanto o paquistanês se recompunha. Dois contínuos que haviam parado ao lado da porta de vidro, atônitos com a cena, disfarçaram e continuaram a rumar para a máquina de xerox.

"Entendo sua raiva, Mark, foi uma decisão de Estado muito difícil. Hoje me arrependo, assim como estou arrependido de não ter impedido a morte de Abdullah e dos outros. Mas isso é uma guerra, temos de aceitar as baixas. E não leve para o lado pessoal. Não sabíamos que era com você o encontro que o Waqar teria. O contato que nunca apareceu no café era um agente nosso passado por extremista, que nos informou onde Waqar estaria naquela manhã. Quando soubemos que você estava lá, ficamos loucos, foi uma propaganda negativa desgraçada contra o país num momento muito difícil. Jornalista estrangeiro ferido em atentado? Esqueceu do Daniel Pearl? Acha que somos burros?"

"É, matar os seus irmãos tudo bem, Malik. Não me venha com essa. Não tenho porra nenhuma a ver com sua guerra ridícula e quase morri lá. Vocês mataram meu amigo e a família dele."

"Não tem? O que você estava fazendo então, Mark, me diga por favor. Tentando melhorar a humanidade com suas reportagens? Todos temos nossas responsabilidades. Você não estava lá a passeio, e ninguém lhe ordenou que fosse atrás da história de Ariana depois. Se não quisesse tanto saber se o mundo já tinha seu primeiro terrorista nuclear, se não quisesse a fama e a glória que isso lhe daria, a gente não estaria tendo esta conversa agora. Você poderia aceitar sua condição de vítima nessa história toda e parar de meter o nariz onde não deve para querer ficar famoso. Não me venha falar em honrar a memória do seu amigo morto, Mark, eu te conheço há muito tempo para acreditar numa bobagem dessas. Agora estamos numa encruzilhada, e você vai ter de optar em voltar comigo para a gente acabar o que começou e talvez expor os abusos dessa gente, ou pode virar suas costas e deixar as coisas como estão."

"Agora você está me tomando por idiota. Por que mesmo eu te ajudaria? E falando em responsabilidades, você vai assumir as suas?", disse, com a respiração em ritmo menos acelerado e um rubor intenso tomando seu rosto, com o refluxo do sangue decorrente da queda da pressão.

"Eu vou ser claro. Estou tentando sair inteiro dessa, porque minha situação está insustentável. Todos desconfiam que te ajudei. Eu conto tudo na sua matéria. Em *on*, com a minha maldita foto nela. Sei que posso conseguir asilo aqui para mim e para a menina se você publicar a história, mas antes tenho de tirar Ariana de lá. Confio na reação pública dos ingleses", disse Malik, sem alterar as feições a ponto de trair algum sarcasmo. Ele estava certo, por mais que o Reino Unido fosse basicamente cúmplice das políticas norte-americanas para o Sul asiático, uma história desse calibre de certa forma traria imunidade ao coronel da reserva que tinha uma sala no centro nervoso da inteligência paquistanesa. Londres não iria extraditá-lo. Malik sabia disso, e o preço que pagaria seria testemunhar *on the record* para Mark e se arriscar em salvar Ariana. Restava saber se o jornalista tinha tal disposição.

"Tudo bem, Malik, vamos nos acalmar. Ainda temos muitos buracos nessa história. O primeiro é a sua presença aqui: o que você disse para eles?"

"Que vim checar pessoalmente como estava a produção de sua matéria, fingindo uma viagem de negócios a Londres. Eles querem, naturalmente, saber se você tem a fita de Ahmed ou não. E aí?"

"Isso é irrelevante agora. Mas se eu topar, as condições vão ser as minhas", afirmou Mark, com uma frieza quase patética. Sabia ser pomposo quando não tinha convicção do que estava fazendo. "Você vai ter de gravar um depoimento para mim com tudo o que sabe antes de voltar para o Paquistão. E eu vou voltar com você."

"Para quê?"

"Pode parecer estúpido, mas já desrespeitei boa parte do que um amigo me pediu antes de morrer. Gostaria de tentar cumprir pelo menos algo. Você sabe onde está a menina, não? Não deve ser tão complicado assim."

"Cumprir o quê? Você já quase morreu."

"Mas expus a família de Waqar. Olhe Abdullah, ele morreu porque vocês acham que ele me deu uma fita de vídeo, não é isso?"

"Não se ache tão importante. Ele morreu porque sabia demais e porque enganou deliberadamente gente que não gosta de ser enganada. Você não tem nada a ver com isso. Agora, se quer continuar com essa baboseira de honrar amigo morto, tem de saber uma coisa. A menina está no Baixo Dir, uma área tribal que está saindo progressivamente do nosso controle. Não temos notícia dela há muito tempo, era Abdullah quem nos informava sobre a família afridi de lá que guardava a menina. A situação nas montanhas está muito perigosa, dizem que os talibãs estão preparando algo grande. Mas se você ainda quer uma chance para morrer heroicamente, eu te levo comigo."

"OK, fechado. Vou falar com os meus chefes aqui, e se eles concordarem amanhã gravamos seu depoimento. Pode ser assim?"

"Sim, meu amigo." Malik levantou-se e esticou a mão para Mark, que virou as costas e abriu a porta do aquário. A nova parceria começara mal, mas ambos os homens sabiam que uma pequena revolução poderia estar em curso naquele exato momento. O famoso clichê do instante em que toda uma cadeia de eventos toma outro rumo por uma decisão simples. Ainda assim, não parecia clara a Mark a motivação de Malik em ajudar Ariana. Seria algum tipo de resgate de seu filho morto pela guerra sem fim no subcontinente? Seria meramente uma fachada hipócrita para humanizar seus atos e lavar-lhe um pouco da alma já banhada de sangue inocente? O jornalista tinha claro para si que nunca teria a resposta completa em mãos.

"Pelo amor de Deus, o que foi que aconteceu? Você parece que está tendo um ataque do coração. Todo mundo viu você gritando com o paquistanês, vocês quase saíram no braço", perguntou Neal a um Mark ofegante assim que Malik deixou a redação.

"Quem você ia chamar caso eu tivesse a história, para a gente avaliar o que fazer com ela com a ajuda de um bom advogado?", perguntou Mark, recompondo-se e experimentando um travo amargo ao falar. Afinal de contas, ele teria de fazer um acordo com o cúmplice da morte de pessoas que ele conhecia e, a rigor, um dos responsáveis por ele próprio quase ter morrido no Paquistão. Mas ainda assim, no fundo, ele percebia os sinais da descarga de adrenalina que ocorre quando a vitória está chegando, uma soberba próxima ao anúncio do fim de uma guerra, a volta de um conquistador triunfante sob os louros de seus feitos. Mas as mortes e o risco de amoralidade estavam lá, para lembrá-lo do preço de tudo isso. Sorriu meio contrafeito, e pegou um copo d'água do bebedor.

35. O eterno retorno

A reunião durou três horas, a partir das 15 horas. Mark, Neal e os advogados Stephanie e Davies. O último naturalmente era a estrela, o convidado especial. À mesa de uma sala mais reservada, serviram café e chá, pequenas tortas compradas na *pâtisserie* francesa da esquina e muita água italiana decente, San Pellegrino. Nada de copinhos plásticos e água mineral escocesa, foi a primeira brincadeira de um refeito e revigorado Mark com o algo assustado Neal. "Ele me deve umas coisas da faculdade, é bom que me trate bem mesmo", seguiu no mesmo ritmo Davies, quase nos seus 50 anos e envergando um terno Hugo Boss curiosamente mal cortado para um advogado tão requisitado.

Stephanie caprichou em seu terninho escuro e colar de pérolas, mas o sapato baixo aparentando couro barato era desastroso. Felizmente para todos, ela foi quem menos falou à mesa, limitando-se a corroborar obviedades jurídicas de Davies. Neal interveio bastante, mas o diálogo realmente se deu entre Mark e o advogado, cujo enciclopédico conhecimento demonstrava que havia bem mais em si do que a imagem de homem trabalhador da Escócia poderia insinuar.

"Bem, o que temos aqui é o seguinte, se é que entendi esse livro que vocês me resumiram. Nós vamos ter o depoimento de um ex-membro do ISI admitindo que gente da ativa descobriu um plano para a construção de uma bomba atômica por terroristas islâmicos. Que esses terroristas foram pagos pela CIA, que queria deixá-los mansos. Que, quando descobriram a cagada feita, a CIA, o ISI ou os dois juntos começaram a caçar os terroristas e a promover uma operação de limpeza. Que essa operação de limpeza incluiu a morte de gente que apenas sabia da história, como o nosso bom *fixer* Waqar. Que sobraram apenas três pessoas que sabem da história, uma menina perdida numa agência tribal, o informante da matéria e o autor da própria. E que o sujeito só está topando falar porque acredita que a rainha vai dar asilo a ele e à criancinha, que por sinal não tem parentesco algum com ele.

"Tenho que admitir. Se vocês tivessem simplesmente inventado tudo isso eu já acharia pouco plausível. Mas enfim, o vídeo, o diário, o informante. Está tudo aí, são provas materiais que dificilmente vão ser aceitas em tribunais, com exceção do depoimento do coronel, mas que são mais do que sólidas como base de uma peça jornalística. Eu publicaria isso correndo. Agora, quanto à chance de o cara realmente conseguir asilo, eu diria que são de sessenta, setenta por cento. Se houvesse um caso judicial em que ele estivesse arrolado, seria mais fácil, ele poderia ser uma testemunha com esquema de delação premiada. Viveria incógnito e confortável pelo resto dos seus dias, mas aí a menina não entraria na barganha. E convenhamos. Só haveria um caso judicial se o nosso amigo repórter aqui quisesse desafiar o Estado paquistanês e tentar provar que foi vítima de uma tentativa de homicídio. Você quer?"

"Não. Eu não sou notícia."

"Até seria notícia, mas não é burro, porque a chance de você obter jurisdição para tal ação é mínima. Fora que evidências baseadas em depoimentos são sempre desmontáveis. Servem para vocês caluniarem um ou dois filhos da mãe, mas para condenar judicialmente é preciso mais do que gente falando em um artigo", disse, consciente de que a mais pura verdade era muito constrangedora para os jornalistas presentes.

"Assim, acho que vocês não correm nenhum tipo de risco. Se tudo isso aí que você me contou, Mark, for verdade, todo o risco que você poderia ter corrido já passou. Eu só iria com calma na hora de culpar instituições. Como vocês sabem, a CIA, o ISI, o Mossad, o R&AW, o FSB, o MI6, nenhuma dessas agências é monolítica. Há diversos níveis de controle e as hierarquias não são facilmente definíveis. Geralmente, aliás, muita gente alta prefere não saber o que acontece nos andares mais baixos, perto da sujeira do jogo de verdade. Então, eu nunca escreveria CIA e ISI, mas sim agentes ligados a essas agências, talvez até sem dar o nome das agências em si, para jogar na confusão. Pode parecer bobagem, mas pode evitar algumas boas dores de cabeça a vocês. E parabéns, é uma puta história."

Mark saiu cheio de si da reunião. Ligou para Malik e combinou que ele estaria lá às 10 horas do dia seguinte, para que o depoimento fosse gravado em vídeo. Chamou Neal para ir ao mesmo pub cheio de veludos e espelhos no qual tivera seu duelo retórico com os jornalistas de esquerda meses atrás. Ficava lá perto, numa travessa da Charing Cross.

"E então, o que você acha de tudo isso?", perguntou Mark ao tomar a primeira Guinness.

"Eu? Eu não queria estar na sua pele. Teria matado o tal do Malik na hora que ele confessou saber do atentado. Que grande filho da puta. Mas e você? Vai conseguir dormir com esse acordo?", devolveu, sem agressividade, o editor.

"Acho que sim. Se for para falar para você que estou completamente à vontade, é mentira. Sinto-me desprezando um pouco os mortos, e de certa forma me desprezando. Mas qual a opção? Ligar para Scotland Yard? Fazer uma queixa ao Ministério do Interior em Islamabad? Não ajuda muito, né? Talvez o melhor a fazer é dar um jeito de trazer essa história a público, e ir lá resgatar minha dívida com Waqar."

"Resgatar o quê?"

"Ah, desculpe, acho que não mencionei que preciso de uma passagem nova para o Paquistão. Vou lá com o Malik buscar Ariana", disse casualmente o jornalista para o chefe.

"Como é? Você não vai, nem fodendo. Ficou louco de vez?"

Mark baixou a *pint* de Guinness no balcão, deixou 3,50 libras em várias moedas e, batendo nas costas do amigo, disse: "Tenho vinte e três dias de folga computados, cheguei hoje com aquela lindinha da Kate do administrativo. Eu tiro esses dias e pago a passagem do meu bolso. Mas tenho que fazer isso. Você tem que me entender."

Mark levantou-se para ir embora. Neal suspirou e pediu um scotch duplo, sem gelo, à garçonete argentina que atendia no balcão. "Só espero que volte vivo e numa peça só."

Pouco mais de dois meses depois, no dia 31 de julho, Mark desembarcou pelo que esperava ser a última vez em sua vida no Paquistão. O calor era brutal, e a umidade engolfou os passageiros do voo da PIA assim que desceram as escadas rumo aos ônibus. Para ampliar a impressão ruim, o veículo quebrou no meio do caminho ao terminal. Completaram o percurso a pé, sob um sol causticante de começo de manhã, e a sala de recepção estava sofrendo um dos intermináveis apagões que afligem a decrépita infraestrutura energética do Paquistão. Ou seja, computadores funcionando com baterias, luz e ar-condicionado apagados. Duzentos e quarenta passageiros com oito horas de voo nas costas se apertando com outros duzentos e trinta vindos de Riad e moscas para todos os lados. Era uma volta em grande estilo, por assim dizer.

Ela demorara mais para acontecer do que Mark gostaria por diversos motivos.

Malik efetivamente compareceu ao depoimento na *Final Word* na manhã seguinte à reunião dos advogados com os jornalistas. Mas na hora de a câmera ser ligada, argumentou que não queria dar alguns detalhes e, principalmente, não diria nomes. Stephanie, presente, começou a reclamar tanto com o paquistanês que Neal teve de intervir e mandá-la sair da sala. Afinal de contas, o homem era um convidado da revista virtual, uma fonte, não uma testemunha presa.

O que era para ser uma manhã de gravação tornou-se uma semana de idas e vindas. Malik precisava sempre interromper o dia para o que chamava de consultas. A que ou a quem, nenhuma ideia. O parto foi doloroso. Mas ao final, o produto era de muito boa qualidade. Ele dava detalhes que apenas uma pessoa presente poderia fornecer sobre reuniões decisórias e estratégias envolvendo o Ocidente. Foi prudente o suficiente para omitir as linhas de comando, sendo impossível imputar a superiores o que aconteceria. E, para a surpresa de Mark, fez questão de deixar Burton de fora do rol de culpados. O jornalista concordou, desde que ele fosse explícito sobre o envolvimento de agentes norte-americanos. Criou uma artimanha, chamando Burton por um código, que seria classificado como tal pela reportagem. "Tudo bem, já viemos até aqui, então vamos em frente", concordou Neal.

O velho espião então voltou ao Paquistão. O que ocorreu de fato ninguém em Londres conseguia dizer, mas ele deixou claro em e-mails com endereços falsos e telefonemas por meio de Skype que estava "explicando aos superiores" os achados que fizera na semana de "convívio amistoso" com o "jornalista inglês". De repente, Mark nem brasileiro era mais. Por fim, pedia "tempo", para o desespero do repórter e de seu editor.

Para piorar tudo, o Paquistão voltava ao ponto usual de fervura. Ou seja, em ebulição desmedida. Protestos em todo o país e pressão organizada pelo Parlamento novamente pediam a cabeça de Pervez Musharraf. Havia boatos de que os antigos adversários Nawaz Sharif e Asif Ali Zardari promoveriam um pedido formal de impeachment do presidente, o que jogaria o país no abismo da anarquia política. O

Exército já abandonara Musharraf havia meses, mas pedia uma saída honrosa para seu ex-chefe. Atentados talibãs pululavam por várias agências tribais e, ocasionalmente, em cidades mais estruturadas. Havia operações militares diárias para conter militantes islâmicos que tomavam vilas para si em toda a área fronteiriça com o Afeganistão.

Nesse ambiente, ponderava Mark a Neal, ficaria difícil para Malik localizar precisamente Ariana e preparar a operação. Até porque não seria um sequestro, mas, sim, uma conversa com a menina e a família que cuidava dela. Isso se ela ainda estivesse onde ele achava que estaria.

Assim passou junho e julho. Mark voltara à montagem do quebra-cabeças, deixando vários textos prontos relatando tudo, e no meio-tempo fazia reportagens eventuais sobre política internacional para a *Final Word*. Tinha quase uma rotina, e não estava muito desapontado com isso. No tempo livre, bebia com os amigos, fazia sexo ocasional com antigas conhecidas, passava um bom tempo ocioso à noite em casa. Lia pouco, talvez um reflexo do excesso de informações acumuladas nos meses passados imerso no caso Ariana. Vez ou outra participava de jantares mais elaborados na casa de Neal, cuja mulher cozinhava excepcionalmente bem e lhe era muito simpática.

Em duas ocasiões abriu o celular para ligar para Elena, no número que estava na assinatura do e-mail que a ex lhe mandara, mas era sempre confrontado com o pensamento: e se tiver de ir para o Paquistão amanhã? Era tão cômodo quanto falso; o verdadeiro motivo é que não sabia por onde começar uma conversa com Elena. Enquanto isso, seu filho estaria crescendo em outro país, falando outra língua, cercado sabe-se lá por quem. O famoso órfão de pai vivo. Era angustiante, mas a desculpa da solução do caso Ariana caía como uma luva para lhe acalmar o espírito. E também o lembrava de que talvez não tivesse nenhum tipo de vontade ou talento real para ser pai. Ayesha, por sua vez, ficava mais próxima com a chegada da data da viagem. Procurava não pensar nisso.

No dia 22 de julho, Malik cumpriu a promessa e disse para Mark estar em Islamabad em uma semana. "Venha leve", repetiu o conselho o velho espião. Naquele dia, Mark resolveu mandar um e-mail para Elena, mais de dois meses após o contato feito pela mãe de seu filho. Algumas coisas não mudam.

> *Elena,*
> *Gostaria de ir até aí conversar com você pessoalmente e conhecer meu filho, como você ofereceu, mas estou enrolado com a investigação do caso do meu atentado. Há novidades importantes. Tenho de fazer uma viagem e, se tudo der certo, te ligo quando voltar para a gente combinar algo. Será em breve. Espero que vocês dois estejam bem.*
> *Um beijo, Mark.*

Até pegar o voo, não recebeu nenhum tipo de resposta de Elena. Mesmo Mark entendia isso.

Uma hora e quarenta e cinco minutos depois de chegar a Islamabad, o jornalista desembaraçou-se da multidão de peregrinos voltando de Meca, de executivos retornando de Londres e um sem-número de policiais, carregadores de mala, oficiais de fronteira e cães farejadores. Saiu no calorento terminal da capital paquistanesa e encarou uma multidão de pessoas com plaquinhas com nomes diversos. Nenhuma com o seu.

"Ora, Mark, você acha que eu iria passar esse ridículo?", riu Malik, que estava encostado ao lado do guichê de informações fechado. Estava com um *shalwar kamiz* branco, a roupa típica dos agentes do ISI que gostam de se autoproclamar "anjos da guarda", um óculos Ray-Ban estilo aviador e parecia encharcado de suor. "Venha, vamos para o carro. Está um calor dos infernos, a previsão é de quarenta graus ao meio-dia", disse, assobiando para o motorista que estava recostado em um gradil perto da área de estacionamento VIP.

A Hilux com vidros enegrecidos estava com o motor ligado, à moda do que fazem nos Estados do Golfo, para manter o ar-condicionado em pleno funcionamento o tempo todo. Parecia entrar numa câmara frigorífica. Um lugar para coisas mortas.

"Muito bem, como você sabe, a coisa aqui está feia de novo. Me pergunto quando não esteve. Mas acho que Musharraf vai renunciar nos próximos dias, então pode se preparar porque o clima vai ficar mais pesado ainda. Ao menos você vai ter matéria", disse Malik.

"Escuta, você sabe que não vim aqui para isso. Quando vamos ver a menina?", retrucou Mark, sem muita paciência e ressentindo o cansaço da viagem.

"Em dois dias vamos para Peshawar. De lá, subiremos para a agência de Mohmand e Bajaur, onde vamos dormir na cidade de Khar. De lá, partimos no dia seguinte para Kumbar Bazaar, a cidade onde me dizem que a menina está. Satisfeito?"

"Sempre gostei da eficiência do ISI", ironizou Mark, colocando os óculos escuros.

"Mas não diga que não lhe avisei. Kumbar é onde fica a casa de Sufi Muhammad. Imagino que você saiba do que estou falando, e a região toda está fervilhando", disse Malik. O jornalista apenas sorriu.

Sufi Muhammad era o clérigo radical que vinha levando com sucesso sua versão extremista do Islã para pregação na agência tribal de Dir e no vizinho vale do Swat. Seu genro, mulá Fazlullah, era conhecido membro do Talibã paquistanês, fazendo a ligação entre o dinheiro e as armas recebidas pelos Mehsud no sul. Tudo era levado por meio de trilhas justamente pelas agências de Mohmand e Dir para o interior do país, estabelecendo uma nova frente que logo seria notícia no mundo todo.

O governo não sabia bem como lidar com a ameaça, até porque estava mais preocupado em tentar sobreviver politicamente. O Exército estava mal aparelhado naquelas até então relativamente calmas áreas, apenas com homens do Frontier Corps levemente armados. Bajaur, por exemplo, tinha cerca de mil e quinhentos homens cuidando de uma população de seiscentos mil habitantes. Não havia policiais em número suficiente, e na maioria das vilas a única sombra da presença do Estado era um jovem capitão local da guarnição do Bajaur Scouts, a unidade do Corps na região. Extremistas, por sua vez, prometiam distribuição de terras e riquezas minerais em todas as regiões do norte, uma novidade para quem até ali só oferecia martírio e glória no Paraíso. Como viria a ocorrer pouco depois na enchente de proporções bíblicas de 2010, os assassinos estendiam a mão. Mas em vários locais, nem isso era ofertado; a adesão era na base da coação mesmo. O fermento estava em ação.

Até aqui, apenas os *insiders* como Malik tinham noção exata do tamanho do problema. Mark seria um dos primeiros ocidentais a descobrir isso.

36. Rumo às trevas

Mark hospedou-se no hotel de sempre. Hamid fez festa quando o hóspede inesperado bateu à sua porta — preocupado com tantos detalhes, o brasileiro esquecera simplesmente de fazer uma reserva; um problema menor, dado que o Paquistão não atrai um fluxo tão grande de visitantes por motivos mais ou menos óbvios. "Você sabe do que preciso, meu amigo", disse, pensando em algumas Carlsberg geladas para aplacar a sensação de dissolução dos sentidos sob o calor paquistanês.

"Lógico, já subo com elas. Tenho que falar com meu vizinho cristão, estou sem o produto no estoque. Acho que você bebeu tudo", disse, sorridente, o gerente. "Estou contente com sua volta."

Ele deu a Mark a chave do mesmo quarto que ocupara da última vez; tudo tinha um estranho cheiro de *déjà vu*. Normalmente afeito ao carinho da familiaridade, dessa vez o jornalista não gostou da sensação.

Meia hora depois, Hamid apareceu com um pacote de seis cervejas geladas. "Já trouxe um pequeno estoque, mas hoje à noite vamos ter mais", disse. "Posso aproveitar e lhe perguntar uma coisa um pouco delicada, senhor Zanders? Obrigado. Então, queria saber se o senhor está com algum problema com a polícia. Uns dias depois que o senhor saiu, vieram uns homens de um birô, acho que era ISI, para perguntar muitas coisas sobre sua rotina. O mais estranho é que eles perguntaram se eu tinha um aparelho de videocassete! Sorte que já tinha jogado aquela porcaria bem longe daqui, no lixão da estrada para Murree, se não ficaria com medo de mentir. Não, não falaram o que queriam não. Tudo bem, eu sei, jornalistas têm dessas coisas. Obrigado, boa tarde, qualquer coisa me chame."

Mark não estranhou o relato.

Estava cansado, tirou a roupa e caiu na cama de cueca. Tomou uma das cervejas, mas o fuso horário cobrou-lhe umas horas de soneca, e quando acordou o sol já se punha em Islamabad. Chegou a pensar em dar um telefonema a Ayesha, mas a coragem que já lhe faltava para continuar com o plano maluco de ir às áreas tribais não foi suficiente para enfrentar um desafio tão mais importante. Ligou para Malik e disse que estava curioso em saber o que aconteceria a partir do momento em que Ariana estivesse com eles. Como iriam mesmo tirar a menina do país?

"Isso já está resolvido. Ela embarca para Londres conosco assim que voltarmos para Islamabad. Não vai haver problemas legais em relação aos papéis dela."

"Certo. E se ela não quiser ir?"

"Isso só vamos saber na hora. Relaxe, vai dar tudo certo", disse com uma tranquilidade que deixou o jornalista desconfiado sobre seu papel naquela opereta.

Duas manhãs depois, Malik apareceu como combinado, às 8 horas. Já estavam sob trinta e quatro graus, segundo o mostrador digital do painel da Highlander prateada na qual embarcaram. Não era o carro de Malik, era um veículo alugado. "Não trouxeram todos os acessórios, mas consegui umas melhorias ontem à tarde", disse, apontando para os dois AK-47 que estavam apoiados em um estrado no assoalho de trás. Abriu o porta-luvas e mostrou uma pistola de aço escovado calibre 45.

Mark a pegou, era de fabricação brasileira — os governos em Brasília não gostam muito de propagandear a informação, mas o país é dos três maiores fabricantes de armas leves do mundo, o que costuma não combinar com sua propalada índole pacífica e imagem de paraíso da tolerância, malemolência e compaixão baseada nos desígnios da carne. "Não sei se me sinto mais confortável ou se me preocupo de vez, Malik. Mas me diga uma coisa. Você pretende que eu carregue uma arma?"

"Não, embora você me deixaria feliz se realmente soubesse atirar como disse que sabia uma vez, uns anos atrás. Mas essas armas a mais estão aí porque vamos pegar mais um passageiro. Além disso, em boa parte do trajeto vamos ter escoltas. Ninguém, nem eu, anda sozinho nas agências tribais nos dias de hoje."

"Acho que lembro como se atira um Kalash sim. Agora, que passageiro?"

"Vamos buscá-lo agora, você o conhece. É Burton."

Mark desafivelou o cinto de segurança e olhou nos olhos de Malik. "Você perdeu o juízo?"

"Ao contrário, usei todo o meu juízo. Para poder montar essa operação, tive de convencer meus superiores e a CIA de que a menina estaria melhor fora do Paquistão, o que antes eu não tinha certeza. E o teatro tem de ser convincente. Então, eu o chamei para vir conosco. Basta que a gente não fale nada sobre meu depoimento, sobre a matéria. Mentir não é um problema para você, imagino, você é jornalista."

"Eu te mandaria à merda, mas agora é meio tarde para isso. Vamos lá", rosnou Mark indignado, afivelando o cinto novamente.

Eles rodaram até o centro da cidade, e logo o jornalista reconheceu o caminho para o Serena, o único hotel de luxo que funcionava plenamente em Islamabad naquele momento — o Marriot ainda estava parcialmente fechado depois de um grande atentado, e o Pearl Continental fica na verdade em Rawalpindi. Era um centro para estrangeiros:

funcionários de organismos internacionais, de ONGs, de embaixadas de países ricos, todos moravam no Serena. Com a estrutura de *bunker*, com direito a ninho de metralhadora na portaria e diversos anteparos contra bombas, era a lembrança viva da inadequação, da disfunção na presença ocidental no país.

Malik enviou uma mensagem de texto por celular para Burton. Logo que o carro passou por duas barreiras e teve seu assoalho checado por espelhos, o americano já estava visível na portaria principal do hotel. Mark, que nunca tivera simpatia pelo agente disfarçado de diplomata, o cumprimentou friamente. Nenhum dos três tirou seus óculos escuros na curta conversa ao lado do carro. Malik pediu para Mark ir para o banco de trás, o que lhe desagradou, mas era compreensível na lógica de teatrinho vigente. Burton estava estranhamente econômico em seus comentários, apenas citou que "A matéria não saiu, não é?", para ouvir somente um grunhido do jornalista.

A viagem para Peshawar foi tranquila, e a Highlander voava na boa autoestrada. Não que houvesse radares ou policiais à espreita, mas Mark chegou a questionar Malik sobre a necessidade de correr tanto. "Tantas coisas para se preocupar, meu amigo, tantas coisas. Relaxe um pouco, ouça música", disse, como se a estação de músicas tradicionais que estava sintonizada pudesse ser considerada reconfortante. A temperatura rapidamente subiu, e quando cruzaram o rio Cabul já estava na casa dos quarenta e um graus. Trabalhadores da rodovia descansavam sob palhoças no canteiro central, incapacitados pelo calor inclemente, lembretes vivos sobre a impossibilidade de a civilização prosperar de fato sob aquele clima atroz.

Ao entrar em Peshawar, Mark teve a sensação que sempre lhe acompanhava ali, de perigo iminente. Efetivamente, a capital tribal é um entreposto de banditismos diversos, e não é difícil ver gente armada na rua. Ela tem um gosto de cidade pequena, sem grandes edificações senão as portentosas lembranças do passado colonial britânico — todo prédio bonito de Peshawar parece ter sido construído pelos ingleses. Mas é uma metrópole espraiada e confusa, com quase três milhões de pessoas. Malik falou algo ao celular e o carro pegou a entrada à direita após o viaduto que sai da rodovia. Iam para a zona noroeste da cidade, fortemente militarizada, e logo Mark reconheceu o destino: o forte de Bala Hisar, a mastodôntica sede do Frontier Corps.

O forte tem sua aparência atual da última reconstrução, feita pelos siques que dominaram a região no século XIX. "Legal, nunca me deixaram entrar aqui", falou Mark, com espontaneidade quase adolescente.

"A rigor, você não esteve aqui", riu Malik, dirigindo pela estreita passagem entre as muralhas que dá na parte interna principal, que tem uma bela mesquita em seu centro. A vista é panorâmica, soberba, e que em dias claros de tempo menos empoeirado permite avistar até a fronteira afegã. Circundando o prédio pela esquerda em aclive, chegou a um conjunto de edifícios menores e parou.

Os três saíram e foram recebidos para um chá de boa qualidade, fervido no próprio leite, pelo coronel Mohammad, que comandara as tropas em Bajaur e hoje era um dos principais oficiais de ligação entre o Frontier Corps e o ISI. Abraçou e beijou Malik como se o conhecesse há muito tempo, e foi cordial com os dois estrangeiros. Tinha uma barba grisalha cerrada mas bem aparada, e usava a roupa tradicional da unidade militar: sandálias de couro, *shalwar kamiz*, cartucheiras e boina. Parecia saído de um conto de Kipling, e de certa forma o era. Falou, com um mapa à mesa, da região que eles iriam percorrer, e disse a Malik que foram homens que trabalharam diretamente com ele que descobriram o paradeiro de Ariana. Mark achou melhor não perguntar quais os métodos que foram utilizados na busca; já estava se sentindo corrompido demais por todo aquele esquema em que se metera, cultivava a presunção tola de que saber menos o tornaria menos envolvido. A sala em que estavam era refrigerada e tinha vitrais que filtravam a luz forte do sol. Mark estava quase hipnotizado pelas cores cintilantes quando Malik pediu desculpas e requisitou que os dois gringos fossem dar uma voltinha enquanto discutia o que chamou de detalhes operacionais com Mohammad.

"Engraçado, na primeira vez em que vim aqui, me disseram que brancos morriam nas ruas", disse Burton aproximando-se da muralha que encimava Peshawar. "Disseram que era o lugar mais perigoso do mundo, mas olhando assim é quase pacífico."

Mark abaixou a cabeça. Concordava basicamente com todos os clichês que o americano desfiava, mas sentia-se incomodado em ter de travar aquela discussão. Já fora dissimulado para obter informações em reportagens inúmeras vezes, mas achava que estava no limite do estelionato, mesmo detestando o sujeito. Ao longe, o som do muezim conclamando os fiéis às orações dava um ar quase surreal: abaixo deles, uma cidade violenta, coberta por fumos e poeira, mas o canto ao longe inspirava tranquilidade profunda. Mark quase tropeçou num soldado orando no gramado dentro do forte quando voltava para o prédio a pedido de Malik.

"Muito bem, vamos sair com proteção daqui já. Um grupo do Khyber Rifles vai nos acompanhar até Mohmand, quando uma unidade local nos pega na fronteira. O mesmo vai acontecer em Bajaur e Dir, com os Scouts de cada uma das agências. Será algo discreto, para não parecer que somos importantes e chamar a atenção de algum talibã à busca de diversão", disse o espião.

Quando a Highlander serpenteou-se pelo caminho de volta à portaria principal do forte, Mark soltou uma gargalhada ao ver o padrão de discrição adotado: uma picape Hilux com marcações do Frontier Corps, quatro soldados dentro e quatro na caçamba, com uma metralhadora montada sobre a cabine. "Bem, tomara que apontem primeiro neles", disse Burton, ressuscitando seu hábito de fazer comentários sem graça.

A única vantagem de tal escolta era abrir caminho com sirene no caótico trânsito de Peshawar. Ao circundar o centro, a comitiva teve de desviar da região do consulado americano, bloqueada devido ao risco de atentados. "Já são muitos anos assim, vocês podiam se mudar de vez, não?", alfinetou Malik. Burton respondeu na hora:

"E aí onde vocês vão entregar os pedidos da semana?" Mark sabia que ele se referia, entre outras coisas, às coordenadas de alvos para ataques com aviões não tripulados, e estremeceu ao lembrar-se de Abdullah. Engoliu em seco enquanto as duas picapes ganhavam a velocidade possível para fugir daquele caos urbano.

Entraram após quase meia hora em Shabqadar, e seguiram a noroeste, em direção à fronteira afegã. Mohmand e Bajaur eram especialmente estratégicas, porque faziam fronteira com a instável província afegã de Kunar. Das cerca de trezentas e quarenta rotas conhecidas pelo ISI de entrada ilegal na fronteira com o Afeganistão, quase metade estava naquela área. O terreno ficara progressivamente acidentado, com muita poeira e buracos nas estradas. Depois de Gumbatai, a escolta foi rendida por um jipe com soldados do Mohmand Rifles, cuja sede em Nawagai foi alcançada quarenta minutos depois.

Pararam rapidamente no quartel para uma conversa com o comandante local regada a refrigerantes de cores absurdamente artificiais e dulcíssimos. Mark queria pular essa parte, mas era um ritual obrigatório por conta das conexões de Malik que permitiram o uso de escoltas. O comandante falou sobre a iminência de ataques pesados dos talibãs e de como o Exército não reforçara suas posições. "Vamos ser notícia muito em breve", disse, pressentindo a violência que engolfaria a região em menos de uma semana. Segundo ele, muitos afegãos haviam cruzado a fronteira com equipamento mais pesado, metralhadoras .50, morteiros, foguetes e lança-granadas. O vale de Qandoro, que ficava logo abaixo do quartel, estava com quase todos os vilarejos tomados por militantes, que se misturavam à população local. "Como querem que eu mate essa gente se não sei quem é quem? Os idosos ou foram mortos ou aderiram. Os novos acham o Talibã, seja lá quem for que diga ser o Talibã, o máximo. Os emissários políticos foram embora com medo. Não tem uma escola aberta há duas semanas em Qandoro. E ainda querem que a gente lute a guerra para os americanos?", disse o comandante, mirando os dois ocidentais presentes nos olhos. Mark poderia até argumentar que era brasileiro, mas não havia sentido em fazer isso naquele momento.

Salamaleque cumprido, o grupo desceu a montanha em direção a Qandoro. Um dos homens da escolta, um capitão chamado Farhad, entrou no carro com os visitantes, fazendo uma espécie de "Talibã tour" sem cobrar nada. Explicava como uma vila tinha virado um covil de extremistas sem nenhuma queixa dos habitantes, e como aquela outra tinha perdido todos os seus jovens, obrigados a se unir ao Talibã e a cruzar a fronteira que ficava lá, a visíveis cinco quilômetros dali. "Está vendo aquelas montanhas? Aquilo já é o Afeganistão. Não temos tanques, não temos equipamento para defender isso aqui. Semana passada, duas IEDs levaram cinco soldados nossos embora", disse o jovem, referindo-se à sigla inglesa para as temidas bombas improvisadas colocadas nas beiras de estradas. Passaram pela sede da terceira companhia do Mohmand Rifles, sem parar. Mark achou o prédio estranhamente desguarnecido, e comentou com o capitão o fato. "Aposto que vamos ser atacados. Não há muralhas. Se quiserem, tomam isso numa noite da gente", disse o militar, acertando pela metade o vaticínio: no janeiro seguinte, setecentos talibãs fizeram um ataque noturno aos cento e cinquenta soldados estacionados lá, só que eles conseguiram resistir por uma semana, com água e suprimentos sendo levados pelo único helicóptero disponível na região. Acabaram ganhando a batalha, mas por muito pouco. Já a guerra seguiu em aberto.

Um pouco mais à frente, uma heresia aos olhos de Mark: os militantes haviam tomado para si e renomeado como Lal Masjid o túmulo de um santo sufi. Colocar o nome urdu da famigerada Mesquita Vermelha, centro extremista que ele e Waqar tão bem conheceram durante o cerco de 2007, a um símbolo do que havia de melhor no islamismo em sua opinião? Sintomaticamente, nenhum dos outros passageiros deu bola para o comentário. Tudo aquilo que Burton, no caso Sir Richard, apreciava sobre aquela região parecia ser apenas uma névoa distante, perdida nos séculos passados.

Nova rendição, agora para soldados do Bajaur Scouts, e o grupo rumou para Khar, cidade de porte médio que é o centro administrativo da agência tribal. Foram alojados, para alegria de Mark, em quartos separados no quartel da unidade militar. O antigo forte, herança britânica, tinha até uma quadra de tênis carcomida na frente da sala dos oficiais. Burton brincou com Mark que ele poderia desafiá-lo, numa inusitada tentativa de quebrar o gelo entre os dois, mas ele não mordeu a isca. De todo modo, ficou pensando no quão surreal seria a cena: um jornalista brasileiro e um agente da CIA trocando raquetadas num quartel no meio de uma área tribal conflagrada.

A noite foi maldormida, já que o ventilador de teto não era exatamente eficaz para deter o calor. O jantar fora apimentado, também, o que não facilitou as coisas. Ele havia sido oferecido no segundo andar da sala dos oficiais, uma curiosa tentativa de dar um toque aristocrático ao local com quadros heroicos sobre as virtudes guerreiras pachtos, mas o comandante não participou porque havia sido chamado urgentemente a Peshawar. Mark notou em alguns cantos estátuas que pareciam ornamentos budistas antiquíssimos e perguntou a um capitão do que se tratavam. "Isto está aí desde o tempo dos ingleses. Para mim, são apenas ídolos, eu jogaria fora. Mas o comandante diz que têm mais de mil anos e valem uma fortuna. Eu duvido", disse o rapaz, traindo um discurso que não devia ser muito diferente daquele usado pelo Talibã original quando explodiu os Budas de Bamiyan.

Acordaram às 7 horas, tomaram um café frugal composto de chá e pão adormecido e pegaram a estrada. Um dos capitães tinha de parar em Loyesan, no caminho contrário, porque havia relatos de ataques talibãs a postos perto da vila, e pediu uma carona. Mark gostou do desvio, a vila era pequena e tinha uma mesquita de aspecto singelo, com o minarete solitário pintado de branco e azul. Deixaram o militar lá e voltaram em direção a Kumbar Bazar, cruzando Khar novamente. Era 3 de agosto, e o mergulho de Mark nas áreas tribais do Paquistão chegava a seu ponto decisivo.

37. Ariana

A paisagem muda significativamente quando se entra em Dir, a agência tribal cuja capital homônima assistiria em breve violentos combates. As estradas se tornam mais íngremes e a vegetação começa a tomar o lugar da aridez dominante até então. As montanhas naquele agosto já não tinham neve, naturalmente, e davam aquele ar arenoso típico de todo o Pachtunistão, como deveria ser chamada a grande mancha étnica que ignora a linha Durand estabelecida pelos ingleses no século XIX e engloba os pachtos étnicos afegãos e paquistaneses. Mas no solo, a sensação era de frescor temperado, com muitas nascentes de rios alimentadas pelo degelo dos cumes. Até o ar parecia mais limpo e, pela primeira vez em anos de Paquistão, Mark não sentiu a presença opressiva do cheiro de morte imiscuído na atmosfera.

"Bem-vindo à Suíça do Paquistão", disse Malik em tom quase solene. "Geralmente esse era o apelido do vale do rio Swat, que fica logo depois daquelas montanhas, mas a verdade é que toda a faixa entre Dir, Chitral, Swat e Gilgit é um paraíso na Terra. Quando eu era mais novo, meu pai me trazia aqui para pescar, são alguns dos melhores rios para pesca do mundo. A truta adora água de geleiras, e aqui só desce o mais puro néctar dos Himalaias."

Mark sorriu, de certa forma concordando e lamentando a falta de oportunidade de explorar turisticamente aquela região. Mas não só isso. O discurso orgulhoso do militar aposentado sobre as belezas de seu país não diferia muito do que ouvia entre os mais velhos no seu Brasil. Quando criança, lembrou-se rapidamente, participava de acalorados debates para mostrar que o rio Amazonas era maior que o Nilo, que indubitavelmente não havia diversidade maior do que a das matas brasileiras. Aquela coisa de a pessoa achar que não há terra mais linda e generosa do que a sua, uma espécie de nacionalismo primitivista. Mas isso se perdeu. Não se espera que os jovens que já nasceram sob a internet tenham esses sentimentos, e sinceramente Mark não sabia se isso era ruim. Era um internacionalista nato, e sempre achava qualquer forma de nacionalismo perigosa. Talvez o ambientalismo em escala global supere suas doenças infantis e vire uma versão mais inteligente e desterrada dessa paixão pela natureza, mas Mark também não tinha muita fé nisso.

Era começo da tarde quando chegaram ao posto de Lal Qila, ao lado de Kumbar Bazaar. A base era um conjunto de duas ou três casinhas, e havia uns trinta soldados no máximo, todos do Frontier Corps. Imediatamente o chefe da guarnição, um capitão chamado Khan, fez ser montada uma mesinha com chá e alguns biscoitos. Não podiam se dar ao luxo de recusar, era uma recepção suntuosa para os aterradores padrões de instalação dos militares, que dormiam em camas improvisadas ao ar livre. Feitos de madeira e fibra vegetal trançada, esses leitos eram onipresentes no caminho pelas áreas tribais: à beira de estradas, na frente de lojas e, via agora Mark, dentro dos limites daquela que viria a ser a mais perigosa fronteira de um conflito lutado em nome do Ocidente.

Feitas as apresentações e tomado o chá, Khan foi direto: "Se vocês forem ficar aqui, sugiro que durmam na base. As instalações são humildes, mas vocês provavelmente vão estar mais seguros aqui do que lá", e apontou para a cidade que ficava além-muros. Com uma grande mesquita na qual Sufi Muhammad começou suas pregações de instalação da lei islâmica na região, Kumbar é uma vila de montanha típica, com muitas ladeiras, casario sobre morros e sombreada por picos ultrapassando os dois ou três mil metros, nas contas imprecisas de Mark. A casa do clérigo, que naquele momento estava vagando pelo Swat com as forças do genro Fazlullah, ficava na parte mais baixa da cidade, numa estrada que dava para uma saída montanhosa. Tinha um grande portão negro, que sugeria a importância do dono. Um ano depois, mesmo com boa parte de Kumbar reduzida a ruínas, a casa permaneceria intacta. Na mesma rua, um pouco mais à frente, ficava a sede de sua entidade assistencialista, uma casa de dois andares que servia de centro de distribuição de recursos para as investidas terroristas em toda a área da "Suíça paquistanesa".

"Eu concordo e agradeço. Venha comigo, precisamos conversar. Enquanto isso, Mark e Burton, arrumem alojamento com os homens", ordenou Malik, em tom mais autoritário que o normal. O capitão, que já sabia das intenções e das patentes oficial e oficiosa do coronel aposentado, levantou-se imediatamente.

"Sim, senhor, vou chamar o nosso contato."

Enquanto Burton e Mark colocavam suas mochilas em um quarto simples, sem porta e com dois colchões sujos jogados no canto que lhe davam a aparência de uma suíte presidencial naquela base, ouviram o barulho de um motor sendo ligado. Um jipe da guarnição levava Malik e Khan para a cidade, sem eles. Se entreolharam, talvez pela primeira vez concordando desde que se conheceram. Eles seriam espectadores privilegiados, e só.

Burton chegou a insinuar uma reclamação com as acomodações, mas quando percebeu que dois soldados haviam deixado o quarto e se mudado com suas tralhas para o prédio ao lado, superlotado com outros militares, deixou a queixa de lado. Mark já tinha ficado em lugares piores, mas previa uma noite difícil. Havia muita umidade no quarto, as paredes recendiam a mofo, e a vegetação prometia um festival de insetos ao entardecer. Por sorte estavam na montanha, então os mosquitos hematófagos parecem menos vorazes do que nas terras mais baixas. O calor era muito mais aceitável, na casa dos trinta graus de dia e vinte, vinte e cinco graus à noite. Uma Suíça, com relativa boa vontade.

A tarde passou e nada de Malik. Os soldados pareciam especialmente nervosos, mas devido aos rumores de que o Talibã começaria uma ofensiva no vale de Qandoro e em Bajaur em breve. Sabendo a força dos homens de Fazlullah no seu entorno, a guarnição de Lal Qila seria um alvo óbvio no caso de o conflito escalar. Um dos soldados comentou que homens do Exército estavam se posicionando para reforçar as tropas do Frontier Corps, trazendo tanques, obuses e helicópteros, mas que a crise política em Islamabad estava atrasando o processo. De repente, o cheiro de morte se reapresentou, ainda que fosse mais sutil e sem dúvida fisicamente menos palpável do que em outras áreas paquistanesas. Por volta das 15 horas, um jipe entrou em alta velocidade pelo portão, e não era o de Khan.

"Rápido, chamem o doutor. Esses homens estão muito feridos", gritou um jovem soldado em pachto, traduzido por um cabo para Mark e Burton.

Uma patrulha com cinco homens havia sido atingida numa estrada lateral por uma bomba improvisada. O motorista morreu, o passageiro escapou levemente ferido e três homens estavam em mau estado.

Dois, que estavam do mesmo lado em que ocorreu a explosão, perderam parte dos membros inferiores. Mark já tinha visto isso antes, e não era uma cena agradável. A morfina rapidamente aliviaria os gritos mais fortes, mas aqueles homens precisavam de um hospital, não do doutor de uma vila no meio das montanhas do Paquistão. O terceiro ferido aparentemente tinha perdido um olho.

"Ele estava na parte de cima, na metralhadora. Foi atingido pelo fósforo branco indiano que esses desgraçados usam nas bombas", disse o cabo. Os soldados foram colocados sobre uma lona junto ao prédio principal da base, e o sangue dos dois feridos nas pernas se misturava no plástico e, depois, à terra úmida. Mark se afastou da cena; não iria acrescentar nada e tinha um certo pudor com o sofrimento alheio, algo quase incompatível com a função de repórter de guerra.

O doutor, um sujeito magrelo que passaria facilmente por talibã em qualquer documentário ou reportagem, apareceu com uma maleta. Checou a pressão sanguínea dos feridos, atestou a morte do motorista e foi lacônico. "Eles têm que ser transferidos. Aqui, posso parar os sangramentos, e é tudo o que posso fazer", disse. Assim o fez, e os homens foram colocados de volta em macas numa picape. "Levem para Khar, o hospital lá é mais bem preparado para lidar com amputações", sentenciou o médico. Felizmente, os soldados já estavam inconscientes quando a anamnese foi completada.

Enquanto a picape saía, o soldado no ninho de metralhadora principal do quartel improvisado deu algumas rajadas para o ar. Provavelmente apenas queria assustar eventuais talibãs dispostos a terminar o serviço, mas a ação foi suficiente para levar Mark e Burton direto ao chão enlameado. Alguns soldados deram risadas. A tarde foi passando, com um ou outro tiro ecoando pelas paredes montanhosas ao redor da cidade, mas nenhum sinal de combate real. Por volta das 17h30, o rádio informava que os soldados feridos estavam sendo operados em Khar e que iam ficar bem, dentro do que perder um pé ou uma perna seja equivalente a boa fortuna.

Às 18 horas, com o canto do muezim na antiga casa espiritual de Sufi Muhammad dando aquele arrepiante ar de calma numa região a ponto de erupção, Malik e Khan reapareceram no quartel. Chamaram os dois ocidentais para uma conversa reservada na sala de Khan.

'Achamos a família. Eles não querem nos dar acesso à menina, dizem que ela está bem e que não há motivos para preocupação. Ah, temos uma novidade. Ela disse para eles que realmente se chama Ariana."

Se aquele era seu nome real ou apenas a execução do desejo de ser uma nova pessoa, era impossível de saber naquele momento. Mas Mark gostou do que ouviu.

Seguiu Khan: "Nós podemos fazer isso de dois modos. Ou esperamos e levamos o caso para a *shura* da cidade, o que acho complicado porque muitos são amigos de Sufi Muhammad e vai ser dificílimo explicar para eles o que estamos querendo com a menina, ou vamos lá e a pegamos. Vocês decidem."

"O ideal seria podermos falar com ela. Não adianta criarmos mais um trauma na cabeça da pobre coitada", disse Mark.

"É verdade. Mas talvez não tenhamos essa possibilidade. E como vocês devem ter ouvido a tarde toda, a situação na região está ficando muito complicada", ponderou Malik.

Burton assentiu. "Vamos tentar falar à força com ela amanhã mesmo, não podemos ficar aqui muito tempo."

O jantar foi servido às 19 horas e consistia de um prato de frango *karahi* relativamente picante, a mesma comida da noite anterior e aparentemente a ração básica do soldado paquistanês na zona tribal. Arroz oleoso e um prato com tomates e cebolas cortadas completavam a mesa, na qual foi posta uma cesta com um grande pão folha dobrado e uma jarra d'água. Talheres, só colheres. Todos estavam com fome e a comida foi devorada. A noite caíra lentamente e uma névoa fina parecia descer das montanhas sobre Kumbar. O silêncio era profundo, sendo apenas possível ouvir as conversas dos dois sentinelas na vigia principal da base, além dos grilos e dos sapos no riacho ao lado. Como sempre, Mark se permitia admirar a paz e a tranquilidade aparente daquele lugar, mesmo sabendo que em algum canto sob aquelas brumas o mal estava sendo tramado.

Às 23 horas, o capitão Khan avisou que era hora de dormir, pois todos acordariam às 6h30. Sem muito sono, Mark deitou-se no colchão imundo. Burton já havia capotado no dele, ressonando confortavelmente. O jornalista não achou ruim, já que não precisaria então dividir confidências de boa-noite com o vizinho. Demorou a apagar, e nem sequer tirou as botas de caminhada. Com algumas horas de voo pelo inconsciente, começou a sonhar. Sua avó e sua mãe lhe perguntavam onde estava Ariana numa reunião familiar na antiga casa de sua infância em Curitiba. O tom era recriminatório, as duas figuras maternas pareciam acusá-lo de ter violado a menina. Ele dizia que fora Waqar o estuprador, e que ele deveria ser o responsável pela garota agora. Foi quando Ariana surgia, esplendorosa, como uma Vênus botticeliana saindo de sua concha na galeria Uffizzi. Linda, perfumada, estava nua em pelo. Era Ariana, mas era também Ayesha. Mark se aproximava e iniciavam uma ruidosa trepada, já sem a avó e a mãe por perto. O mundo todo se resumia aos dois, aos movimentos pélvicos vigorosos de Ariana-Ayesha, à respiração de Mark. Por cima de seu corpo, como um súcubo, aquela mulher de duas faces elevava seu espírito em forma de uma celebração pagã. Quando estava próximo do orgasmo, foi interrompido por um Waqar todo ferido, como no dia do atentado. "Você tinha de proteger ela", dizia, acusatório.

Respirando de forma rápida e curta, Mark acordou assustado. Olhou o relógio, eram quase 3h45. Burton agora roncava abertamente. Ficou constrangido ao perceber a ereção sob a calça. Sorte que ninguém viu, pensou. E voltou ao sono, sem mais sonhar algo digno do nome.

Depois do café da manhã, chá com leite e o pão folha adormecido do jantar, Malik disse que iria negociar com Javed, o pai adotivo, o encontro com Ariana. E saiu novamente com Khan. Burton e Mark se entreolharam e, mais uma vez, dividiam a mesma sensação de impotência. "Tomara que isso acabe logo", disse o americano.

"Burton, deixe eu te fazer uma pergunta. Por que você está aqui?"

"Ora, o Malik queria nosso apoio para levar a menina para os Estados Unidos. Então, como já estou metido até a cabeça nessa história, me deslocaram para acompanhar tudo", disse.

"Estados Unidos? Achei que ele queria levá-la para Londres", tergiversou Mark.

"O plano é ir primeiro para Londres, sim. Mas depois acertar uma adoção e mandá-la para os Estados Unidos. Você sabe, tivemos de acionar alguns canais especiais, porque hoje em dia pega muito mal tirar criancinhas de países miseráveis. Veja a dificuldade que gente como a Madonna tem. Mas Malik tem as costas bem quentes, vai ser tranquilo. Agora, não me pergunte por que ele começou com essa história. Uma vez me falaram que ele perdeu um filho lutando na Caxemira, que ele tem uma relação complicada com essa coisa das jovens vítimas da guerra, mas acho que é mentira. O fato é que não sei por que ele faz tanta questão de tirar a menina daqui. Mas sou um cara legal com meus amigos", respondeu Burton, com bastante naturalidade.

Mark ficou quieto. O teatro que o velho espião montara parecia ter muitos cenários que ele desconhecia, mas o que importava, seu depoimento, estava seguro no cofre da *Final Word*, em Londres. O restante deveria ser detalhe, ou pelo menos era isso que ele esperava. Se Burton falava a verdade, estava tão no escuro quanto ele sobre os desejos reais de Malik. Poderia parecer odioso para um jornalista buscando todas as peças de seu quebra-cabeças, mas nem tudo cabe no esquadro de uma boa reportagem.

No fim da manhã, os dois voltaram. "Subam aí, eles toparam nos mostrar a menina, para provar que ela está bem. Vamos à casa deles, que fica no alto daquela montanha", disse Malik, apontando para um morro atrás da mesquita principal de Kumbar. Na caçamba da picape com dois soldados armados com RPGs e Kalashs, Burton e Mark sacolejaram nas ruas íngremes da cidade, até atingir uma estradinha de terra que subia até a casa. A vegetação era cerrada, e as sombras projetadas pelo sol de meio-dia davam a ameaçadora impressão de que algo ou alguém iria atacá-los a qualquer momento.

Passaram por algumas construções de alvenaria até chegarem a um portão de ferro branco. Um rapaz o abriu e fez sinal para que a picape estacionasse no quintal. A casa era igualmente branca, com dois pisos e denotava alguma sofisticação de seus donos, com detalhes em madeira em parte de seu acabamento.

Desceram todos. Um homem nos seus quarenta anos, aparentando bem mais, com longa barba grisalha e *shalwar kamiz* de tom pastel surgiu à porta. Era Javed, o protetor de Ariana, segundo Malik. Uma mulher apareceu a seu lado. Usava apenas um lenço transparente rosa sobre a cabeça. Nenhum dos dois sorriu para os visitantes, nem fizeram menção de cumprimentá-los. Mark tomou a iniciativa, com um sonoro *salaam aleikun* ao descer da caçamba. Malik olhou de forma dura para ele, e o recado foi bem entendido. Javed meneou a cabeça e chamou todos para o primeiro cômodo da casa. Os soldados ficaram do lado de fora, checando o perímetro. Tinham de zelar por seu comandante, afinal.

"Muito bem, vocês podem conversar com Ariana. Mas repito: ela não vai sair daqui", disse Javed, em inglês. A mulher levantou-se e saiu. Malik pediu que Javed também saísse. "Fui escolhido por Abdullah para cuidar dela, quem é você para dizer que não posso ficar aqui? Esta é a casa de um afridi", respondeu quase aos gritos.

Khan interveio, dizendo para o dono da casa não argumentar. Burton concordou com a cabeça. Dizem que no Paquistão há apenas três As que importam: América, Army (Exército) e Alá. Naquela sala, os dois primeiros deram a ordem. O jogo estava jogado, salvo alguma intervenção do terceiro A.

Javed levantou-se e apontou os dois dedos para os ocidentais sentados, uma mistura de maldição e xingamento. Mark fez que não viu. Malik resmungou algo com Khan, em voz baixa, e o ar da sala parecia irrespirável. Denso, seria fácil cortar uma fatia dele.

Foi quando Ariana apareceu. A menina, se não era a Vênus do sonho da noite passada, era uma mulher feita. Rapidamente Mark se deu conta de que tinha quinze anos, ou algo assim, havia quatro anos. E que as pessoas no geral aparentam sempre ter mais idade naquelas terras. Ainda assim, ficou impressionado com as ancas definidas sob um vestido vermelho com detalhes amarelos, de um colorido vivo. Estava descalça, e tinha as unhas dos pés pintadas de vermelho, um sinal de que alguma vaidade lhe era permitida naquele refúgio de montanha. Sua pele parecia mais clara do que a de uma pachto de Muzaffarabad, talvez fosse de alguma outra etnia.

O rosto era visivelmente vítima de muito sofrimento, já carregava algumas linhas de expressão e as olheiras eram particularmente profundas. Não era feia ou bonita, e não usava lenço sobre o cabelo escuro, que estava preso. Parecia ter seios desproporcionais à finura de seus braços; para Mark, peitos e bíceps sempre tinham de andar juntos. Tinha não mais que 1,60 metro e uma compleição frágil. Não parecia especialmente ávida para falar, e fitou os visitantes à distância.

Em seus braços, uma criança ensaiava um chorinho.

38. Convulsão

Mark, Malik e Burton se entreolharam, enquanto Khan chamou a garota em pachto para sentar-se com eles. Com um tom algo paternalista, Malik foi direto, também na língua local, logo traduzida aos ocidentais: "Quem é esse garoto bonito?"

"Meu filho", respondeu ela no inglês pausado que Mark conhecera durante as várias leituras de seu diário. O pensamento de que sabia tantos segredos íntimos daquela desconhecida o envergonhou. Prometeu a si mesmo que ela não seria citada em nenhuma reportagem que viesse a escrever.

"Quem são estes homens? O que vocês querem comigo?", disse, deixando a criança no chão, sobre um tapete.

Mark, contrariando Malik, tomou a palavra. "Ariana, sabemos que você passou por muitas dificuldades e estamos dispostos a ajudá-lo. Podemos levá-la para fora do país, para você recomeçar sua vida com seu filho na Inglaterra."

"Ou nos Estados Unidos", completou o coronel aposentado, apressando-se a retomar o cenário que havia montado ao agente da CIA.

"Enfim, sabemos de Ahmed e de tudo o que aconteceu perto de Yarik. Podemos ajudar", recomeçou o jornalista, falando devagar.

"O estrangeiro está falando a verdade. Eu represento o governo, já está tudo certo para você viajar com a gente. Você sabe, há uma guerra vindo para cá e as coisas vão ficar bem difíceis", completou Malik, agora também em inglês.

"Difíceis? O que vocês sabem de dificuldade? Eu tinha um amor, um sonho que me foi tirado. Isso vocês não sabem. Eu tinha uma família, e Alá me tirou ela também quando fez a terra tremer. Tudo o que me sobrou foi andar por trilhas de montanhas com homens que não conhecia, e servir ao chefe deles todas as noites, até que alguma coisa de errado aconteceu e ele me enviou para outros desconhecidos cuidarem de mim. E me deixou esse filho, que não vai ter pai ou família. Sou uma viúva que ninguém na vila sabe quem é de verdade, ninguém tem coragem de vir falar comigo. Não sou ninguém. E vocês me falam em dificuldades?"

Ariana não expressou nenhuma reação corporal, lágrima ou tremor. Apenas gaguejou quando falou de seu amor, Iqbal, que naturalmente ela acreditava ser um segredo que se perdeu nas ruínas de sua casa em Muzaffarabad. E não um personagem do caderno rosado que embalou as buscas de Waqar e Mark.

"Por isso mesmo queremos dar algo em compensação por seu sofrimento. Em outro país, você vai poder começar sua vida de novo. Pense nisso", disse Malik. "Posso ajudar. Pense com carinho. Vamos voltar amanhã e você me diz o que acha." Burton e Mark fecharam a expressão; teriam de passar mais um dia naquele lugar perigoso e desconfortável.

Ao sair, Mark olhou para a criança, que brincava com o nada sobre o tapete, e perguntou a Ariana seu nome.

"Iqbal."

O jornalista segurou as lágrimas até a caçamba da picape, quando deixou algumas rolarem pela face, misturadas à poeira que subia da estrada. Os soldados com RPGs e Kalashs não notaram, mas suspeitava que Burton havia percebido.

Depois do jantar na base, Malik chamou os ocidentais para conversar na sala de Khan, que havia saído para resolver algum tipo de disputa na cidade. "E agora? E se ela não topar?", perguntou Mark.

"Acho que temos de levá-la à força, com o garotinho e tudo. Ela não entende agora, mas vai entender depois. É perigoso para ela estar tão perto dos talibãs, ela pode ter alguma informação que interesse a eles", disse Burton.

Mark irritou-se. "Agora começo a entender o que você quer aqui. Você acha que vai poder interrogar a menina? Vai afogá-la num tanque para arrancar algum segredinho sujo de Ahmed?"

"Mark, não seja estúpido. Nós ainda não sabemos do paradeiro daquilo que Ahmed comprou", contemporizou Malik, desvelando mais uma cortina de seu teatro, apresentando um novo cenário ao seu espectador solitário.

"Vão à merda vocês dois. Vocês viram a cara dela. Vocês acham que podem forçar alguma coisa? Se ela não quiser ir conosco, ela não vai e pronto. E também..."

Sua fala foi interrompida por um estampido forte, seco. Ouviram gritos de homens e imediatamente a metralhadora da guarita começou a cuspir em direção ao escuro da montanha.

"Um morteiro. Não é a primeira vez que atacam a gente à noite. Entrem, eles podem atirar de novo", disse um cabo para os três homens.

"Mas não é o prédio que eles querem acertar?", perguntou Burton. O cabo não falou nada. Dois minutos depois, um zunido agudo cruzou a noite de Kumbar.

"Abaixem-se! Morteiro!", alguém gritou na confusão de soldados para todos os lados. As luzes ainda estavam apagadas no complexo, e Mark pôde ver no escuro o lampejo da explosão do morteiro. Estava a uns trinta metros dele, para sua sorte. Dois soldados acabaram atingidos por estilhaços, mas nenhum em área vital.

"Puta que o pariu, o que é que estou fazendo aqui?", gritou Burton.

"Bem-vindo à guerra ao terror", ainda teve tempo de ironizar Mark, enquanto procurava abrigo atrás de uma barreira de sacos de areia próximo ao portão da base. Malik desaparecera na confusão; estava escondido no banheiro do prédio dos oficiais.

Khan não voltou naquela noite. Pelo que seus convidados ficaram sabendo pela manhã, foi uma discussão dele com líderes locais de Kumbar que gerou o ataque. "Acabei ficando como refém deles durante a noite. Disseram que era para minha segurança, mas não me deixaram sair. Estavam armados. O Talibã está aqui, meus caros", afirmou durante o café da manhã.

"Percebemos também", disse Mark, agora abertamente sarcástico.

Os três homens foram acomodados por Khan na picape e voltaram à casa de Ariana. Javed não estava, e sua mulher apontou a sala em que a garota estava com o filho.

"A resposta é não. Já sou uma ninguém no meu país. Não quero ser uma ninguém num país que não é o meu. Não vou sair daqui", disse, resoluta, Ariana. Hoje usava um vestido verde, e Mark pegou-se prestando atenção em suas curvas enquanto ela fazia um pequeno discurso sobre como os homens do governo não eram confiáveis. Talvez fosse o cansaço, a lembrança do sonho de dois dias antes, ou tudo junto. Teve de desviar o olhar. "Se o Estado pode fazer algo por mim, que mande dinheiro para a gente. Isso já basta", disse.

"Posso arranjar algo, mas veja, a guerra está chegando", disse Malik.

"Ela nunca esteve em outro lugar, senhor. Agora, por favor, vão embora."

"Posso fazer duas perguntas antes?", interveio Burton.

"Não."

Mark sentia-se esgotado. Fracassara em todas as tentativas de honrar os pedidos de Waqar em sua carta final. A família de Abdullah estava destruída, ele e o filho, mortos. Colocara Ayesha sob risco num país ultravigiado. Ariana transparecia uma frieza inimaginável para aquela menina sonhadora revelada no diário, a brutalização de seu corpo e espírito parecia completa, ela estava perdida. Depois iria fazer as considerações de ordem prática, e havia muitos obstáculos práticos ao plano de levá-la ao exterior. Mas, naquele momento, sentia apenas frustração e ao mesmo tempo admiração pela jovem. Assim como a afegã arquetípica na capa da *National Geographic*, Ariana continha em seu rosto um misto de indiferença e desafio. Quando ela fechou a porta, Mark sentiu mais do que um movimento banal. Percebeu uma declaração de princípios.

A picape se afastou morro abaixo. Pegariam a Highlander com uma escolta e voltariam para Peshawar para fazer um relatório à inteligência do Frontier Corps. O caminho mais óbvio seria descer o belo passo de Malakand, em que estradas serpenteiam montanhas e desfiladeiros, mas havia relatos na base de combates abertos entre militantes e forças do Exército. Mais de vinte pessoas já haviam morrido, segundo um dos soldados de Khan. Acharam por bem retomar o caminho da ida, o que fizeram antes do almoço. Kumbar Bazaar submergia numa estranha névoa, mais densa do que a da véspera, quase um presságio da destruição que ocorreria nas semanas seguintes.

Enquanto o carro ia em direção a Khar, deixando o território helvético do Paquistão para trás, Mark pensou em Waqar. Restava a última solicitação da carta do antigo *fixer*: ser feliz, com Elena ou quem quer que fosse. Apoiou o rosto com as mãos, desconsolado. "Está tudo bem, Mark?", perguntou Burton, olhando para trás. O jornalista não respondeu.

Assim que chegaram ao quartel dos Bajaur Scouts, um capitão chamou os visitantes para uma sala próxima à quadra de tênis desativada.

Um grande mapa com folhas de plástico transparente coalhadas de sinais vermelhos indicava que algo de grave estava em curso.

"Eles atacaram em Qandoro e em toda a região até Nawagai. A guarnição de lá está isolada, pelo rádio dizem que aguentam dois dias com a comida e a água que têm. O Exército finalmente autorizou a operação aqui, não vão esperar o general Musharraf tomar alguma decisão, pelo que entendi. Sem eles, sem os helicópteros, não sei como vai ser. Vocês não podem voltar por aqui. Têm de ir a Temargara e descer por Malakand."

"Mas a gente veio para cá justamente porque havia combates em Malakand", observou Malik.

"É verdade, mas lá os combates ocorrem só à noite por enquanto, e ainda não fechamos o passo. Vocês têm de ir agora, o ataque a Loyesan já começou", disse.

"Loyesan, aquela vila aqui do lado?", perguntou Mark.

"É, os talibãs estão entrincheirados lá. Não sei quanto tempo vamos suportar sem apoio. A cidade já tem vários prédios destruídos, e quando os tanques chegarem, *inshallah*, vamos varrer eles de lá." O jornalista se lembrou da mesquita bonitinha e seu minarete azul. Alguns meses depois, veria uma foto das ruínas de Loyesan acompanhar uma reportagem sobre as áreas tribais; o minarete estava intacto, como parte da política do Exército de não antagonizar os sentimentos religiosos dos locais tão bem explorados pelo Talibã. Kumbar Bazaar também seria bem danificada, embora em menor extensão. O vale de Qandoro todo viraria uma praça de guerra, com velhos tanques russos T-59 e variantes modernizadas no parque militar de Taxila destruindo uma vila por vez. Todo o caminho que fizera naqueles dois dias seria uma trilha de morte e destruição em pouco tempo.

Passaram por Temargara no meio da tarde, a principal cidade da região do Dir, e mal foi possível apreciar a bela vista do rio Panjkora, um dos paraísos de pesca esportiva da infância de Malik. Seguiram a sinuosa estrada até Malakand, região que daria o nome ao acordo covarde feito pelo governo paquistanês com os homens de Sufi Muhammad e Fazlullah na esperança de pacificar o vale do Swat alguns meses depois. Em troca do fim das hostilidades, o governo permitiria a aplicação integral da lei islâmica no vale — só para ver o Talibã se reforçar e ameaçar todas as instituições remanescentes nas vilas e descer até a agência de Buner, a cem quilômetros de Islamabad.

Quando isso ocorreu, o mundo se deu conta de que a revolta extremista parecia fora de controle num país com armas nucleares. Logicamente isso é um exagero; o Talibã paquistanês nunca conquistaria a capital ou tomaria a bomba para si, mas não foram poucos os que viram na situação caótica a desculpa ideal para o Exército usar uma carta-branca em todo o local e mostrar ao mundo que afinal de contas estava lutando sozinho uma guerra que interessava a todos. O fato de que seus soldados morreram como mosca no processo seria apenas a evidência necessária numa batalha de comunicação. Quase um ano depois, o Exército cantaria uma vitória improvável na maior parte das áreas tribais. Mas, como a violência contínua demonstrava, estava longe de ser durável.

Anoitecia quando deixaram o passo, e na altura de Sakhakot era possível ver tropas tomando posições de assalto à beira da estrada. "Por Alá, eles estão em toda parte", exclamou Malik. Os faróis da Highlander abriam caminho até a picape com os soldados à frente, e a velocidade era alta. "Temos que chegar logo a Mardan, de lá voltamos rapidamente para Peshawar", continuou o espião e dublê de motorista. Mal acabou de falar e uma explosão atingiu a camionete à frente.

"RPG! RPG!", gritou Malik, acelerando para tentar passar ao largo da carcaça fumegante virada de lado em que foi transformada a picape. Vira homens voando para todo o lado, e achou ter visto um deles sem as pernas. "Peguem as armas agora!"

Burton engatilhou o Kalashnikov com eficiência. Mark pegou o outro rifle, mas nem sequer destravou a arma. Ela parecia pesar uma tonelada em suas mãos quando a explosão atingiu a frente da Highlander; na realidade, a granada explodiu no chão, à frente, evitando um provavelmente fatal impacto direto. Estilhaços estouraram o vidro da frente, e Malik perdeu o controle do veículo. Passaram-se intermináveis cinco segundos com o som de pneus atritando contra o asfalto quando a Highlander chocou-se com um barranco cheio de pequenas árvores. Os airbags se abriram e esvaziaram rapidamente, enchendo a cabine de gás esbranquiçado. Havia poeira e cacos de vidro cobrindo tudo, e Malik não se mexia.

Burton, ainda tonto, o tocou. "Acorda, meu velho, temos que sair daqui", disse, só para perceber que um pedaço retorcido de ferro havia penetrado o crânio do espião na altura do olho direito. Estava morto.

"Caralho. Mark, você está bem?"

Dessa vez, o jornalista respondeu. "Acho que sim, só cortei um pouco o rosto. E o Malik? E você?"

"Malik está morto. Espera, ouça. Eles estão vindo, temos que sair daqui", disse o americano.

"Eles quem, porra?"

"Os filhos da puta que estão atirando. Sai daí, Mark. Pega a arma."

Alguns metros atrás, dois soldados que sobreviveram à explosão, provavelmente os que ocupavam o lado esquerdo na picape, atiravam contra o nada. E a escuridão parecia responder com mais tiros.

"Você consegue correr? Acho que quebrei alguma coisa na perna", disse Burton.

"Vai ali para aqueles arbustos. Eu fico aqui para ver o que está acontecendo", disse Mark.

"Você sabe atirar?", perguntou Burton, sem ouvir resposta.

O americano arrastou-se até a beira da estrada; havia partido a tíbia, mas a fratura não era exposta. Mark escondeu-se atrás da Highlander enquanto os tiros pareciam se intensificar. O pulso do jornalista estava acelerado, e ele respirava de forma curta. Se tivesse um ataque cardíaco, seria até uma morte boa para as circunstâncias. Transpirava muito, e o suor misturou-se ao sangue do corte em sua testa. Sentia cacos de vidro em sua pele, mas a adrenalina lhe permitiu focar no que interessava, que era o movimento perto da picape destruída a uns cem metros dali.

De repente, uma nova explosão. Aparentemente uma granada, ou outra RPG, não sabia dizer. A carcaça agora era uma tocha, e não se ouvia mais tiros dos soldados paquistaneses. "Meu Deus do céu", murmurou Mark, enquanto destravava o AK-47 e engatilhava a arma. O barulho metálico lhe arrepiou a espinha. Passara parte da vida convivendo com violência e armas, mas nunca lhe ocorrera disparar uma contra um ser humano. Isso poderia acontecer bem ali. E provavelmente seria ineficaz.

Quando viu as primeiras sombras em torno da picape incendiada, correu para os arbustos e posicionou-se com Burton para um eventual tiroteio. Um grosso tronco de árvore servia de apoio para as armas. Burton, mais experiente, o mandou ir para um outro nicho no barranco, a uns dez metros de distância. Assim, teriam duas linhas de tiro. Aos poucos, alguns talibãs começaram a vir em direção à Highlander, e estavam claros os sinais da fuga de sobreviventes do veículo: havia sangue no airbag do passageiro que aparou o corpo de Burton, e Mark deixara a porta traseira aberta. O confronto seria inevitável, e os corações dos dois ocidentais pareciam delatar suas posições de tão forte que batiam.

A sucessão dos eventos ocorreu de forma quase onírica, como se o diretor do filme tivesse cortado o som para amplificar o efeito dramático. O primeiro talibã checou o corpo de Malik e o veículo. Gritou algo para um segundo, que se aproximou. Enquanto ambos olhavam o carro por dentro, remexendo em bagagens, o tiroteio recomeçou próximo à picape incendiada. Era uma patrulha do Exército, provavelmente alertada pela luminosidade das explosões. Numa Hilux nova pintada de verde-escuro, os soldados chegaram atirando com a metralhadora montada na caçamba. Os talibãs pareciam cair como se fossem figuras de um teatro de sombras. Alguns começaram a correr para o mato, para voltar a seus refúgios nas montanhas. Os dois que estavam na Highlander fizeram o mesmo, só que foram interceptados por Burton.

"Parem", disse ele num pachto improvável. A arma estava engatilhada, mas como um dos talibãs fez menção de não parar, algo bizarro aconteceu: o AK-47 travou na hora do disparo. Conhecido como uma das armas mais confiáveis do mundo, projetado para ser enterrado com um combatente só para ser usado por quem encontrasse o cadáver, o fuzil deixou o americano na mão. Os talibãs riram, e se aproximaram de Burton. Ele seria um prêmio e tanto a levar da ação. Em dois segundos, Mark já imaginara o vídeo com o agente da CIA sob ameaça de decapitação. No terceiro segundo, mirou nas costas do primeiro talibã. Hesitou. Iria cruzar a linha que separa os homens que viram a morte daqueles que a provocaram. Ainda que fosse perfeitamente justificável naquelas circunstâncias, seria um assassinato. Reforçou a mira, subiu para a cabeça do militante, que usava um *shalwar kamiz* branco e um barrete. Sua barba não era muito cerrada, e devia ter menos de vinte e cinco anos. Colocou o dedo no gatilho e certificou-se de que a arma estava engatilhada corretamente. O suor e o sangue empapavam suas mãos, tornando tudo escorregadio.

Mark levantou-se e foi em direção aos três. Os militantes tinham deixado suas armas apoiadas na Highlander pouco antes da chegada do Exército, sinal de amadorismo. Mark gritou em inglês mesmo. "Parem, seus filhos da puta, agora!" Tremia internamente. Para sua sorte, quase ao mesmo tempo a picape do Exército se aproximou, com soldados gritando algo em sua caçamba e a metralhadora soltando rajadas para o alto. Os talibãs saíram correndo para o mato. O jornalista não teria mais essa corrente para arrastar.

Mark estava agitado, com a pulsação descontrolada, mas lembrou-se de jogar a arma no chão assim que os talibãs desapareceram. Gritou por ajuda, em inglês, no que foi auxiliado por um debilitado Burton — que, como contou depois, viu exatamente o mesmo filme em que era enquadrado com uma faca no pescoço ser projetado em sua cabeça durante os segundos entre a falha de sua arma e o quase disparo da de Mark.

Um capitão saiu da Hilux e viu os homens feridos. Ficou pálido ao perceber que eram estrangeiros. Checaram os documentos de Malik no carro. "Esta vai ser uma longa noite. Vamos para Peshawar já", disse o jovem. Mark e Burton foram colocados no banco de trás de uma segunda Hilux, que apareceu alguns minutos depois. Mark não sabia exatamente o que acontecera com o corpo de Malik. Ordens e contraordens eram disparadas por rádio, e os dois veículos avançaram rapidamente até Mardan, onde não pararam, e rumaram à direita na autoestrada para Peshawar.

Na manhã seguinte, Burton e Mark estavam dormindo lado a lado novamente, dessa vez no Hospital Militar Central da capital regional. Prédios britânicos de 1914, em tijolo aparente, formavam o conjunto. Um gramado cuidadosamente cortado entre os edifícios dava uma calma bucólica ao lugar. Os ocidentais tiveram uma ala inteira para eles, e as camas de ferro lembravam hospitais de campanha da Grande Guerra que começara no mesmo ano da construção do complexo.

"É, você não sabe atirar mesmo."

"Sorte sua. Imagine se eu resolvo atirar e te mato também?"

"Obrigado, Mark, você salvou minha pele. Estou em dívida."

"Nada, foram os soldados que estavam chegando. Já pensou o que vão dizer se acharem que ajudei a CIA?"

"Sei."

Ambos riram juntos pela primeira vez, sem reservas, embora Mark estivesse desgostoso pela morte de Malik. Além de o conhecer há anos, só morrera por conta do acerto que fizeram e da promessa de resgatar Ariana — justamente o movimento mais insólito que o velho espião fizera sob sua vista. Por que salvar Ariana, afinal? Alguns segredos realmente morrem com a pessoa. Tanto por nada. Em seu enterro, ocorrido no mesmo dia em Islamabad, o diretor-geral do ISI falou na perda de "seu melhor homem", claramente uma hipocrisia. Mark partira de Peshawar na hora do almoço, num carro do serviço secreto. Foi deixado no hotel, onde Hamid preferiu não perguntar o que eram aquelas ataduras. Por uma última vez evitou ligar para Ayesha. Apenas ouviu Hamid o avisar de que havia Carlsberg geladas no minibar. Burton viria a Islamabad de ambulância, e recebeu o resto de seu tratamento no hospital de campanha da embaixada americana. Iria ficar bem, era apenas uma fratura simples.

O peso do fuzil parecia estar fundido nas mãos do jornalista. Não o abandonaria jamais.

"Neal, é o Mark. Você não vai acreditar."

"Ah, não. Lá vem você de novo."

39. Ivan

No dia 8 de janeiro de 2009, no fim da tarde, o Airbus-320 da British Airways começou a taxiar na pista congelada do aeroporto de Sheremetevo, em Moscou, para decolar rumo a Londres. O frio estava cortante, na casa dos sete graus negativos, e a paisagem estava tipicamente esbranquiçada. Em dezembro, uma onda surpreendente de calor colocara os termômetros perto dos dez graus centígrados durante boa parte do mês, cortesia, segundo os apocalípticos, do aquecimento global ou algo assim. Mas depois do Natal ocidental, o cobertor de gelo e neve estava em seu devido local.

Mark gostava de frio, dava-lhe uma curiosa sensação de segurança. Sempre se perguntava por que escolhera percorrer sua carreira majoritariamente por locais calorentos. O avião estava relativamente vazio, e ele ocupou uma janela sem ninguém nas duas poltronas ao lado. Olhou para fora, para a imensidão opaca da Rússia. Sheremetevo fica numa região que viu o avanço máximo das tropas nazistas à então capital soviética, hoje lembradas por um memorial à beira da estrada. O começo da Segunda Guerra Mundial faria setenta anos naquele ano e parecia um filme velho e desbotado para o Ocidente. Mark se sentia estranhamente em casa naquele deserto gélido de memórias.

Mas foram os locais escaldantes e empoeirados que fizeram sua fama relativa de jornalista. Depois que voltou do Paquistão, demorara cerca de uma semana para elaborar os textos que revelariam ao mundo a confusão em que o Ocidente se metera ao dar dinheiro a quem não devia e ao risco de um ataque terrorista nuclear. Foram noites difíceis; não gostava de escrever de dia, achava que o cérebro funcionava melhor quando o sol não estava a pino.

Neal gostou do resultado, e submeteu tudo a Stephanie e a Davies. Alguns reparos foram feitos, a maior parte para evitar a identificação de alguns envolvidos com os governos do Paquistão e dos Estados Unidos. Era tudo muito óbvio, mas a prudência também era justificada.

Os dias que antecederam a publicação foram nervosos. Por cerca de uma semana, a *Final Word* colocara avisos em sua página na internet de que um grande furo mundial estava a caminho, uma história que faria o Ocidente tremer. Mark não gostava daquilo, achava marketing barato e focado mais na venda do produto do que na qualidade dele. Mas era o jogo, e ele estava lá para ganhar algo com aquilo tudo. Quando finalmente a reportagem foi ao ar, ao meio-dia de uma terça-feira, Mark sentiu-se vazio.

Meses de trabalho sob intensa pressão, morte de pessoas próximas, culpas intermináveis, o turbilhão de sua vida pessoal indo ralo abaixo, tudo aquilo parecia sintetizado naquela manchete no site. "Exclusivo: Talibã comprou segredos nucleares." Era ao mesmo tempo bombástico e tão simplório perto do redemoinho de fatos e emoções em que tudo aquilo fora levantado. Elena, Ayesha, Ariana, Malik, Burton, Waqar. Vivos, mortos, desaparecidos. Uma multidão de coadjuvantes. Tudo aquilo estava ali, resumido em uma reportagem com quinze páginas no primeiro dia de publicação e mais dez outras no segundo, quando foram detalhados dentro do possível os papéis dos governos dos

Estados Unidos e do Paquistão. Era tudo material de primeira qualidade, muito palpável e fundamentado. Mark não estava satisfeito. Era aquela a matéria resultante do ano mais convulsionado de sua vida?

A reportagem causou o furor esperado, com negativas dos Estados envolvidos e cobranças de parlamentares e afins por providências. Mark voltara ao estrelato jornalístico, e dessa vez não era a notícia. Não era pouco. Foi cumprimentado por pares, uma espécie de reconhecimento pelo qual todo jornalista anseia e ao mesmo tempo finge rejeitar. Os noticiários da noite repercutiam a história, os jornalões torceram o nariz, mas deram crédito a uma informação vinda do sempre suspeito mundo virtual. Tudo referente a Ariana, inclusive a descrição da morte de Malik, havia sido deixado de lado nos textos. Apenas foi citado que a fonte principal da reportagem havia morrido em um acidente no Paquistão. Neal defendia que aquilo fosse objeto de outra reportagem, mas num momento posterior. Davies sentenciou: haveria mais perguntas do que respostas, não valia a pena turvar o trabalho jornalístico central. Mark deu-se por vencido, embora soubesse que estava sonegando informação ao leitor naquele ponto.

Se Ariana estava de fora, Waqar foi creditado por Mark como coautor do texto. Quando recebeu o primeiro prêmio pelo trabalho, da Associação dos Correspondentes Internacionais de Londres, o jornalista fez com que metade do dinheiro fosse depositado numa conta em separado, cuja senha e detalhes de acesso pediu a Burton para que enviasse a Ayesha por meio de Ali. Não poderia ofertar diretamente à sua amante secreta e última sobrevivente da família de Waqar, sob pena de levantar mais suspeitas de seu real relacionamento com ela. Sentia às vezes uma compulsão de procurá-la, mas estava certo de que agora a intimidade do contato com vidas paquistanesas era diretamente proporcional a seu potencial destrutivo.

Sentia-se fazendo algo nobre internamente, mas na verdade temia estar apenas buscando aplacar a procissão de espectros que o acompanharia nos anos por vir. Fosse o que fosse, sabia estar na direção correta.

A vida seguiu nas semanas seguintes. A rotina na *Final Word*, acrescida da intensa repercussão à sua reportagem, parecia prazerosa. Os amigos estavam onde sempre estiveram, as mulheres fugazes também. Atarefado com entrevistas e matérias secundárias para manter o assunto em evidência, encontrava menos tempo para idílios etílicos e, consequentemente, sua mente estava mais afiada. E o Paquistão seguia em sua convulsão. Musharraf afinal renunciara alguns dias depois que Mark foi embora em agosto, o governo civil estava às turras com a oposição e o Exército começava a dar sinais de que não iria pagar o preço humano das operações no cinturão tribal sozinho. Zardari, quem diria, era o presidente do país agora e era visto em fotografias com as mesmas autoridades ocidentais que até anteontem o chamavam maliciosamente de Mr. 10%. A conjunção de fatores levaria a desastres como o acordo de Malakand, a nova e violenta ofensiva militar e sua enxurrada de refugiados. Haveria boas notícias no ano seguinte, como sucessos contra o Talibã local, mas as perspectivas seguiam sombrias no geral. Do outro lado da fronteira, nem isso. Só relatos desesperadores do avanço dos múltiplos grupos regionais que se intitulavam parte do Talibã afegão, que efetivamente levaram o Afeganistão a um estágio de balcanização que só encontrava precedente nos anos da guerra civil pós-retirada soviética. Olhando tudo por cima, um Obama eleito de forma consagradora, mas cujos discursos não diziam nada de objetivo sobre o que realmente a tal mudança prometida iria trazer para aquele atoleiro em que estava metido.

Em dezembro, recebeu um telefonema de Burton. Era por volta de 11 horas e Mark acabara de tirar o sobretudo úmido e deixado o guarda-chuva na entrada da *Final Word*. "Quero lhe dar uma coisa em troca por sua ajuda de alguns meses atrás. Vou te mandar um e-mail naquele endereço", disse o agente. "Aquele endereço" era uma singela conta gratuita de Hotmail com identificação falsa na qual recebia algumas dicas na esperança de ser menos rastreado. Fazia meses que não a utilizava; quando o fazia, sempre usava cyber cafés bem distantes do IP de seu laptop.

"Caro franco-atirador. No protocolo da embaixada dos Estados Unidos em Londres há um envelope diplomático em seu nome. Leia com carinho. Isso não quita minha dívida, mas vai poder ajudar você a quitar as suas. S.B."

Mark saiu e foi ao prédio da embaixada. Identificou-se e disse que haveria uma correspondência para si no protocolo diplomático. Acompanhado por um jovem fuzileiro naval, que não lhe fez pergunta alguma, foi até a seção e recolheu uma pasta que parecia contar vários papéis. Ela tinha um lacre: "Correspondência diplomática — Não abrir." Mark ficou intrigado, colocou o envelope dentro de sua bolsa e voltou à *Final Word*.

Tomando uma xícara de chá, obviamente sem leite, começou a ler uma mensagem manuscrita de Burton. Ele comentava o ataque terrorista a Mumbai de dias antes, quando vários terroristas mataram quase duzentas pessoas em diversas ações na capital financeira da Índia, num cerco de três dias, do qual apenas um dos militantes fora detido com vida. Mark se pegava corrigindo o texto mentalmente: "É Bombaim, Burton." O americano continuou.

Você deve ter lido que o grupo responsável é o Lashkar-e-Taiba, correto? Pois é. Este é um dos sucessores dos Leões da Caxemira. Isso lhe diz algo? Enquanto os indianos prenderam o sujeito lá e detiveram agentes do ISI em todo o país, culpando Islamabad por tudo, o Paquistão conseguiu ocultar algo bem mais interessante. No auge da crise, o protocolo das bombas foi acionado.

O protocolo significava que as ogivas atômicas paquistanesas seriam levadas de encontro a seus mísseis. Normalmente, ficam em locais separados, como salvaguarda. Em momentos de crise, como no quase conflito de 2002, elas são unidas para lembrar aos indianos que são operacionais. Ocorre que boa parte do efetivo militar que lida com as bombas é destacado para proteger a movimentação de eventuais ataques, seja da Índia, seja de terroristas atrás de uma bomba nuclear. Mas aí é que estava o erro dos planejadores: eles acreditavam que as bombas tinham de ter proteção máxima, o que gerava uma janela de degradação de segurança em alguns dos laboratórios de produção de material físsil — a matéria-prima dos artefatos nucleares.

E foi aí que eles atacaram. Quando o protocolo foi acionado e todo mundo correu para proteger as bombas, tentaram roubar o plutônio enriquecido que estava sendo transportado para uma das fábricas que montam as ogivas. Só que o ISI *identificou o movimento e neutralizou a célula que atacou. São homens de Mehsud, e todos confessaram que os ataques de Mumbai foram apenas uma cortina de fumaça. Pior: todos conheciam Ahmed e disseram que o plutônio era justamente para o dispositivo cuja técnica de montagem foi comprada da rede de Khan. Imagino que se trate do plano citado no diário da nossa amiga. Como antes, os advogados da rede seguem desaparecidos. Em anexo, algumas provas de tudo isso que estou dizendo, que naturalmente o governo dos Estados Unidos vai negar com veemência. Feliz Natal adiantado.*

O círculo parecia agora completo. Logicamente, a dura reação de Islamabad seria previsível, já que um dos maiores temores de qualquer militar paquistanês é ser acusado de desleixo com os ativos atômicos do país. Mas os fatos, com cópias de depoimentos feitos pelo ISI obtidos por Burton e traduzidos, levavam a crer que a ameaça do terror nuclear era uma realidade palpável que fora debelada por ora. A reportagem repercutiu bem menos do que a primeira, e a dança diplomática entre Índia e Paquistão para evitar uma guerra decorrente do ataque de Mumbai acabou por colocar o texto em uma área de sombra. Mark não se importou muito: a essa altura sabia conviver com o escravo que sussurra ao ouvido do conquistador romano em sua carruagem durante o desfile da vitória que toda glória é passageira. *Patton* era um de seus filmes prediletos.

Voltara à psicanálise, com muitas histórias para contar. Os lacanianos não são muito bem vistos no Reino Unido, e ele tinha um argentino ocupando a cadeira ao lado do divã. Apesar de ser um analisado contumaz, volta e meia desconfiava do fato de a psicanálise mais ortodoxa não ter dado certo num lugar como a Inglaterra e ser tão famosa em locais como o Brasil e a Argentina. Boa coisa não haveria de ser. As conversas passavam por áreas tribais paquistanesas e acabavam em Moscou com certa frequência, e foi por isso que em outubro desembarcou na cidade para o encontro com Elena e Ivan.

Não foi fácil. A russa estava morando na capital mesmo, mas passava os fins de semana com a família em São Petersburgo. Quando abriu a porta de seu apartamento, num elegante bloco que fora destinado a altos funcionários do Partido Comunista perto da praça Maiakovskaia, refreou qualquer intenção de contato físico com Mark. Parecia bem fisicamente, com aspecto saudável, e trabalhava com produção de vídeo numa empresa que acabara de ser comprada pelo canal de televisão RTR. Não ganhava tão bem quanto em Londres, mas em compensação não pagava aluguel: o apartamento era uma herança de seu tio, um *apparatchik* morto precocemente. Tinha a seu serviço uma senhora ucraniana, de nome Oksana, como sua amiga, que cuidava do bebê durante o dia. Mark presumiu que sua vida social fosse nula, mas a conversa não teve abertura para tantos detalhes.

"Fale baixo, vai acordar o nenê", disse Elena.

"Posso vê-lo?", retraiu-se Mark.

"Claro, para isso que te chamei aqui."

A visão daquele projeto de ser humano enrolado num sem-fim de cobertores travou o peito do jornalista. Não chorou, contudo, naquele momento — o faria depois, e com grande dramaticidade, no quarto do hotel. Apenas tocou o garoto, que emitiu murmúrios de desagrado. Era noite, ele queria dormir. Tinha feições um pouco intumescidas e avermelhadas, e aparentemente um bom embrião de caráter teimoso, pelo que a mãe contava de sua rotina; era certamente seu filho.

Na volta do quarto, Elena entrou nos aspectos práticos. Dinheiro, pensão para o garoto até ele completar dezoito anos. Mark não discutiu. "Gostaria de poder vê-lo de vez em quando, acho que concordamos nisso, não? Ao longo do tempo, gostaria que ele passasse temporadas comigo e que eu pudesse discutir educação dele com você", afirmou o jornalista.

"Ao longo do tempo, veremos", Elena fechou a cara, indicando o caminho da porta. "Volte amanhã de manhã, Oksana está avisada de que você pode vir vê-lo", finalizou.

Acostumou-se com a existência de uma continuação física de sua vida durante uma semana de visitas diárias. Almoçou duas vezes com Elena, e ela mostrou-se irredutível em termos de amaciamento emocional. Estava certa. Como Ayesha esteve quando resistiu a seus avanços no mirante de Islamabad. Talvez Mark aprendesse como lidar melhor com as pessoas ao encarar Ivan e seu futuro.

No gelado 7 de janeiro seguinte, o jornalista estava em Moscou durante a segunda temporada de visitas a Ivan. Elena agora tinha um namorado, e a simples menção ao papel de Mark na vida do filho fez a russa estourar. Pediu-lhe para ir embora e chorou aos cântaros. "O menino é novo, nem vai lembrar se você o visitava nessa idade. Por favor, vá. Depois a gente conversa melhor."

Mark sentiu algo partido na ex-namorada, algum fio desencapado dando choques que dizem respeito a ele, mas preferiu deixar as coisas como estavam. Respirou fundo ao descer para o térreo do prédio, percebendo que o curto-circuito estava dentro de si também. Ao longo de todos os meses, a imagem de Elena voltara à sua cabeça, ideias ou fantasias sobre o que poderia ter sido a vida a dois, ou a três no caso, eram constantes. Como estava determinado a combater a autopiedade, Mark isolava o sentimento. Mas efetivamente ele estava lá. Não seria Ayesha uma mera projeção? Não seria a ausência de Elena a verdadeira chave para sua insatisfação? Ela, afinal, seguia como um curso d'água perene em seu deserto amoroso. Na masturbação solitária, na lembrança carinhosa, apavorante como um fantasma noturno, algo desprezível como uma fonte de queixumes infinitos. Mas era ela, Elena, quem resistia agora — e não sem motivos. Teve de se segurar para não dar meia-volta e fazer uma declaração a ela. Naquele instante, aquilo seria desastroso, mas talvez iniciasse algo verdadeiramente novo entre eles. Ninguém consegue determinar o momento em que alguma coisa se rompe numa relação, mas Mark sentia pela primeira vez que isso era verdadeiro também para o movimento contrário, para as ligações duradouras. Enfrentando o frio e tentando evitar os escorregões na calçada congelada, teve a certeza de que Elena poderia mesmo ser "a" mulher. Sorrindo, lembrou-se da primeira noite com ela, quando riam como dois bobos com o fascínio da descoberta mútua. Pensou na gargalhada sonora de Elena ao ver sua performance fracassada de garçom no café da manhã. Iria respeitar a limitação do momento, mas sabia que o tempo traria respostas a tudo aquilo. Ou não.

Ao chegar ao hotel, perto da rua Tverskaia, recebeu uma mensagem de Burton ao celular: "Já viu as notícias hoje, jornalista?"

Ligou a CNN e lá estava o ministro da Informação do Paquistão confirmando que havia prendido alguns membros do grupo terrorista que atacara Mumbai, colocando um fim provisório à crise com os indianos. Depois de dois meses de negativas, Islamabad reconhecia que o ataque partira de seu território. O resto da história Mark já publicara. "Filhos da puta", disse para si mesmo, sorrindo sozinho e abrindo uma cerveja do frigobar.

Quando o avião levantou voo no dia seguinte, depois de muitos anos não sentiu qualquer tipo de estranhamento, mal-estar ou medo. Colocou os fones do iPod e lá estavam Thom Yorke e suas sereias, dessa vez por opção própria. Olhando para a imensidão branca se distanciando da aeronave, Mark sorriu e fechou os olhos.

Dormiu até chegar a Londres, indiferente às turbulências. Sonhou com Elena e Ivan.

40. Um epílogo

Seis meses depois, Mark estava novamente numa picape balançando no meio do Paquistão. O país mudara, talvez para pior; o aeroporto de Islamabad agora se chamava Benazir Bhutto, mas as filas e os apagões tinham apenas piorado. Naquela tarde, o jornalista aproximava-se do campo de refugiados de Jallozai, lotado com quase cem mil desabrigados pela ofensiva do Exército contra o Talibã nas áreas tribais do noroeste. O campo fica a sudeste de Peshawar, com acesso por um desvio na autoestrada entre a cidade e a capital. Entrevistara o comandante da operação humanitária, uma tarefa hercúlea de lidar com mais de dois milhões de deslocados internos de uma só vez. Desde Ruanda não se via algo parecido no mundo, um mar de tendas brancas e verdes sob o sol escaldante.

Mas não estava lá por causa daqueles milhões, a desculpa oficial de sua viagem. Só pensava em uma pessoa. Com a ajuda de Burton e de um amigo de Malik ainda na ativa no ISI, conseguiu rastrear as famílias que haviam fugido de Kumbar Bazaar. Eles estavam todos em Jallozai, um lugar que vem servindo de campo de refugiados desde a guerra dos *mujahedin* contra os soviéticos no Afeganistão. Sob a área em que Mark via tendas novas havia ruínas de temporadas distintas de sofrimento e desterro. Ao chegar à direção do campo, uma cabana verde com ar-condicionado, falou com o jovem capitão que estava responsável por tudo. "O general me avisou. Acho que sei onde está a sua refugiada", disse, oferecendo a Mark água antes de continuar.

Ele aceitou.

Com planilhas nas mãos, o capitão achou a seção dos refugiados de Kumbar. O calor era fenomenal, talvez mais de quarenta graus, e os antigos moradores expulsos pelos combates tentavam se refrescar em tendas comunais com ventiladores de teto improvisados. Ninguém se mexia sob o sol e, apesar das milhares de pessoas presentes, o campo parecia deserto. O único movimento perceptível era o das moscas, que cobriam os refugiados estatelados pelo chão. "O povo da montanha, acostumado com o frio, é o que mais sofre nesse lugar. Mas é o que temos", comentou o capitão.

"Eu sei bem", disse, indistintamente, Mark, que procurava já na segunda tenda alguém parecido com Ariana, ou Javed, ou sua mulher. Era tarefa inglória.

Quando já estava desistindo, preparando-se para voltar ao carro, ouviu um grito agudo. "Você. O que está fazendo aqui?" Era Ariana. Como outros refugiados, ela se aproximara para ver o que um sujeito branco queria naquele local.

"Vim lhe dar uma coisa. E reforçar que aquela oferta ainda está valendo."

"Você tem como tirar todo mundo? Eu, Iqbal e a família que me protegeu."

"Não."

Abrindo a bolsa a tiracolo, tirou um pacote e o entregou a Ariana. "Se você mudar de ideia, fale com o capitão, ele vai saber o que fazer. Adeus."

A garota esperou os outros jovens que a acompanhavam saírem de perto. À distância, conseguia ver Mark entrando na picape que alugara com motorista para ir até Jallozai. Entrou numa das tendas com ventiladores, sentou-se e afastou o véu pesado que usava, concessão necessária para manter o mínimo de independência que a vida lhe dera entre tantas perdas. O conteúdo do pacote tirou seu fôlego. Para a garota, era como receber um cartão postal de um passado esperançoso, do qual sobraram apenas as dores do presente. Com o diário cor-de-rosa apertado contra o peito, ela chorou, contidamente, pela primeira vez em alguns anos.

Na picape, as lágrimas de Mark confundiam-se facilmente com o suor. Não que fosse relevante. Ao contrário do usual, não fazia questão alguma de escondê-las. Ao chegar à base em Peshawar, o jovem sargento que o recebeu ofereceu-lhe chá com leite. O aspecto era ensebado, como sempre. "Aqui fazemos do jeito certo, fervemos as folhas no leite", disse o paquistanês.

"Tenho certeza disso. Mais uma xícara, por favor", respondeu o jornalista.

Este livro foi composto na tipologia Minion Pro
Regular, em corpo 12/16,5, e impresso em
papel off-white no Sistema Cameron da
Divisão Gráfica da Distribuidora Record.